Wer die Farben spürt

Für Sascha und Marion
Eltern sollten Kindern Flügel geben.
Manchmal muss es umgekehrt sein.
Ich liebe euch.

KAREN SELL

Wer die Farben spürt

Roman

Bibliografische Information der Deutschen Nationalbibliothek
Die Deutsche Nationalbibliothek verzeichnet diese Publikation
in der Deutschen Nationalbibliografie; detaillierte
bibliografische Daten sind im Internet über
http://dnb.d-nb.de abrufbar.

Umschlagdesign, Satz, Herstellung und Verlag:
BoD – Books on Demand

Umschlag:
OFFSTOCK/ Shutterstock.com
CHAMILLE WHITE/ Shutterstock.com

ISBN 978-3-7448-2834-5

1

Ich stehe an Mamas Grab und stoße die Schaufel in die Erde wie ein verschütteter Minenarbeiter, der versucht, sich einen Weg aus der Hölle zu graben. Anstatt traurig zu sein, breche ich in Wutränen aus. Sie hatte immer von einer Farm geträumt, einer Farm in Afrika. Voller Wucht schleudere ich die Ladung meiner Schaufel in das Loch vor mir und zucke zusammen, als die Erde auf den Sargdeckel bollert. Ich kann meine Hände nicht dazu bringen, mit dem Zittern aufzuhören, deshalb umklammere ich den Schaufelstiel so fest mit beiden Händen, als wäre es ein Baseballschläger, mit dem ich eine Schaufensterscheibe zertrümmern will. Gerade schaue ich noch in das Grab vor mir, da spüre ich, wie sich mein ganzer Körper dreht. Ich kann nichts dafür, es passiert von ganz allein, ich wirbele zu meinem Vater herum und schmettere ihm das Schaufelblatt ins Gesicht. Ich kneife meine Augen zusammen und die Welt vor mir verzerrt sich zu einem schmalen Streifen. Ich weiß, dass mein Vater schreit, ich kann es sehen, aber ich höre es nicht. Plötzlich umklammert mich der Mann, der die ganze Zeit dicht neben mir stand, so fest mit seinen Armen, dass mir die Schaufel augenblicklich aus den Händen fällt. Ich versuche mich loszureißen, ich will die Schaufel zurück, ich will wieder ausholen, ich will meinen Vater schlagen. In die Grube will ich ihn stoßen. Er gehört dort hinein, nicht meine Mutter. Der fremde Mann zieht mich zurück und Marlena eilt ihm zur Hilfe. Ich frage mich, warum sie das tut. Ich dachte, sie sei meine Freundin. Ich versuche immer wieder stehen zu bleiben und meinen Vater anzusehen. Ich wünschte, meine Augen könnten Gift verspritzen. Aber sie können es nicht. Der Pastor hält meinen Vater mit einer Hand am Arm fest und drückt mit seiner anderen ein Taschentuch auf dessen Gesicht, vielleicht um das Blut zu stoppen, das aus der Nase läuft, vielleicht aber auch, um ihn am Fluchen zu hindern. Bestimmt flucht mein Vater, ich weiß es, ich muss es nicht hören.

Marlena und der Mann drängen mich fort, sie ziehen und zerren an mir herum, aber ich schaffe es schließlich doch, mich loszureißen. Sie beobachten mich, als müssten sie aufpassen, dass ich nicht sofort zurücklaufe, um meinem Vater Schlimmeres anzutun, aber sie lassen mich neben ihnen hertrotten. Es hat aufgehört zu regnen, aber die Luft schmeckt immer noch nach vermoderndem Laub. Aus der Eiche neben dem Friedhofstor tropft es wie aus einer undichten Dusche, und zwischen den nassen, gelben Blättern verstecken sich zwei Krähen. Ich kann sie hören. So wie ich auch meinen krächzenden Vater hinten an den Grabstellen plötzlich wieder hören kann. Ob die Krähen mich beobachtet haben? Vielleicht sitzen sie bei jeder Beerdigung hier und gucken zu. Hinterher ziehen sie dann über die Trauergäste her oder machen sich lustig, wenn jemand aus der Rolle fällt. Ich bücke mich und hebe einen Stein auf.

»Haut ab ihr blöden Biester!«, kreische ich und schleudere den Stein in den Baum. Er trifft eine Krähe, die wild mit den Flügeln schlägt, aber nicht fortfliegt. Marlena schlingt sofort ihre Arme um mich, als müsste sie mich beschützen. Wer hat denn den Stein abbekommen, die Krähe oder ich?

»Lass mich los!« Ich drehe mich hastig zur Seite und schüttele Marlena ab wie eine lästige Fliege. Trotzdem lasse ich es mir gefallen, dass sie mich kurz darauf in das Auto des Mannes drängt, den ich gar nicht kenne. Marlena setzt sich neben mich. Meine Finger streichen über die vielen kleinen Risse im Leder der Rückbank. Es riecht nach Vanille. Nicht nach der Vanille, die so wunderbar schmeckt, wenn man sie in Käsekuchenteig rührt, sondern nach diesem künstlichen Duft, der von kleinen Papptannenbäumen kommt, die sich manche Leute ins Auto hängen. In diesem Auto hängt kein Duftbäumchen aber es riecht trotzdem danach. Warum sitzen Marlena und ich beide auf dem Rücksitz, wo doch der Beifahrersitz frei ist? Ich gucke im Rückspiegel in das Gesicht des Mannes auf dem Fahrersitz. Er ist mir gar nicht so fremd, nur weiß ich nicht woher ich ihn kenne. Ich lehne mich zur Seite und sehe aus dem Fenster. Meine Augenlider flackern noch immer. Die Welt erscheint mir wie ein verzerrtes Bild auf einem Fernseher, wenn die Antenne auf dem Dach vom Sturm verbogen ist. Das ist meine Wirklichkeit. Es passt, dass ich diese Welt nur durch eine Glasscheibe sehe und nicht mehr den Wind spüre, der mir noch kurz zuvor meinen Rock zwischen die Beine gepresst hat. Es passt, dass ich die Tannennadeln und Friedhofshecken nicht riechen und meinen Vater nicht hören kann, der am Grab meiner Mutter vielleicht gerade jetzt das Vaterunser betet, als würde er wünschen, dass meine Mutter im Himmel ihren Seelenfrieden findet.

Ich lege meine Hand auf meine Halsschlagader, aber es gelingt mir nicht, das Pochen zu verlangsamen. Ich habe

Angst, dass mir die Ader platzen könnte und das ganze Blut auf meinen Pullover spritzt.

»Ich will zu Mama«, flüstere ich.

»Wir kommen später noch einmal wieder«, verspricht der Mann und wir sehen uns im Rückspiegel an. Dann startet er den Motor.

Ich sehe wieder aus dem Fenster. Wir fahren um eine langgezogene Kurve und ich stelle mir vor, dass nicht das Auto fährt, sondern dass sich die Erde dreht, wie ein Karussell und dass die Bäume an uns vorbeigeschoben und Häuser an einem unsichtbaren Faden gezogen werden und die Menschen Marionetten sind, die nur bewegt werden, weil sie ein Publikum haben, uns, die wir in einem Auto sitzen, dessen Räder sich auf der Stelle drehen. Ich warte bis der Mann wieder in den Rückspiegel guckt.

»Ich hatte keine Farm in Afrika«, sage ich, als er endlich wieder zu mir sieht.

»Was?«, fragt er, obwohl ich sicher bin, dass er mich genau verstanden hat.

»Ich hatte keine Farm in Afrika, und ich hatte auch keine Farm in Amerikas wildem Westen, obwohl ich schon als Kind davon geträumt hatte, einmal ein richtiges Cowgirl zu werden und Rinder mit dem Lasso einzufangen.«

Er guckt wieder nach vorn und ich weiß genau, dass es nicht darum geht, auf den Verkehr zu achten – was natürlich sehr wichtig ist. Er will mir gar nicht zuhören. Ich rede dennoch weiter.

»Ich hab mich immer auf einem wilden Mustang durch die Prärie reiten sehen, dabei habe ich noch nie im Leben auf einem Pferderücken gesessen. Unglaublich, wenn man bedenkt, dass ich direkt neben einem Bauernhof in Nieder-

sachsen aufgewachsen bin, oder?« Ich warte auf ein Kopf-
nicken im Autospiegel, aber der Mann blickt nicht zurück.

Mir ist nicht zum Lachen. Ich tue es trotzdem und wische
mir mit dem Arm über die Augen. Marlena legt ihre Hand
auf meine.

»Zu Niedersachsen sagt man auch Pferdeland«, sage ich
laut, um sicher zu gehen, dass der Mann mich gut hören
kann. Woher er wohl kommt? Woher kenne ich ihn nur?
Marlena hält meine Hand jetzt mit ihren beiden Händen
ganz fest, einer ihrer Mundwinkel zuckt, so als wolle sie lächeln und traut sich nicht. Marlena war früher meine beste
Freundin, dann war sie mal nicht mehr meine Freundin
und nun ist sie wieder meine Freundin. Ich glaube kaum,
dass es eine bessere Freundin geben kann. Sie hat früher
auf dem Bauernhof in unserer Straße gelebt.

Die Autoräder rumpeln über einen Bahnübergang, jemand schiebt Andreaskreuze vor dem Autofenster her.
Dann kommen Felder, deren Erde vom Regen so dunkel ist,
wie die Zaunpfähle der Wiesen an denen der Stacheldraht
mit verzinkten Krampen befestigt ist. Das kann ich nicht
sehen, das weiß ich. Der Herbst war so schön, dass die Bau-
ern noch Ende September Nachheu machen konnten. Jetzt
aber sieht das Gras wie welker Salat aus, riecht auch so und
wahrscheinlich schmeckt es den Kühen auch so, denn es
sind keine mehr auf den Weiden. In der Ferne ist ein Berg,
den der Kulissenmaler in unterschiedlichen grauen Tönen
angemalt hat, feine Streifen in der Farbe von weißem Pfeffer
sind die einzig hellen Kontraste. Bestimmt hatte der Maler
jemanden, der ihm die Farben gemischt hat. Ich drehe mich
um. Ich will den Berg nicht ansehen müssen.

Wir parken dicht am See und ohne zu fragen, wohin wir

gehen, trotte ich wieder hinter dem Mann und Marlena her. Der Reißverschluss meiner Jacke klemmt, darum halte ich sie mir nur zu. Der Wind kriecht trotzdem darunter, ich bekomme eine Gänsehaut. Wieso nur habe ich einen Rock an, einen Rock? Am liebsten würde ich ihn mir vom Leib reißen und in die nächste Mülltonne werfen. Es ist kalt. Hätte ich nur Handschuhe dabei, dann würde ich jetzt nicht so frieren und meine Finger wären nicht weiß wie abgenagte Knochen. Aber ich habe nur rote Handschuhe und die wollte ich heute nicht anziehen. Der Mann zündet sich eine Zigarette an und der Rauch weht zu mir. Viele Raucher haben gelbe Zähne. Ob der Mann gelbe Zähne hat? Ich muss später mal darauf achten. Vor der Eingangstür eines Cafés drückt er seine Zigarette in einem Aschenbecher aus. Kurze Zeit später sitzen wir in einem großen Raum direkt am Fenster und ich blicke auf das Steinhuder Meer, ein Meer, das eigentlich ein See ist. Dort schwimmen kleine Sonnenlichter auf den Wellen und es sieht aus, als wäre es so warm, dass man schwimmen gehen könnte. Ich reibe meine Hände aneinander.

»Zieh deine Jacke aus, Elly«, sagt Marlena, hilft mir und hängt den Anorak an eine Garderobe, die aussieht, als müsse sie mal poliert werden. Genau wie die Kronleuchter an der Decke des großen Raumes und die kleinen Messinglampen auf den Tischen. Es riecht nach Tapetenkleister und Staub, dabei sollte es hier nach Fisch riechen. Marlena sitzt neben mir, der Mann sitzt mir gegenüber.

»Möchtest du was essen?«, fragt er mit leiser Stimme.

»Nein«, antworte ich.

»Ich auch nicht«, sagt Marlena, blättert in der Getränkekarte hin und her und bestellt sich schließlich eine heiße Schokolade.

»Ich hätte gern ein Kännchen Kaffee«, sagt der Mann kaum hörbar und ich wundere mich, dass die Kellnerin nicht nachfragen muss.

»Ich nehme auch Kaffee«, sage ich.

»Tasse oder Kännchen?«, fragt die Kellnerin.

»Kännchen«, sagt der Mann, obwohl sie mich gefragt hatte.

Als der Kaffee kommt, lege ich meine Hände um die Tasse und allmählich wird meine Haut wieder rosiger und mir wird wärmer.

Über dem See ziehen Wolken dahin. Eine sieht aus wie ein Pferd, wie ein Pferd ohne Beine. Ein Pferd ohne Beine kann nicht laufen, nicht leben. Im wilden Westen haben sie ein Pferd schon dann erschossen, wenn es sich nur ein Bein gebrochen hatte. Ein Pferd ohne Beine kann nur als Wolke existieren. Ich habe zwei gesunde Beine, kann laufen und springen, tanzen und rennen, aber ich komme mir vor wie amputiert. Werde ich morgen noch laufen und leben können? Was wird übermorgen sein und überübermorgen?

Mama war schon in der Klinik, als ich damals zurück nach Deutschland kam und seitdem habe ich jede freie Minute bei ihr verbracht. Ich muss an Pete denken. Ich sollte mich bei ihm melden, ich habe es ihm versprochen. Mein schlechtes Gewissen versucht jeden Tag aufs Neue mich umzubringen. Ich spüre es jeden Morgen beim Aufstehen, wenn mein Herz schmerzt, als würde jemand mit dem Skalpell ein kleines Stück herausschneiden.

Das Wolkenpferd bekommt einen Höcker und sieht nun aus wie ein Kamel. Vielleicht sind seine Beine gar nicht amputiert, vielleicht liegt das Kamel nur und ruht sich aus.

Marlena zieht eine Linie durch den Sahnetuff auf ihrem

Kakao, steckt sich den Löffel verkehrt herum in den Mund und leckt ihn ab.

»Ist dir wieder warm?«

Ich nicke.

Der Mann hat keinen Zucker in seinen Kaffee getan, rührt aber trotzdem in seiner Tasse herum, als müsse er einen ganzen Zuckerberg darin auflösen.

»Deine Mutter hat den allerbesten Kaffee gekocht«, murmelt er und ich nicke ohne zu überlegen. Dann zucke ich zusammen und reiße meine Augen auf und gucke den Mann genau an. Plötzlich weiß ich, wer er ist. Ich verschlucke mich fast.

»Herr Winterfeld«, rufe ich aus, als wäre ich der Teilnehmer einer Quizshow, dem in der letzten Sekunde die richtige Lösung einfällt.

»Hattest du Herrn Winterfeld gar nicht wiedererkannt, Elly?«, Marlena dreht sich zu mir herum, den Löffel noch immer wie einen Lolly im Mund. Ich lehne mich zurück und starre Herrn Winterfeld an. Plötzlich rieche ich frisch gemähtes Gras und Rosenduft und Sonnenöl. Ich höre das Quietschen unserer alten Gartenliege, wenn Mama sich auf den Bauch drehte, damit sie ihren Rücken der Sonne zuwenden konnte, und unsere Laubentür knarrt in meinen Ohren, ich stecke die Fingerkuppe meines Zeigefingers in den Mund. So wie damals, als ich mich verbrannt hatte, bei dem Versuch, ein Teelicht in ein Glas zu stellen. Es war Sommerfest in unserer Gartenkolonie und Mama und ich hatten ganz viele Gläser im Garten verteilt und am Abend zündeten wir lauter Kerzen an und stellten sie in die Gläser, das sah wunderschön aus. Das fand Herr Winterfeld auch. Und er fand auch, dass Mama wunderschön aussah. Er hatte den Kleingarten direkt neben unserem.

Wäre es nicht so ein furchtbar trauriger Tag, würde ich mich riesig freuen, Herrn Winterfeld wiederzusehen.

»Ich habe Sie lange nicht gesehen«, stelle ich fest. Herr Winterfeld sagt nichts.

»Wo waren Sie denn?«, frage ich und merke selbst, dass es klingt, als sei er nur fünf Minuten vor der Tür gewesen. Tatsächlich kam er eines Tages nicht mehr in seinen Garten. Das Gras wurde nicht mehr gemäht, das Unkraut wuchs in den Beeten und im Herbst fielen die Äpfel auf die Erde und verfaulten, weil sie niemand erntete. Erst im nächsten Frühjahr haben neue Pächter den Garten übernommen, kurz bevor Papa sagte, wir brauchen keinen Kleingarten mehr.

Wie schade, dass Mama Herrn Winterfeld jetzt nicht sehen kann. Sie mochte ihn so gern. Hätte er sie doch nur in der Klinik besucht, es hätte ihr gut getan. Papa und Herr Winterfeld mochten sich überhaupt nicht gern, das weiß ich genau, obwohl ich noch ein Kind war, damals als wir den Garten hatten.

»Wo waren Sie denn?«, frage ich noch einmal. Herr Winterfeld zuckt mit den Schultern, als wüsste er selbst nicht, wo er all die Jahre gewesen ist.

»Wo warst du denn, Elisabeth? Ich habe gehört, du warst in Amerika.«

Ich warte einen Moment bevor ich antwortete, nicht, weil ich nicht weiß, wo ich war, denn es stimmt, ich war in Amerika. Wahrscheinlich hatte Marlena es ihm erzählt.

Herr Winterfeld nimmt meine Tasse, füllt Kaffee nach und reicht sie mir herüber. Ich halte die Untertasse mit meiner linken Hand fest und meine rechte Hand spielt mit der Tasse, dreht sie nach vorn und zurück, wieder vor und wieder zurück. Ich beobachte den hin- und herschwappenden Kaffee, dann trinke ich die Tasse in einem Zug leer und stelle sie auf den Tisch zurück. Ich presse mich gegen die gepolsterte Rückenlehne meines Stuhls und hole tief Luft. Ob dieser Staubgeruch hier im Café von diesen Polstern kommt? Vielleicht müssten sie mal tüchtig ausgeklopft werden. Ich spüre wie Marlena ihren Arm um mich legt und diesmal lasse ich es mir gefallen. Meine Hände streichen über meinen Bauch und ich sehe aus dem Fenster, während ich zu erzählen beginne.

»Ich war in Arizona«, flüstere ich ohne Hannes Winterfeld anzusehen, »das ist der Grand Canyon Staat, ich war aber nie am Grand Canyon. Mama hat geweint, als sie und Papa mich zum Flughafen gebracht haben. Papa war es ganz egal, was ich vorhatte. Er lachte nur dieses komische Lachen, das er immer dann lachte, wenn er mir irgendwas nicht zutraute. So wie er nie glaubte, dass ich einen Schulabschluss bekommen könnte, nur weil ich zweimal sitzen geblieben war. Das waren Melissa und Thomas auch, und Melissa hat tatsächlich keinen Abschluss bekommen, aber Thomas und ich schon. Die letzte Prüfung war an meinem Geburtstag und ich habe mir fast alle Fingernägel abgekaut vor lauter Aufregung, aber am Ende hat die Lehrerin mich sogar umarmt, weil ich es so gut gemacht hatte.«

Marlenas Hand streichelt meinen Rücken und Herr Winterfeld gießt mir noch mehr Kaffee in meine Tasse. Es ist unglaublich, wie viel Kaffee in so ein kleines Kännchen passt.

»Ich war noch nie in Amerika«, sagt Herr Winterfeld und

ich warte darauf, dass er mich bittet, mehr zu erzählen, aber er sagt nichts mehr. Marlena sagt, sie war auch noch nie in Amerika, und dann klingelt ihr Handy. Es steckt in ihrer Handtasche, die über der Rückenlehne ihres Stuhls hängt, ich nehme die Tasche für sie ab und gebe sie ihr. Als sie den Reißverschluss aufmacht, wird das Klingeln lauter.

»Hallo?«, sagt Marlena, hält die Hand aufs Handy, sieht mich an und raunt »'tschuldigung« und wir hören, wie sie erst mit ihren kleinen Töchtern telefoniert und danach ihren Mann bittet, die Mädchen später ins Bett zu bringen, weil sie noch nicht weiß, wann sie zurück sein wird.

»…ich dich auch«, sagt Marlena, drückt auf den roten Knopf ihres Telefons und steckt es wieder in die Tasche, nicht ohne noch einmal um Entschuldigung zu bitten.

»Das macht nichts«, sage ich und beneide Marlena darum, dass ihre Kinder und ihr Mann sie andauernd anrufen.

»Wie viele Kinder haben Sie?«, fragt Herr Winterfeld und erst jetzt fällt mir auf, dass Hannes Winterfeld mich duzt und Marlena siezt.

»Drei«, meine Freundin holt ein paar Fotos aus ihrem Portemonnaie und reicht sie über den Tisch.

»Ist das ein Junge?«, Herr Winterfeld dreht das Bild mit dem Baby im blauen Strampelanzug um.

»Ja, das ist Finn, er ist grad ein Jahr alt geworden«, antwortet Marlena und streicht mit dem Finger so vorsichtig über das Foto, als würde sie tatsächlich die samtigen Babywangen streicheln.

»Und die Mädchen?«

»Das sind Zwillinge«, antworte ich, »Marit und Imke, sie sind drei Jahre alt.«

»Oh, dann ist ja Trubel im Haus.«

»Das kann man wohl sagen«, stöhnt Marlena und ich wünschte mir, bei mir wäre auch Trubel im Haus. Aber bei mir ist es still, totenstill.

Herr Winterfeld gibt Marlena die Fotos zurück und ich stapele die leeren Tassen und Untertassen.

»Das musst du nicht machen, Elly«, sagt Marlena und nimmt mir das Geschirr aus der Hand.

»Ich weiß, aber wir wollten doch noch mal zurück, es wird früh dunkel.«

»Ja, wir sollten uns auf den Weg machen«, stimmt Herr Winterfeld mir zu. »Ich habe auch noch Blumen im Auto.«

»Früher hatten Sie immer ganz viele Blumen im Garten, ihre Rosen dufteten immer ganz süß, so als wären sie voller Honig, besonders die rosafarbenen.«

»Ja, das stimmt.« Hannes Winterfeld atmet tief ein und aus, gerade so als läge in diesem verstaubten Café plötzlich Rosenduft in der Luft.

»Wie gut haben Sie meine Mutter eigentlich gekannt?«

Hannes Winterfeld lässt sich viel Zeit mit der Antwort.

»Sehr gut – wir waren so viele Jahre lang Nachbarn.« Er tut als habe er etwas im Auge und reibt daran herum. Ich glaube, er muss weinen.

»Sie mochte die rosa Rosen auch so gern«, sagt er und schluckt, bevor er leise weiter spricht. »Ich habe ihr rosa Rosen mitgebracht.« Er steht auf, schiebt seinen Stuhl an den Tisch und hebt den Deckel von seinem Kännchen, als wolle er im Vorbeigehen noch schnell nachsehen, ob er auch wirklich den letzten Tropfen Kaffee ausgetrunken hat. Dann sagt er: »Und sie konnte den besten Kaffee kochen.«

»Das stimmt.« Den allerbesten Kaffee der Welt, denke

ich und mein Mund zuckt, als wolle er es wagen, bei dem Gedanken an Mamas Kaffee zu lächeln. Ich presse meine Lippen fest aufeinander.

Ich hole meine Jacke. Diesmal trotten die beiden hinter mir her, weil ich so schnell zum Auto laufe. Ich will zu meiner Mutter. Herr Winterfeld schafft es nicht einmal, seine Zigarette zu Ende zu rauchen. Er wirft sie auf den Boden und tritt sie aus.

»Ich könnte heute Nacht bei dir schlafen, wenn du willst, Elly«, bietet Marlena an, als sie später wieder neben mir auf der Rückbank des Autos sitzt.

»Warum das denn?«

»Falls es dir nicht gut geht.«

»Es geht mir nicht gut, aber das ändert sich nicht, wenn du bei mir schläfst.«

»Wirst du deinen Vater noch besuchen, heute Abend?«, fragt Marlena und ich kann die Furcht, die sie hat, in in ihrer Stimme hören.

»Um ihn umzubringen? Nein, mach dir keine Sorgen.«

»Versprochen?«

»Versprochen!«, sage ich leicht dahin. Es wäre nicht das erste Versprechen, das ich brechen würde. Aber ich habe nicht mehr vor, meinen Vater umzubringen. Ich will ihm in meinem ganzen Leben nie mehr begegnen.

Marlena kommt noch mal mit ans Grab meiner Mutter. Inzwischen ist das Loch verschwunden und ein kleiner Berg voller Kränze, Blumen und Tannengrün ist darauf gewachsen. Ich bin froh, dass mein Vater nicht mehr hier ist. Herr Winterfeld legt die rosa Rosen ganz oben auf den Berg. Sie duften überhaupt nicht. Und es macht nichts, dass sie schon ihre Köpfe hängen lassen. Sie lagen schließlich den ganzen Tag im Kofferraum des Autos und schon morgen werden auch alle anderen Blumen ihre Köpfe hängen lassen, nur das Grün der Kränze wird langlebiger sein. Es sitzen wieder Krähen in den Eichen, noch mehr als vorhin, wieder krächzen sie laut, aber dieses Mal lasse ich mich nicht ärgern. Ich falte meine Hände und spreche zu Mama, ganz still, ohne wirklich ein Wort zu sagen. Ich frage sie, ob es ihr gut geht. Ich sage ihr, dass ich stolz auf sie bin, weil sie Papa endlich verlassen hat. Aber dann sage ich ihr auch, wie gemein es von ihr ist, mich gerade jetzt allein zu lassen und wie wütend ich auf sie bin, dass sie mich so fest an sich gefesselt hat. Nun bin ich frei und könnte fliegen wie diese verdammten Krähen, habe aber keine Ahnung, wie ich diese Fesseln lösen soll.

Ich will mich gerade umdrehen, um zu gucken, ob Marlena noch hinter mir steht, da sehe ich, dass Herr Winterfeld auch mit gefalteten Händen und einem Blick auf das Grab da steht. Wem von uns beiden Mama wohl zugehört hat?

Ein Flugzeug fliegt in geringer Höhe über den Friedhof und der Lärm schreckt uns alle auf. Wir gehen zurück zum Parkplatz.

Marlena steigt diesmal in ihr eigenes Auto. Sie drückt mich zum Abschied ganz fest. Hannes Winterfeld, der mich nach Hause bringen will, nimmt sie das Versprechen ab, nicht eher weiterzufahren, bis er sieht, dass in meiner Wohnung im dritten Stock das Licht angeht. Ich setze mich auf den Beifahrersitz. Hier vorn riecht es weniger nach Vanille als nach Nikotin.

»Mama wollte immer eine Farm in Afrika haben«, sage ich, als wir bei mir Zuhause ankommen.

»Ich weiß«, sagt Herr Winterfeld und sieht mir direkt ins Gesicht, ich kann die Farben seiner Augen erkennen. Sie sind blau, so blau wie die Erde, wenn man sie vom Weltraum aus betrachtet. Wir verabschieden uns und ich steige aus. Als ich die Haustür aufschließe, drehe ich mich noch einmal um und winke ihm zu. Auf dem Nummernschild seines Autos ist ein »M«. Das steht für München, das weiß ich. München ist die Hauptstadt von Bayern.

Er hat eine weite Heimfahrt.

Oben in meiner Wohnung angekommen mache ich sofort das Licht an, stelle mich ans Küchenfenster und winke mit einer Hand, während die andere am Reißverschluss meines Rockes herumnestelt. Wahrscheinlich hat Herr Winterfeld tatsächlich auf mein Winken gewartet, denn er fährt erst jetzt los. Es ist schon fast dunkel. Mein Reißverschluss klemmt, ich drehe den Rock so, dass der Verschluss vorn ist. Obwohl ich heftigst daran ziehe, bekomme ich den Verschluss nicht auf und kann mich nicht von dem Rock befreien. Der Rock ist mir keineswegs zu eng und ich weiß, dass es dumm ist, aber es kommt mir vor, als bekäme ich keine Luft mehr. Ich reiße die Schublade vom Küchenschrank auf, nehme die Schere heraus und schneide gleich oben in das Bündchen des Rockes hinein, dann lasse ich die Schere zu Boden fallen, nehme den Stoff an den Seiten des Schnittes in die Hände und zerre den Rock auseinander. Ich lasse den Stoff zu Boden fallen und trete mit den Füßen darauf. Warum um Himmels Willen habe ich einen Rock angezogen? Ich hasse Röcke, ich hasse Kleider, ich mag dieses Zeug nicht. Ich bücke mich, um die Stofffetzen aufzuheben und schreie vor Schmerzen auf, ein heftiges Ziehen geht durch meinen Bauch und mein Herz fängt vor lauter Angst zu rasen an. Ich lasse mich auf den Fliesenboden sinken, ziehe meine Beine an und umklammere sie mit meinen Armen. Der Schmerz lässt sofort nach, aber mein Herz rast nach wie vor wie verrückt. Ich heule. Ich brülle laut. Ich bin wütend und traurig, ich habe Angst, es ist dunkel. Ich muss die Küchengardinen zuziehen, ich will nichts sehen von der düsteren Welt da draußen, nichts sehen, nichts hören, nichts spüren. Ich lege meinen Kopf auf meine Knie und versuche mit dem Weinen aufzuhören, aber es will mir nicht gelingen. Ich sabbere wie eine grippekranke Dogge aus Augen, Nase und Mund und meine Strumpfhose ist schon durchgeweicht. Aber es dauert noch lange, ehe ich mich beruhige. Ich knüddele die Reste meines Rockes zusammen und stopfe das Gebilde tief in meinen Mülleimer und es ist mir verdammt egal, dass ich mir dabei meine Hände an einem fettigen Stück Butterbrotpapier schmutzig mache.

Es ist eine Stunde und eine heiße Dusche später, als ich mir Brot und Käse aus dem Kühlschrank nehme und mir einen Tee koche. Ich nehme mein Abendbrot mit ins Wohnzimmer und wickele mich auf dem Sofa in eine Decke.

Das Brot hat keinen Geschmack, ich kaue und kaue und habe das Gefühl, es wird mehr und mehr in meinem Mund, ich spüle das Ganze mit Tee hinunter, der schmeckt auch nicht. Aber ich muss vernünftig sein, ich muss essen und trinken und darum tue ich es. Meine Hände riechen nach ranzigem Fett, so als wären sie in das alte Butterbrotpapier gewickelt, das ich im Mülleimer berührt habe. Vielleicht bilde ich es mir auch nur ein, denn ich habe doch gerade geduscht und ich habe ein Jasmin-Duschbad. Ich sollte nach frisch gewaschener Wäsche duften, nach Sommer und reifen Kirschen aber nicht nach ranzigem Fett.

Ich habe vergessen, die Jalousien runter zu ziehen und muss schon wieder in die düstere Welt da draußen gucken.

So, das war nun also die Beerdigung.

Nun ist es vorbei.

Ich streiche über meinen Bauch, so wie Marlena vorhin über meinen Rücken gestrichen hat. Mir tut nichts mehr weh.

Das Telefon klingelt laut. Ich springe auf, reiße es von der Ladestation und stelle mich ans Fenster, während ich Marlenas Stimme höre und ihre besorgte Frage, ob ich wirklich gut nach Hause gekommen sei.

»Es ist alles in Ordnung«, sage ich und fahre mir mit der freien Hand durch die Haare.

»Wie geht es den Kindern?«, frage ich.

»Gut. Markus will dich nochmal sprechen, warte …«

Ich lehne mich an die Balkontür und reibe meine Füße abwechselnd an meine Schienbeine. Ich will gar nicht telefonieren.

Es ist komisch, dass ich künftig abends nicht mehr zuhause sitzen werde und überlegen muss, wann ich am nächsten Tag Feierabend machen werde und wann ich bei Mama sein kann und wann ich zwischendurch einkaufe und ob ich Mama auch noch was besorgen muss und wie ich am besten meinem Vater aus dem Weg gehe, falls er Mama auch mal besuchen sollte, was sowieso fast nie der Fall war.

»Elly?«

»Hallo Markus.«

»Elly, ich wollte dir nochmal persönlich mein herzliches Beileid aussprechen.«

»Danke«

»Hör zu, wenn du irgendetwas brauchst, wenn wir dir irgendwie helfen können, sag uns Bescheid, okay?«

»Ja, danke.«

»Pass gut auf dich auf, Elly.«

»Das mache ich«, verspreche ich – ich werde großzügig mit Versprechen. Wo steht denn geschrieben, dass man Versprechen halten muss? Wenn ich bisher ein Versprechen gegeben habe, wollte ich es auch immer halten, aber manchmal kommt etwas dazwischen, manche Versprechen kann man einfach nicht halten.

Ich ziehe den Telefonstecker aus der Dose und schalte mein Handy aus.

Nachdem wir unsere Abschlusszeugnisse bekommen hatten, wollten wir mit der ganzen Klasse oben auf der Aussichtsterrasse des Flughafens Sekt trinken. Irgendjemand sagte, wir sollten auf unser neues Leben anstoßen, ich fand das seltsam, denn ich kannte ja noch nicht einmal mein altes Leben so richtig und fragte mich andauernd, was denn Leben überhaupt sei.

Wir konnten das Dröhnen der Turbinen hören und es roch nach Flugzeugbenzin. Ich habe das Band aus meinem Zopf genommen und der Wind wirbelte meine glatt gebürsteten Haare durcheinander und pustete mir bis auf die Kopfhaut. Damals band ich meine Haare jeden Tag zu einem ordentlichen Pferdeschwanz zusammen, Strähnen, die an den Seiten herausrutschten, klemmte ich mir hinter die Ohren.

Nachdem wir unsere Pappbecher ausgetrunken und mit den leeren Sektflaschen die Mülleimer auf der Aussichtsterrasse vollgestopft hatten, wollte ich zum Ticketschalter gehen. Thomas, mit dem ich morgens immer zusammen zur

Schule gegangen war, weil er nur zwei Straßen weiter wohnte, dachte ich mache Quatsch, als ich ihm sagte, ich würde ein Flugticket kaufen. Als er fragte, wohin ich denn wollte, sagte ich »egal« und auf seine Frage wo »egal« denn sei, antwortete ich »nirgendwo«, aber auf seine Frage »warum?« konnte ich ihm gar keine Antwort geben. Warum schon? Es musste einfach sein. Außerdem wollte ich über das Wort »warum« gar nicht nachdenken. Manchmal bringt es einen nicht voran, wenn man zu viel nachdenkt, und das Einzige was ich wusste, war, dass ich frei sein wollte. Ich wusste damals selbst nicht, was ich darunter verstand.

Ich hab mir schließlich ein Flugticket nach Arizona gekauft. Das war teuer, aber ich hatte vorher mein Sparbuch geplündert und lauter Geldscheine in meiner Hosentasche. Der Flug nach Arizona war billiger als einer nach Chicago oder Denver, obwohl es der längste war. Ich erzählte Thomas, eine innere Stimme hätte zu mir gesagt: Flieg nach Phoenix, Elly. Aber in Wirklichkeit war der Flug so eine Art Sonderangebot, deshalb ist es wohl Arizona geworden. Es hätte genauso gut Philadelphia oder Miami oder Los Angeles oder Boston oder Oklahoma City oder Dallas werden können.

Ich weiß nicht mehr, wie ich meine Eltern überredet hatte, mich zum Flughafen zu bringen, aber ich weiß noch, dass Mama sehr geweint hat. Sie musste sogar ihre Brille abnehmen, weil die Gläser so sehr von ihren Tränen verschmiert waren, dass sie gar nichts mehr sehen konnte. Papa war es gleichgültig, was ich tat.

Meine Mitschüler wollten nach den Prüfungen alle in den Urlaub. Die meisten sind mit ihren Eltern gefahren, aber meine Eltern sind immer nur bis zur Tulpenlust gefahren. Das ist der größte Schrebergarten am Stadtrand. Man fährt eine halbe Stunde mit der S-Bahn und muss dann nur noch zweimal hinschlagen, wie Mama immer sagte, dann ist man schon da.

Ich wollte nach Amerika.

Wir flogen von Norden kommend auf Phoenix zu und unter uns lag der Camelback Mountain. Wie ein Kamel, das schlafen wollte und die Beine unter sich versteckt hatte, lag der Berg in der Wüste.

Der Mann, der neben mir saß und den ganzen Flug nach Schweiß gerochen und die meiste Zeit geschlafen hatte, drängte seinen Oberkörper über mich, um durch das kleine Flugzeugfenster das Kamel sehen zu können. Ich musste an den Kamelhaarmantel denken, den ich als kleines Mädchen hatte. Er hatte genau dieselbe Farbe wie der Berg. Ich weiß noch wie glatt und warm sich die Knöpfe meines Mantels anfühlten, diese glänzenden Knöpfe, die so dunkelbraun wie Mokkabohnen waren, sie hatten vier Löcher und eine karamellfarbige Delle in der Mitte. Der Mantel hatte ein Seidenfutter und war unglaublich warm. In Arizona braucht kein Mensch einen Kamelhaarmantel. Ich wäre gern einmal auf den Camelback Mountain gestiegen, aber ich habe es nie gemacht. Arizona roch so gut. Nach Sand und Wärme und Klimaanlagen und Rasen und Sprenkleranlagen und Kakteen. Wenn man Gerüchen Farben geben könnte, wäre Arizona bunt wie ein Regenbogen. So aber war Arizona kieselgrau und goldgelb und schokoladenhellbraun mit ein paar grünen Tupfern von den Palmen am Straßenrand und den Golfplätzen.

Wie wäre es wohl in Arizona geworden, wenn ich nicht Larry begegnet wäre und er mich nicht mit nach Rattles-

dale genommen hätte? Er hatte jemanden zum Flughafen gebracht, dann hat er mich gesehen und gefragt, wohin ich wollte. Das war komisch, denn es waren eine Menge Menschen am Flughafen und niemand sonst hat mich das gefragt, obwohl ich schon ziemlich lange gewartet hatte. Allerdings wusste ich gar nicht so genau, worauf ich gewartet hatte, denn ich war schon da, wo ich hinwollte, in Arizona. Larry saß mit verschränkten Armen hinter seinem Lenkrad und beobachtete mich, als ich ganz langsam um sein Auto schlich. Ich hab mit meinen Fingern über das staubbedeckte, galoppierende Pferd auf dem Kühlergrill gerieben, um es wieder zum Glänzen zu bringen, und dann stieg ich endlich in Larrys rostigen und schmutzigen Mustang. Ich würde nie zu einem Fremden ins Auto steigen. In Deutschland hat auch mal ein Auto neben mir gehalten, als ich ungefähr elf Jahre alt war und allein zu Fuß von der Schule nach Haus ging, weil Thomas Windpocken hatte. Der Fahrer hat gesagt, ich solle einsteigen, er würde mich nach Hause bringen. Aber ich bin nicht eingestiegen, denn ich kannte den Mann gar nicht, also kannte er mich auch nicht. Und woher sollte er dann wissen, wo ich zu Hause war? In Arizona hatte ich noch gar kein Zuhause. Ich stand einfach am Flughafen herum und wusste gar nicht, was als nächstes passieren musste. Aber Larry war gar kein Fremder, seine Seele und meine Seele, die waren verwandt, die kannten sich schon Ewigkeiten lang, für die war unser Treffen ein Wiedersehen.

Als ich beim Zähneputzen in den Spiegel sehe, erschrecken mich die dunklen Halbmonde unter meinen Augen nicht und ich wundere mich auch nicht, dass rund um meinen Mund lauter Falten sind. Ich habe kaum geschlafen, habe

mich hin- und hergewälzt und immer, wenn ich mal einge-
schlafen bin, habe ich geträumt, komische Träume, an die
ich mich nicht erinnern kann, die mir aber so sehr Angst
gemacht haben, dass ich sie noch immer tief in mir spüre,
obwohl es hell ist und die Sonne durch mein Badezimmer-
merfenster scheint. Einmal bin ich von meinem eigenen
lauten Schreien aufgewacht. Ich stelle meine Zahnbürste
in den Becher vorm Spiegel und spüle meinen Mund aus,
auf meiner Zunge bleibt der Geschmack von Pfefferminz.
Ich schaue im Spiegel auf die Uhr, die hinter mir hängt.
Ich bin geübt darin, die Uhrzeit richtig abzulesen, obwohl
sie gespiegelt ist. Aber ich mache es jeden Morgen, damit
ich pünktlich zur Arbeit komme. Heute muss ich nicht zur
Arbeit. Mein Chef hat gesagt, ich kann zuhause bleiben,
weil meine Mama gestorben ist. Das ist sehr nett von ihm.
Ich bin Malerin und ich arbeite gern. Ich habe keine Ausbildung zur Malerin gemacht. Ich hatte überlegt, es zu tun,
aber mir fällt ja das Lernen so schwer und ich hatte keine
Zeit dazu, weil ich bei Mama sein musste, wenn ich nicht
arbeitete. Aber ich habe einen tollen Chef, der lässt mich
auch ohne Ausbildung arbeiten. Er sagt immer, für manche
Sachen muss man nicht zur Schule gehen und ich könne
sehr gut Farben mischen, und ich arbeite sehr sorgfältig
und mehr verlange er nicht. Trotzdem möchte ich irgendwann eine Ausbildung machen, dann wäre ich ein Geselle.
Das wäre doch schon was. Na ja, immerhin habe ich Arbeit,
das ist das Allerwichtigste.

Es klingelt. Ich erwarte niemanden, also mache ich auch
nicht auf. Wenn es der Postbote ist, soll er woanders klingeln. Ich creme mein Gesicht ein und kämme meine Haare.
Was mache ich nur mit diesem Tag. Keine Arbeit. Keine

Mama. Es klingelt wieder. Ich ziehe mir Strümpfe an und gehe in die Küche und gieße Wasser in die Kaffeemaschine.

Jemand klingelt Sturm, das macht sonst höchstens Marlena, wenn sie es mal wieder sehr eilig hat. Ich gucke aus dem Fenster und sehe ein Auto auf dem Parkplatz vor dem Haus stehen, es kommt mir bekannt vor. Ich versuche das Nummernschild zu erkennen. Ist das ein Auto aus München?

Ich öffne nun doch die Tür und schaue, wer die Treppe hochkommt. Tatsächlich, Herr Winterfeld.

»Guten Morgen«, er lächelt mich an und hält mir eine Tüte entgegen, »ich habe Brötchen mitgebracht. Darf ich reinkommen?«

»Ich wollte gerade Kaffee kochen«, sage ich und gehe einen Schritt zurück, damit er weiß, dass er gern hereinkommen darf. Er tritt sich seine Schuhe auf dem Abtreter vor meiner Tür so lange ab, dass ich schon mal in die Küche gehe und die Kaffeemaschine befülle. Ich höre, dass er die Wohnungstür hinter sich schließt. Dann kommt er in die Küche und reicht mir die Brötchentüte. Ich lege sie auf den Tisch und stelle Butter und Marmelade dazu und hole Teller und Tassen aus dem Schrank. Wir setzen uns an den Küchentisch und ich frage mich, mit wem ich das letzte Mal in meiner Küche gefrühstückt habe. Ich muss nicht lange überlegen, es war Pete. Ich sollte ihn anrufen, ich habe es ihm versprochen. Der Duft von Kaffee breitet sich aus. Ich nehme zwei Brötchen aus der Tüte und lege eins auf meinen Teller und das andere auf den Teller, der vor Herrn Winterfeld steht. Ich gieße ihm Kaffee ein, ich weiß ja, dass er keine Milch in seinen Kaffee nimmt, aber ich drehe mich noch einmal um, ziehe die Besteckschublade auf und hole für ihn einen Löffel heraus, und tatsächlich beginnt er sofort damit, seinen Kaffee umzurühren.

»Wie geht es dir?«, fragt er und ich wundere mich wieder, wie leise er spricht. Ich antworte nicht. Das ist ein dumme Frage. Mir geht es nicht gut und er sollte das wissen. Wieso ist es hier schon wieder so verdammt kalt? Ich stehe auf und drehe das Thermostat der Heizung höher. Das Brötchen knackt, als ich es in zwei Teile schneide. Es ist zu lange im Backofen gewesen, es sollte etwas weicher sein. Herr Winterfeld schneidet sein Brötchen auch auf, aber dann legt er das Messer neben den Teller und ignoriert das Brötchen. Er nimmt seine Kaffeetasse, hält sie sich unter die Nase und riecht erst, bevor er einen Schluck trinkt. Er sagt nichts. Er könnte sagen, dass ihm der Kaffee sehr gut schmeckt, aber er sagt überhaupt nichts.

Ich muss an Mama denken und daran, dass sie noch leben könnte, wenn ich an dem Tag zwei Stunden länger bei ihr geblieben wäre. Aber ich musste ja unbedingt in die Stadt fahren, dabei gab es gar keinen besonderen Grund. Ich wollte mir neue Schuhe kaufen, so eilig war das aber in Wirklichkeit gar nicht, und ich habe sowieso keine passenden gefunden an jenem Tag. Aber ich bin eben einfach gegangen. Ich bin einige Male einfach gegangen, weil ich es nicht mehr ertragen konnte, in Mamas Nähe zu sein. Ich hatte sie so lieb und ich war so froh, wenn ich bei ihr sein konnte, aber manchmal fühlte ich mich in ihrer Gegenwart viel einsamer, als wenn ich der einzige Mensch auf einer Insel in einem riesigen Ozean gewesen wäre. Ich habe ihr gesagt, dass ich Pete vermisste und ich war böse, dass es sie überhaupt nicht kümmerte.

»Ich hätte Mama nie allein lassen dürfen«, flüstere ich

und ziehe die Ärmel meine Pullovers so lang, dass ich meine Hände darin verstecken kann.

»Nein, Elisabeth«, Herr Winterfeld schüttelt den Kopf und sieht mir direkt in die Augen. »Ich – ich hätte sie nie allein lassen dürfen.« Er presst seine Lippen so fest zusammen, dass sein Mund wie eine starre Linie aussieht. Jetzt beginnt diese Linie zu zittern und er senkt seinen Blick und fixiert das Brötchen auf dem Teller. Ich kann sehen, dass er weint. Warum weint dieser Mann? Ich öffne das Marmeladenglas und es duftet nach Erdbeeren. Draußen vor dem Haus wird die Straße repariert. Der letzte Winter war eisig kalt und hat unzählig viele Schlaglöcher im Asphalt hinterlassen. Mein Nachbar hat gesagt, das seien Fußspuren von Väterchen Frost. Mein Nachbar kommt aus Russland, dort gibt es keinen Weihnachtsmann. Dort bringt Väterchen Frost die Geschenke. Früher habe ich immer die Fußspuren vom Weihnachtsmann im Schnee gesucht. Da haben es die russischen Kinder besser, diese Fußspuren kann man gar nicht übersehen. Nun tragen die Bauarbeiter den ganzen Straßenbelag ab, um die Spuren zu beseitigen, dann werden sie mit einer großen Walze kommen und neuen Asphalt auftragen. Ob sie das alles wohl noch bis zum nächsten Besuch von Väterchen Frost schaffen werden? Der Krach vom Presslufthammer schafft es bis in den dritten Stock. Es ist komisch, dass alle anderen Menschen heute ihre normale Arbeit machen, als sei es ein ganz normaler Tag. Es ist aber kein normaler Tag. Und ich muss nicht arbeiten.

»Hat Ihr Chef Ihnen heute auch frei gegeben?«

»Was?« Herr Winterfeld wischt sich wie ein unerzogener kleiner Junge mit dem Arm unter der Nase und sieht mich fragend an.

»Ob Ihr Chef Ihnen heute auch frei gegeben hat oder müssen Sie heute noch arbeiten?«

»Nein«, antwortet er und es klingt so selbstverständlich, als sei es fast beleidigend, dass ich gefragt habe. Ich male mir aus, nicht Herr Winterfeld säße mir gegenüber sondern Mama, und wir essen keine Brötchen, sondern sind beide über unsere Nudelteller gebeugt und beobachten die rote Soße, die zwischen die Makkaroni läuft.

»Deine Mutter hat den besten Kaffee gekocht.«

Das hat er gestern auch schon mehrfach gesagt und ich bin ein bisschen beleidigt, denn Mama und ich, wir waren die Kaffeetanten, Mama hat für mich Kaffee gekocht, jedenfalls früher, als sie noch gesund war. Und ich wollte mit Mama bei Starbucks in Phoenix Kaffee trinken und ich hatte Mama einen Kaffeebecher aus Arizona mitgebracht, mit einer Sonne darauf und Mama fand den Kaffeebecher sehr schön, obwohl sie schon in der Klinik war und es nicht so viele Dinge gab, die sie schön fand.

»Wann Mama wohl gestorben ist …«

»Am Mittwoch.«

»Aber wann genau. Vielleicht hat sie einen Herzinfarkt bekommen und ist gestürzt, vielleicht wollte sie nur Wolken beobachten und hat sich zu weit über die Brüstung gelehnt.«

»Vielleicht«, sagt Herr Winterfeld, aber er meint gar nicht ›vielleicht‹. Er meint, Mama ist mit Absicht über die Balkonbrüstung geklettert. Sie wollte gar keine Wolken beobachten. Mama wollte springen und tot sein.

»Mama hat oft für uns alle Kaffee gekocht, wenn wir draußen im Kleingarten waren, nicht?« Ich sage das, weil ich nicht will, dass Herr Winterfeld merkt, dass ich beleidigt bin. Und es stimmt auch gar nicht, dass Mama nur für mich Kaffee gekocht hat. Das weiß ich, aber ich wünschte, es wäre so gewesen.

»Ja.«

»Und wenn Mama allein draußen im Garten war, hat sie trotzdem Kaffee gekocht – für Sie, stimmt's?«

»Stimmt«

»Ich weiß.« Er soll ruhig wissen, dass ich das weiß.

Herr Winterfeld rührt wieder seinen Kaffee um, und es hört sich an wie ein leises Klingeln, wenn der Löffel an die Tasse schlägt.

»Wollen Sie mal die Erdbeermarmelade probieren?« Ich halte ihm das Glas hin, aber er möchte nicht. Warum hat er Brötchen mitgebracht, wenn er jetzt selbst gar keins isst?

»Warum haben Sie denn den Garten damals aufgegeben?«, frage ich.

»Ich, ich musste nach … in München … wegen der Arbeit …«, stottert er.

»Das glaube ich nicht«, sage ich. »Ich glaube, Sie sind wegen Papa gegangen, er ist kein netter Nachbar, das weiß ich.«

Herr Winterfeld zuckt mit den Schultern. Vermutlich will er höflich sein und nichts Schlechtes über meinen Vater sagen, aber nachdem er gestern gesehen hat, dass es mir nichts ausmacht, meinem Vater mit einer Schaufel ins Gesicht zu schlagen, sollte er wissen, dass es mir auch nichts ausmacht, wenn er etwas Schlechtes über Papa sagt. Hauptsache er sagt nichts Schlechtes über Mama.

»Erzähl mir etwas von Amerika, wieso bist du dorthin geflogen?«

Ich spüre es ganz genau, er will nicht mehr von Mama

und Papa und dem Kleingarten erzählen, aber das ist mir gleichgültig. Ich erzähle gern von Arizona. Also erzähle ich ihm, warum ich das Flugticket nach Phoenix gekauft habe und er lacht, zwar ohne einen Ton von sich zu geben, aber er lacht. Er lächelt nicht, er lacht. Ich kann sogar seine Zähne sehen und sie sind nicht gelb, obwohl er doch ziemlich viel raucht.

»Das ist schon eine ganz verrückte Art sich ein Reiseziel auszusuchen«, sagt er. Ich weiß nicht, ob es verrückt ist, aber ungewöhnlich ist es wohl schon, darum erzähle ich auch nicht sehr vielen Menschen davon.

»Hast du denn Freundinnen gefunden, in Amerika?«

Er sagt andauernd Amerika. Ich war nur in Arizona, das liegt zwar in Amerika, aber wenn jemand sagt, er sei in Amerika gewesen, dann denke ich immer, er sei in New York gewesen und ist im Schatten der riesigen Wolkenkratzer spazieren gegangen. Ich stelle mir vor, er hätte in Florida im Meer gebadet, er sei in den Rocky Mountains gewandert, hat in einem Indianerdorf gelebt oder Fische in Seattle gekauft. In Arizona hat mich mal jemand gefragt, ob ich ein Dirndl habe und ob ich mein Sauerkraut nicht vermisse. Ich komme aus Niedersachsen, habe ich gesagt und der Mann hat ganz komisch geguckt und sich entschuldigt und gesagt, er dachte, ich käme aus Deutschland.

Freundinnen? Ich erzähle Herrn Winterfeld ein bisschen von Maria. Sie kommt mir als erstes in den Sinn, weil sie die erste Frau war, der ich in Rattlesdale begegnet bin. Er hört mir aber gar nicht zu. Er sieht zu meiner Kaffeemaschine und es kommt mir vor, als zählt er insgeheim die Tropfen, die in immer größer werdenden Abständen aus dem Filter in die Kanne tropfen.

»Deine Mutter war meine Freundin«, nuschelt Herr Winterfeld.

»Na und?«, sage ich, »Meine Mutter war auch meine Freundin.«

»Du verstehst mich nicht«, er legt seine Hand auf seinen Mund, so dass ich ihn kaum verstehen kann. Irgendein Arbeiter draußen auf der Straße schaltet den Presslufthammer aus. »Deine Mutter hat nicht nur Kaffee für mich gekocht, sondern …«

»Na und?« Dann war sie eben auch seine Freundin. Na und?

Wir waren Nachbarn, wir hatten Gärten direkt nebeneinander und in einem Jahr blühten genau die gleichen Tulpen in den Gärten, weil Herr Winterfeld und Mama sich einen Beutel Tulpenzwiebeln geteilt hatten, so etwas machen Freunde doch oder Nachbarn und ich hätte es Papa sowieso nicht erzählt, auch wenn Mama nicht gesagt hätte, dass das ein Geheimnis sei.

»Ich kenne alle Hauptstädte der Erde, fragen Sie mich mal!«

»Wie bitte?«

»Sagen Sie irgendein Land, ich kenne die Hauptstadt.«

Herr Winterfeld fragt mich nicht, stattdessen sagt er, dass er jetzt los muss. Er hat noch nicht einmal seinen Kaffee ausgetrunken, die Tasse ist noch halbvoll. Ich bleibe sitzen, als er aufsteht. In der Küchentür dreht er sich noch einmal um zu mir.

»Pass gut auf dich auf, Elisabeth«, sagt er und ich zucke mit den Schultern, weil ich nicht weiß, wie ich auf mich aufpassen soll.

»Tschüss«, sagt er und ich stehe erst auf, als ich meine,

er müsse nun unten sein und aus der Haustür gehen. Ich stelle mich ans Fenster und sehe ihn zu seinem Auto gehen. Er dreht sich noch einmal um und sieht zu mir herauf. Ich gehe einen Schritt zurück, er soll mich nicht sehen. Ich setze mich wieder auf den Küchenstuhl und schiebe die Tür mit dem Fuß zu. Jetzt kann ich das Bild von Pete sehen, das ich irgendwann einmal dorthin geklebt habe. Herr Winterfeld hat es nicht gesehen, weil die Tür die ganze Zeit offen stand. Aber er wollte ja auch nur etwas von irgendwelchen Freundinnen hören und dabei habe ich ihm nur von Maria erzählt, so eine gute Freundin war sie nicht einmal. Schade, dass er nicht nach Pete gefragt hat.

Maria fegte gerade den Fußboden in dem Laden, in dem ich einen Kaffeebecher suchte, den ich Mama als Souvenir mitbringen wollte. Ich spürte, dass Maria mich beobachtete, als ich einen Becher nach dem anderen anschaute. Sie wusste wohl sehr genau, was ich suchte, denn sie holte mir schließlich eine Tasse aus dem Lager, und das war tatsächlich die allerschönste Tasse, und die kaufte ich dann auch.

Maria putzte schon seit vielen Jahren für die alte Dame, die diesen Souvenirladen in der Camelback Road hatte. Anfangs kam sie wohl nur einmal die Woche, aber je älter die Dame wurde, umso häufiger kam Maria. Ich mochte den kleinen Laden sehr gern, er hatte einen uralten Holzfußboden, einige der Bretter waren durchgebrochen und die anderen knackten bei jedem Schritt, als wollten auch sie gleich zerbrechen. Unter der Decke hing ein Ventilator, der fast so groß war wie ein Flugzeugpropeller. Je schneller er sich drehte, umso lauter rasselte er. Im Schraubgewinde in der Mitte war Platz für eine Glühlampe, aber es war keine darin.

Wenn jemand in dem Laden etwas kaufte, musste man an der alten Kasse eine Kurbel drehen und dann klingelte sie wie eine Mikrowellenuhr, die Bescheid gibt, wenn die Suppe heiß ist. Die alte Dame verkaufte nicht nur Handarbeiten und Stickereien und Häkeldeckchen von verzweifelten Hausfrauen, wie Maria immer sagte, sondern auch Körbe und Töpfereien, silberne Ketten, Ohrringe und Armbänder von den Navajo-Indianern, die einmal im Monat vorbeikamen und der alten Dame ihre Arbeiten verkauften, oder sie schickten Barbara, die in einem Museum arbeitete, dann brachte die den Schmuck zu der alten Dame. Die schönsten Ohrringe hatte Barbara sich aber immer schon selbst ausgesucht, denn sie trug jedes Mal, wenn ich sie sah, andere und jedes Mal hübschere. Die alte Dame bot auch teure Bilder von Künstlern aus dem ganzen Land an, bekannten oder welchen, die noch bekannt werden würden. Die Bilder kaufte die alte Dame aber nicht, die Maler bekamen erst dann Geld von ihr, wenn die Bilder verkauft waren. Ich glaube, die alte Dame hat niemals ihr Haus verlassen. Sie wohnte über dem Laden. Die Westseite der Camelback Road war eine restaurierte Häuserzeile, an der Ostseite waren einige Häuser ebenfalls saniert, ein paar andere waren abgerissen und zwei, drei weitere wurden gerade umgebaut. Die Eingangstür zum Laden der alten Dame war eine Schwingtür so wie in einem Saloon. Ich weiß nicht, ob der Laden früher ein Saloon war, ich glaube nicht, denn der Saloon war ein paar Häuser weiter und er hatte keine Schwingtür und dort war jetzt ein Restaurant.

Irgendwann fing Maria auch an, für die alte Dame zu kochen. Sie stellte ihr das Essen immer neben die Kasse, dann konnte die alte Dame essen, ohne ihre Kasse aus den Augen zu lassen, und außerdem musste sie dann nicht die steile Treppe zum Esstisch in ihrer Wohnung hochgehen. Als die alte Dame krank wurde, hat sich Maria einfach in den Laden neben die Kasse gestellt und all die schönen Sachen verkauft. Die Frauen brachten weiterhin ihre Stickereien, die Indianer den Schmuck und hin und wieder kam ein Künstler und brachte ein Gemälde vorbei. Maria wurde einfach die neue alte Dame, obwohl sie bestimmt noch nicht einmal vierzig war, und ich habe mich gewundert, dass sich niemand darüber gewundert und gefragt hat, wo denn die alte alte Dame sei.

Pete war der Maler.

Er kam, als es der alten Dame noch gut ging. Er strich die Wände im Laden taubenblau und die Holzregale arizonahimmelblau, das ist nicht dieses verwässerte Wasserwolkenblau, es ist ein tiefblaues Blau, so wie der Himmel über Arizona. Da gibt es nämlich so gut wie keine Wolken, Wasserwolken schon gar nicht. Das Arizonahimmelblau ist das gleiche Blau wie das am Außenrand der Blütenblätter von Prunkwinden, das nach innen immer blasser wird, bis es ganz weiß ist. Aber wer kennt schon Prunkwinden? Der Laden sah schön aus.

Ich fand, auch Pete sah schön aus. Er hatte dunkelbraune Locken, die man kaum sehen konnte, weil er immer ein Basecap trug, meist sein blau-weiß-rotes, auf dem vorn auf dem Schirm ein blauer Kringel war, der aussah wie ein kurzes Wort in Schreibschrift, aber vielleicht war es auch nur irgendein Muster. Ich weiß nicht, was das bedeutete. Petes Haut hatte eine cappuccinobraune Farbe, so als wäre er kein Maler und arbeitete meist in irgendwelchen Häusern, sondern als wäre er vielleicht so was wie ein Cowboy und man würde nicht sagen, sein Gesicht wäre dunkel, sondern man würde sagen, es sei wettergegerbt. Oder sagt man das nur in Niedersachsen, wo der Wind von der Nordsee manchmal übers Land fegt und sich die Sonne kraftvoll durch dunkle Wolken quält? Die Haut von Marlenas Oma war wetter-gegerbt. Marlenas Oma wohnte auf dem Bauernhof neben unserem Haus und sie war den ganzen Tag draußen, au-ßer vormittags, wenn sie gekocht hat und natürlich mittags, wenn sie gegessen hat. Sonst war sie immer im Garten, auch im Winter, da hat sie Bäume geschnitten, mit einem Hand-feger Schnee von der Hecke gefegt und ein paar Pflanzen gegossen und die blieben tatsächlich den ganzen Winter über grün, ganz ehrlich! Marlenas Oma hat sich auch um die Hühner gekümmert, der Hühnerstall stand mitten im Garten, er hatte grauweiße Wände, die gleiche Farbe wie die Eierschale der Hühner, die in dem Stall wohnten, eine grüne Tür und ein kleines viereckiges Loch aus dem die Hühner morgens heraus gekrochen kamen und durch das sie abends wieder hinein huschten, wenn Marlenas Oma sie durch den Garten scheuchte. Einmal habe ich sogar mit Marlena, die damals meine beste Freundin war, Eier in dem Hühnerstall gesucht, ich habe fünf Stück gefunden und in einen Korb gelegt. Leider bin ich dann so schnell mit dem Korb in der Hand zu Marlenas Oma gerannt, dass ich hingefallen bin und nur ein Ei heil geblieben ist. Immerhin eins finde ich, aber ich durfte danach trotzdem keine Eier mehr mit Mar-lena in dem Hühnerstall suchen.

Wenn Pete gelächelt hat, konnte man ein Grübchen sehen, er hatte nur eins – auf der linken Wange. Rechts hatte er keins. Wenn Pete richtig doll gelacht hat, dann sind seine Augen ganz klein geworden und sahen ein wenig aus, wie eine Mondsichel, die auf ihren beiden Enden steht, und dann waren da eine Menge kleiner Falten neben seinen Augen und wenn man die sah, wusste man genau, warum manche Leute zu diesen Falten Lachfalten sagten. Bei Pete sah man sie jedenfalls nur, wenn er ganz doll lachte. Pete war auch sehr dünn und weil er fast immer schwarze T-Shirts mit langen Ärmeln trug, sah er noch dünner aus. Pete mochte mich genauso gern, wie ich ihn mochte. Wenn Pete die Gerüche von Arizona hätte malen sollen, wäre es das wertvollste und prächtigste Gemälde der Welt geworden, viel schöner als alle anderen Bilder im Laden der alten Dame zusammen. Ich hätte ihn darum bitten sollen, ich hätte ihm die Farben mischen können. Aber er hätte es wohl sowieso nicht gemacht, weil er immer glaubte, kein guter Maler zu sein.

Ich bin froh, dass wir nicht Downtown gelebt haben. Da war immer was los, da war es immer laut. Da war es niemals ruhig, so wie bei uns in Rattlesdale. Um nach Rattlesdale zu kommen, musste man eine Weile mit dem Auto aus der Stadt herausfahren, bis dahin wo sich die großen Steine türmen und dann nur noch zweimal hinschlagen, schon war man da. Nachts war es ganz dunkel und still in Rattlesdale. In Deutschland würde man sagen, sie hätten wohl die Bürgersteige hochgeklappt. So ruhig war es bei uns. Downtown Phoenix tobte das Leben, so stelle ich mir New York vor. Man sagt, New York ist die Stadt, die niemals schläft. Ich habe es nie erlebt, dass Phoenix schläft, vielleicht ist sie die kleine Schwester von New York, wer weiß. Ich war noch nie in New York. Ich bin auch keine Schwester, denn ich habe keine Geschwister. Aber da war dieser Mann, der immer überall den Rasen gemäht hat, sein Name war Juan und der hat immer Tata zu mir gesagt und Maria meinte, das sagt man auf spanisch zu einer Schwester, die man besonders gern hat. Dabei war ich gar nicht Juans Schwester.

Phoenix ist die Hauptstadt von Arizona. Ist Phoenix nicht ein schöner Name? Ich wünschte, ich hätte auch so einen schönen Namen. Elisabeth ist kein schöner Name, ich mag ihn nicht. Manchmal hat Mama mir ganz lange die Haare gekämmt, ich musste mich auf einen Stuhl setzen und sie hat alle Haare ganz nach hinten gekämmt, ganz langsam und vorsichtig. Mama hatte ganz kurze Haare, aber meine waren sehr lang und Mama mochte meine Haare sehr gern. Manchmal hat Mama Sissi zu mir gesagt, wenn sie mir die Haare kämmte und ich weiß, dass Sissi eine ganz hübsche Königin oder Kaiserin war, trotzdem mochte ich nicht, wenn Mama mich so nannte. Papa mochte es erst recht nicht. Mama hat es dann nur noch ganz selten zu mir gesagt und immer nur so, dass Papa es nicht hören konnte, und immer hat sie dann ihre Brille abgenommen und mit einem ganz weichen Tuch die Gläser geputzt. Als sie mich am Flughafen in ihre Arme nahm und ihre Tränen an meinen Hals tropfen, flüsterte sie mir ins Ohr, pass auf dich auf, Sissi. Genau wie Herr Winterfeld vorhin zu mir gesagt hat. Was soll das heißen, man soll auf sich selbst aufpassen? Aufpassen kann doch immer nur ein anderer, oder? Ich denke, wenn man allein unterwegs ist, passt Gott auf einen auf.

Pete sagte Bessy zu mir, aber auch das kommt von Elisabeth, manchmal hat er auch Sweetie zu mir gesagt, das mochte ich viel lieber. Bei Phoenix ist es ganz egal, ob man es englisch oder deutsch ausspricht, es klingt schön. Man sieht immer gleich diesen großen Vogel mit den wunderbaren Schwingen, der sich aus dem Feuer erhebt. Die Federn vom Phönix sind an der Unterseite purpurviolett und oben rubinrot, dazwischen sind aber viele kleine Federn in rotlila, erika und dunkelmagenta und die Federspitzen flimmern in safrangelb und gold. Und wenn er so aus dem Feuer steigt, sieht es großartig aus, denn Feuer hat auch unendlich viele Farben. Natürlich könnte es auch sein, dass der Phönix Farben wie ein Papagei hat, aber Pete sagte, er wäre gold-rot und deshalb konnte ich meine Augen schließen und den Phönix in diesen traumhaften Farben vor mir sehen. In Niedersachsen gibt es viele Raben. Ich hab mal eine Rabenfeder gefunden, die war nicht nur schwarz. Das könnte man denken, aber sie schimmerte auch in indigo und violett, je nachdem wie man sie ins Licht hielt.

Rattlesdale bedeutet so etwas wie Tal der Klapperschlangen, das klingt nicht so schön und ich habe auch niemals eine einzige Klapperschlange gesehen auch nicht in meinen Gedanken, so wie ich immer sofort diesen schönen Vogel sehe, wenn jemand Phönix sagt.

Als Pete mich zum ersten Mal küsste waren meine Lippen ganz sandig und er sagte, es komme ihm vor, als küsse er Schmirgelpapier. Er ist Maler und hatte eine Menge Schmirgelpapier in seinem Werkzeugkasten, aber ich glaubte nicht, dass er schon mal so ein Papier geküsst hat. Es gibt ganz unterschiedliches Schmirgelpapier, grobes und feines und ganz feines und noch viel feineres. Pete wusste immer genau, welches er gerade braucht. Als er die Regale im Laden der alten Dame gestrichen hat, hat er vorher das feine Schmirgelpapier benutzt, da bin ich ganz sicher.

Meine Lippen waren wie Schmirgelpapier, weil ich über einen Stein gestolpert und aufs Gesicht gefallen war, als ich mit Pete in der Wüste spazieren gegangen bin. Wir wollten uns die großen Kakteen aus der Nähe ansehen. Pete hat mir hoch geholfen, weil ich mir ziemlich weh getan hatte, mein rechtes Knie hat sogar geblutet und meine Ellenbogen waren ganz rot. Pete hat gelacht, das war zwar nicht nett, aber es war nicht böse gemeint. Er sagte, man könne die Wüste lieben, aber man müsse sie nicht küssen, und dann hat er mich geküsst.

Es war später Nachmittag.

»Bessy«, sagte Pete, »hier gibt's sowieso nichts zu sehen, lass uns wieder fahren.« Und so sind wir wieder nach Haus gefahren. Ich stützte mich bei Pete ab, humpelte bis zum Auto und knabberte ein bisschen an meinem Zeigefingernagel, weil ich mich ärgerte, dass ich nicht aufgepasst hatte und hingefallen war. Ich wusste nicht, was Pete meinte, als er sagte, es gebe sowieso nichts zu sehen. Natürlich gab es etwas zu sehen. Hat schon mal jemand so riesengroße Kakteen gesehen? Die gibt es in Western auch als Kulisse, aber ehrlich gesagt, dachte ich immer, die wären nur gemalt und hätte ich mich nicht so dumm auf die Nase gelegt, hätte ich mich neben einen dieser Kakteen gestellt und geguckt, wie viel größer der war als ich.

Ich war ganz schön groß, nicht so groß wie Melissa und ihre Freundinnen, die waren schon immer größer als ich, aber es gab auch Mädchen in meiner Klasse, die kleiner waren, Marlena zum Beispiel. Es gab sogar einen kleineren Jungen, Paul, der wurde immer von den anderen geärgert. Das war nicht nett, schließlich konnte Paul nichts dafür, dass er nicht größer war. Manchmal dachte ich, ich hätte Paul verteidigen müssen, aber – es klingt jetzt bestimmt gemein – ich war auch immer ein bisschen froh, wenn die anderen Paul ärgerten, denn dann ärgerten sie mich nicht.

Meist haben die anderen mich in Mathe geärgert, rechnen

konnte ich nämlich überhaupt nicht gut. Eigentlich sollte man gut rechnen können, aber ich kann eben andere Dinge. Ich kenne zum Beispiel alle Hauptstädte der Welt. Herr Winterfeld wollte mich nicht fragen. Manchmal frage ich mich selbst, um zu üben und um festzustellen, ob ich wirklich noch alle Städte kenne. China? Peking. Frankreich? Paris. Dänemark? Kopenhagen. Kenia? Nairobi. Saskatchewan? Regina. Mama wusste nicht einmal, wo Saskatchewan liegt. In Kanada. Mein Vater hat gesagt, dass es überhaupt nicht wichtig sei zu wissen, wo Saskatchewan liegt und es wäre wichtiger zu wissen, wie viel 85 mal 96 ist. Das ist 8160 und das habe ich meinem Vater am nächsten Tag gesagt, aber dann tat er plötzlich, als sei es doch nicht so wichtig. Wie auch immer, jedenfalls weiß ich jetzt, wie viel 85 mal 96 ist. Aber trotzdem kann ich nicht gut rechnen.

Ich schrubbe meine weiße Latzhose immer mit der Nagelbürste und Kernseife bevor ich sie in die Waschmaschine stecke, aber trotzdem kriege ich die vielen bunten Farbflecken nicht raus. Das macht aber auch nichts. Die tropfnasse Hose hänge ich bei jedem Wetter draußen auf die Wäscheleine und manchmal wird sie dann noch von einem Regenschauer weich gespült. Wenn sie fast trocken ist, bügele ich sie. Es kann sein, dass ich die einzige Malerin bin, die ihre Hose besonders gründlich bügelt, aber ich finde das sehr schön. Ich bügele von unten nach oben, als erstes bügele ich die Hosenbeine. Es riecht immer so gut, wenn das heiße Bügeleisen über den feuchten Stoff gleitet, dann kommt der Geruch von Waschpulver und Seife aus der Hose und obwohl immer noch die vielen Farbpunkte, Flecken und Streifen auf der Hose sind, weiß ich, dass es die sauberste

Hose der Welt ist. Die Flecken springen manchmal einfach so auf den Stoff, wenn ich Farbe anrühre oder die Farbrollen auswasche. Am liebsten bügele ich den Latz, weil er viereckig ist und genau auf mein Bügelbrett passt, mit der Bügeleisenspitze kann ich bis unter die Knöpfe fahren, so bleibt keine einzige Falte auf dem Latz. Wenn ich die Träger glätte, dann schiebe ich die Verschlüsse immer hin und her, damit ich auch den Stoff darunter bügeln kann. Es dampft, wenn das Eisen auf den Stoff kommt. Gestern brauchte ich besonders lange, weil die Hose noch ziemlich feucht war. Wenn die Sonne scheint, muss ich mich manchmal beeilen, damit die Hose nicht schon zu trocken ist, dann ist es nämlich viel schwieriger, den Stoff schön glatt zu bekommen. Als ich gestern mit dem Bügeln fertig war, war die Hose immer noch nicht trocken, also habe ich mich entschlossen, nicht zur Arbeit zu gehen. Heute ist sie aber wirklich trocken. Es ist neun Uhr am Morgen und im Treppenhaus riecht es schon nach Mittagessen. Die Tür des alten Autos, das Markus mir besorgt hatte, damit ich nicht immer mit dem Bus zu Mama ins Krankenhaus fahren musste, quietscht. Sie quietscht so, als wäre sie nicht zwei Wochen lang nicht geöffnet worden, sondern als hätte das Auto zwei Jahre lang herumgestanden. Sogar der Anlasser macht Probleme, aber beim dritten Versuch springt der Wagen an. Ich brauche ungefähr dreißig Minuten, dann fahre ich auf den Hof von Malermeister Jensen. Mein Chef hat dieses große, alte Lagerhaus gemietet. Wir brauchen den ganzen Platz gar nicht und ich weiß, dass er seit Langem vergeblich versucht, Mieter für die Lagerfläche zu finden. Dabei gibt es sogar eine Laderampe, die vor die ganze Gebäuderückseite gebaut ist, das ist ausgesprochen praktisch. Man kann mit einem Lastwagen direkt an die Rampe fahren und ganz einfach ein- und ausladen. Als ich das Auto parke, sehe ich unseren Chef oben auf der Rampe in der offenen Bürotür stehen, in der einen Hand eine seiner filterlosen Zigaretten, in der anderen eine Tasse Kaffee. Ich nehme meinen Baumwollbeutel mit meinem Frühstücksbrot und der Thermoskanne, steige die kleine Treppe an der Seite der Rampe hoch und gehe auf unseren Chef zu. Er bewegt sich nicht. Seine Brille ist vorn auf die Nase gerutscht und er sieht mich über den Brillenrand hinweg an.

»Guten Morgen«, ich strecke ihm meine Hand entgegen, was dumm ist, denn er hat selbst gar keine Hand frei. Er nickt mir nur zu. Meist macht Herr Jensen schon am Morgen einen Witz oder erzählt irgendwas Lustiges über einen Kunden, oder er macht uns Mut, wenn wir so viel zu tun haben, dass wir Angst haben, es nicht schaffen zu können, dann sagt er drei, vier Mal hintereinander »Los, Leute, wir schaffen das!«, auf jeden Fall lacht er immer. Heute guckt er mürrisch auf die ganzen Autos im Hof, so als dürften sie dort gar nicht parken. Ich will an ihm vorbeigehen in unseren Aufenthaltsraum, dort stellen wir alle unsere Thermoskannen auf den Tisch, direkt nebeneinander. Das sieht aus wie eine Kaffeekannenarmee und manchmal stoßen die Männer ihre Kannen aneinander und sagen Prost, bevor sie sich Kaffee in ihre Becher gießen und danach manchmal noch einen Schuss Weinbrand dazugeben.

»Wo willst du hin, Elisabeth?«

»Rein?« Ich weiß nicht, warum ich es wie eine Frage klingen lasse, aber ich wundere mich. Wo sonst sollte ich hin wollen? Er bleibt in der Tür stehen, so dass ich nicht an ihm vorbei komme, er dreht die Hand, in der er die Zigarette hält und sieht auf seine Armbanduhr, es fällt Asche auf seine Schuhe.

»Es ist halb zehn.«

Ja, ich weiß, es ist spät, normalerweise fangen wir schon um sechs Uhr morgens an zu arbeiten, aber ich wusste ja nicht, wo ich heute arbeiten sollte und das sage ich ihm.

»Du kommst hier hereingeschneit, wie du willst, Elisabeth, was soll ich deiner Meinung nach mit dir machen? Die anderen sind längst unterwegs.«

»Ich kann gleich hinfahren, sagen Sie mir einfach wohin.«

»Darum geht es nicht, Elisabeth«, sagt er mit lauter Stimme und als er ausatmet, kommt mir eine ganze Wolke Tabakrauch ins Gesicht, er wirft die Zigarette, die er gerade mal zur Hälfte aufgeraucht hat, zu Boden und tritt mit dem Fuß heftig darauf herum.

»Du bist zwei Wochen weg, ich sehe und höre nichts von dir, kriege dich nicht ans Telefon und dann tauchst du so mir nichts dir nichts hier wieder auf …«

»Meine Mutter ist gestorben«, sage ich mit genauso lauter Stimme und spüre, wie sich meine Stirn in Falten legt und ich Kopfschmerzen bekomme.

»Das weiß ich und es tut mir leid …«

»Und Sie haben gesagt, ich kann zuhause bleiben …«

»Aber nicht zwei Wochen lang, Elisabeth«, seine Stimme wird noch lauter und ich wette, die ganze Nachbarschaft kann ihn hören, »ich kann ja verstehen, dass du am Tag nach der Beerdigung nicht kommen wolltest und, Himmel ja, meinetwegen auch noch den Tag danach, aber du hast zwei ganze Wochen nichts von dir hören lassen, Elisabeth, zwei Wochen! Du gehst nicht ans Telefon, du meldest dich nicht, kein Mensch wusste, ob du überhaupt irgendwann wiederkommen wolltest.«

»Natürlich wollte ich das!« Mir fällt der Beutel aus der Hand und die Thermoskanne knallt auf den Boden. Bestimmt hat sie jetzt eine Beule, Thermoskannen mit Beulen isolieren nicht mehr richtig. Jetzt wird mein Kaffee schneller kalt als vorher, ganz bestimmt.

»Wir haben die Baustelle in der Deisterstraße, das ist ein Terminauftrag. Wir müssen übermorgen fertig sein, wir haben die Arztpraxis, die wollen nächste Woche wieder öffnen und wir haben vier Wohnungen zu tapezieren. Wir sind ein kleiner Laden, Elisabeth. Das Gerüst für die Fassade in der Goethestraße haben wir nur noch bis Mittwoch. Ich kann es mir nicht leisten, das Ding noch eine weitere Woche zu leihen, was denkst du denn? Ich muss mit meinen Mitarbeitern rechnen können, ich muss ihnen vertrauen!«

»Vertrauen? Sie können mir vertrauen, das wissen Sie.« Ich spüre in meinem Hals, wie meine Stimme zu zittern beginnt und mir wird übel, weil ich zu viel von dem Zigarettenqualm eingeatmet habe.

»Es tut mir leid, Elisabeth, ich habe dir vertraut – bis hierher. Ich hatte Glück, ich konnte zwei Leute von der Zeitarbeitsfirma kriegen.«

»Was heißt das?« Plötzlich ist meine Stimme so leise, dass ich mich kaum selbst sprechen höre.

»Für dich ist kein Platz mehr in meiner Firma, Elisabeth, tut mir leid.« Er nimmt seinen Kaffeebecher in die rechte Hand und so als sei ihm der Appetit auf Kaffee gerade für immer vergangen, schleudert er ihn auf den Hof und es wundert mich, dass er nicht auch gleich die Tasse hinterherwirft. Ich würde es gern tun. Ich würde jetzt gern die

Tasse zerscheppern hören und die Scherben fliegen sehen. Ich blicke auf die braunen Kaffeekleckse.

»Was heißt das?«, frage ich noch einmal, wieder ganz leise.

»Fahr nach Hause, Elisabeth«, seine Stimme klingt so rau, wie ich mir als Kind immer die Stimme des Wolfs vorgestellt hatte, bevor er die Kreide gefressen hatte, »ich schick dir die Papiere mit der Post, das passt schon.« Dann lässt er mich einfach stehen, geht ins Büro und schließt die Tür hinter sich. Ich stehe hier oben auf der Rampe – nichts passt. Es riecht immer noch nach diesen filterlosen Zigaretten. Ich kann den Kaffeeflecken auf dem Boden beim Trocken zusehen. Ich bewege mich nicht. Ich bin gefeuert, ich bin tatsächlich gefeuert, er hat mich rausgeworfen, einfach so, nur weil meine Mama gestorben ist und ich nicht arbeiten konnte, zwei läppische Wochen. Jetzt bin ich doch hier, oder? Bin ich nicht hier? Will ich nicht arbeiten, häh? Ich habe sogar meinen Kaffee und meine Frühstücksbrote dabei. Ich bücke mich und hebe meinen Beutel auf, dann renne ich die Rampe lang, nichts wie weg, bloß weg hier. Ich stolpere die Treppe runter und versuche gerade, zitternd meinen Autoschlüssel in das Türschloss zu stecken, als ich die Bürotür höre und Herr Jensen wieder herauskommt. Ich schaue hoch zu ihm, vielleicht hat er seine Meinung geändert, wahrscheinlich hat er es nicht nur dauernd gesagt, sondern es tut ihm wirklich alles leid. Ich kann ihn auch verstehen, ich würde nicht nachtragend sein. Bestimmt will er mir jetzt sagen, zu welcher Baustelle ich fahren soll. Ich höre auf zu zittern und warte.

»Ich verrechne die zwei Wochen mit deinem Urlaub«, schreit er zu mir herüber, »und ich zahl dir den Lohn noch bis zum nächsten Monat – und verfluchte Kiste, wenn du einen neuen Job findest, geh auch mal ans Telefon!« Dann geht er wieder rein und knallt die Bürotür so heftig zu, dass ich die kleine Fensterscheibe darin klirren höre. Ich fange wieder an zu zittern. Noch niemals habe ich unseren Chef so wütend erlebt.

Ich kann doch jetzt nicht nach Hause fahren. Wo soll ich hin? Ich fahre durch die Gegend, so langsam, dass andauernd irgendwelche Leute hupen und mich überholen, einer zeigt mir einen Vogel, aber was kümmert es mich? Ich bin arbeitslos. Von einer Minute auf die andere habe ich meinen Job verloren. Ist so etwas überhaupt möglich?

Es ist Nachmittag als ich schließlich zuhause ankomme. Ich nehme den einzigen Brief, der in meinem Kasten ist heraus und gehe hoch. Im Treppenhaus riecht es immer noch nach Mittagessen und in meiner Wohnung ist ein schlechter Geruch, so als hätte ich tagelang kein Fenster aufgemacht, vielleicht hatte ich das auch nicht, ich weiß es nicht. Ich setze mich an den Küchentisch und stelle die Thermoskanne darauf. Sie hat tatsächlich eine Delle. Ich gieße mir Kaffee ein, er riecht nicht mehr frisch, aber er überdeckt trotzdem den schlechten Geruch in der Wohnung. Das Pergamentpapier knistert, als ich meine Frühstücksbrote auswickele, es ist als hätte ich stundenlang gearbeitet und mir nun endlich eine Pause verdient. Ich habe nicht gearbeitet, aber ich bin erschöpfter, als hätte ich es getan. Während ich Kaffee trinke und Brot esse, male ich Muster auf den Brief, den ich vorhin aus dem Kasten genommen habe und der nun ungeöffnet vor mir liegt, erst male ich Streifen und Kringel, Schleifen, Punkte, Karos,

Tropfen und Wellen und Sterne. Und dann male ich nur noch Sterne, den ganzen Umschlag male ich voll Sterne.

River hatte auch einen Laden in Arizona, gar nicht weit weg vom Laden der alten Dame. River war ein Sattelmacher und er machte auch Gürtel und lauter anderes Zeug aus Leder. Einmal hat Maria mich zu River geschickt, sie wollte einen langen dunkelbraunen Lederstreifen haben, auf den sie den Silberschmuck legen konnte. Maria sagte, Silber und Leder passen ausgezeichnet zusammen. Ich weiß nicht warum, aber als ich zu River kam, musste ich feststellen, dass er wohl der gleichen Meinung war. River arbeitete gerade an einem ganz besonderen Sattel, schob seine Zigarette in den Mundwinkel und ohne mich anzusehen erzählte er mir, dass ein alter Mann den Sattel für seine Enkeltochter bestellt hatte, sie sollte ihn zum Geburtstag bekommen. River sagte, das Mädchen würde zwölf Jahre alt werden. Der Sattel sollte etwas ganz Besonderes werden und deshalb machte River lauter Silbersterne darauf. Wow, das war wirklich etwas ganz Besonderes. Ich wünschte, ich hätte auch so einen tollen Opa gehabt. Aber was hätte mir schon so ein Sternensattel genützt, ich hatte ja nicht einmal ein Pferd. Aber ich hatte Glück, doppeltes Glück sogar, erstens brauchte ich nichts zu bezahlen, weil River sagte, dass Band sei sowieso nur Abfall und zweitens kamen John und Sam gerade in ihrem neuen Pickup vorbeigefahren und fragten mich, ob ich mitwolle. Genau genommen fragte Sam. John hätte mich niemals gefragt, er hätte getan, als hätte er mich nicht gesehen und wäre weitergefahren, aber Sam fragte mich. Es war zwar nur ein kurzes Stück bis zum Laden, aber natürlich wollte ich mit. Sam saß hinten auf dem Pickup, aß Schokolade und ließ ihre

Beine baumeln, denn die Heckklappe war offen. Ich machte mir Sorgen, als ich hörte, wie die Klappe immer wieder gegen das Untergestell schlug. Das gab doch bestimmt Kratzer im Lack des neuen Autos, aber das war Sam und John wohl egal. Ich saß kaum neben Sam, da brauste John auch schon los, ich fiel der Länge nach auf die Ladefläche und schlug mit dem Kopf auf den Metallboden, aber so zimperlich war ich nicht, eine kleine Beule machte mir nichts aus. Sam hieß eigentlich Samantha, aber jeder sagte nur Sam zu ihr. Ich mochte sie ausgesprochen gern. John war Sams Mann, er sprach nie viel mit mir, meist guckte er irgendwie durch mich durch und tat, als sei ich gar nicht da. John konnte mich nicht leiden, aber ich wusste nicht, woran das lag.

Ich glaube, John hätte es lieber gehabt, wenn Sam neben ihm gesessen hätte, dann hätte er eine Hand am Lenkrad gehabt und die andere um ihre Schultern gelegt, aber Sam brauchte immer ein wenig Platz um sich herum, darum setzte ich mich auch nicht zu dicht neben sie. Sie hielt mir die Schokolade hin, ich sollte mir wohl ein Stück abbrechen, aber ich mag keine Schokolade. Wir wurden ordentlich durchgeschuckelt hinten auf dem Pickup.

»Findest du nicht, das ist, als ob man mit einem Mustang durch die Prärie reiten würde?«, fragte ich Sam und sah hinüber zu den blauen Bergen, die im Abendlicht immer ganz violett leuchteten. Wirklich, die Berge sahen zu jeder Tageszeit anders aus. Wenn man einen großen Tuschkasten hat und mischt Ultramarinblau mit etwas Cyan und Blaugrün oder besser Gelbgrün und mischt dann noch eine Pinselspitze Zinnoberrot darunter, dann könnte es die Farbe werden, die die Berge am Abend haben. Natürlich nur an recht klaren Abenden, denn wenn es diesig ist, dann müsste man noch

Ockergelb hinzufügen, um die richtige Farbe hinzubekommen.

Sam sagte, sie sei noch nie geritten. Da hatten wir etwas gemeinsam. Ich habe sie gefragt, ob sie auch gern einen Sattel mit ganz vielen wunderschönen Silbersternen hätte, aber sie schüttelte nur den Kopf und sah mich ganz komisch an. Ich habe dann nichts mehr gesagt, sondern nur noch meine Beine baumeln lassen, so als seien sie aus den Steigbügeln gerutscht. Sam band fast nie ihre langen Haare zusammen, Sams Haare waren golden. Ich meine, ich hatte blonde Haare, gut und schön, aber Sams Haare sahen wirklich aus, als wären sie golden und sie hatte so schöne weiche Locken und weil ihre Haare so hell waren, sahen ihre blau-violetten Augen auch so hübsch aus. Ich hatte zwar auch helle Haare, aber meine Augen waren grau-grün, vergessen wir mal die goldenen Punkte, die Pete – und nur Pete – darin gesehen hat, und ich hatte Sommersprossen auf meiner weißen Haut. Ich wünschte immer, ich wäre so hübsch wie Sam.

Papa fand mich auch nicht hübsch, das sagte er zwar nie, aber er sagte Dinge wie »deine Haare sehen heute so grau aus, Elisabeth« oder »von wem du diese Nase bloß hast« und einmal hat er gesagt, mein Kinn sehe aus, als gehöre es überhaupt nicht in mein Gesicht. Na ja und außerdem fand Papa, dass ich dumm war, was überhaupt nicht stimmte. Er war richtig böse darüber, dass ich nicht gut rechnen konnte. Aber ich weiß, dass er mindestens genauso böse war, weil ich ganz gut englisch lernen konnte. Ich weiß auch nicht, warum ich das konnte und meine Lehrerin, Frau Hübner sagte, das sei ein Wunder. Das sei amazing, hat sie gesagt, wirklich, sie hat tatsächlich gesagt, das sei amazing. Sie konnte nicht wissen, dass Papa kein Englisch sprechen konnte und wie wütend er

wurde, als Mama es ihm übersetzen musste. Ich habe ein-
fach nur die Vokabeln gelernt, so wie ich auch die Haupt-
städte gelernt habe. Übrigens, die Hauptstadt von Uganda
ist Kampala. So habe ich auch versucht, Matheaufgaben zu
lernen, aber es gab einfach viel zu viele, ich konnte mir die
Ergebnisse einfach nicht merken.

Pete fand es nicht schlimm, dass ich nicht gut rechnen
konnte, auch nicht als ich mit ihm arbeitete und er immer
ausrechnen musste, wie viel Farbe wir brauchten. Er sagte,
ich würde alles damit wettmachen, dass ich so großartig Far-
ben mischen konnte.

Es ist so still in meiner Küche. Ich drehe den Briefum-
schlag um und male noch mehr dieser Sterne darauf, die
aussehen wie jene, die River auf den Sattel des Mädchens
gemacht hat. Hat mein Chef mich wirklich gefeuert heute
morgen oder habe ich das alles nur geträumt? Unser Chef
in Arizona hätte mich nie gefeuert und Pete hätte es auch
überhaupt nicht zugelassen, dann hätte er dem Chef aber
ordentlich seine Meinung gesagt, oder er hätte auch gekündigt und dann hätten Pete und ich unser eigenes Malergeschäft aufgemacht, denn wir waren ein großartiges Team.

Ich sollte Pete anrufen.

Das Telefon.

Ich sprang auf und beeilte mich, das Telefonkabel in die
Buchse zu stöpseln, als rechne ich damit, dass das Telefon
augenblicklich zu klingeln beginnt. Es stimmte gar nicht,
was Herr Jensen gesagt hatte, dass ich nicht ans Telefon
gegangen war, es hatte nie geklingelt, es konnte gar nicht
klingeln. Ich hatte mich nicht einmal gewundert, als Marlena neulich vorbeikam und sagte, sie könne mich gar nicht

erreichen. Wie auch immer, nun war ich wieder zu erreichen und Herr Jensen konnte anrufen und sagen, dass es
ihm leid tut und dass ich doch bitte sofort in die Goethestraße fahren sollte, sie brauchten dort unbedingt noch
Hilfe. Aber das Telefon klingelt nicht. Mein Handy muss
ich lange suchen, bis ich es auf dem Wohnzimmertisch unter einer Zeitung finde. Als ich es anschalte, sehe ich eine
Menge vergeblicher Anrufe darauf. Ich gehe zurück in die
Küche, wo der Kaffee aus der kaputten Thermoskanne inzwischen wirklich nur noch lauwarm ist. Ich koche neuen,
setze mich wieder an den Küchentisch und warte bis der
Duft des frischen, heißen Kaffees den schalen aus der Thermoskanne überdeckt.

Bei der alten Dame gab es immer Kaffee. Ihr Laden roch so
wie Sonntagnachmittage riechen, und darum fühlten sich
die Besucher immer willkommen, geradeso als seien sie alle
zu Kaffee und Kuchen eingeladen. Als ich das erste Mal bei
ihr war, hat es allerdings nach Kreide gerochen und nach
Lack und Feuchtigkeit, das war als Pete gerade die Wände
strich. Die alte Dame hat mich gefragt, ob ich einen Kaffee
möchte, wahrscheinlich nur, damit sie einen Grund hatte,
welchen zu kochen, um den Farbgeruch zu überlagern.
Sie hat dann eine ganze Kanne aufgegossen, in einer alten
verbeulten Emaillekanne. Sie hat mir erzählt, dass sie die
Kanne von ihrer Großmutter bekommen hat, die mit einem
Planwagen hier hergekommen sei und die auch immer in
dieser Kanne Kaffee gekocht hat.

In einem Planwagen! Das muss man sich mal vorstellen.

Ich war noch keine Woche in Arizona, als die alte Dame
Fieber bekam. Maria gab mir eine Zitronenlimonade und

ich brachte sie nach oben. Die alte Dame lag im Bett und kleine Schweißperlen waren wie Wassersprenkel auf ihrer Stirn verteilt.

»Sie muss was trinken«, hatte Maria gesagt und darum hielt ich der alten Dame das Glas an die Lippen. Ich glaube, sie wollte nicht wirklich was trinken, aber sie tat es mir zuliebe, denn sie lächelte mich an und streichelte über meine Hand, dabei sagte sie andauernd »gutes Kind, gutes Kind«. Das war sehr nett.

Leider war sie zwei Tage später tot, ich hätte sie gern noch näher kennen gelernt und ich hätte sie gern nach dem Planwagen gefragt, mit dem ihre Großmutter hierher gekommen war. Mit dem Planwagen, ich kann es immer noch nicht glauben, wo ich doch mit dem Flugzeug gekommen bin. Das war auch nicht sehr bequem, ich hatte es mir vorgestellt wie eine Fahrt mit dem Reisebus, aber es war doch viel enger und der Mann neben mir hat mich mit seinem lauten Schnarchen furchtbar genervt. Ich hätte überhaupt gar nicht schlafen können, es war viel zu laut, und es hat so gewackelt und ich musste mich immerzu fragen, wieso so ein großes Flugzeug fliegen kann. Und es gab Essen, ich konnte zwischen Hühnchen und Pasta wählen, ich habe Hühnchen genommen, weil ich im Moment nicht wusste, was Pasta ist. Nudeln, na klar, das hatte ich ganz vergessen. Dabei esse ich sehr gern Nudeln, am liebsten Spaghetti.

Bei Marlena zuhause gab es mindestens einmal in der Woche Nudeln, manchmal durfte ich bei ihr essen, bei uns gab es nur Nudeln, wenn Papa auf Geschäftsreise war, denn Papa mochte keine Nudeln. Mama und ich mochten sehr gern Nudeln, aber Mama durfte keine kochen, Papa hat es ihr einfach verboten. Aber das machte nichts, ich mag auch sehr gern Kartoffeln. Mama auch.

Einmal war Papa für eine Woche auf einer Geschäftsreise in München und Mama und ich freuten uns, dass wir Nudeln essen konnten und weil es so etwas Besonderes für uns war, haben wir es uns bis zum letzten Tag aufgehoben und dann kam Papa einen Tag zu früh nach Hause. Die Nudeln kochten gerade im Topf, als Papa zur Tür hereinkam, Mamas Brille war vom kochenden Wasser ganz beschlagen. Papa sagte kein Wort, nahm den Topf und schüttete alles ins Klo. Mama weinte und Papa sah aus, als wolle er Mama am liebsten eine Ohrfeige geben, das hat er aber nicht getan.

Pete sagt, Männer, die Frauen schlagen, sind Feiglinge. Papa ist kein Feigling, er hat schon mal seinen Kopf in ein Löwenmaul gesteckt, das war im Zirkus, und alle haben ganz laut geklatscht, ich am allerlautesten. Wer hat schon einen Vater, der sich traut, seinen Kopf in ein Löwenmaul zu stecken.

Damals war ich sieben Jahre alt.

2

Ich öffne den mit tausend Sternen geschmückten Brief. Es ist ein Kontoauszug. Viel steht nicht darauf, der Abschlag für Strom wurde abgebucht, ich hatte einhundert Euro abgehoben, das ist zu sehen und die Miete ist abgebucht. Ich mache Eselsohren in den Auszug, und dann knicke ich ihn so, dass man den Stromabschlag und meine hundert Euro noch sehen kann, aber nicht mehr die Miete. Wovon soll ich denn die Miete bezahlen, wenn ich kein Geld mehr verdiene?

Das Telefon hat immer noch nicht geklingelt.

Wer zahlt denn die Miete für Menschen, die keine Arbeit haben? Es gibt doch ganz viele Menschen ohne Arbeit in Deutschland. Wer hilft mir denn jetzt? Wo bekomme ich denn eine neue Arbeit her? Wo soll ich denn wohnen? Es gibt Menschen die wohnen tatsächlich unter einer Brücke. Ich könnte mich auch von einer Brücke in die Tiefe stürzten, dann wäre ich tot und bräuchte keine Wohnung mehr und keinen Strom und kein Geld. Aber das denke ich nur ganz kurz, denn ich will nicht tot sein, denn sonst wäre mein Baby auch tot und ich will mein Baby auf gar keinen Fall verlieren, denn ich habe schon einmal ein Baby verloren und ich erinnere mich, wie traurig ich war.

Ich streichele mir mit der Hand über meinen Bauch, der so flach ist, dass außer mir noch niemand weiß, dass ein kleines Baby darin wohnt.

»Wir schaffen das«, flüstere dem Baby zu.
Ich sollte Pete anrufen.

Pete sagte immer, ich habe die allerschönsten Augen, die es gibt, weil ich goldene Punkte in meinen Augen habe und er weiß, wie echtes Gold aussieht. Nicht solches wie man es im Schmuckladen findet, sondern richtiges Gold, wie man es in den Flüssen finden kann. Pete hat schon mal ein Nugget gefunden, ein sehr kleines, aber er sagt, es sei wunderschön gewesen, er habe es an seinen Hosenbeinen sauber gerieben und es habe ganz fantastisch geglänzt und er hat es immer wieder in die Sonne gehalten. Und genau dieses Gold konnte Pete in meinen Augen sehen, hat er gesagt. Ich habe mich schon mal ganz ganz lange vor den Spiegel gestellt, aber ich konnte die goldenen Punkte wirklich nicht sehen. Als ich das Pete erzählt habe, hat er gelacht und mich an sich gedrückt.

»Sweetie, das Gold in deinen Augen kann nur ich sehen.«

Ich bin noch zu Maria, zu Juan und Sam gegangen und habe sie gefragt, ob sie goldene Punkte in meinen Augen sehen könnten, aber auch sie haben nichts gesehen. Ich habe ihnen dann auch erzählt, was Pete gesagt hat und Sam hat erwidert, sie habe noch nie im Leben etwas Schöneres gehört. Ich konnte das kaum glauben, denn jeder konnte sehen, dass John Sam abgöttisch liebte und bestimmt sagte er ihr andauernd etwas Schönes. Als ich John das nächste Mal angesehen habe, hat er mich fest an meinen Armen gepackt und sich so dicht an mich gezogen, dass ich seinen Atem spüren konnte. Er hat mir ganz tief in die Augen geschaut.

»Elisabeth«, hat John dann gesagt, er war übrigens der einzige, der mich Elisabeth nannte, »ich sehe überhaupt nichts Goldenes in deinen Augen. Aber ich kann dir sagen,

was ich sehe. Die Farbe deiner Augen ist so schleimig grün, als würde der Oak Creek in Algen ersticken, und das ist ganz schön hässlich sage ich dir.« Ich fand das sehr gemein von John und das sagte ich ihm auch. Er stieß mich zurück und ich kam ins Stolpern. Zum Glück fiel ich nicht hin, mir war zwar sehr zum Weinen zumute, aber ich biss die Zähne zusammen, wegen John würde ich nicht eine einzige Träne vergießen. Aber er wusste natürlich genau, wie sehr er mich beleidigt hatte.

»Was willst du, Elisabeth, das ist ein hartes Land, du kannst es dir nicht erlauben, zimperlich zu sein. Du schon gar nicht.« Es klang ganz abfällig, besonders als er ›du schon gar nicht‹ sagte, so als wäre ich Müll und er würde mit mir sprechen, bevor er mich in die Tonne warf. Es war nicht nur gemein, es war sowieso gelogen, was John über den Oak Creek sagte, denn er hatte schon früher von dem Fluss berichtet und dabei immer nur erzählt wie wunderschön er sei. Niemals zuvor hatte er erwähnt, dass Algen in dem Fluss sind, und dass es dort schleimig oder hässlich ist. Ich wusste, dass es sehr schön am Oak Creek war, obwohl ich den Fluss gar nicht kannte. Ich war zwar schon mal in Phoenix, aber ansonsten war ich noch nicht wirklich aus Rattlesdale rausgekommen. Aber John hatte vor einiger Zeit vom Oak Creek erzählt, er hatte mal eine Weile im Norden Arizonas gewohnt, irgendwo in einer Stadt namens Sedona. Damals hat er Skulpturen aus Steinen gehauen und wollte ein großer Künstler werden, aber das hat nicht so richtig geklappt. Er ist dann oft zum Oak Creek zum Angeln gefahren. Sam und er haben damals ganz viel Fisch gegessen, das ist wohl auch der Grund warum Sam heute keinen Fisch mehr essen mag. Aber John hat es gefallen, er sagte, so was Schönes wie den

Oak Creek gebe es nirgends sonst auf der Welt und Pete und Larry gaben ihm Recht. John sagte, wir müssten unbedingt mal hinfahren. Ich weiß, dass er mich nicht eingeschlossen hatte, als er «wir» sagte, aber ich gehörte nun einmal dazu, daran konnte auch John nichts ändern. Wenn er mit Larry und Pete fahren wollte, dann kam ich eben auch mit. Wir sind dann an einem Wochenende gefahren und es war sehr schön. John hat ganz fürchterlich mit seinen Angelkünsten angegeben, aber er hat dann tatsächlich ein paar Forellen gefangen, die wir am Lagerfeuer gegrillt haben. Das war so köstlich. Ich wünschte, ich hätte ein paar Spaghetti dazu gehabt, dann wäre es das allergrößte Festessen unter der Sonne gewesen oder unter den Sternen. Sam hat sich ein paar Pommes gekauft, und auf eine Bank gesetzt. Ich wusste, dass Sam auch noch eine Tafel Schokolade hatte, das war wohl ihr Nachtisch. Ob sie ihre Schokolade immer mit John teilt? John ist nämlich ziemlich dick und Sam ist sehr schlank, aber irgendwer muss ja von der Schokolade dick werden. Papa hat immer gesagt, wer Schokolade isst, wird dick und fett, aber ich habe immer nur Sam Schokolade essen sehen und niemals ihren dicken Mann. John hat sie gefragt, ob sie okay wäre und sie hat gesagt, sie wäre okay und sie wäre glücklich.

»Los, komm her, setz dich zu uns, ich will meinen Arm um meine schöne Frau legen.« Sam lächelte, aber sie rührte sich nicht. »Und hör auf Schokolade zu essen, sonst wirst du noch fett«, er zwinkerte ihr zu.

»So fett wie du?«, konterte Sam und ich lachte laut.

»Was gibt's da zu lachen, Elisabeth?«, fragte John und seine Augen, mit denen er gerade noch seine Frau angehimmelt hatte, verfinsterten sich. »Du solltest dir überlegen, was du tust, sonst kannst du zu Fuß nach Rattlesdale laufen.«

Ich ließ mich nicht von John einschüchtern und ging zu Pete rüber und kuschelte mich in seine Arme. Pete sagte nichts, wenn John so böse zu mir war, aber er hielt mich immer ganz fest, und das war viel mehr Trost für mich, als wenn er zu John gesagt hätte, dass er ein Ekelpaket sei oder wenn er ihm womöglich einen Kinnhaken verpasst hätte. Ich wollte mir von John nicht die Laune verderben lassen. Sam kam schließlich doch zu uns. Sie setzte sich neben John und aß weiter ein Stück Schokolade nach dem nächsten. John streichelte mit seiner rechten Hand durch Sams Haare und wickelte sich eine lange Strähne um seinen Zeigefinger, ließ sie los, so dass sie wie gekringeltes Geschenkband Sams Rücken herunterrollte und John nahm sich die nächste Strähne und wickelte auch sie um seinen Finger. Dann versuchte er, ihr ein Stück Forelle in den Mund zu schieben, aber sie presste ihre Lippen fest aufeinander. Vermutlich hatte Sam in ihrer Zeit mit John als Künstler so viele Forellen gegessen, dass es für ihr ganzes Leben ausreichte. Pete hatte auch ein paar Forellen gefangen und ich guckte genau, dass ich nur von denen aß, die er aus dem Fluss gefischt hatte. Ich sah John gar nicht mehr direkt an, aber ich beobachtete ihn aus den Augenwinkeln und dann sah ich, dass John und Sam sich küssten und ich fragte mich, wie Forelle mit Schokoladensoße wohl schmeckt. Ich küsste Pete und unser Kuss schmeckte nach Forelle mit Forelle, ich musste lachen, noch als wir uns küssten. Das war ein ganz lustiger Kuss und Pete musste auch lachen, weil ich lachte und wir konnten uns kaum noch küssen.

Ich wollte glücklich sein und das war ich auch.

Ich war auch glücklich, dass Larry bei uns war. Larry war nämlich Automechaniker und mitten auf der Strecke zwischen Phoenix und Sedona ging der Motor des Pickups plötzlich aus. John stieg mit aus, nahm einen Hammer, öffnete die Motorhaube und schlug irgendwo rauf.

»Verflixte Mistkiste«, brüllte er dabei, »ein neues Auto, das soll ein neues Auto sein?«

Ich hatte es schon einige Male erlebt, dass John den Motor mit seinem Gehämmere wieder in Gang brachte, aber diesmal klappte es nicht. John kratzte sich am Bart, als könne er dann besser nachdenken. John trug immer einen Bart, aber nur auf der Oberlippe und am Kinn, gerade so breit wie seine Lippen waren, nicht auf den Wangen, wie River, wenn er sich drei Tage lang nicht rasiert hat. Johns Koteletten reichten fast bis an seine Ohrläppchen.

John trat gegen den Autoreifen und ich zuckte vor Schreck zusammen.

»Was ist?« Er sah mich mit zorngeröteten Augen als, als hätte ich das Auto kaputt gemacht. Ich machte mich ganz klein neben Sam. Wir saßen beide nebeneinander auf der Ladefläche und Sam schien sich an Johns Wutausbrüchen nicht zu stören. Larry war auch auf der Ladefläche, er hatte sich lang ausgestreckt. Sein alter Krückstock mit den vielen Schnitzmustern lag neben ihm und sein schöner Cowboyhut, um den ich ihn so beneidete, der ihm zwei Nummern zu groß war, wie River sagte, lag auf seinem Gesicht. Unter seinem Hut kam Mundharmonikamusik hervor und wir wippten alle etwas im Rhythmus von Larrys Melodien. Ohne auch nur den Hut vom Gesicht zu nehmen, fing Larry plötzlich an, Geschichten zu erzählen, von Abenteurern, die in der Wüste verdurstet sind, die von Kojoten aufgelauert und von Klapperschlangen gebissen wurden. Sam rollte gelangweilt mit den Augen, hielt ihr Kaugummi mit den Zähnen fest und zog *einen langen Faden, dann rollte sie ihn über ihrem Finger wieder auf, steckte den Finger in den Mund und grummelte und nuschelte. Wenn Sam keine Schokolade futterte, dann kaute sie auf Kaugummi herum, es war, als müssten ihre Zähne immer was zu tun haben.*

»Wir haben so viel Wasser und Cola und Bier mit, dass wir eine ganze Kojotenbande ersäufen könnten und die Klapperschlangen des gesamten Sonnentals dazu«, sagte sie.

Die ganze Gegend rund um Phoenix heißt Valley of the Sun, Sonnental, und ich kann mir schon denken, dass es eine Menge Kojoten und noch mehr Klapperschlangen gibt und ich war mir keineswegs sicher, dass wir die alle mit unseren Getränken ersäufen konnten, andererseits – warum sollten die alle zu uns kommen?

Larry lachte, richtete sich auf und setzte seinen Hut auf den Kopf, dann rutschte er von der Ladefläche, nicht ohne mir vorher noch lachend einen freundschaftlichen Klaps auf meinen Oberschenkel zu geben.

»Keine Angst, Kiddo, der alte Larry wird das schon machen.«

Larry sagte oft Kiddo zu mir, als ob ich ein kleines Kind wäre, das er behüten müsste. Und obwohl ich überhaupt nicht mehr klein war, mochte ich es ganz gern, wenn er mich so nannte. Ich hatte immer das Gefühl, dass er auf mich aufpasste, dass mir niemals etwas passieren könnte, so lange er in meiner Nähe war. Ich würde Larry niemals Kiddo nennen, aber ich wollte auch auf ihn acht geben, so ist das wohl bei Seelenverwandten.

Larry holte einen Schraubenschlüssel unter dem Fahrersitz hervor und verschwand wie John hinter der Motorhaube. Ich konnte nicht sehen, was er machte, aber zwei Minuten später fuhren wir weiter. Ich war so glücklich, dass ich einen Freund hatte, der Automechaniker war. Und natürlich war ich auch glücklich, dass Sam dabei war, sonst wäre ich das einzige Mädchen hier und das wäre nicht so schön gewesen. Aber mit Sam zusammen hinten auf dem Pickup zu sitzen, das war ein Riesenspaß.

Aber am allerglücklichsten war ich natürlich, weil Pete dabei war, auch wenn er vorn neben John saß und ich ihn hinten ein wenig vermisste.

An diesem Wochenende am Oak Creek haben Pete und ich das Baby gemacht. Mein erstes Baby. Es war schon dunkel und das Lagerfeuer war fast schon erloschen, aber es war immer noch ganz warm und Pete meinte, es gebe hier gar keine Klapperschlangen und so sind wir ein bisschen am Fluss entlanggegangen und haben uns ans Wasser gesetzt und geküsst. Wenn Pete mich geküsst hat, war es immer so, als wickelte mich jemand in eine ganz weiche warme Decke. Es wäre schöner gewesen, wenn wir tatsächlich eine Decke gehabt hätten, aber es war auch so schön und wenn ich daran denke, dass wir dort unten am Oak Creek das Baby gemacht haben, dann finde ich es im Nachhinein noch viel schöner, aber damals wussten wir das beide nicht.

Wir hörten Larry Mundharmonika spielen, als wir zurückkamen, die anderen hatten doch noch etwas Holz aufs Feuer geworfen und wir beschlossen, die ganze Nacht dort zu bleiben. Ich glaube, das war nicht erlaubt, aber wir hofften einfach, dass uns niemand erwischen würde und das hat auch niemand. Als Larry neues Holz aufs Feuer warf wurde es wieder etwas heller und ich konnte sehen, dass alle grinsten, ich wusste nicht warum, aber bestimmt war es wegen Pete und mir, weil wir so Hand in Hand wie ein verliebtes Paar da standen. Wir waren ja auch ein verliebtes Paar. John torkelte zu uns herüber. Er hielt eine Bierflasche in der einen Hand, und packte mich mit der anderen an der Schulter und drehte mich zum Feuerschein. Er hielt meinen Kopf schräg und sah mir in die Augen.

»Hey Elisabeth, jetzt kann ich sie doch sehen, diese Goldnuggets«, er lachte ein ganz tiefes, lautes Lachen.

»Halt deinen Mund, John«, sagte Pete und schubste ihn tatsächlich weg von mir, dann zog er mich ganz dicht zu sich. John drehte sich um und sah Sam an und sagte, dann müsse er wohl in ihren Augen nach Goldnuggets suchen und ob sie es lieber flussaufwärts oder flussabwärts machen sollten. Vielleicht glaubte John, das Licht wäre an einer anderen Stelle des Flusses besser, aber Sam hat keine goldenen Punkte in den Augen, das wusste ich genau. Vielleicht wollte er auch echte Nuggets in dem Fluss finden. Man weiß es nicht so genau, vielleicht gibt es noch irgendwo eine unentdeckte Goldader. Jedenfalls machte Sam gerade nicht den Eindruck, als habe sie Lust, irgendetwas mit John zu suchen.

Vielleicht wollte mich John auch einfach nur wieder ärgern, wer weiß?

Ob Pete in letzter Zeit wohl mal am Oak Creek war, ohne mich? Würde ich eine Goldader entdecken, bräuchte ich nie wieder arbeiten, aber ich würde es trotzdem tun, denn ich ohne Farbflecken auf meiner Hose wäre ich nur ein halber Mensch. Bevor ich Pete kennenlernte, wusste ich gar nicht, wie wichtig mir die Malerei ist, aber jetzt kann ich mir ein Leben ohne Farbrolle, Abtönfarbe und Quirlaufsatz für die Bohrmaschine überhaupt nicht vorstellen.

Ich drehe das Telefon in meiner Hand im Kreis, anstatt

Petes Nummer zu wählen. Ich denke an Pete, ich wünsche mir, dass er hier wäre, ich möchte auf der Stelle seine Stimme hören und rufe ihn doch nicht an, obwohl seine Telefonnummer die einzige ist, die ich auswendig weiß, na ja, ich kenne auch den Notruf 112. In Amerika muss man 911 wählen, also kenne ich schon drei Telefonnummern auswendig. Für mich ist das aber wirklich eine ganze Menge, ich kenne nicht einmal Mamas Telefonnummer, obwohl ich sie doch andauernd anrufe. Angerufen habe. Mamas Nummer ist in meinem Handy gespeichert. Soll ich sie jetzt löschen?

Mein ganzer Körper zuckt zusammen und vor Schreck lasse ich das Telefon fallen – es klingelt. Pete? Das kann nur Pete sein. Ich hebe das Telefon auf, sehe gar nicht aufs Display, sondern drücke sofort die Taste mit dem Hörer.

»Hello?«, sage ich anstatt ›hallo‹, weil ich so sicher bin, dass es Pete ist. Ich kann es spüren. Manche Leute würden sagen, sie könnten es am Klingeln hören.

»Hallo? Hallo Elly, bist du das?«

Ich antworte nicht. Meine Enttäuschung sitzt mir wie ein dicker Kloß im Hals, ich kann nicht sprechen, der Kloß arbeitet sich in meinem Kopf nach oben und drückt von unten auf meine Tränendrüsen und quetscht sie aus. Das ist nicht Petes Stimme, die da aus dem Telefon kommt und immer lauter wird und immer wieder fragt, ob ich da bin, ob ich in Ordnung bin, was los ist, warum nicht antworte. Es ist Marlenas Stimme, die aus dem verfluchten Telefon kommt. Es sollte Pete sein, ich wollte Petes Stimme hören. Lieber Gott, warum ist es nicht Pete? Warum lässt du es nicht Pete sein? Ich flehe dich an, lieber Gott, mach, dass ich mich verhört habe.

Aber der liebe Gott macht nicht, dass ich mich geirrt habe. Es ist nicht Pete, es ist Marlena und es tut mir leid, dass ich nicht antworten kann.

»Elly! Elly, wenn du jetzt nicht auf der Stelle etwas sagst, schick ich dir die Polizei, die Feuerwehr und den Rettungsdienst auf den Hals, Elly. Elly? Hörst du mich?«

Ich schluchze, als ich zu sprechen versuche und schließlich bekomme ich doch ein paar Worte heraus.

»Ich wollte Pete …«

»Ich komme«, höre ich Marlena noch sagen, und dann legt sie auf. Das Telefon kullert mir aus der Hand auf den Tisch und mein Kopf fällt in meine Arme, die auf dem Küchentisch auf dem fettigen Butterbrotpapier liegen. Ich weiß nicht, wie lange ich so gelegen habe, aber irgendwann sind meine Tränendrüsen leer, ich gehe ins Bad und wasche mein Gesicht, es ist blass und nur deshalb sehen die Ränder um meine Augen so extrem rot aus, der Kontrast macht das, so als würde man rote Streifen auf eine weiße Wand malen.

Es klingelt an der Tür, aber ich weiß nicht, ob das Klingeln lauter ist oder das Babygeschrei. Marlena steht schon vor meiner Wohnungstür, offenbar hat jemand die Haustür offen gelassen, so dass sie gleich die Treppen hochgehen konnte. Ich mache die Tür auf und Finn schreit mich mit weit geöffnetem Mund an und Marlena schreit mich auch an.

»Was ist los? Was ist passiert? Du schaffst es immer öfter, mich zu Tode zu erschrecken, Elly.«

»Tut mir leid«, sage ich und will ihr das schreiende Baby abnehmen, aber Marlena gibt Finn nicht her, stattdessen nimmt sie ihn mit einem Ruck auf den anderen Arm und dreht ihn mit einer hastigen Bewegung herum, so dass er über ihre Schulter guckt. Er schreit nur noch mehr. Marlena kommt rein und ich sage noch einmal, dass es mir leid tut, ich wollte sie nicht erschrecken, aber ich konnte einfach nicht sprechen. Marlena lässt sich auf den Küchenstuhl fallen und streckt ihre Beine aus. Jetzt lässt sie es doch zu, dass ich ihr Finn abnehme. Ich stelle mich ans Fenster, lege ihn mir auf den Arm und streiche mit der Hand über seinen Bauch.

»Sieh nur die Wolken dort oben, Finn«, sage ich und Finn guckt in den Himmel. Ich wiege meinen ganzen Körper vor und zurück, hin und her, so dass Finn das Gefühl bekommen muss in seiner warmen weichen Wiege zu liegen, er hört auf zu weinen, steckt sich seinen kleinen Finger in den Mund und schläft ein. Ich setze mich gegenüber von Marlena auf den anderen Küchenstuhl.

»Es tut mir leid«, wiederhole ich noch einmal, »ich dachte Pete würde anrufen, ich war mir so sicher.«

»Und dann war es nur die blöde Marlena«, sagt Marlena.

»Sieh nur, wie schön er schläft«, ganz vorsichtig küsse ich Finn auf die Stirn.

»Ich weiß auch nicht, wie du das immer schaffst«, sagt sie und ich mag diesen Blick mit dem Marlena mich jetzt ansieht, er ist so voller Bewunderung, ich kenne diesen Blick genau. Ganz genauso habe ich geguckt, als ich sieben Jahre alt war und Papas Kopf im Löwenmaul steckte.

Was wohl passiert wäre, wenn der Löwe zugebissen hätte, das hätte Papa bestimmt nicht überlebt. Vielleicht, nein ganz bestimmt würde Mama dann heute noch leben. Ich muss mich ein bisschen schütteln, um nicht das siebenjährige Mädchen zu bleiben – es ist das erste Mal, dass ich mir ausmale, was passiert wäre, wenn der Löwe nicht so friedlich geblieben wäre.

Finn liegt ganz ruhig auf meinem Schoß, sein Finger rutscht aus dem Mund und sein Arm fällt ganz entspannt zur Seite. Ich freue mich, dass er meinem Baby so nah ist, die beiden können später mal gute Freunde werden. Ich muss lächeln. So ist das mit mir, in einem Augenblick bin ich so verzweifelt, dass ich nicht einmal mehr weiß, warum ich lebe und im nächsten Moment fühle ich das Leben wie einen reißenden Strom durch mich hindurch stoben, es wühlt mich auf und macht mich gleichzeitig ganz ruhig.

Marlena steht auf, füllt meinen Wasserkocher und schaltet ihn ein.

»Willst du auch einen Tee?«, fragt sie und bedient sich in der alten Kiste aus Bambusholz, in der ich schon seit Jahren meine verschiedenen Teebeutel aufbewahre. Es werden kaum weniger, weil ich meistens Kaffee trinke. Ich schüttele den Kopf.

»Was war denn nur los, Elly?«

»Ich bin gefeuert.«

»Was?«

»Ich bin vorhin zur Arbeit gefahren und mein Chef hat gesagt, er hat kein Vertrauen mehr zu mir und ich könne nach Hause fahren, er schickt mir meine Papiere.«

»Das glaube ich nicht.«

»Glaubst du, ich lüge?«

»Nein, nein, nur … warum? Ist irgendwas gewesen, gestern oder vorgestern?« Sie wickelt das kleine Papierstückchen des Teebeutels um den Henkel der Tasse, sie hat sich Hagebuttentee ausgesucht.

»Ich war gar nicht da, gestern und vorgestern«, erkläre ich Marlena, aber sie versteht es nicht.

»Warum nicht?«

»Ist vielleicht meine Mama gestorben?«, erinnere ich sie mit bissiger, lauter Stimme. Schon atmet Finn etwas schneller und sucht sich wieder seinen kleinen Finger, um einen kurzen Moment daran zu nuckeln.

»Ich verstehe dich nicht. Wo warst du denn gestern und vorgestern?«

»Zuhause.«

Marlena legt sich den Zeigefinger über den Mund, das macht sie immer wenn sie angestrengt nachdenkt. »Und vorvorgestern und davor?«

»Da war ich auch zuhause.«

»Warum um alles in der Welt, warst du denn die ganze Zeit zuhause?« Marlena streckt beide Hände in die Luft, als warte sie darauf, dass ihr die Antwort von der Küchendecke in die Hände fällt.

»Ich konnte doch nicht arbeiten gehen, ich war noch so traurig, und ich wusste gar nicht, wie mein Leben weitergehen sollte und meine Hose war gestern noch gar nicht trocken und …«

»…deine Hose war nicht trocken?«, Marlena guckt mich ungläubig an. »Hattest du mit deinem Chef abgesprochen, dass du so lange zuhause bleibst?«

»Er hat doch selbst gesagt, ich kann zuhause bleiben«, schmolle ich. Was ist das hier, die Anklagebank?

»Du hast mir erzählt, dass er gesagt hat, du bräuchtest am Tag nach der Beerdigung nicht arbeiten. Du hast dich doch noch gefreut, dass er so nett war.«

»Sonst war er auch immer nett.« Ich sehe Marlena nicht

mehr an, woher kommt plötzlich dieses Schuldgefühl in mir? Ich habe nichts Falsches gemacht. Marlena soll aufhören so zu reden. Hätte ich meine Hände frei, würde ich mir die Ohren zuhalten. Aus dem Augenwinkel sehe ich, dass sie schon wieder ihren Zeigefinger auf ihren Mund legt.

»Ich frage mich allerdings«, murmelt sie vor sich hin, »warum er sich nicht bei dir gemeldet hat, ich meine, es hätte durchaus sein können, dass du krank geworden bist …«

»Ich hatte das Telefon ausgestöpselt«, ich sage es ganz leise und hoffe, dass Marlena es gar nicht hört. Sie benimmt sich nicht gerade wie meine Verteidigerin.

»Wie bitte?« Sie lehnt sich zurück, verschränkt die Arme vor ihrer Brust und atmet laut und tief ein und aus. Ich sage nichts. Man muss sich nicht selbst belasten.

»Und jetzt?«, lautet Marlenas nächste Frage und ich kann nur mit einem Schulterzucken antworten, denn das ist der Punkt, ich habe keine Ahnung wie es weitergehen soll.

»Ich habe mich auch schon gefragt, wie ich meine Miete bezahlen soll«, drucke ich herum.

Marlenas Gesicht hat ganz harte Züge, ihre Wangenknochen zeichnen sich unter ihrer Haut ab, ihre Augen gucken starr geradeaus und ihre Lippen sind ganz verkrampft.

»Du musst als erstes zum Arbeitsamt, du musst dich arbeitslos melden, damit du von dort Geld bekommst. Was steht eigentlich in deinem Arbeitsvertrag?«

»Ich weiß nicht.«

»Gib ihn mir! Ich nehme ihn mit, Markus kann ihn sich mal anschauen.«

Finn beginnt leise zu schnarchen und ich drehe ihn ein wenig zur Seite, damit der besser atmen kann und schon hört das Schnarchen auf und er schließt den Mund. Der

Duft vom Hagebuttentee steigt in meine Nase und ich nehme Finns Hand und küsse sie und rieche daran. Ich möchte lieber noch ein bisschen von seinem wunderbaren Babyduft in meiner Nase haben.

»Ich bin ja noch gar nicht arbeitslos, ich habe Urlaub«, sage ich, denn Herr Jensen hat gesagt, ich solle nach Hause gehen, er verrechnet das mit meinem Urlaub, jedenfalls habe ich das so verstanden.

»Und nach dem Urlaub?«

»…bin ich gefeuert.«

»Na also.«

Marlena atmet seufzend ein und aus und ein und aus, beinah so als hätte sie die Last, die mir jetzt auf den Schultern liegt zu tragen.

Finn wird etwas unruhig, offenbar sucht er sich auf meinem Arm eine gemütlichere Position. Marlena beobachtet ihn ohne eine Miene zu verziehen.

»Ich finde, er hätte das nicht tun dürfen …«, sage ich und will, dass Marlena endlich mal auf meiner Seite steht.

»Was? Dich feuern?«

»Ja.«

»Elly«, Marlenas Stimme klingt schon jetzt so aufgeregt und ich weiß, dass sie gleich noch viel schriller sprechen wird, »du gehst wochenlang nicht zur Arbeit, meldest dich offenbar nicht, bist überhaupt nicht zu erreichen, was erwartest du?«

»Aber er muss mich doch nicht gleich …«

»Jeder Arbeitgeber der Welt hätte dich rausgeschmissen, verflixt nochmal, tu nicht immer so dumm, Elly! Tu nicht immer so dumm!«

Nun werde ich laut und es ist mir egal, ob Finn aufwachen würde oder nicht. Ich kann es nicht leiden, wenn mir jemand sagt, ich sei dumm. »Ich tue gar nicht dumm, weil ich nämlich überhaupt nicht dumm bin.«

»Doch, du tust dumm!«

»Du findest, ich bin dumm, häh? Häh? Wie heißt denn die Hauptstadt von Kasachstan? Das weißt du wohl nicht, was? Na, wer ist hier dumm?«

»Es interessiert mich einen Scheißdreck, wie die Hauptstadt von Kasasonstwas …«

»Kasachstan«

»… heißt, du sollst nicht immer so tun, als müsste man dir die Welt erklären, Elly. Du bist nicht dumm, du tust nur so, und ich hasse das.« Als wäre in ihrem Stuhl eine unsichtbare Metallfeder eingebaut, springt sie auf, dann stellt sie sich mit verschränkten Armen vors Fenster und sagt kein Wort. Ich sage auch kein Wort, ich bin beleidigt. Es stimmt gar nicht, dass ich dumm tue. Und es ist nicht schön, dass Marlena mir das vorwirft.

Bis auf das Gedröhne des Presslufthammers von der Straße ist es ganz still in der Küche, bis Marlena mir Finn aus den Armen nimmt und behauptet, er müsse gewickelt werden, dass stimmte überhaupt nicht, aber ich war trotzdem froh, denn das Wickeln bedeutete, dass Marlena jetzt nicht Hals über Kopf verschwinden würde.

Ich hatte keine Farm in Afrika. Das ist leider die Wahrheit. Aber vielleicht hätte ich eine Farm haben können, wenn ich klüger wäre, es wäre nämlich sehr schön, wenn ich sagen könnte, ich hatte eine Farm in Afrika, das hätte Mama gefreut. »Jenseits von Afrika« war ihr Lieblingsfilm und sie fing immer schon ganz am Anfang an zu weinen. Dann nahm ich ihr die Brille von der Nase, wischte sie trocken und gab sie ihr zurück. Vielleicht hätte Mama sich gefreut, wenn ich wenigstens eine Farm in Arizona gehabt hätte, aber ich hatte sehr sehr viel dort, aber leider keine Farm.

Ich hatte Menschen in Arizona. Und sie waren mir mehr wert als alle Goldnuggets, die vielleicht heute noch im Oak Creek schwimmen.

Einmal erzählte mir Juan alles, was er über Saguaro Kakteen wusste. Juan hatte ganz schöne Lippen, seine Unterlippe war geschwungen wie eine Nordseewelle. Er roch nach Schweiß, aber das machte nichts, ich wusste, dass es anstrengend war, den ganzen Tag lang Rasen zu mähen. Ich erzählte Juan alles, was ich über Kastanienbäume wusste, zum Beispiel wie die Blätter aussahen. Juan konnte sich das gar nicht vorstellen, so dass ich ein Kastanienblatt in den Sand gemalt habe, ein ganz großes mit sieben Fingern und ich habe ganz sorgfältig jede einzelne Rippe eingezeichnet. Dann habe ich zu Juan gesagt, er solle die Augen schließen und in Gedanken den roten und den weißen Teil von der mexikanischen Flagge abschneiden, so dass nur noch der grüne Teil übrig bleibt. Juan musste ganz fest an das Grün denken, erst dann durfte er die Augen wieder aufmachen, damit er sich ganz genau vorstellen konnte, wie ein Kastanienblatt aussah, denn das, was ich in den Sand gemalt hatte, hatte natürlich keine Farbe. Als Juan sagte, er könne sich das Blatt jetzt vorstellen, habe ich ihm erzählt, wie man das Blattgrün zwischen den Rippen abstreifen kann, wenn man es zwischen Daumen und Zeigefinger einklemmt. Wenn man es ganz vorsichtig macht, hat man am Ende ein Kastanienblattgerippe, das aussieht wie ein Kunstwerk. Im Laden der alte Dame gab es eine Silberbrosche von den Indianern, die sah fast so aus, ganz fein und zart.

Ich habe Juan auch erzählt, dass das zwar sehr schön aussieht und sich auch ganz weich anfühlt, wenn sich das Blattgrün wie eine Ziehharmonika zwischen den Fingern kräuselt, aber dass man es nicht macht. Denn es tut dem Kastanienbaum weh, wenn man ihm ein Blatt abreißt. Das hat Mama mir erklärt. Ich wünschte, Mama hätte mir das nicht erklärt, weil es so schön ist, Kastanienblattgerippe zu machen, aber als ich es wusste, wollte ich natürlich keinem Kastanienbaum mehr weh tun.

Manchmal ist es besser, man weiß Dinge nicht.

Einmal, als ich es schon wusste, hatte ich so große Lust, ein Kastanienblattgerippe zu machen, dass ich doch ein Blatt vom Baum abgerissen habe und ich habe genau gehört, wie der Baum geweint hat und ich habe mich ganz schlecht gefühlt.

Als Juan und ich damals in der Wüste waren, setzte Juan sich auf einen Stein und ich setzte mich auch auf einen Stein, der war von der Sonne ganz warm. Juan erzählte, dass in den Saguarokakteen Gilaspechte brüteten. Ich fand das sehr interessant, denn die Spechte machen sich damit einen Haufen Arbeit. Erst müssen sie in dem Kaktus eine Höhle aushacken, das ist nicht so einfach, denn ein Kaktus ist auch so etwas wie ein Baum und ziemlich hart. Bevor die Höhle bezogen werden kann, muss sie erstmal richtig austrocknen. Es ist keineswegs so, dass es in einem Kaktus staubtrocken ist, der Kaktus braucht auch Lebenssaft. Juan sagt, man kann auch Kaktussaft trinken, aber man muss genau wissen von welchem Kaktus, denn manche sind auch giftig. Ich würde mich nicht trauen, diesen Saft zu trinken, ich wüsste auch gar nicht, wie ich den Saft aus so einem Kaktus herausbekommen sollte. Aber das wird für die Gilaspechte ziemlich uninteressant sein, die nisten da ja nur.

Juan sagte, er wäre auch gern ein Gilaspecht, dann könnte er machen, was er wollte. Er könnte sich hier in Arizona den schönsten Saguaro suchen und eine wunderschöne Höhle bauen und wenn er Lust hätte, könnte er einfach drauflos fliegen.

»Findest du es nicht toll, Tata, dass es für Vögel keine Grenzen gibt? Die können hinfliegen, wo sie wollen, wann immer sie Lust dazu haben.«

Ja, das fand ich auch toll.

»Wenn meine Mutter ein Vogel wäre, würde sie bestimmt nach Afrika fliegen«, sagte ich und Juan fragte, warum gerade Afrika.

»Weil sie Karen Blixen und Denys Finch Hatton so toll findet, Karen Blixen hatte eine Farm in Afrika.«

»Hat deine Mutter auch eine Farm?«

»Nein«, ich lachte.

»Was arbeitet deine Mutter denn?«

»Sieh mal dort, Juan, ist das ein Gilaspecht?« Ich zeigte auf eine Kaktusspitze auf der ein Vogel saß und ziemlich laut zwitscherte. Ehrlich gesagt wollte ich gar nicht wissen, ob das ein Gilaspecht war, aber ich wollte Juan nicht sagen, dass meine Mutter gar nichts arbeitete. Das stimmte auch irgendwie nicht. Sie putzte immer unsere Wohnung und sie hat immer Papas Hemden gebügelt, manchmal einen ganzen Nachmittag lang.

»Sissi«, hat sie gesagt, »eine gute Hausfrau muss gut Hemden bügeln können.« Und weil sie Sissi immer nur zu ganz besonderen Gelegenheiten zu mir sagte, muss wohl das Hemden bügeln etwas ganz besonders Wichtiges sein. Ich weiß auch nicht, warum ich es Juan nicht erzählen wollte.

Larry hatte immer eine CD in seiner Jackentasche. Wenn er zuhause war, humpelte er zum Küchenschrank, schob dabei einen von den beiden Hosenträgern hoch, einer rutschte nämlich immer auf seinen Arm, mal der rechte, mal der linke. Und dann schob er die CD in den CD Player, der auf seinem Küchenschrank stand, und wenn er Auto fuhr, schob er sie in den CD Player in seinem Mustang und klopfte mit den Fingern den Rhythmus auf dem Lenkrad, und sein Gesicht, besonders seine Nase und der Bereich unter seinen Augen, wurde noch röter, als es ohnehin schon war. Am meisten hörte Larry ein Lied, das »Ruby« hieß. Ich mochte das Lied nicht. Ruby ist die Freundin von dem Mann, der das Lied singt. Der Mann war im Krieg und liegt jetzt krank im Bett, aber seine Freundin will immer nur feiern gehen. Larry konnte das Lied vier, fünf Mal wiederholen, aber ich glaube trotzdem nicht, dass es sein Lieblingslied war. Ich würde gern wissen, ob Larry mal eine Freundin hatte, die Ruby hieß.

Ich zeige Marlena meinen Vertrag. Sie blättert ihn durch und schiebt ihn zur Seite. Sie sagt, sie will ihn Markus geben, er arbeitet in einer großen Firma im Büro, er weiß viel über so einen Schreibkram wie Arbeitsverträge. Er kann ihn sich mal ansehen.

»Ich kann mir nicht vorstellen, dass er dich so einfach rauswerfen kann.«

Ich streichele vorsichtig über Finns Wange, wie weich sie ist und wie friedlich Finns Gesicht aussieht. Ich glaube nicht, dass er träumt. Er schläft einfach nur.

»Was war eigentlich mit Pete?«, fragt Marlena völlig unvermittelt.

»Was soll mit Pete sein?«

»Warum hast du geglaubt, dass er anruft?«

Ich gucke auf Finns Nase, sie ist noch so winzig klein, aber man sieht schon genau, dass er die Nase von Markus hat. Marlenas Nase sieht ganz anders aus.

»Ich wollte, dass er anruft«, sage ich leise, ohne aufzublicken.

Marlena seufzt. »Du hast ihn immer noch nicht angerufen, Elly.«

Ich sage nichts.

»Warum rufst du ihn nicht endlich an? Bestimmt macht er sich Sorgen um dich oder er denkt, du willst nichts mehr mit ihm zu tun haben.«

»Das denkt er gar nicht«, widerspreche ich schnell.

»Warum soll er das nicht denken, wenn er wochenlang nichts von dir hört und sieht.«

»Er könnte ja kommen«, brummele ich.

»Er war da!«, schreit Marlena vorwurfsvoll und so laut, dass Finn aufwacht. Ich stehe auf, gehe ein paar Schritte hin und her, um ihn zu beruhigen. Am liebsten würde ich auch schreien, aber stattdessen zische ich Marlena nur böse an.

»Er war da, ja, aber er ist wieder gegangen. Er wusste genau, dass es meiner Mama schlecht ging und dass ich sie nicht allein lassen konnte.« Zwei Tränen fallen aus meinen Augen auf Finns Gesicht, erschreckt zuckt er zusammen. Ich lege meinen Kopf in den Nacken, damit die restlichen Tränen wieder zurückfließen. Ich will nicht weinen. Marlena rutscht mit ihrem Stuhl zu mir herüber und legt einen Arm um mich.

»Hör mal, Elly, ich habe kaum jemals einen Mann gesehen, der seine Frau so sehr geliebt hat wie Pete dich. Er musste nicht viel sagen, allein wie er dich angesehen hat, sagte alles und Markus hat erzählt, wie traurig er war, als er ihn zum Flughafen gebracht hat. Er konnte nicht hier bleiben, Elly, das weißt du genau.«

»Man kann alles, wenn man es will«, sage ich trotzig, obwohl ich weiß, dass Marlena Recht hat.

»Liebst du ihn noch?«

Was für eine Frage, selbstverständlich liebe ich ihn. Er ist ein Teil von mir, es gibt keinen Menschen auf der ganzen Welt, der mir mehr bedeutet als Pete und das sage ich Marlena mit lauter Stimme.

»Dann ruf ihn, verflixt noch mal endlich an, um ihm das zu sagen!«

»Ich muss ihm noch mehr sagen«, sage ich, jetzt wieder mit ganz, ganz leiser Stimme.

»Was musst du ihm noch sagen?«, fragt Marlena und ihre letzten Wörter werden vom Klingeln ihres Handys übertönt. Wie immer muss sie erst eine Weile in ihrer Handtasche kramen, bevor sie den Anruf entgegennehmen kann. Ich habe sie mal gefragt, warum sie das Handy nicht einfach in ihre Hosentasche steckt. Das beult aus, hat sie geantwortet. Marlena geht sehr sorgsam mit ihrer Kleidung um, auch wenn sie vielleicht nicht so sorgfältig bügelt wie ich.

Marlena musste immer die Kleider ihrer großen Schwestern auftragen, ich habe immer neue Kleider bekommen. Meist blau-weiße. Blau war Papas Lieblingsfarbe. Hosen hatte ich nur ganz wenige. Mama hatte glaube ich gar keine Hosen, aber sie hatte bestimmt hundert Kleider im Schrank. Mama und Papa hatten einen riesigen Kleiderschrank, der passte gerade so ins Schlafzimmer, aber nur weil auf Mamas Seite des Bettes kein Nachttisch stand. Ich hatte einen Nachttisch mit einer grünen Lampe darauf, manchmal habe ich abends im Bett etwas gelesen, manchmal so lange, dass die Lampe angefangen hat ganz komisch zu riechen. Dann habe ich immer ganz schnell das Licht ausgemacht und gehofft, dass Papa es nicht riecht und dass es nicht plötzlich anfängt zu brennen, denn das kann passieren, wenn eine Lampe zu heiß wird. Ich habe immer alles, was neben der Lampe lag, auf den Fußboden gelegt, für den Fall, dass es doch anfängt zu brennen, damit die Flammen nicht noch mehr Nahrung finden konnten. Wenn Mama mich morgens geweckt hat, hat sie immer geschimpft, dass alles vor dem Nachttisch lag anstatt darauf, sie konnte ja nicht wissen, dass ich das aus Vorsicht gemacht hatte und ich habe es ihr nicht gesagt, denn ich durfte im Bett nicht lesen, ich sollte das Licht immer gleich ausmachen, wenn ich ins Bett gegangen war.

Ich hatte auch ein Kleid das war mehr rot als blau, es war zwar auch blau, aber es hatte so viele rote Blumen darauf, dass es schon mehr rot als blau war, das war mein Lieblingskleid und ich hatte auch passende Kniestrümpfe. Meist hatte ich weiße Kniestrümpfe, aber ich hatte auch blaue mit einem roten Rand, die passten phantastisch zu diesem Kleid. Marlena fand das Kleid auch sehr schön und ich habe ihr versprochen, dass ich es ihr schenke, wenn ich rausgewachsen war, denn ich bin immer viel schneller gewachsen als Marlena. Marlena konnte es gar nicht abwarten und immer, wenn wir uns getroffen haben, dann hat sie einen Zollstock geholt und nachgemessen, ob ich schon wieder gewachsen war. Ich musste mich immer in den Türrahmen von dem Zimmer stellen, dass sich Marlena mit ihren Schwestern teilte. Marlena und ihre älteste Schwester Brigitte schliefen *in einem Etagenbett und Cornelia, die andere Schwester schlief in einem Klappbett, das tagsüber in einen Schrank verwandelt wurde. Der sah natürlich nur aus wie ein Schrank, man konnte natürlich nichts reinstellen, denn es war ja schon das Bett darin. Marlena schlief oben, das fand ich beneidenswert. Ich hatte keine Geschwister, also gab es bei uns auch kein Etagenbett, in dem ich hätte oben schlafen dürfen. Brigitte erzählte nachts öfter mal gruselige Geschichten und obwohl ich solche Geschichten überhaupt nicht gern hörte, war ich doch ein wenig neidisch. Ich hätte jedenfalls gern eine Schwester gehabt, die mir Geschichten erzählt hätte.*

»Sei froh, dass du keine älteren Schwestern hast, du kriegst wenigstens immer schöne, neue Kleider«, sagte Marlena und legte mir ein Buch auf den Kopf und machte darunter einen Bleistiftstrich. Leider war der Strich genau da, wo der vorige auch war, ich war nicht gewachsen. Man wächst auch nicht jeden Tag, sonst würde man irgendwann bis in den Himmel wachsen oder wie Cornelia sagte, aus der Dachrinne trinken können. Giraffen können aus Dachrinnen trinken, die haben so lange Hälse. In Afrika gibt es Giraffen, aber keine Dachrinnen, oder? Giraffen müssen sich immer ganz breitbeinig hinstellen, wenn sie in einem See oder einem Fluss trinken wollen oder in einer Pfütze, wenn es mal geregnet hat.

In Arizona regnet es fast nie. Ich mag Regen. Ich habe Larry mal erzählt, dass ich gern im Regen tanze mit weit ausgebreiteten Armen und den Handflächen nach oben, so dass ich alle Tropfen auffangen kann. Er hat mich dann das »Regenkind in der Wüste« genannt. Aber ich bin kein Regenkind, das hört sich an, als würde es bei uns in Niedersachsen immer nur regnen, das stimmt gar nicht. Wenn es noch ein bisschen regnet und die Sonne schon wieder scheint, dann kann man einen Regenbogen sehen.

»Ja, das stimmt«, hatte Larry gesagt, so als würde man in Arizona jeden Tag einen Regenbogen sehen. Dann hat er seine Stirn in Falten gelegt und seinen linken Hosenträger hochgezogen. »Nur wer durch Regentropfen in die Sonne sieht, kann einen Regenbogen sehen, Kiddo«, sagte er, das stimmte zwar nicht, denn man musste die Sonne im Rücken haben, wenn man einen Regenbogen sehen wollte, aber es klang trotzdem sehr schön, so wie Larry es sagte.

Ich hatte das blau-rote Kleid bestimmt zwei Wochen lang nicht getragen, als ich es mir über den Kopf zog, und plötzlich passte es einfach nicht mehr. Ich habe mich richtig doll gefreut, weil Marlena schon so ungeduldig darauf gewartet hatte und wir beide schon befürchteten, sie würde selbst plötzlich so schnell wachsen, dass ihr das Kleid dann auch nicht mehr passen würde. Ich zog es wieder aus, zog mir ein anderes an und legte das rot-weiße auf mein Bett. Dann faltete ich es ganz sorgfältig zusammen. Die Ärmel auf die Brust, den Rock ganz schmal, so dass ein richtiges Viereck entstand und dann habe ich es nochmal am Gürtel zusammengelegt. Es sah fast genauso aus, wie an dem Tag, als wir es gekauft hatten und Mama es zuhause vorsichtig aus der Tüte zog, in die die Verkäuferin es getan hatte.

Ich wollte gerade mit dem Kleid zu Marlena gehen, da sah Mama mich und fragte, wohin ich wollte. Mama und Papa saßen im Wohnzimmer und sahen Nachrichten im Fernsehen an.

»Ich bringe das Kleid zu Marlena, es passt mir nicht mehr«, sagte ich.

»Ach so«, sagte Mama und sah wieder zum Fernseher und

schüttelte den Kopf, wie sie es immer tat, weil in den Nachrichten so viel Schlimmes erzählt wurde.

»Wo willst du es hinbringen?«, fragte Papa.

»Zu Marlena«, sagte ich und erklärte ihm, dass Marlena sich schon lange auf das Kleid freute.

»Kommt gar nicht in Frage«, polterte er und Mama zuckte in ihrem Sessel zusammen, sie sah plötzlich viel kleiner aus, als noch einen Moment zuvor. »Leg es auf den Flurschrank. Ich werfe es morgen in den Altkleidercontainer.«

»Aber Marlena möchte …«, mehr konnte ich nicht sagen, denn Papa ließ mich nicht ausreden, er erklärte mir, dass ich mich irren würde, hier in unserer Gegend würde niemand Almosen nehmen wollen und nur weil er in einer großen Firma arbeitete, würde das nicht bedeuten, dass er die ganze Stadt mit Kleidern versorgen müsste. Ich wusste nicht, wie Papa das meinte und ich traute mich auch nicht, Mama danach zu fragen. Ich glaube, sie hat das auch nicht verstanden.

Nachdem ich Marlena erzählt hatte, dass Papa nicht erlaubt hatte, dass ich ihr das Kleid gebe, bin ich einen ganzen Monat lang nicht mehr zu Marlena gegangen. Sie glaubte, ich habe gelogen, das wusste ich deshalb so genau, weil ich auch geglaubt hätte, Marlena würde lügen, wenn es andersherum gewesen wäre. Wir haben nie wieder über das Kleid gesprochen, aber Marlena wollte dann wohl nicht mehr meine beste Freundin sein, denn von da an hatte sie ganz oft keine Zeit mehr, um sich mit mir zu treffen. Das war sehr schade.

»War das Markus?«, fragte ich, als Marlena das Handy wieder in ihrer Tasche verstaute.

»Ja, das war Markus«, bestätigte Marlena, »er ist nämlich der Mann, den ich liebe und er liebt mich und darum telefonieren wir sehr oft miteinander.« Ihre Stimme klang, als würden die Wörter wie Pistolenkugeln aus einem ganz spitzen Mund geschossen kommen.

»Meistens trägst du jetzt immer Hosen, Marlena, oder?«

Sie guckt mich mit offenem Mund an, als hätte ich ihr die Eine-Million-Frage gestellt und sie hätte keine Ahnung.

»Was?« fragt sie, schüttelt ihren Kopf und zieht ihre Oberlippe so hoch, dass man ihre oberen vier Zähne sehen kann und die unteren überhaupt nicht.

»Ich meine, früher hast du doch meist Kleider getragen.«

»Du auch.«

»Ja.«

»Was willst du sagen, Elly?«

»Nichts, nur … kannst du dich noch an das Kleid erinnern?«

Marlena verdreht die Augen. »Welches Kleid?«

»Das mit den roten Blumen.«

»Das mit den roten Blumen?«

»Ja«, sage ich und freue mich, dass sie mich endlich versteht, ich wollte ihr gern nochmal sagen, dass ich nicht gelogen hatte.

»Ich erinnere mich nicht an ein Kleid mit roten Blumen, ich hatte so viele Kleider, rote Blumen, gelbe Blumen, blaue Blumen, ich habe immer die Kleider von Brigitte und Cornelia geerbt, mein Schrank war immer viel zu klein.«

Marlenas Mundwinkel zuckt vergnügt, so als sei die Erinnerung an all die ungeliebten, geerbten Kleider der großen Schwester eine schöne Erinnerung für sie. Ich sage nichts mehr.

Markus hatte angerufen, um Marlena zu sagen, dass er später als geplant nach Haus kommen würde, also muss sie los, um die Mädchen aus dem Kindergarten abzuholen. Marlena freut sich schon auf den Tag, an dem ihre Töchter einen Vormittagsplatz bekommen, sie meint, dann könne sie viel mehr schaffen. Ich mag Marit und Imke sehr gern, aber ich bin froh, dass sie heute noch den Nachmittagsplatz hatten und Marlena nur Finn mitgebracht hatte. Ich ziehe dem Kleinen seine Jacke an und setze ihm so vorsichtig die Mütze auf, dass er nicht einmal aufwacht, und ich drücke ihn noch ein letztes Mal fest gegen meinen Bauch, bevor ich ihn Marlena gebe.

»Ach, gib mir noch schnell den Arbeitsvertrag«, sagt sie und ich hole ihn ihr. Sie stopft ihn in ihre Tasche und eilt die Treppen hinab.

»Ich melde mich morgen bei dir«, ruft sie durchs Treppenhaus. »Geh ans Telefon!«

»Ja«, rufe ich zurück, glaube aber nicht, dass sie es gehört hat. Ich stelle mich ans Fenster und gucke zu, wie Marlena Finn in den Autositz hebt. Dann macht sie die Beifahrertür zu und schaut zu mir hoch. Sie fuchtelt mit ihren Armen herum, bis ich das Fenster weit öffne, ein winterkalter Luftstoß kommt mir entgegen.

»Was ist?« rufe ich.

»Ruf Pete an!« Dann steigt sie ins Auto und braust davon.

Ich strecke meine Hand aus und streiche durch die Luft, es fühlt sich an, als berühren meine Finger unsichtbare Kristalle und bringen sie aus ihrer Bahn, so dass sie sich berühren und leise klirren wie Sektgläser, die man in der Neujahrsnacht aneinander stößt. Ich atme tief ein, die Luft riecht pur und klar, bestimmt wird es bald schneien. Ich lehne mich auf die Fensterbank und sehe in den Himmel, der jetzt dämmrig dunkel ist. Manchmal sind auch in Niedersachsen die Sonnenuntergänge sehr schön, heute nicht.

Die allerallerallerschönsten Sonnenuntergänge gibt es in Arizona. Ich konnte kaum glauben, dass ich schon drei Tage dort war und gar nicht bemerkt hatte, wie schön sie sind? Wie die beiden Abende zuvor hatten wir zu Abend gegessen, als die Sonne unterging. Ich habe bei Larry gewohnt und er hat auch gekocht, am besten konnte Larry Chili kochen, er sagte, er habe es von Juan gelernt, und wenn Larry Chili kochte kam Juan oft zum Essen und mal sagte Juan dann, das Chili sei schon fast perfekt aber es fehle noch etwas Salz, mal fehlte etwas Paprika, es waren zu wenig Bohnen drin oder zu viel aber beim nächsten Mal wäre es bestimmt perfekt. Beim nächsten Mal hat Larry dann Juan wieder zum Essen eingeladen. Einmal, als Juan wieder sagte, es sei fast perfekt, aber eben nur fast, da schlug Larry mit seinem Stock auf den Tisch und schrie Juan an, das nächste Mal solle er gefälligst selbst das verdammte Chili kochen. Und das machte Juan dann auch. Wir saßen am Tisch, Larry und Juan und ich und die Tür ging auf und Pete kam herein, er wollte sich von Larry eine Isolierzange leihen, denn in seinem Trailer gab es Probleme mit der Elektrik. Larry fragte Pete ob er auch etwas mitessen wollte, und Pete tippte sich mit dem Zeigefinger an den Schirm seines Basecaps, so als wollte er freundlich grüßen, aber eigentlich sagte er damit, er wollte sehr gern mitessen.

»Dann bring mal das Salz mit zum Tisch, das steht oben rechts im Schrank, dieses Essen ist ungenießbar«, sagte Larry und seine Stimme klang wie die eines Bären, der gerade fest-

gestellt hatte, *dass der Bienenstock, in den er seine Tatze steckte, voller Senf war.* Larry aß nicht weiter, bis Pete ihm den Salzstreuer *gab und er sich jede Menge Salz auf sein Essen gestreut hatte.* Juan guckte so grimmig, dass sich zwei tiefe senkrechte Falten zwischen seinen Augenbrauen bildeten, aber Larry lachte ihn aus und sagte: »Nichts für ungut, Amigo, fast perfekt.«

Ich habe mich kurz danach an einer Bohne verschluckt und musste so heftig husten, dass ich vor die Tür gegangen bin, um mich richtig auszuhusten und da habe ich ihn zum ersten Mal gesehen. Diesen Himmel. Dieses Feuerspektakel am Himmel. Ich fragte mich wer dieses wunderbare Aquarell auf die Himmelsleinwand gebracht hatte. Die Farben müssen ziemlich nass gewesen sein, so wie sie ineinander gelaufen sind. Vielleicht hat der liebe Gott einen Schwamm statt eines Pinsels benutzt. Vielleicht war der Himmel nass, so dass die Farbe besser verlaufen konnte. In Gedanken ging ich meinen Tuschkasten durch. Magentarot, zinnoberrot, gelb, orange, orange, orange … Ich konnte gar nicht weiterdenken, so überwältigt war ich. Die Sonne ist doch nur eine kleine Kugel, die irgendwo im Westen untergeht und manchmal ein schönes Abendrot macht. Wie konnte sie es hier schaffen, den ganzen – den ganzen Himmel so zu verzaubern. Ich blieb wie angewurzelt stehen, es könnte sein, dass mein Mund vor Staunen offen stand und dass ich das Atmen für eine Weile vergaß. Ich glaube ja, dass meine Seele Arizona schon kannte, bevor ich ins Flugzeug gestiegen bin, aber sie hat mir nichts von diesem Abendhimmel verraten. Von diesem Tag an verpasste ich keinen einzigen Sonnenuntergang mehr, ich wurde eine richtige Abendsonnenanbeterin.

Sam sagte, ich brauchte Hosen, ich könne nicht den ganzen Tag im Kleid herumlaufen. Sie konnte gar nicht glauben, dass ich kaum Hosen besaß.

»Keine Jeans? Du hast nicht mal eine Jeans dabei, Bessy?«

Sam meinte, ich müsse mir unbedingt sofort eine Jeans kaufen und das wollte ich auch wirklich gern, denn mit einer Jeans würde ich immerhin ein wenig aussehen wie ein echtes Cowgirl. Aber ich war nun schon eine Woche hier und so langsam ging mein Geld zur Neige. Ich hatte nicht gewusst, wie viel Geld ich hier brauchen würde. Weiß Gott, was passiert wäre, wenn ich Larry nicht getroffen hätte, vielleicht wäre ich sogar verhaftet worden, weil ich meine Unterkunft nicht bezahlen konnte.

»Du brauchst einen Job, Kleine«, sagte Sam am nächsten Morgen, stellte mir einen Pappbecher mit Kaffee vor die Nase, legte die Zeitung daneben und schlug die Stellenanzeigen auf. Wir lasen gemeinsam die Anzeigen durch und Sam machte um jede einen Kringel, die in Frage kam. Ich hätte auch gern in einer Bank gearbeitet, wie Sam, aber ich hatte nicht so schöne Blusen wie Sam und selbst wenn wir mir eine schöne neue Jeans kauften, wäre das für eine Bank wohl immer noch nicht gut genug. Und natürlich wäre ich auch gar nicht klug genug. Sam war sehr klug, bei ihr bildeten sich auch nie irgendwelche Falten auf der Stirn und sie guckte immer geradeaus, so als würde sie sich immer ein neues Ziel in der Ferne aussuchen. Wir wollten erstmal ein paar Anzeigen heraussuchen und dann würde Sam für mich anrufen, denn ich konnte zwar ziemlich gut englisch, aber am Telefon klangen die Leute immer ganz anders, als wenn ich ihnen in die Augen sehen konnte. Das habe ich gemerkt, als ich zum ersten Mal eine Pizza bestellen wollte. Ich konnte nicht einmal einen Kaffee im Drive Thru bei Starbucks bestellen, Pete hat es mich zweimal ausprobieren lassen. Er saß auf dem Fahrersitz und ich musste mich über ihn beugen, um die Bestellung aufzugeben, aber die Frau hat mich einfach nicht verstanden und ich habe sie auch nicht verstanden, ich wusste nicht einmal, wie viel ich bezahlen sollte. Pete hat gelacht und ich habe mich geärgert. Ich habe mir vorgestellt, dass meine Mama mich besucht und wir zwei Kaffeetanten uns einen Kaffee holen wollten und ich ihn nicht einmal bestellen konnte, das machte mich traurig.

»Mach dir keine Sorgen, Sweetie«, sagte Pete, »ich mach das schon.«

Und genau das Gleiche sagte er, als Sam und ich über der Zeitung brüteten. »Du willst einen Job? Du kannst mit mir arbeiten, ich mach das schon, ich spreche mit dem Boss.«

Sam klappte die Zeitung zu und lächelte ihr schönes, breites, freundliches Lächeln und am nächsten Tag stand ein Farbeimer vor mir, ich hatte einen Pinsel in der Hand und Sam sagte, wir würden am Nachmittag eine Hose kaufen gehen, basta.

Sam hat ihre erste Jeans bekommen, als sie sieben Jahre alt war, vorher hatte sie auch Kleider getragen. Sie wohnte in einem kleinen Dorf in Montana, das ist weiter im Norden, die Hauptstadt von Montana ist Helena, aber Sam wohnte nicht in Helena sondern in einem ganz kleinen Dorf, das Dorf war so klein, dass es weit und breit keinen einzigen Laden gab, aber einmal im Monat kam ein Mann mit einem alten Lieferwagen, darin hatte er allerlei Dinge. Kochtöpfe und Schalen, Schaufeln und Messer, Knöpfe und Reißverschlüsse, Schreibpapier und Backpulver, Jacken, Pullover und eben Jeans, auch Kinderjeans. Sam hat mir erzählt, dass ihre erste

Jeans rosa war und das sie noch ganz genau wusste, wie es in dem Lieferwagen gerochen hat.

»Weißt du, Bessy, der Lieferwagen hatte hinten Türen, wenn Mister Parker die Türen aufmachte konnte er zwei Stufen herunterklappen und man konnte in den Wagen steigen. Dort waren ganz viele voll gestopfte Regale, es war ganz herrlich. Es roch dort in etwa so wie bei River, weil Mister Parker auch viele Lederjacken und Hüte in seinem Wagen hatte.«

Sams Mutter hat Mister Parker die Größe für die Hose gesagt und er hat so lange gesucht, bis er zwischen all seinen Hosen die einzige in der passenden Größe gefunden hatte, und die war rosa.

»Ich hatte so ein großes Glück. Es hätte auch sein können, dass er nur blaue Jeans hatte, aber er hatte eine einzige rosafarbene Jeans in seinem Auto und zwar genau in meiner Größe.«

Sams Augen wurden ganz groß, als sie mir die Geschichte erzählte und da habe ich zum ersten Mal direkt in Sams Augen geschaut, daher wusste ich später genau, dass sie keine goldenen Punkte darin hatte, aber Sams Augen waren so blau, als würde man das Ultramarin aus dem Tuschkasten mit ganz viel Deckweiß und Wasser mischen, Augen, die so hell und so blau sind, sehen immer ganz ehrlich aus. Wer solche Augen hat, kann gar nicht lügen, weil die Farbe der Augen wie eine Wasseroberfläche aussieht, auf die man bis zum Grund des Meeres schauen kann, da würde man jede Lüge sofort erkennen. Aber Sam log sowieso nie. Aber ich konnte durch ihr Wasseroberflächenblau auf dem Grund ihres Meeres auch die Freude sehen, die die Erinnerung an ihre rosa Jeans ihr bereitete. Ich freute mich mit ihr, denn es war nicht nur so, dass die Hose so schön war, es war auch so schön, dass ihre Mutter die Hose kaufte, und dass ihr Vater sagte, dass sein kleines Mädchen nun wohl richtig groß sei und dass er mächtig stolz auf sie wäre. Sam war eine Weile ganz still, dann sagte sie vermisse ihre Eltern und sie werde sich bei der nächsten Gelegenheit eine rosafarbene Jeans kaufen und zu Thanksgiving zu ihren Eltern fahren und diese Jeans anziehen. Das war eine großartige Idee.

»Weißt du Bessy, ich habe eine Schwester, sie ist zwei Jahre jünger …«

»Oh, das ist schön«, antwortete ich und musste an Marlena denken.

»Nein Bessy«, sagte Sam und es klang energisch und gleichzeitig traurig, und Sam presste ihre Lippen kurz fest aufeinander, bevor sie weiter sprach, »das ist nicht schön.« Und dann war Sam wieder einen Moment still, holte Luft, als wollte sie etwas sagen, ließ es aber sein.

Wir kauften mir eine Jeans, eine blaue.

»Du siehst zauberhaft aus, Prinzessin«, sagte Pete, als er mich in der Hose sah. Es war das einzige Mal, dass er Prinzessin zu mir gesagt hat und ich habe es mit einem dicken Filzstift in mein Herz geschrieben.

Ich habe Larry mal gefragt, warum er humpelt, was mit seinem Bein wäre, aber er hat nur eine schnelle Bewegung mit der Hand gemacht, so als wolle er eine Fliege verjagen, die vor seinem Gesicht herumsummte. Ich weiß, er wollte meine Frage verjagen. Larry war ein alter Mann, ich weiß, dass er schon sechzig war, aber weil seine Haare so grau waren und er nicht zum Friseur ging, sondern sie einfach wachsen ließ und sich nur manchmal einen kleinen Zopf flocht, sah er aus, als sei er siebzig. Wenn ich daran dachte, dass Larry nicht viel älter war als Papa, musste ich lachen, denn es gibt wohl kaum Menschen, die unterschiedlicher sein und aussehen konnten. Juan nannte Larry manchmal den Violinenspieler, er sagte Violinenspieler haben auch immer einen Zopf. Stimmt das? Ich kenne niemanden, der Violine spielen kann. Ist eine Violine eine Geige? Larry hatte gar keine Violine, aber er spielte ja Mundharmonika und die holte er immer aus seiner Hosentasche und fing einfach an zu spielen. Oft sagten die anderen, kaum dass Larry zu spielen angefangen hatte, »...spiel was anderes, Larry.« Sie erkannten wohl schon an den ersten Tönen, dass es ein Lied war, das sie nicht hören wollten und dann musste Larry irgendwas Schnelles, Lustiges spielen und manchmal tanzte John mit Sam dazu, Sam wollte meist nicht, aber John zog sie dicht an sich und dann drehten sie sich so lange im Kreis, bis schließlich auch Sam vor Vergnügen juchzte. Es sah ein bisschen ulkig aus, wenn sich die dünne Sam an Johns dicken Bauch schmiegte.

Ich wünschte, ich könnte auch tanzen.

Hätte Juan seine langen Haare auch mal zu einem Zopf zusammengebunden, hätte man ihn wohl auch Violinenspieler nennen können.

»Hätte ich mehr Geld, würde ich jede Woche zum Friseur gehen«, hatte Juan sich entschuldigt.

»Ist das so?« Sam sah ihn an, als wollte sie ihm nicht glauben.

»Natürlich ist das so«, bestätigte Juan, und Sam stand leise auf und ging ins Haus der alten Dame, wir saßen nämlich alle grad auf der Veranda vor dem Haus. Eigentlich war es gar keine Veranda sondern der Bürgersteig, aber da keine Bürger unterwegs waren, konnten wir es uns auf den Holz-

*bohlen gemütlich machen. Wir hatten ein paar Stühle aus
dem Laden auf die Bürgersteigveranda gestellt und Maria
kam gerade mit einem Tablett mit Gläsern voller Zitronenlimonade aus dem Laden als Sam hineinging. Dann rief Sam
von drinnen, Maria solle mal schnell kommen und Maria
dachte wohl, es wäre etwas passiert. Sie drückte mir das Tablett in die Hand und ging schnell zurück ins Haus. Ich hielt
das Tablett fest in meinen Händen, ich wollte keinen Tropfen
Limonade verschütten, denn ich wusste, Maria hat sie selbst
gemacht und Marias Limonade ist die beste auf der ganzen
Welt. Sie hat immer Zitronen und Limetten und Apfelsinen
ausgedrückt und sehr viel Zucker dazu gegeben, dann hat sie
so lange gerührt, bis der ganze Zucker aufgelöst war und sich
viele kleine Luftbläschen an der Oberfläche gebildet hatten.
In jedes Glas hatte sie etwas Eis getan, so dass die Gläser
ganz beschlagen waren und man zusehen konnte, wie kleine
Wassertropfen am Glas herabliefen. Die alte Dame hatte
einen Mörser, so wie man ihn früher in Apotheken benutzt
hat, einen ganz großen. Ich konnte sie nicht mehr fragen,
aber ich glaubte, den hat auch ihre Großmutter auf dem
Planwagen mitgebracht. Auf jeden Fall hat Maria ihn immer
benutzt, um das Eis zu zerkleinern. Ich fand, dazu hat sich
der Mörser gar nicht gut geeignet, aber wahrscheinlich hat
es Maria einfach nur Spaß gemacht oder sie kam sich wie
eine Apothekerin vor. Maria sagt, in Mexiko gibt es ganz
viele Apotheken gleich hinter der Grenze, weil viele Amerikaner ihre Tabletten in Mexiko kaufen, weil sie dort viel
billiger sind. Es gibt sogar eine Stadt an der Grenze, die ist
amerikanisch und mexikanisch. Nogales. Maria war schon
mal da. Es muss so sein wie früher in Berlin, als die Grenze
genau in der Mitte der Stadt verlief.*

»Aber der Grenzübergang in Nogales ist nicht so berühmt wie euer Checkpoint Charlie«, sagte Maria und ich war ganz verlegen, dass sie den Checkpoint Charlie kannte und ich noch nie etwas von Nogales gehört hatte.

»Behalt die Limo nur, bis sie richtig schön warm ist, Elisabeth. So lange kann es ja nicht mehr dauern, bis das ganze Eis geschmolzen ist, was?«

Ich wunderte mich, warum John warme Limonade haben wollte und wusste nicht, warum Juans Augen böse funkelten, als er John ansah. Juan stand auf, nahm ein Glas nach dem anderen vom Tablett verteilte alle und setzte sich wieder. Als Sam und Maria wieder aus dem Haus kamen, hielt Sam ihre Hände hinter dem Rücken und sie und Maria konnten sich vor Kichern kaum halten. Es war lustig, die beiden kichern zu sehen, denn eigentlich kichern nur junge Mädchen.

Papa mochte es gar nicht, wenn ich kicherte, er sagte, es sei albern und ich sei längst zu groß für solche Albernheiten. Obwohl ich gar nicht sehr groß war, aber ich weiß schon, er meinte, ich sei zu alt zum Kichern. Jetzt wo ich Sam und Maria beobachtete, musste ich denken, dass Papa vielleicht selbst ab und zu mal hätte kichern sollen, denn die Gesichter von Sam und Maria sahen so weich aus und die kleinen Fältchen um die Augen und um die Mundwinkel zuckten so lustig.

Papa war immer sehr ernst. Mama sagte, das läge an seinem Beruf, er hätte viel Arbeit und viele Sorgen und seine Mitarbeiter seien nicht fleißig genug, Papa müsse selbst viel zu viel arbeiten. Manchmal hat Papa sogar noch zuhause gearbeitet. Er saß dann am Wohnzimmertisch und hat telefoniert. Manchmal hörte ich, wie er laut in den Telefonhörer schimpfte.

Genau weiß ich gar nicht, was Papas Arbeit war, aber wenn ich ihn so telefonieren hörte und sehen konnte, wie sein Kopf immer röter wurde, dann wusste ich, dass ich auf keinen Fall in Papas Firma arbeiten wollte. Ich hatte Papa schon als Vater, als Chef hätte ich ihn auf keinen Fall haben wollen.

Ich hatte Petes Chef als Chef und der kam nur mal gucken, ob wir alles gut machten. Wir strichen meist die Wände in irgendwelchen Geschäften oder Wohnzimmern, nicht nur in Rattlesdale auch in ein paar anderen Orten, wo halt grad was zu streichen war. Ich mischte immer die Farben zusammen und Pete sagte, wie viel wir brauchten. Wir seien ein richtig gutes Team, sagte unser Chef und der musste es wissen, denn es gab viele Teams, die für ihn arbeiteten.

»Wir sollten ein eigenes Malergeschäft aufmachen«, sagte Pete zu mir, kurz bevor Sam und Maria wieder nach draußen kamen. Noch bevor ich antworten konnte, lachte John Pete mit lauter Stimme aus, die sich anhörte, als lachte er in eine Höhle und ein dumpfes Echo prallte von den kalten Wänden zurück.

»Klar, Supermaler Pete und Elisabeth die Schlaue. Zeig mal deine Brieftasche her, wie viele Farbeimer könntest du dir denn leisten?« Er lachte noch mehr. »Ein ganzer Eimer wäre wohl drin, was? Und eine Farbrolle und ein Pinsel und vergiss die Abdeckplanen nicht. Und wenn das verbraucht ist, schreibst du schnell die Rechnung und machst drei Wochen Urlaub, aber keine Angst, dann kommt der Scheck und du kannst den nächsten Eimer Farbe kaufen.« Das klang alles ganz furchtbar herablassend, als wären Pete und ich viel zu dumm, ein eigenes Geschäft aufzumachen. John bildete sich ganz schön was darauf ein, dass er selbstständiger

Dachdecker war. Ich wusste schon, dass John ziemlich viel Geld hatte, Sam hatte mir erzählt, wie viel der neue Pickup gekostet hatte, das war eine Menge Geld und ich war auch schon mal in John und Sams Haus. Das war zwar nicht so groß und schön, wie all die Häuser in denen Pete und ich arbeiteten, aber es hat ganz bestimmt ein paar Dollar gekostet, das stand fest. Aber ich wusste natürlich auch, dass John ganz viel arbeitete und Sam arbeitete auch, und wenn die beiden superreich wären, könnten sie ja den ganzen Tag im Sessel sitzen und andere für sich arbeiten lassen. Außerdem war John natürlich auch mal in einer Firma angestellt, er hatte nicht schon immer und ewig sein eigenes Dachdeckergeschäft. Ich fand ihn sehr fies und ich bekam Angst, als er Pete mit seinen schwarzen Augen ansah. Wahrscheinlich hatte John nur mal wieder schlechte Laune und musste sie an irgendjemanden auslassen, meist war ich es und nun hatte er sich wohl mal Pete als Opfer ausgesucht.

»Du hast doch nicht einmal Kohle, um aus deinem verdammten Loch rauszukommen.«

Das war so gemein, dass John »verdammtes Loch« sagte.

Petes Hand, in der er das Glas mit der Limo hielt, zuckte kurz, als wolle er John den zuckrigen Saft ins Gesicht schütten, stattdessen schüttete er die Limo mit Schwung aus und knallte das Glas auf den Fußboden. Ein Wunder, dass es heil blieb. Ich glaube, John hatte grad einen von Petes Träumen zerstört und es gibt wohl niemanden auf der ganzen Welt, dem es gleichgültig ist, wenn jemand seinen Traum zerstört. Auch wenn Träume manchmal nur so dünn wie Luftballons sind, so sollte man doch niemals jemanden mit einer Stecknadel in seine Nähe lassen und John hatte ein ganzes Nadelkissen dabei und er zog die Nadeln raus und steckte sie in Luftballons, die anderen gehörten, wann immer er Lust dazu hatte.

Pete stand auf und ging weg, aber nicht nach Haus, er ging in die andere Richtung und darum blieb ich einfach sitzen, sonst wäre ich mit ihm gegangen.

Sam und Maria hatten vor lauter Gekicher gar nicht mitbekommen, wie sauer Pete geworden war, Maria unterhielt sich mit Juan und Sam schlich sich hinter ihn. Und dann sah ich plötzlich, was Sam die ganze Zeit hinter ihrem Rücken versteckt hatte, eine Schere. Ich riss die Augen groß auf und wollte gerade fragen, was Sam vorhatte, als sie ihren Zeigefinger auf die Lippen legte und mich verschwörerisch ansah. Ich blieb still, nahm ein Zopfgummi aus meiner Hosentasche und band mein Haar zusammen. Sam griff sich mit der linken Hand ein Büschel von Juans Haaren und mit der Schere in der rechten Hand schnitt sie alles ab.

»Kostenlos«, rief sie laut, sprang vor Juan und hielt die Haare wie eine Trophäe in die Luft, wie einen Skalp. Juan fasste sich mit beiden Händen erschrocken an den Hinterkopf und seine Finger suchten seine langen Haare, aber sie fanden nur noch ein paar Zottel, er kniff seine Augen zusammen und sah Sam grimmig an.

»Bist du verrückt geworden?«, schrie er.

»Du wolltest doch zum Friseur, aber du Armer hast kein Geld, ich habe dir einen Gefallen getan«, Sam lachte laut.

»Du hast mir einen Scheißdreck getan, gib mir die Haare zurück, sofort!«

Sam gab ihm die Haare zurück, sie verteilte sie auf seinem Kopf. Es gab eigentlich keinen Grund für Juan wütend zu sein, denn Sam hat nur gemacht, was er wollte. Wahrscheinlich war er auch deshalb so ärgerlich, weil alle anderen lachten. Ich lachte nicht. Ich war mir nicht sicher, ob ich lachen sollte. Dann kam River vorbei, er hatte Feierabend gemacht, trug einen Sattel auf seiner Schulter und war auf dem Weg zu seinem Auto, das er immer auf dem großen Parkplatz hinter dem Restaurant abstellte. Er schielte über seine Sonnenbrille und fragte, was es denn zu lachen gebe und Juan sah ihn mit hochrotem Gesicht an, wie ein Luftballon, der zu groß aufgepustet und kurz vorm Platzen war. Sein Kopf war noch röter als Papas wenn er telefonierte.

»Diese Verrückte hat meine Haare abgeschnitten«, rief Juan ganz aufgebracht. River schüttelte den Kopf.

»Juan, Juan, du kannst Frauen verrückt machen, du hast es echt drauf«, dann zog er weiter und lachte laut und tief und dunkel, Sam sagte immer Rivers Lachen wäre dreckig, aber ich finde, dreckig ist kein Wort das zu Lachen passt. Rivers Lachen steckte immer andere an, ob man wollte oder nicht und nun musste ich auch lachen. Aber das Tollste war, dass nun endlich auch Juan lachte. Er setzte sich wieder hin, rieb sich mit der Hand über den Kopf, so dass seine abgeschnittenen Haare durch die Gegend flogen, sogar bis in mein Limonadenglas, und forderte Sam auf, ihren Job anständig zu machen, schließlich würden noch ein paar Haare zu viel auf seinem Kopf sein. Sam schnippelte weiter an Juans Haaren herum und ich sah River nach, es sah toll aus, wie er den Sattel auf der Schulter hielt, wie ein echter Cowboy. Ohne sich umzudrehen, hob er plötzlich seine andere Hand und winkte, ich glaube er wusste genau, dass ich ihm nachsah.

3

Papa hatte eine neue Liege für Mama gekauft und wenn er Rasen mähte, dann lag Mama gemütlich auf der Liege. Ich wusste, dass Mama auch gern mal Rasen gemäht hätte, aber Papa sagte, das sei Männerarbeit und sie solle die Laube putzen. Und wenn Papa fertig war mit Rasen mähen, dann schimpfte er, dass immer alle Arbeit an ihm hängen bleiben würde, und ob er es nicht verdient habe, nach einer anstrengenden Woche zu entspannen. Diese große Rasenfläche bringe ihn eines Tages noch um. Das war natürlich ziemlich übertrieben, denn eine Rasenfläche konnte nicht jemanden umbringen. Hätte sich Papa an die Regeln gehalten, die für die »Tulpenlust« galten, dann wäre die Rasenfläche sowieso viel kleiner, denn eigentlich muss man in einem Schrebergarten auch Gemüse anbauen, aber das wollte Papa nicht. Er sagte, dann müsse Mama sich darum kümmern und die könne das gar nicht, sie habe schließlich noch nie einen Garten gehabt. Aber das war das Komische daran. Es stimmte zwar, dass Mama noch nie einen Garten hatte, sie wusste auch bestimmt nicht, dass man Bohnen legt und Tomaten pflanzt. Aber man kann nur etwas lernen, wenn man es macht und nicht, wenn man es nicht macht. Wenn Papa sehen könnte, wie viel Rasen Juan Tag für Tag mäht, ohne dass ihn der Rasen umbrachte, dann müsste er ihn sehr, sehr bewundern. Aber Papa würde Juan nicht bewundern, das wusste ich.

»Ruf Pete an«, klingen mir Marlenas Worte plötzlich in den Ohren. Ich weiß, ich sollte es tun, ich habe es ihm versprochen. Allerdings habe ich es ihm versprochen, bevor wir uns am Flughafen gestritten haben, bevor Pete gesagt hat, ich soll so schnell wie möglich nachkommen und ich ihm geantwortet habe, dass das nicht geht, solange Mama noch in der Klinik ist. Pete meinte, ich könne Mama sowieso nicht helfen und ich habe ihn angeschrien, ich könne Mama wohl wohl wohl helfen und habe ganz furchtbar dabei geheult und mit meinen Fäusten auf seine Brust gehämmert, und Pete schrie zurück, mein Vater müsse sich um seine Frau kümmern, so wie er, Pete, sich um seine Frau kümmern wolle. Er hatte mich die ganze Zeit fest an meinen Oberarmen gepackt. Ich schrie noch lauter, dass mein Vater das gar nicht tun solle und dass nur ich meiner Mutter helfen könne, und wenn er das nicht verstehen könne, wolle ich nie wieder etwas mit ihm zu tun haben. Daraufhin hat Pete mich losgelassen, hat seine Tasche genommen, die neben ihm auf dem Boden stand und ist gegangen. Er hat sich nicht ein einziges Mal umgesehen. Ich bin einfach stehen geblieben, weil ich glaubte, Pete würde umkehren und sich entschuldigen, er musste doch verstehen, dass ich Mama nicht allein lassen konnte. Aber nach einer halben Stunde bin ich gegangen. Ich bin dann gleich zu Mama gefahren und habe ihr erzählt, was Pete von mir erwartete. Mama hat gar nichts dazu gesagt, sie hätte wenigstens danke sagen können.

Nun ist Mama tot, ich bekomme ein Baby von Pete, habe keine Arbeit mehr und die Luft riecht nach Schnee. Wer glaubt, dass es in Arizona nie schneit, irrt sich. Ich habe dort sogar selbst Schnee gesehen allerdings nur aus der Ferne und auf den allerhöchsten Berggipfeln, aber Larry hat mir erzählt, dass sich manchmal auch eine dicke Schneeschicht auf die Kakteen in der Wüste legt. Eigentlich glaube ich das aber nicht. Ich gehe ins Wohnzimmer und hole das Telefon. Meine Finger wandern die Zahlentasten in der Reihenfolge von Petes Telefonnummer ab, aber ohne sie zu drücken. Ich will nur mal probieren, ob ich seine Nummer überhaupt noch auswendig kenne. Ich kenne sie. Ich lege das Telefon auf den Wohnzimmertisch und laufe im Raum hin und her, dann nehme ich das Telefon wieder in die Hand, sehe die Nummern an und lege es wieder auf den Tisch. »Ruf Pete an«, klingt mir Marlenas Stimme überlaut im Ohr, als würde ich mir das nicht selbst schon oft genug sagen. Schließlich setze ich mich auf die Sofakante, mache meinen Rücken ganz gerade, presse die Knie aneinander und hole tief Luft und ohne noch weiter nachzudenken, wähle ich Petes Nummer, diesmal drücke ich die einzelnen Tasten fest herunter und es dauert nicht lange und ich höre das vertraute gedämpfte Freizeichen, das so klingt, als würde es durch einen Stapel Watte gesendet. Es klingt so anders, als der klare Ton, den man hört, wenn man jemanden in Deutschland anruft. Ich halte die Luft an. Klingelt es zum dritten oder vierten Mal? Es klingelt und klingelt und Pete antwortet nicht. Ich lege das Telefon wieder auf den Tisch. Ich weiß überhaupt nicht, warum mir jetzt zum Weinen zumute ist. Es ist mir doch ganz egal, ob Pete ans Telefon geht oder nicht, nun kann ich Marlena immerhin sagen, ich habe ihn angerufen, dann wird sie wohl endlich Ruhe geben.

Aber in Wirklichkeit ist es mir gar nicht egal, denn ich möchte doch so gern mit ihm sprechen, ich weiß gar nicht, warum er nicht ans Telefon geht. Ich will wissen, wo er ist. Ich habe sogar schon mal überlegt, Larry anzurufen, um ihn zu fragen, ob er weiß wo Pete ist, aber ich habe gar keine Telefonnummer von Larry. Ich habe von niemandem eine Telefonnummer und darum kann mir auch niemand helfen. Die Nummer von Johns Dachdeckergeschäft, die könnte man leicht herausfinden, denn sie steht ja in den Gelben Seiten, aber John werde ich auf gar keinen Fall anrufen, so viel steht fest.

Ich drücke auf die Taste mit den beiden Kreisen und mein Telefon wählt Petes Nummer noch einmal, ganz von allein. Es kann ja sein, dass er nur grad mal vor die Tür gegangen war. Bestimmt war er nicht schnell genug, hat das Klingeln gehört und ist rein gerannt und sitzt nun auf dem Sofa und wartet, dass das Telefon wieder klingelt.

Ich lasse es ungefähr hundert Mal klingeln, bevor ich die rote Taste drücke und das Telefon verstummt.

Hätte ich wenigstens Sams Telefonnummer, sie könnte mir bestimmt helfen, Pete zu finden. Aber selbst wenn ich ihre Nummer hätte, heute ist Dienstag und jetzt ist Vormittag in Phoenix, da ist Sam zur Arbeit.

Sam arbeitete an drei Tagen in der Woche in einer Bank in Phoenix. Sie hätte gern mehr gearbeitet aber mehr zu arbeiten gab es nicht, sagte Sams Chefin. Sam meinte es gebe jede Menge Mehrarbeit, die Bank wollte nur nicht mehr bezahlen. Aber John und sie waren nicht darauf angewiesen, dass Sam mehr Geld verdiente. Ihr kleines Häuschen war gar nicht so weit entfernt von dem Trailerpark, wo Larry und Pete wohnten, aber es war eine bessere Wohngegend, womit ich nicht sagen wollte, dass es bei Larry und Pete nicht schön war, im

Gegenteil es war sehr schön. Als ich noch bei Larry wohnte, war es schön, und seit ich bei Pete wohnte, war es auch schön, natürlich ein klein bisschen schöner. Als ich noch bei Larry wohnte, mussten wir sehr viel Rücksicht aufeinander nehmen, weil wir so unterschiedlich waren. Larry ging gern spät ins Bett und schlief immer lang, ich ging immer früh ins Bett und wachte immer sehr früh auf. Larry schnarchte laut, meist wenn er viel Bier am Abend zuvor getrunken hatte, dann konnte ich gar nicht so gut schlafen, obwohl ich sogar in Larrys Bett schlafen durfte. Er schlief auf der Couch im Wohnzimmer. Aber es war ein sehr kleiner Trailer und eigentlich waren Schlaf- und Wohnzimmer ein Raum. Larry hatte nur eine große Decke als Raumteiler aufgehängt und dahinter schlief ich, wenn ich überhaupt schlief, wenn Larry nicht ganze Kakteenwälder abholzte. Das heißt wirklich Wald, auch bei Kakteen. Ich finde ein Wald muss Bäume mit grünen Blättern haben, so wie der Teutoburger Wald, der gehört auch zu Niedersachsen, zum Teil jedenfalls. Wenn du im Sommer im Teutoburger Wald bist, dann ist alles grün und saftig, dann scheint sogar die Sonne grün, weil sie durch ein ganzes grünes Dach aus Laub scheint. Manchmal findet ein Sonnenstrahl auch seinen Weg auf den Waldboden, ohne ein einziges Blatt berührt zu haben, dann sieht er aus wie ein blassgelber Strich. Eigentlich kann man sich kaum vorstellen einzelne Sonnenstrahlen zu sehen, aber das kann man sehr wohl, manchmal im Wald und manchmal auch am Horizont, wenn eine dicke Wolkenwand dort steht und einzelne Strahlen das Spiel spielen, wer schafft es bis zur Erde ohne eine Wolke zu berühren. Da gibt es dann meist mehrere Gewinner. Ich hab mal versucht, diese Sonnenstrahlen zu malen, die sich so wichtig hervortun und aus der Masse hervorstechen wollen, aber das Bild ist mir nicht gelungen, es sah aus wie das Bild eines Kindergartenkindes, das eine Sonne als platten Kreis malt und ringsum Striche, als hätte die Sonne Stelzenbeine die nach allen Seiten abstehen. Dann kann man sich zwar leicht vorstellen, wie die Sonne es schafft jeden Tag aufs Neue so hoch am Himmel über eben diesen zu laufen, aber es sah überhaupt nicht echt aus. Na ja, ich war auch noch jünger, später konnte ich viel besser malen. Pete hat mal einen Zeichenblock und Wasserfarben neben mich gestellt, als ich im Schneidersitz vor dem Haus saß und den Sonnenuntergang bewunderte.

»Mal ihn«, hatte er mich aufgefordert, aber das war leichter gesagt als getan, denn kaum hatte ich eine richtige Farbe angemischt und blickte wieder auf, sah der Himmel schon wieder anders aus. Kaum hatte ich mehr orange genommen, brauchte ich mehr rot, kaum hatte ich rot genommen hätte ich eigentlich violett benötigt. Trotzdem fand Pete das Bild sehr schön, ich fand es hatte gar keine Ähnlichkeit mit dem Sonnenuntergang und ich hätte lieber einen Fotoapparat statt Wasserfarben gehabt. Ich habe das Bild zerknüllt und weggeworfen.

Ich musste immer Larrys Hände anschauen, sie passten gar nicht zu ihm. Seine Hände waren runzelig und braun, so als würden sie den ganzen Tag in der Sonne liegen. Sie waren sogar viel brauner als sein Gesicht, aber Larry hatte natürlich auch dauernd diesen Hut auf, so dass sein Gesicht immer im Schatten war. Larrys Hände waren sehr groß. Wenn ich zwei Hände brauchte, um etwas zu bewegen, konnte Larry das mit einer Hand tun. Große Hände können eine Menge bewegen. Ich nahm manchmal eine von Larrys Händen in meine und sah mir die Linien an. Ich konnte hören, dass mir die Linien etwas erzählten, aber es war eine fremde Sprache und ich konnte es nicht verstehen.

»Was machst du, Kiddo?«, fragte Larry und klang sehr unwirsch, aber er hielt trotzdem immer ganz still.

»Ich höre, was deine Hände mir erzählen.«

»Und? Was erzählen sie?«

»Ich kann es nicht verstehen.«

»Weißt du, Bessy, wahrscheinlich sprechen sie Navajo, weil jeder einzelne Dollar, der durch meine Finger geht, aus Indianerhand kommt«, Larry lachte und obwohl er sich sehr bemühte es zu verbergen, konnte ich den bitteren Ton in seinem Lachen genau hören. Er war oft im Kasino, das wusste jeder hier, aber seine Hände wollten mir etwas anderes erzählen. Sie zitterten so wie jemand, der stotterte, und ich stellte mir vor, sie stotterten vor Aufregung und warteten nur darauf, endlich herauszubekommen, was sie sagen wollten. Ich war sicher, dass in dem Moment, wenn ich sie verstanden hatte, sie erleichtert aufhören würden zu zittern. Tatsächlich hörten sie meist dann auf, wenn Larry seine dritte Dose Bier ausgetrunken hatte.

Die Gelenke an Larrys Fingern waren voller Hornhaut und seine Fingernägel hatten lange Rillen. Er riss seine Fingernägel immer ab, wenn sie zu lang wurden, so dass er jedes Mal ein Stück Haut mit einriss, und sich irgendein Nagelhäutchen entzündete und rot wurde oder sogar eitrig. Oder er biss sich die Nägel mit den Zähnen ab, das machte er, wenn er auf den Stufen seines Trailers saß, dann spuckte er die Nägel in hohem Bogen aus. Wenn er das machte, guckte er immer, ob ihn niemand sah, und ich tat, als würde ich es nicht sehen, aber ich habe es ganz oft gesehen. Aber ich sagte natürlich nichts, denn leider kaute ich ja selbst meine Fingernägel ab, aber ich mochte nicht, dass ich das machte. Außer auf den Fingerkuppen hatte Larry keine Hornhaut, aber er hatte an den Handballen und auch in der Innenfläche einige Narben, manches waren Schnittverletzungen, die schlecht verheilt waren und andere kamen von Blasen, die aufgeplatzt waren und schmutzig wurden, bevor sich neue Haut bilden konnte. Mama badete ihre Hände in warmer Milch, die sie mit Kamillentee und Olivenöl vermischt hatte, sie sagte, dadurch würden sie ganz weich, ich hätte gern Larrys Hände mal in Milch gebadet, aber ich traute mich nicht, ihm das vorzuschlagen. Ich strich mit meinen Fingern über seine Narben, als könne ich sie wegstreicheln und als könne ich seine raue Haut ein wenig glätten, natürlich gelang mir das nicht, aber das Zittern seiner Hände ließ manchmal nach, wie bei einem Stotterer, der einfach aufhörte über seine Wörter zu stolpern und ruhig ein- und ausatmete.

Larrys Trailer hatte ein winziges Bad und einmal überraschte er mich, als ich gerade geduscht hatte und zu meinem Handtuch greifen wollte. Ich stand splitternackt vor ihm, ich rührte mich nicht. Larry sah mich mit ganz weichen Augen an. Augen sind weich, wenn sich etwas wie Nebel vor die Pupillen legt und die Welt wie weichgezeichnet aussieht. Ich konnte spüren, dass Larry weiche Augen hatte und ich kam mir sehr sehr schön vor, obwohl ich nackt war und meine nassen Haare mir ins Gesicht fielen und Wassertropfen meinen Körper hinabbrannten. Mir war ganz warm und wohlig, als hätte jemand einen Kamin angezündet und mich in eine kuschelige Decke gehüllt, obwohl doch die Klimaanlage laut surrte und kühle Luft verbreitete.

Larry entschuldigte sich, das hätte er nicht tun müssen,

denn es gab doch gar keine Schuld. Er nahm das Handtuch vom Haken und legte es um mich, ganz vorsichtig, als sei ich zerbrechlich, aber auch ganz fest, so als mochte er es gar nicht, mich nackt zu sehen. Ich schloss die Augen und genoss es, dass Larry mich einen kurzen Moment ganz fest in seinen Armen hielt und seine rauen Hände über meinen Rücken strichen. Ich musste mich daran erinnern, wie Mama mich aus der Badewanne hob, als ich noch ein ganz kleines Mädchen war und ein Handtuch wickelte, das sie vorher extra auf die Heizung gelegt hatte, damit es warm war.

»Ach Kiddo«, seufzte Larry, und schlug mir ein paar Mal mit leichter Hand auf den Rücken, dann drehte er sich um und ging. Ich überlegte, ob Larry wohl selbst Kinder hatte und ich wunderte mich, dass ich ihn nie gefragt hatte. Aber ich wollte ihn auch gar nicht fragen, denn ich wollte unsere Seelenverwandtschaft nicht mit irgendjemandem teilen. Ich glaube zwar nicht, dass mein Vater oder meine Mutter meine Seelenverwandten sind, sie sind nur meine normalen Verwandten, aber wenn Larry Kinder hatte, dann bestand für mich kein Zweifel daran, dass er mit ihnen auch seelenverwandt war. Er hatte bestimmt keine Kinder. Vielleicht hätte er gern welche gehabt und war deshalb so nett zu mir.

Marlena konnte nicht kommen, ihr Auto sprang nicht an, also musste ich am nächsten Tag zu ihr fahren. Mein Auto sprang an. Ich musste eine dünne Schneeschicht von den Scheiben fegen, es hatte tatsächlich noch in der Nacht geschneit. Der Schnee auf den Straßen verwandelte sich unter den Sohlen meiner Winterstiefel in Matsch, in einer Stunde wird von der mageren Schneepracht nichts mehr zu sehen sein.

»Komm rein«, Marlena hält mir die Tür weit auf und noch bevor ich meine Jacke ausziehen kann, klammert sich Imke an mein Bein.

»Lässt du Elly vielleicht erstmal reinkommen«, schimpft Marlena und zieht ihre Tochter von mir weg, während sie den lauthals schreienden Finn auf ihrer Hüfte auf und ab wippt. Ich ziehe mir Jacke und Stiefel aus und hebe Imke hoch, und wirbele sie im Kreis herum, als sei sie ein Flugzeug auf einem Rundflug über der Stadt. Sie jauchzt vor Vergnügen und kann nicht genug kriegen. Ihr fröhliches Geschrei lockt ihre Schwester herbei, die nun auch ein Flugzeug sein will. Marlena ist derweil in der Küche verschwunden, hat es geschafft, Finn zu beruhigen und rührt mit ihm auf dem Arm die Gemüsesuppe um, die auf dem Herd blubbert. Es duftet würzig nach Bohnenkraut und ein wenig nach Hustentee, das kommt vom Thymian und es riecht ganz intensiv nach Kerbel, Marlena liebt Kerbel, aber ich finde, sie nimmt immer ein bisschen zu viel davon. Marlena sagt, Kerbel riecht nach Fenchel und Anis. Ich finde, Kerbel riecht nach feuchter Erde und alter Petersilie. Aber Marlena ist trotzdem eine sehr gute Köchin, eine viel bessere Köchin als ich.

Als Imke und Marit genug vom Fliegen haben, gehe ich in die Küche und nehme Marlena Finn ab. Ich lege ihn mir auf den Arm und summe ein Lied, es dauert keine zwei Minuten und er schläft. Marlena legt den Kochlöffel auf den Topf und stemmt ihre Hände in die Hüften.

»Wie machst du das?«

»Ich weiß nicht«, ich zucke mit den Schultern und freue mich. Finn geht es gut in meinem Armen.

»Willst du einen Kaffee?«

»Gern.«

Als Marlena die Kaffeedose öffnet, verfliegt sofort der Kerbelduft und das Kaffeearoma überlagert alles andere, außer vielleicht Finns Babyduft, der ausnahmsweise mal nicht ganz so angenehm ist, was vermuten lässt, dass er nicht sehr lange schlafen wird.

»Markus hat deinen Arbeitsvertrag gestern Abend noch genau durchgelesen, Elly.«

»War er nicht zu müde?«

»Markus ist immer müde«, lächelt Marlena voller Mitleid, »das liegt bei uns in der Familie. Er sagt, dein Chef kann dich nicht einfach so rausschmeißen, er wird ihn nachher mal anrufen.«

»Oh!«

»Oh?« Marlena setzt sich zu mir an den Küchentisch. »Was ist? Du willst dort doch weiterarbeiten, oder?«

»Ja, ja«, beeile ich mich zu sagen, »natürlich will ich das, ich bin nur so überrascht …«

»Ach was«, Marlena macht mit ihrer Hand eine schnelle Bewegung, »Markus kennt sich mit solchen Sachen aus.«

Schon steht sie wieder auf, holt zwei Tassen aus dem Schrank und gießt mir Kaffee ein. Ihre Tasse stellt sie neben den Herd und rührt wieder in der Suppe. Dann nimmt sie ein kleines Schälchen, füllt etwas Suppe hinein und reicht es mir, legt mir einen Löffel daneben und will, dass ich probiere.

»Zu viel Kerbel«, sage ich, bevor ich probiert habe und grinse.

»Sonst noch was?«

»Mama, Mama es schneit, können wir raus, einen Schneemann bauen?« Die Mädchen kommen in die Küche gerannt, Finn wacht von dem Geschrei auf und weint und Marlena macht ihren Töchtern klar, dass erst einmal Mittag gegessen wird und dass der Schnee noch den ganzen Winter liegen bleiben wird. Ich probiere die Suppe, sie ist köstlich und sie schmeckt keineswegs zu sehr nach Kerbel. Die Suppe schmeckt mitten im schneeweißen Winter nach Sommer und Sonne und Gemüsegarten und nach Marlenas Oma.

Die Mädchen geben keine Ruhe, sie wollen einen Schneemann bauen und zuppeln an Marlena herum, die gerade in der heißen Suppe rührt, Marit zerrt so sehr an Marlenas Arm, dass ihr der Kochlöffel aus der Hand in die Suppe fällt und heiße Tröpfchen nach allen Seiten spritzen.

»Kann man denn nicht einen einzigen Tag mal in Ruhe eine Suppe kochen?« Marlenas Gesicht wird wutrot und ich schiebe mich mit den beiden Mädchen aus der Küche.

»Wir wollen doch einen Schneemann bauen«, schmollen sie.

»Erstmal wollen wir Finn eine neue Windel verpassen, wisst ihr wo ich eine finden kann?«

»Ich weiß das«, Imke rennt ins Kinderzimmer.

»Ich weiß das auch«, plappert Marit nach und rennt hinterher. Sie stößt sich den Zeh am Türrahmen und fängt an zu heulen.

»Wenn du sofort aufhörst zu weinen, und mir hilfst, Finn zu wickeln, dann machen wir alle vier gleich einen großen Zauberschneemann, einen der niemals schmilzt«, verspreche ich und schon sind die beiden Mädchen vor lauter Staunen ganz still, und als Finn endlich seine trockene Windel hat, ist auch er wieder friedlich. Wir schließen die Kinderzimmertür, denn schließlich haben wir ein Geheimnis. Dann holen wir einen großen Bogen Papier und Wachsmalstifte aus dem Regal und breiten alles auf dem Fußboden aus. Ich male einen riesigen Schneemann auf das Papier. Statt eines Besens hat er einen Zauberstab, mit dem er sich vor den Sonnenstrahlen schützen kann. Während Imke und Marit den Schneemannhut und die Sonne und den Himmel anmalen und ich ihm eine Möhrennase und Kohlenaugen verpasse, erzähle ich ihnen die Geschichte von dem Schneemann, der noch im Hochsommer im Garten stand und mit seinem Zauberstab zu jeder Jahreszeit Schneeflocken herbeizaubern konnte.

Als sich Imke und Marit nach dem Essen zum Schlafen in ihre Betten legen, muss der Schneemann an die Wand gehängt werden und zwar genau so, dass beide ihn von ihren Betten aus sehen können. Finn schläft da schon längst in seinem Bettchen, immerhin hat er mir kurz vorher noch eine ordentliche Portion halbverdaute Milch auf den Pullover gespuckt, aber das macht mir nichts aus. Marlena und ich hören in der Küche, wie sich die Mädchen flüsternd unterhalten.

»Sie schlafen mittags sowieso nicht mehr«, erzählt Marlena, »aber so kommen sie wenigstens ein bisschen zur Ruhe.«

Ich nicke. »Du bist eine tolle Mutter, Marlena.«

»Findest du?«

Ich nicke wieder.

»Manchmal bin ich einfach nur genervt. Immer wollen alle drei gleichzeitig irgendetwas von mir und manchmal, wenn ich mit ihnen schimpfe, denke ich, dass ich überhaupt keine gute Mutter bin.«

»Oh doch«, widerspreche ich, »du bist eine ganz großartige Mutter.«

Marlena lächelt. Bestimmt gibt es nicht viele Menschen, die ihr sagen, dass sie eine tolle Mutter ist, denn die meisten Menschen denken, dass Mütter immer tolle Mütter sind, aber das stimmt nicht.

Aus dem Flüstern der Mädchen wird leises Kichern.

»Willst du noch Kaffee?«

»Kaffee?«

Ich muss an Mama denken, und daran, dass wir beide so richtige Kaffeetanten waren.

»Hallo? Hallo Elly, Erde an Elly! Träumst du?«

»Oh ich …«, ich bin grad ein bisschen traurig, weil ich an Mama denken muss, aber das sage ich Marlena nicht.

»Weißt du Elly, du wirst auch eine tolle Mutter.«

Ich lege meine Hände auf meinen Bauch und reiße meine Augen weit auf. »Woher weißt du das?«

»Woher weiß ich was? Dass du eine tolle Mutter wirst …?«

»Dass ich eine Mutter werde.«

»Na ja, Elly, irgendwann …« Dann bleibt Marlenas Blick auf meinen Händen haften, die ganz langsam meinen Bauch streicheln. »Du bist doch nicht … Elly? Elly, bist du schwanger?«

»Natürlich.«

»Wie bitte?« Marlena lässt sich mit Schwung in ihrem Stuhl zurückfallen. »Du spinnst. Das glaube ich nicht.«

Was soll ich sagen? Glaubt Marlena, ich lüge? Erst sagt sie, sie wisse, dass ich eine Mutter werde und dann sagt sie, dass sie das nicht glaubt, das ist schon seltsam. Wir sitzen in der Küche und sagen kein Wort, die Spülmaschine rumpelt leise vor sich hin und die Mädchen lachen jetzt noch lauter in ihren Betten, zu dem Duft von Kaffee und Kerbel ist jetzt noch der Geruch von Spülmaschinentabs und saurer Milch gekommen.

»Ist das wirklich wahr?«

»Was?«

»Herrje, Elly! Bist du schwanger?«

»Ja.«

Marlena springt auf und holt das Telefon in die Küche, dann tippt ganz hektisch auf den Zahlen des Telefons herum und ich rate richtig, es ist Markus' Nummer. Ich merke es daran, wie sie mit ihm spricht. Ich höre kaum hin, weil es eigentlich unhöflich ist, anderen Leuten beim Telefonieren zuzuhören, aber sie sprechen über mich, also lausche ich doch. Marlena erzählt Markus, dass ich schwanger bin und fragt, ob ich dann überhaupt gekündigt werden kann und offenbar sagt Markus nein, denn Marlena lacht ganz freudig auf, fast so, als wäre sie gekündigt worden und jetzt stellt sich heraus, dass die Kündigung gar nicht wirksam ist.

»Gut, ruf ihn an – super – ja – ja, danke – ich dich auch.«

Ich konnte nicht hören, was Markus gesagt hat, aber er muss »ich liebe dich« gesagt haben, denn Marlena hat »ich dich auch« gesagt. Aufgeregt springt sie hoch und reißt die Kühlschranktür auf.

»Darauf müssen wir anstoßen!«, sie nimmt eine Sektflasche aus dem Kühlschrank, nestelt den Metallverschluss ab und zerrt am Korken herum. Der will und will nicht herauskommen. »Und dann musst du unbedingt sofort Pete … – das Baby ist doch von Pete, oder?« Sie nimmt die Finger vom Korken und sieht mich an.

»Natürlich ist das Baby von Pete«, antworte ich mit lauter Stimme, viel lauter, als es nötig ist. Danach ist alles ganz still, Marlena sagt kein Wort, die Mädchen sind plötzlich stumm, gerade so, als hätte sie meine laute Stimme genauso erschreckt wie mich selbst.

Und dann knallt der Korken aus der Flasche, prallt an den Küchenschrank und zurück auf Marlenas Stirn. Sie schreit auf, fasst sich mit der Hand an den Kopf und rutscht am Schrank herunter, bis sie auf ihrem Po zu sitzen kommt.

»Marlena? Alles in Ordnung?« Sofort knie ich neben ihr und suche eine verletzte Stelle auf ihrer Stirn. Der Korken muss Marlena einen regelrechten Schock versetzt haben, denn plötzlich lacht sie so laut und heftig, dass ihr ganzer Körper durchgeschüttelt wird. Sie steckt mich mit ihrem Lachen sogar an, obwohl ich gar nicht weiß, warum wir lachen. Und dann sehen wir Imkes kleines Kindergesicht mit den weit aufgerissenen Augen, in die Küche lugen und ein zweiter Haarschopf, kaum zu sehen, verrät, dass sich Marit hinter ihrer Schwester versteckt.

»Komm her, Süße«, ruft Marlena und kann immer noch nicht aufhören zu lachen. Imke tappt zu ihrer Mama und hockt sich neben sie, um ihre Mama besser ansehen zu können. Marit bleibt in der Tür stehen. »Los, Marit, komm schon her, es gibt etwas zu feiern!« Nun traut sich auch Marit her. Da hocken wir nun alle auf dem Fußboden und lachen und feiern, der Sekt schäumt derweil aus der Flasche, mal sehen, ob noch ein Rest für uns darin bleibt.

»Die Tante Elly bekommt ein Baby«, sagt Marlena und guckt ihre beiden Töchter an.

»Ein Baby!«, sagt Imke und klatscht in die Hände.

Marit klatscht auch in die Hände. »Einen Finn?«, fragt sie schüchtern. Marlena streicht ihr über die dunklen dünnen Haare.

»Einen Finn oder eine Finja«, antwortet sie, obwohl ich ihr noch gar nicht gesagt habe, wie das Baby heißen könnte. Imke steht wieder auf und beginnt singend in der Küche herumzuhopsen, dabei singt sie ohne Unterlass »ein Baby, ein Baby«, es dauert eine Weile, aber dann stimmt Marit in den Singsang ein und die beiden tanzen ins Kinderzimmer. Nun wird es nur noch Minuten dauern und auch Finns Mittagsschlaf ist vorüber.

»Komm«, sagt Marlena, »lass uns schnell anstoßen, sonst wird das überhaupt nichts mehr.« Es ist natürlich noch Sekt in der Flasche geblieben, Marlena gießt unsere Gläser halbvoll, es ist mehr Schaum als Sekt, aber wir stoßen an und Marlena wünscht mir alles Gute und ich finde das sehr schön. Der Sekt knistert in meinem Mund und ich komme mir vor wie ein kleines Mädchen, das den Mund voller Brausepulver hat. Ich freue mich, dass Marlena sich freut. Endlich kann ich mit jemanden über mein Baby reden. Marlena weiß nicht, dass ich schon einmal ein Baby erwartet habe, aber das macht nichts, auch Menschen, die man sehr gern hat, müssen nicht alles wissen.

»Jetzt musst du aber wirklich endlich Pete anrufen, Elly!«

»Ich habe Pete gestern Abend angerufen.«

»Tatsächlich? Das ist großartig. Was hat er gesagt? Ich wette, er war ganz außer sich vor Freude.« Irgendwie ist Marlena grad diejenige, die ganz außer sich vor Freude ist. Ich muss aufpassen, dass sie sich nicht mehr freut als ich selbst.

»Er war nicht da.«

»Was heißt das, er war nicht da? Wo war er denn?«

»Woher soll ich das denn wissen, er ist nicht ans Telefon gegangen.«

»Okay«, Marlena steht auf und stellt ihr Glas auf das Ablaufbrett der Spüle, fährt mit ihrer Zunge über ihre Lippen und reibt ihre Handflächen aneinander, »eins nach dem anderen. Jetzt bringen wir erstmal die Mädchen in den Kindergarten, Markus kümmert sich um deinen Job und dann sehen wir zu, dass wir Pete … er weiß schon von dem Baby, oder?«

»Natürlich nicht, wann hätte ich es ihm denn sagen sollen? Als er geflogen ist, wusste ich es selbst noch nicht, und dann …«, ich drehe mich weg, damit ich Marlena nicht ansehen muss, »… wollte ich ja nichts mehr mit ihm zu tun haben.«

Marlena fasst mich an der linken Schulter und dreht mich wieder zu sich.

»Und jetzt? Willst du wieder was mit ihm zu tun haben?« Sie fragt das ganz ernst und ihr Gesicht sieht überhaupt nicht so aus, als hätte noch vor einer Minute jeder einzelne Gesichtsmuskel gekichert, jede Falte gelacht und ihre Augen gestrahlt. Sie sieht mich genauso ernst an wie am Tag der Beerdigung meiner Mama.

»Sag es ganz ehrlich, Elly. Willst du nichts mehr mit ihm zu tun haben? Ich könnte das verstehen.«

»Was kannst du verstehen?« Ich bin schon wieder viel lauter, als ich sein will. »Ich will überhaupt nicht nichts mit ihm zu tun haben, das habe ich doch nur wegen Mama gesagt. Und Mama ist tot.« Jetzt kullern mir Tränen aus den Augen und hinterlassen erst zwei dünne nasse Linien auf meinen Wangen und nach und nach wird mein ganzes Gesicht nass.

»Nicht nichts zu tun haben – also du willst was mit ihm zu tun haben? Oder? Sprich mal so, dass man es versteht, Elly!«

Imke steckt den Kopf zur Tür herein.

»Lacht ihr?«, fragt sie und ich kann ihrem kleinen Gesicht

ansehen, dass sie die Lüge nicht glaubt, die ihre Mutter und ich ihr auftischen, als wir gleichzeitig ziemlich unwirsch »ja« sagen.

»Hör zu, Elly, du bleibst jetzt hier sitzen und ich bringe die Mädchen in den Kindergarten. Guckst du bitte nach Finn, wenn er aufwacht!«

Ich nicke.

»Kann ich mich darauf verlassen?«, sie guckt mich wieder so ernst an.

»Ja, verflixte Kiste«, fluche ich. »Natürlich kannst du dich auf mich verlassen«, füge ich leise hinzu, wische mir mit dem Pulloverärmel die Tränenspuren weg und lächele in Imkes Richtung.

Ich hatte John noch nie zuvor so fluchen hören, wie an dem Tag, an dem der Pickup einen platten Reifen hatte. Es gab einen Reservereifen, aber der war auch platt und John sagte immer wieder, dass er sich in den Hintern treten könnte, weil er ihn nicht kontrolliert habe. Ich weiß nicht, ob Larry John hätte helfen können, aber Larry war nicht da. Er war mit seinem Mustang in die Berge gefahren. Er machte das manchmal, ich glaube er brauchte das, um besser atmen zu können, obwohl ich nicht weiß, wieso er sein Gewehr mitnehmen und auf Blechdosen schießen musste. Er wusste nicht, dass ich wusste, dass er das machte, aber ich wusste es eben.

John hatte den ganzen Pickup mit Dachdeckerkram beladen. Er hatte einen Kunden, der ihn aus den Gelben Seiten herausgesucht hatte, und John sagte immer, es sei viel schwieriger, solche Kunden von guter Arbeit zu überzeugen, als welche, denen er von anderen empfohlen wurde. John hatte irgendeine besondere Art ein Dach zu isolieren und

Sam hatte mir mal eine große Schachtel gezeigt, die voller Dankesbriefe von Leuten waren. John arbeitete hart dafür, seinen guten Ruf zu behalten. Er hatte sogar Angestellte, aber wenn es besonders wichtig war, dann machte sich John immer selbst an die Arbeit, so wie bei Kunden, die seine Adresse aus dem Telefonbuch herausgesucht hatten.

»Du kannst hundert Dächer gut machen, jeder einzelne Hausbesitzer schreibt dir einen langen Brief und lobt dich bis in den Himmel. Wenn du Glück hast, erzählt er noch einem Freund von dem neuen, tollen Dach und wenn du das Glück des Jahrhunderts hast, braucht der Freund zufällig auch gerade einen Dachdecker. Aber wenn du einen Fehler machst, wenn irgendwo der Wind durch die Ritzen pfeift oder sich womöglich ein Regentropfen zwischen zwei Dachschindeln hindurchzwängt, dann erzählt es der Hausbesitzer jedem Nachbarn, allen Freunden und schwärzt dich bei der Dachdeckervereinigung an«, sagte Sam.

John trat mit voller Wucht gegen den Autoreifen, aber das half natürlich gar nichts. Er raufte sich mit allen zehn Fingern durch seine kurzgeschorenen Haare und hinterließ zehn kaum sichtbare graue Spuren. Es sah aus, als hätte John von einem Moment zum anderen graue Haare bekommen. Das kann passieren, wenn Menschen sich furchtbar aufregen.

Wenn Papa fand, dass ich böse war, dann hat er immer gesagt, er bekäme durch mich lauter graue Haare. Ich weiß nicht, ob das stimmt, denn Papa war schon immer grau. Zumindest kann ich mich nicht erinnern, dass er mal andere Haare gehabt hätte. Welche Haarfarbe er wohl eigentlich hatte? Ob seine Haare so schwarz wie die von Juan oder River waren, als Mama ihn kennengelernt hat? Oder hatte er vielleicht so schöne dunkelbraune Locken wie Pete, Haare in denen man seine Finger versteckten konnte und Strähnen die man um einen Finger wickeln konnte und die dann genau so gekringelt blieben. Vielleicht hatte Papa auch solche Haare wie Larry, lange zu einem Pferdeschwanz oder zu einem Zopf zusammengebundene. Ich musste bei dem Gedanken fürchterlich lachen. Papa hatte niemals andere Haare als diese kurzen grauen aufrecht stehenden Stoppeln und ich glaube nicht, dass Mama jemals ihre Finger so sehr in Papas Haaren verstecken konnte, dass man nicht einmal mehr ihre sorgfältig rot lackierten Fingernägel sehen konnte. Mama hatte immer sehr schön lackierte Fingernägel. Ich durfte meine abgenagten Nägel nie lackieren. Sam hatte auch sehr schön lackierte Nägel, das musste sie auch, weil sie in einer Bank arbeitete, aber sie sagte, sie mochte das gar nicht so gern. Mir hat sie nicht die Nägel lackiert, als ich sie mal darum gebeten hatte. Sie sagte, das sei nur was für erwachsene Frauen. Ich weiß, dass sie das aus Spaß sagte. Ich war doch eine erwachsene Frau, oder? Ich hätte sehr gern so wunderschön lackierte Fingernägel gehabt wie Sam.

»Wo ist der alte Mann«, schrie John verzweifelt »wieso ist er nie da, wenn man ihn mal braucht?«

»Er ist in den Bergen«, antwortete ich.

»Was zur Hölle macht er in den Bergen?«

Ich zuckte mit den Schultern. Ich wusste genau, was Larry in den Bergen machte, aber ich war mir sicher, dass es nicht gut war, es John zu erzählen, schon gar nicht gerade jetzt, wo er so dringend Hilfe benötigte. John tat mir kein bisschen leid, und ich wusste auch nicht, wie ich ihm helfen konnte. Ich wusste nur, dass es auch nicht half, wenn man laut herumbrüllte und fluchte. Ich hatte noch nie einen Autoreifen geflickt und ich kannte auch niemanden, der *einen Reservereifen für einen Pickup hatte. Leider war es nicht Donnerstag, sonst wäre immerhin Juan in der Nähe gewesen und der kannte sich auch etwas mit Motoren aus. Vielleicht hätte auch River helfen können, aber er hatte das Schild »close« an seiner Ladentür hängen und niemand wusste, wo er war und wann er kommen würde. Eigentlich hatte River nur sonntags geschlossen, wenn er zur Kirche ging und oft öffnete er am Nachmittag trotzdem noch. Ich wollte unbedingt einmal mit River zur Kirche gehen, aber das ist eine andere Geschichte.*

Pete bot John an, unser Auto zu nehmen. Natürlich war es Petes Auto, aber schon bevor Pete mir das Baby unter das Herz gelegt hat – ich finde, das klingt so viel schöner, als zu sagen, man habe ein Baby gemacht – hat er gesagt, alles, was ihm gehöre, gehöre auch mir. Natürlich gehörte auch alles, was mir gehörte, Pete, aber das war nur das, was ich in meinem Rucksack mitgebracht hatte, und das war nicht sehr viel.

»Zwei Rollen Dachpappe und dein Kofferraum ist voll. Vielen Dank auch, Pete«, er schnauzte Pete regelrecht an und ich wunderte mich, dass Pete nicht ärgerlich wurde. Er wurde nur ein bisschen wütend, das merkte man daran, dass seine Bewegungen ganz schnell wurden. Er riss mitten auf der Straße die Kofferraumklappe unseres Autos auf und packte alle Utensilien, die darin waren, auf die Straße. Ich stellte mich nach einer Weile neben Pete und nahm ein Teil nach dem anderen von der Straße und stellte es auf den Bürgersteig. John stand die ganze Zeit mit vor der Brust verschränkten Armen daneben, verzog seine Lippen zu einer verkniffenen Linie und legte seinen Kopf in den Nacken, als würde die Lösung seines Problems vom Himmel fallen und

er musste aufpassen, wo genau sie angeflogen kam, um sie aufzufangen.

Pete ging zum Pickup rüber und nahm eine Rolle Dachpappe nach der anderen und packte sie in den Kofferraum, es passten viel mehr Rollen hinein, als John glaubte. Dann nahm Pete noch irgendwelche anderen Sachen und kramte die Rückbank voll und knallte schließlich Johns Werkzeugkasten auf den Beifahrersitz. Es schepperte ziemlich laut. Dann ging er zu John, drückte ihm wortlos den Autoschlüssel in die Hand, drehte sich um, kam zu mir, legte mir den Arm um die Schultern und zog mich mit sich fort. Pete drehte sich nicht einmal um, als er den Motor unseres Autos hörte. Aber ich tat es, ich sah John wegfahren. Pete war sehr nett zu John, obwohl John oft nicht sehr nett zu Pete war. Es war komisch, dass John fuhr, sein Pickup aber so verlassen am Straßenrand stand. Ich sah all unsere Farbeimer und fragte mich, ob wir sie dort so unbeaufsichtigt stehen lassen sollten. Pete zog sein Handy aus der Tasche und rief unseren Chef an.

»Hör zu, Jim«, hörte ich ihn sagen, »wir machen die 3902 morgen.«

3902 war die Hausnummer am Jefferson Way. Ich weiß nicht, wieso das die Hausnummer war, aber ich wusste sicher, dass es im Jefferson Way keine dreitausendneunhundertzwei Häuser gab. Die Besitzer waren verreist und wir sollten das Wohnzimmer und das Schlafzimmer streichen. Natürlich konnten wir das morgen machen, das war kein Problem, aber wir sollten wenigstens Farbe haben und ich war mir nicht sicher, ob die ganzen Eimer da noch standen, wenn wir jetzt einfach fortgingen, wohin auch immer.

»John war nicht sehr nett zu dir«, sagte ich zu Pete, weil ich

*irgendetwas sagen wollte, denn es war ein komisches Gefühl,
dass Pete nicht sprach.*

*»John ist tief in seinem Herzen ein Künstler«, antwortete
Pete, »er sollte gar nicht als Dachdecker arbeiten müssen.«
Pete sagte das einfach und ich konnte nicht sagen, ob er es
lustig sagte oder traurig oder wütend, er sagte es einfach.
Vielleicht meinte er es auch wirklich so, denn John war ja
schon mal ein Künstler gewesen, damals in Sedona.*

*Wir gingen noch ein kleines Stück die Straße hinunter und
setzen uns bei Starbucks draußen an einen Tisch, tranken
Kaffee und konnten auf unsere Farbeimer acht geben.*

*»Du hättest mal Johns Skulpturen sehen sollen, sie hätten
dir gefallen, er wusste schon, wie eine Skulptur aussehen
würde, wenn er gerade mal den Stein hatte. Er drehte ihn
lange hin und her, legte ihn hin, stellte ihn wieder auf und
irgendwann lächelte John, dann stand der Stein so wie er
stehen musste und in dem Moment konnte John schon genau
sehen, wie er aussehen würde, wenn er ihn behauen hatte.
Ich glaube das können nur Künstler. Und ich finde, wer so
eine Gabe hat, der muss als Künstler arbeiten. Der sollte
nicht als Dachdecker arbeiten und nicht auf Kunden aus
den gelben Seiten angewiesen sein.«*

Pete sah mich einen Augenblick nachdenklich an.

»Du hast auch so was Künstlerisches an dir.«

*Ich stellte meinen Kaffeebecher ab und machte meine Au-
gen größer auf als normal, als könne ich dann besser verstehen, was er sagte. Etwas Künstlerisches? Was sollte das
denn sein?*

*Pete sah mich gar nicht an, als er weitersprach. Er nahm
sein Basecap ab und wischte sich mit dem Unterarm den
Schweiß von der Stirn.*

»Du siehst Farben, noch bevor es sie tatsächlich gibt, du weißt genau, welche Farbe benötigt wird, damit eine andere Farbe so zur Geltung kommt, wie du es gern möchtest. Du mischt so lange tausend verschiedene Farbtöne miteinander, bis genau der eine Ton entsteht, mit dem du schon stundenlang in deinem Kopf die Wand bemalt hast.«

Das klang sehr nett, was Pete da sagte, und es stimmte ja auch. Aber war das etwas Besonderes?

»Ich wünschte, ich könnte malen, Sweetie, nicht Wände an, sondern Bilder auf Leinwände. Ich hab es mal versucht, weißt du. Ich bin kein schlechter Zeichner, aber ich habe niemals ein Bild so hinbekommen wie es sein sollte.«

»Zeig mir mal eins von deinen Bildern«, bat ich ihn.

»Es gibt keine, ich habe sie alle weggeworfen.«

»So wie ich den Sonnnenuntergang«, plötzlich glaubte ich, Pete doch verstehen zu können.

»Nein, Bessy«, und nun sah Pete mich doch wieder an, und einen kurzen Moment sah sein Gesicht ganz ernst aus, seine Augen waren ganz klar, »dein Sonnenuntergang war großartig.«

Plötzlich sprang er auf und stieß beinah den Kaffeebecher vom Tisch, der Stuhl wackelte und Pete rannte auf die Straße.

»Rühr sie nicht an«, schrie er so laut, dass mein Herz ängstlich zu klopfen begann, »lass alles stehen, wie es steht oder ich haue dir gewaltig auf deine Finger!«

Der junge Mann, der mit einer Hand in der Tasche an unseren Malerutensilien entlang schlurfte und nur mal mit der anderen Hand einen Farbeimer hochnahm, um etwas zu lesen, vielleicht welche Marke es war, ließ den Eimer vor Schreck fallen, sah zu Pete rüber und streckte ihm den Mittelfinger entgegen. Dann drehte er sich um und ging genauso langsam wie er gekommen war.

»Diebisches Pack!« Pete setzte sich wieder neben mich und sagte nichts mehr. Das war schade, denn ich hatte gerade gemerkt, wie gern ich es hatte, wenn Pete mir etwas erzählte.

»Wer ist dein Lieblingsmaler«, versuchte ich unser Gespräch wieder aufzunehmen, aber Pete zuckte nur mit den Schultern, wahrscheinlich hatte er keinen Lieblingsmaler.

Ich habe auch keinen Lieblingsmaler. Ich mag nur manche Bilder, mal von dem einen Maler und mal von einem anderen. Obwohl, vielleicht ist Van Gogh ein bisschen mein Lieblingsmaler, auch wenn das vielleicht der Lieblingsmaler von ganz vielen Menschen auf dieser Welt ist. Aber das macht nichts. Es ist nicht immer schlecht, mit vielen Menschen etwas gemeinsam zu haben.

Jeder wusste, dass Juan ein Illegaler war, aber kaum einer wusste, dass Maria auch illegal in Arizona war. Man hätte es sich denken können, denn Maria war auch Mexikanerin, aber Maria war schon so lange da, dass sich wahrscheinlich keiner mehr daran erinnern konnte, wie es war, als Maria noch nicht da war. Ich kann mich natürlich auch nicht daran erinnern, denn Maria war schon lange da, bevor ich nach Arizona kam, damals mit dem Flugzeug von Norden her.

Ich habe das mit Maria erst erfahren, nachdem die alte Frau tot war, denn danach kam Frank, der Sohn von der alten Frau. Sam hat mir erzählt, dass Frank über zwanzig Jahre nicht da gewesen sei und dass sie ihn trotzdem sofort wiedererkannt hat. Sam sagte, sie habe Frank vermisst, denn sie mochte ihn sehr gern. Das erste, was mir an Frank auffiel, war seine große Nase. Frank hatte eine Brille mit blauen Gläsern und er trug Polohemden und hatte seine Haare immer ganz ordentlich gekämmt, aber vorn fehlten ihm schon viele

Haare, so dass es aussah, als habe er eine ganz hohe Stirn. Frank war immer sehr freundlich, aber er sprach nicht viel mit mir. Ich weiß nicht, ob er mich mochte. Ich weiß auch nicht, ob ich Frank mochte. Ich war mir nicht sicher, ob ich einen Menschen gern haben könnte, der zwanzig Jahre lang nicht nach Hause kommt. Ich hatte mich aber auch selbst schon manchmal gefragt, wann ich wieder nach Hause kommen würde. Wo ist eigentlich ein Zuhause? Das ist doch da, wo man geboren ist und wo man mit seinen Eltern lebt, oder? Aber die meisten Menschen werden doch in Krankenhäusern in der nächsten Stadt geboren, und oft ziehen Menschen doch auch um. Zieht dann das Zuhause mit um?

Ich glaube nicht, dass es viele Leute wissen, aber man kann mehr als ein Zuhause haben. Ich weiß das, denn als ich damals aus dem Flugzeugfenster den Camelback Mountain gesehen habe, wusste ich sofort, dass auch hier mein Zuhause ist.

Nachdem Frank eine Weile da war, wusste ich auch, warum Sam seine Mutter mal eine alte Hexe genannt hatte und warum Frank so lange fort war. Franks Vater war gar nicht sein Vater und Franks Mutter hat ihm das an einem Tag gesagt, als es Frank ganz schlecht ging, erzählte Sam. Die alte Frau hat über Franks richtigen Vater gelacht und gesagt, Frank sei genauso ein Idiot wie er. Frank war dann wohl ziemlich wütend geworden und Sam sagte, sie könne das gut verstehen, denn Frank hat seinen Vater, der ja nicht sein richtiger Vater war, sehr sehr gern gehabt. Leider war der schon gestorben, als Frank acht Jahre alt war, und als Frank dann schon ein erwachsener Mann war und hörte, dass er einen ganz anderen Vater hat und seine Mutter ganz hässlich über den gelacht hatte, da hatte Frank voller Wut seine Sachen gepackt und war abgehauen. Sam sagte, die alte Frau hat ganz schön hinter Frank hergejammert, aber das hätte sie sich früher überlegen müssen. Nachdem Frank nun wieder da war, hat er von einem Tag auf den anderen Maria geheiratet und ich habe zu Sam gesagt, dass er das nur macht, damit Maria keine Illegale mehr ist, weil er so dankbar war, dass sie sich um seine Mutter gekümmert hat. Sam, die sonst immer sehr nett war, hat mich wie eine Gans böse von der Seite angezischt, ich solle so was nicht sagen, Frank und Maria würden sich lieben. Gänse können wirklich richtig böse zischen, sie können sogar richtig fest zwicken. Mich hat mal eine Gans ins Bein gezwickt, dabei habe ich ihr gar nichts getan. Marlenas Eltern hatten mal ein paar Gänse, aber die haben immerzu Krach gemacht und auch noch andere Leute gezwickt und erschreckt. Irgendwann waren die Gänse weg. Vielleicht sind Kopfkissen aus den Federn geworden und es gab einen schönen Sonntagsbraten für Marlena. Ich habe kein Mitleid mit Gänsen, ich mag Gänse nicht. Aber Sam mag ich, sie hat auch nur gezischt wie eine Gans. Ich hab dann gar nichts mehr über Frank und Maria gesagt, es geht mich sowieso nichts an, warum sie geheiratet haben. Nun waren Frank und Maria jedenfalls eine Familie. Wir waren auch eine Familie, Pete, ich und unser Baby unter meinem Herzen.

Wir haben tatsächlich die ganze Zeit bei Starbucks gesessen und auf John gewartet. Aber erstmal kam Larry, er parkte seinen Mustang hinter dem Pickup und sah sich um. Pete machte einen Ring aus seinem Zeigefinger und seinem Daumen, steckte ihn in den Mund und pfiff kurz und laut. Ich kann das nicht. Pete hat hundert Mal versucht, mir das beizubringen, aber ich habe einfach keinen Ton herausbekommen. Larry schlenderte auf uns zu, ging erstmal rein und holte sich einen großen Kaffee, und dann setzte er sich zu uns. Larry konnte den Kaffee gut gebrauchen, ich konnte riechen, dass er ein paar Dosen Bier zu viel getrunken hatte. Larry redet nicht normal, wenn er betrunken ist. Entweder er redet ganz viel und ganz schnell, oder er redet so gut wie gar nichts – einfach nur Wörter. So war es auch jetzt.

»Reifen?« Larrys Kopf deutete in Richtung des Pickups.

»Der ist kaputt«, antwortete Pete.

»Reserve?«

»Ist platt.«

»Flicken?«

»Ich habe kein Flickzeug und du warst nicht da, wie immer wenn man dich braucht.« Das hätte Pete nicht sagen müssen, weil es auch nicht stimmt. Larrys Augen funkelten wild hin und her, aber sonst bewegte er sich kein bisschen.

»Wo?«

»Wo was? Sprich ordentlich mit mir!« Petes Stimme wurde laut und seine Stirn legte sich ärgerlich in Falten, aber er wollte nicht zu unfreundlich zu Larry werden, denn er wollte ja, dass er die beiden Reifen flickte.

»John?«

»Der ist mit meinem Auto zu seinem Job.«

Larry trank seinen Kaffee aus und ließ den Pappbecher auf dem Tisch stehen, dann stand er wortlos auf, ging zu Johns Pickup und nahm den Reservereifen ab und wuchtete ihn in seinen Kofferraum. Pete beobachtete ihn eine Weile beleidigt, ging dann aber zu ihm und half ihm, den platten Reifen abzubauen. Die beiden fuhren dann gemeinsam fort und kamen später mit zwei heilen Reifen zurück. Ich war in der Zwischenzeit zu Maria gegangen, Frank war nicht da. Maria wollte gerade die Ladenfenster putzen. Ich nahm ihr die Arbeit ab, denn so konnte ich was tun und gleichzeitig auf unsere Sachen aufpassen, die noch immer auf dem Bürgersteig standen.

John hätte sich freuen sollen, dass die beiden Reifen heil waren, aber er war sehr schlecht gelaunt, als er zurück kam. Er hatte den Job verloren. Der Mann, dem das Haus gehörte, hatte gesagt, dass er keine unpünktlichen Handwerker gebrauchen könnte und wenn jemand schon am allerersten Tag unpünktlich sei, dann sage das ja wohl alles. John hatte ihm von den kaputten Reifen erzählt und da hat der Mann gelacht und gesagt, na, dann habe er ja Recht gehabt. Wenn jemand nicht einmal dafür sorge, dass das Reserverad in Ordnung ist, dann kann man schon ahnen, wie ordentlich die Arbeit sei, die er abliefern würde und vielen Dank, aber nein, da suche er sich lieber einen anderen Dachdecker. John war damit nicht nur den Job bei diesem griesgrämigen Mann los, sondern konnte gleich das ganze Viertel vergessen. Das war schlimm für ihn. Und es war wirklich gemein, denn John war zwar ein ziemlicher Griesgram, aber er war ein sehr zuverlässiger Dachdecker.

Als wir abends im Bett lagen hat Pete mich in seine Arme genommen und gesagt, ich solle aufhören, auf meinen Fingernägeln zu kauen und als ich aufhörte, hat er mich ganz fest gedrückt.

»Weißt du, Sweetie, ich habe es gut. Ich bin einfach nur ein Maler, ein Anstreicher. Ich mache, was mir gesagt wird, und ich mache es gut. Aber mehr mache ich nicht. Ich werde niemals eines dieser Häuser besitzen, in denen ich die Wände anmale, aber es macht mir nichts aus.«

Ich dachte daran, dass ich gern so ein schönes Haus gehabt hätte, aber ich sagte es nicht. Mit Pete war es einfach, er wollte Sachen, die andere unbedingt haben wollten, gar nicht haben. Sein Wohnwagen war etwas größer als die meisten anderen, fast doppelt so groß wie Larrys Wagen zum Beispiel, aber das war Pete eigentlich egal. Nur an einem Tag hat er gesagt, wie gut es ist, dass sein Trailer so groß ist. Das war der Tag, an dem ich von Larry zu Pete zog. Pete hatte gesagt, ich könne doch nicht immer bei Larry wohnen, wo er doch derjenige sei, der mich liebt. Ist das nicht schön? Ich weiß nicht, ob es für Larry schön war, denn ich glaube, er hatte es ganz gern, dass ich bei ihm wohnte, obwohl es sehr eng bei ihm war und wir uns zwar gern hatten, aber nicht liebten, so wie Pete und ich.

Einmal habe ich gerade unsere Frühstücksteller abgespült, als Larry mit einer Flasche Whiskey in der Hand in den Trailer kam. Er schwankte zu mir zur Spüle, mit dem Stock in der einen Hand und der Flasche in der anderen, versuchte er sein Gleichgewicht zu halten, er lehnte sich gegen den Küchenschrank, trank einen Schluck aus der Flasche und lachte mich an.

»Was ist los, Bessy?«

Ich versuchte, meine Augen böse funkeln zu lassen, ich hatte das mal vor dem Spiegel geübt, es sah nicht so furchteinflößend aus, wie es sollte, aber ich hoffte, es würde bei Larry wirken, aber er fragte mich nur, ob ich auch einen Schluck wollte.

»Es ist elf Uhr am Morgen, Larry!«

Er blickte auf die Uhr und dann aufs Etikett der Flasche.

»Es ist zehn nach elf und hier steht nicht, dass man um zehn nach elf nicht einen Schluck Whiskey trinken kann.«

Ich habe Larry gesagt, dass ich es nicht schön finde, dass er immerzu Whiskey trinkt, und ich habe ihn gefragt, warum er das macht, aber er hat mir keine Antwort gegeben. Ich habe ihm gesagt, er solle das mit dem Alkohol lassen, und dann hat er die Flasche gegen das Licht gehalten, um zu gucken, wie voll sie noch ist.

»Ich kann sie doch nicht ausschütten, Kiddo. Es ist meine letzte Flasche. Versprochen! Ich trinke sie nur noch aus, nur noch diese eine Flasche.«

Ich habe mal gehört, wie gefährlich zu viel Alkohol für die Leber ist, und dass man sehr sehr krank werden kann und dass manche Leute ins Koma fallen, wenn sie zu viel trinken und sogar davon sterben können, und das erzählte ich Larry.

»Du hast ja recht, Bessy«, sagte Larry und ließ sich aufs Bett fallen. Er stellte die Flasche auf den kleinen Tisch daneben und breitete die Arme aus.

»Ich bin so müde, Kiddo, ich bin einfach nur müde. Willst du dich nicht mit mir hinlegen, einfach so in meinen Arm? Ich bin besoffen, stimmt, aber bald ist die Flasche leer, glaub mir.«

Ich hatte die abgewaschenen Teller längst in den Schrank geräumt und mich neben das Bett gestellt und die Flasche in die Hand genommen.

»Und wenn ich sie ausschütte?«

»Mach das nicht, mach das nicht – bitte!« Er sprach ganz leise, fast ängstlich, sein rechter Mundwinkel zuckte ein wenig.

Ich habe es dann auch nicht gemacht, obwohl ich wusste, dass noch so viel in der Flasche war, dass es reichte, um Larry noch zweimal betrunken zu machen. Er trank nicht nur den Whiskey, er trank auch immer noch ein paar Dosen Bier dazu.

Ich legte mich in Larrys rechten Arm. Ich hielt mir die Nase zu, denn er roch so schlecht nach Bier und Whiskey, nach Schweiß und Schmutz.

»Du fühlst dich gut an«, sagte Larry und drückte mich fester an sich.

Wir sahen gemeinsam zur Decke, wo ein paar dunkel verschmierte Flecken die Überreste von totgeschlagenen Mücken markierten. Larry hob seinen Stock und kratzte damit an den Flecken herum.

»Sie sind mir auf die Nerven gegangen. Ich habe sie ermordet. Ich bin ein Mörder. Wusstest Du, dass ich ein Mörder bin?«

»Du bist kein Mörder.«

»Doch. Sie waren mir im Weg, ich hab sie abgeknallt.«

Ich musste lachen. Abgeknallt. Mit der Schuhsohle.

Larry stellte seinen Stock neben das Bett und atmete tief ein und aus. Dann machte er eine hastige Bewegung und stieß dabei seinen Stock um, der polternd zu Boden fiel. Er griff zur Whiskeyflasche und beim Versuch, im Liegen einen Schluck zu trinken, kleckerte er sich die Brust voll. Er stellte die Flasche wieder weg.

»Es ist die letzte Flasche, Kiddo.«

»Ja«, sagte ich und wusste genau, dass es nicht die letzte war. Aber ich wusste auch, dass Larry nicht log, denn in genau diesem Moment sollte es seine Letzte sein. Ich konnte das spüren, als er mich in seinem Arm hielt, ich wusste, was er dachte. Das Gefühl, jemandem so nah zu sein, war so viel schöner als das traurige Gefühl, betrunken zu sein. Larry wollte die Flasche austrinken und nie wieder eine neue öffnen. Das war die Wahrheit. Aber im Gegensatz zu Larry, konnte ich in die Zukunft sehen und wusste, dass die Wahrheit übermorgen schon eine andere sein würde.

Ich weiß gar nicht, wie ich Markus danken soll. Er hat mit meinem Chef geredet und der hat nicht nur die Kündigung zurückgenommen, sondern sogar gesagt, dass ich in Zukunft nicht mehr so schwere Sachen machen und ihm stattdessen öfter mal im Büro helfen soll. Dazu habe ich zwar überhaupt keine Lust, aber das sage ich natürlich nicht. Ich bin wirklich sehr dankbar. Ich habe jetzt jeden Abend versucht, Pete zu erreichen, aber er geht nie ans Telefon. Ich habe sogar Marlena Petes Nummer gegeben, weil sie gesagt hat, dass es das gar nicht gibt, dass jemand nie ans Telefon zu bekommen ist, und dann hat sie selbst es auch ganz oft vergeblich versucht.

Wir haben jetzt fast jeden Tag Schnee, obwohl der November gerade erst begonnen hat. Das ist wirklich dumm, weil wir noch an einer Fassade arbeiten und das geht bei diesem Wetter nicht. Wir brauchen dringend noch drei, vier Tage Sonnenschein, unsere Fassadenfarbe kann man bei Minusgraden nicht auftragen. Es fällt mir sowieso schon schwer, hier im Büro zu sitzen, und wenn ich weiß, dass draußen noch so viel Arbeit wartet, dann fällt es mir besonders schwer. Aber ich mache alles, was der Chef von mir verlangt und ich will es auch gut machen, weil ich so froh bin, dass er mich nicht gefeuert hat, und ich bin jeden Morgen ganz pünktlich, obwohl es so sehr schneit. Ich habe ein riesiges Glück, dass mein Auto immer anspringt und ich achte immer darauf, dass der Tank morgens voll ist, denn Zeit, noch zur Tankstelle zu fahren, habe ich morgens nicht.

Herr Jensen beobachtet mich immer. Ich spüre es auf meiner Haut, wenn er seinen Kopf neigt, als wäre er über wichtige Papiere gebeugt. Aber in Wirklichkeit schielt er zu mir herüber, um zu gucken, ob ich alles richtig mache. Morgens und Nachmittags kommt die Frau vom Chef ins Büro. Morgens bringt sie die Post, die sie aus dem Postfach holt und nachmittags holt sie die Briefe mit den Rechnungen oder den Kostenvoranschlägen, die wir an die Kunden schicken, die bringt sie dann zur Post. Manchmal bringt sie nachmittags Kuchen mit, den hat sie zwar nicht selbst gebacken, aber es ist immer sehr leckerer Kuchen, meist Zuckerkuchen oder Bienenstich. Ich esse nur sehr wenig davon, denn eigentlich bringt sie den Kuchen für ihren Mann. Heute hat sie auch wieder welchen mitgebracht, aber nicht so ein großes Stück Zuckerkuchen, von dem wir uns etwas abschneiden, heute hat sie zwei Stück Torte mitgebracht. Grad hat sie den Kuchen auf zwei Teller verteilt, einen unserem Chef hingestellt und den anderen mir. Außerdem gibt es noch frischen Kaffee. Den hat sie auch gekocht. Sie stellt dem Chef einen Kaffeebecher auf den Schreibtisch. Ich kann die Tasse nicht sehen, aber ich kann den Löffel hören, mit dem sie die Milch unter den Kaffee rührt. Das ist wirklich sehr fürsorglich von ihr. Der Chef sieht zu mir herüber und wir lächeln uns an. Nun stellt sie mir einen Kaffeebecher hin, einen rosafarbenen mit vielen weißen Punkten, ich hatte diese Tasse nie vorher im Büro gesehen und muss ganz furchtbar schlucken, damit ich nicht anfange zu weinen.

Im August war mal ein großes Sommerfest in unserem Kleingarten und Papa hatte nicht nur den Rasen gemäht, sondern mit einer Schere auch die ganzen Kanten geschnitten und mit einem Spaten die Kanten auch noch sauber abgeteilt. Dann hatte er eine Kette mit lauter bunten Lichtern an den

Giebel unserer Laube gehängt. Mama hatte ganz viele Tee-
lichter in kleine Gläser getan und wir haben die Gläser auf
dem Gartenweg verteilt. Wir waren den ganzen Tag mit dem
Dekorieren beschäftigt. Mama hatte sogar noch alte Gir-
landen in einem Schrank gefunden, die waren ein bisschen
zerknittert, aber wir haben sie, so gut es ging, glatt gestrichen und aufgehängt. Unser Gartennachbar mähte noch
Rasen, als wir schon fast fertig waren und Mama uns schon
eine Kanne Kaffee gekocht hatte. Der Nachbar stellte seinen
Rasenmäher ab und kam zum Zaun. Er sagte, dass unser
Garten sehr schön aussah, und Mama freute sich sehr, denn
Papa und der Nachbar mochten sich gar nicht leiden, und
daher sprach der Nachbar normalerweise kaum mit uns,
und nun sagte er so etwas Nettes. Das freute Mama so sehr,
dass sie fragte, ob der Nachbar gern eine Tasse Kaffee mochte
und er mochte. Mama holte noch einen dieser pastellfarbe-
nen Becher mit den weißen Punkten aus der Laube, goss uns
allen Kaffee ein und stellte die Kanne auf den Boden. Der
Nachbar hatte eine hellblaue Tasse, Mamas Tasse war gelb
und meine rosa und alle Tassen hatten diese schönen weißen
Punkte, die man sogar fühlen konnte, weil sie wohl aufge-
tupft wurden, nachdem die Grundfarbe schon getrocknet
oder gebrannt war. Ich weiß nicht, wie man das bei Tassen
macht. Papa kramte hinter der Laube irgendwelche Bretter
zurecht, und der Nachbar und Mama und ich, wir beiden
Kaffeetanten, standen am Zaun und pausierten. Der Nachbar sagte, der Kaffee sei vorzüglich und Mama lachte ganz
laut, als sei es superkomisch, dass ihr Kaffee gut sei, das
war es aber gar nicht, denn Mamas Kaffee schmeckte immer
gut. Mama und der Nachbar unterhielten sich ein bisschen
und ich hörte fast nur zu. Er erzählte, dass er im Herbst in

den Urlaub fliegen würde, nach Afrika. Mama verriet ihm, dass sie schon immer mal nach Afrika wollte und fragte, wohin genau er fliegen würde und er antwortete, dass er eine Rundreise machen würde nach Namibia, Botswana, Simbabwe und Südafrika. Ich sah den Nachbarn an und sagte wie aus der Pistole geschossen, Windhoek, Gaborone, Harare, Pretoria.

Mama lächelte verlegen und ich fragte mich, warum sie verlegen war, sie sollte stolz sein, dass ich alle Hauptstädte kannte. Der Nachbar strich mir über die Haare, als ob ich ein kleines Mädchen sei. Ich zuppelte mir danach – warum auch immer – meinen Rock zurecht, auch als sei ich ein kleines Mädchen. Ich ärgerte mich über mich selbst, denn ich war fast sechzehn Jahre alt.

Noch bevor Papa hinter der Laube hervor kam, ging unser Nachbar wieder zu seinem Rasenmäher und mähte weiter. In der einen Hand ihre eigene Kaffeetasse, in der anderen die leere des Nachbarn, legte Mama ihren Arm um mich und lächelte.

»Ist unser Garten nicht wirklich sehr hübsch, Sissi?«

In dem Moment kam Papa, sah die Kaffeekanne zu unseren Füßen, zählte die Kaffeebecher und machte ein grimmiges Gesicht, vielleicht war er böse, weil er sah, dass die dritte Tasse für den Nachbarn gewesen war, denn wir standen noch am Zaun. Und wer sonst hätte mit uns Kaffee trinken sollen? Papa mochte unseren Nachbarn nicht. Und der Nachbar mochte Papa auch nicht. Papa sagte dann zu Mama, sie solle ihm einen Tee machen.

Ich überlegte, warum Mama in dem Moment Sissi zu mir gesagt hatte. Ich mochte es nicht, wenn sie das sagte, aber ich glaube, ich habe herausgefunden, wann sie es immer sagte.

Es waren meistens irgendwelche Augenblicke, in denen Mamas Herz fror, wenn sie Angst hatte oder sich allein fühlte, was sie eigentlich nie war, denn sie hatte ja Papa. Wenn sie mich dann Sissi nannte, war es, als würde eine Wärme sie durchströmen, die sie gelassen machte für das, was kommen würde. Ich weiß, das klingt komisch, aber ich weiß, dass es stimmt, weil Mamas Gesicht immer ganz anders wurde, wenn sie mich Sissi nannte, dann verschwanden die Falten von ihrer Stirn, ihre Lippen waren nicht mehr so verkrampft und ihre Augen blickten in die Ferne. Es wäre schön gewesen, wenn Mama mich nie Sissi genannt hätte, aber noch schöner wäre es gewesen, wenn sie niemals einen Grund gehabt hätte, mich Sissi zu nennen.

Kaum hatte ich mir mit Sam zusammen meine erste Hose gekauft, brauchte ich schon eine zweite, denn mein Bauch wurde dicker, erst habe ich den Gürtel weiter geschnallt und den Knopf am Bund mit einem Gummiband zugemacht, aber bald reichte das auch nicht mehr. Sam sagte, sie habe noch nie eine schwangere Frau gesehen, die so schnell so dick wurde und bestimmt bekäme ich Zwillinge. Das glaubte ich natürlich nicht, aber sehr dick war ich tatsächlich.

Sam ging wieder mit mir einkaufen, diesmal kauften wir eine Latzhose, mit der könnte ich auch besser arbeiten, meinte Sam. Die Hose hatte eine Tasche am Bein, dort steckte ich einen Zollstock rein, das sah toll aus. Natürlich konnte ich selbst mit dem Zollstock gar nichts anfangen, aber Pete brauchte immer einen und wusste nie, wo er seinen hingelegt hatte. Es war mit uns beiden wie mit Ärzten und Krankenschwestern bei einer Operation, Pete rief einfach nur »Zollstock« und schon hielt ich ihm meinen hin, wie eine OP-Schwester, nur dass ich keinen Mundschutz trug und keine Handschuhe. Die Latzhose war weiß und ich habe sie selbst bezahlt, denn ich hatte nun schon meinen eigenen Lohn bekommen. Die Hose blieb aber nicht weiß, das wäre auch langweilig gewesen. Sie wurde von ganz allein bunt von all der Farbe, die wir an Wände malten. Das war schön, denn ich wollte von jedem Haus eine Erinnerung. Ich sammelte in den nächsten Wochen so viele Wandfarbenflecke, dass ich mir immerzu eine neue Lieblingsfarbe aussuchte. Das war toll, denn so war ich sehr gut vorbereitet, falls ich doch einmal eines dieser schönen Häuser haben würde. Wenn ich dann selbst einen Maler anheuern könnte, dann würde ich ihm meine Hose zeigen und sagen, so, in diesem Zuckergussweiß wie der Fleck auf dem linken Knie hätte ich gern die Wände. Den Sockel in diesem dunklen Currygelb wie der Strich auf dem Träger oben auf der Schulter und in diesem Anissternrotbraun, wie die zwei tropfenförmigen Flecken auf dem Latz, würde ich eine Bordüre bestellen. Leider wollen die Leute in Phoenix keine bunten Farben haben, so ein richtiges Klatschmohnrot oder ein Sommergerstengrün oder ein Kornblumenblau. Das ist sehr schade und ich weiß nicht, ob ich einem fremden Maler diese Farben erklären könnte, wenn der noch niemals gesehen hat, welchen Grünton Sommergerste hat. Im Gegensatz zu Weizen, der mit der Zeit der Reife immer grauer wird, hat Sommergerste so ein langanhaltendes Grün, das, wenn man sich so hinhockt, dass man auf Augenhöhe mit den Grannen ist, sogar ein wenig pastellfarbig aussieht. Und ein schöneres Rot als das vom Klatschmohn in seiner kurzen Blütezeit, hat wohl auch noch niemand gesehen. Beim Blau von Kornblumen mag man denken, das ist so wie der Himmel in Arizona, der natürlich *auch ein ganz wundervolles, tiefes, trunkenes Blau hat, aber eben doch ein ganz anderes als das Kornblumenblau, das viel wässriger und sanfter ist. Die Leute in Arizona wollen diese Farben nicht an ihren Wänden haben. Vielleicht fürchten sie, dass der große Kontrast sie aufsaugen würde, wenn sie aus farbig leuchtenden Zimmern in die – nur auf den ersten Blick – farbarme freie Natur treten würden. Würden alle Wände der schönen Bungalows in Phoenix von einem Augenblick auf den anderen wie Papphäuser nach außen fallen, würde man sie nicht sehen. Wie Geckos, die bewegungslos auf Steinen in der Sonne liegen, würden sie in der Landschaft verschwinden. Ich finde es ein bisschen schade, dass es keine kräftigen Farben hier an den Wänden gibt, aber die Maler und die Bewohner der schönen Häuser kennen Mohnblumen wohl nur von Bildern. Und der gelborangefarbene Ton in der Tiefe einer Saguaroblüte ist nur ein Akzent in der großen Palette der leichten Gelbgraubbrauntöne. Die prächtige Farbe der purpurnen Bougainvilleablüte gehört wohl nach Ansicht vieler nach draußen. Und das grandiose Himmelsblau wird als so selbstverständlich hingenommen, weil es nach jedem der wenigen, kräftigen Regenschauer wie aus dem Nichts zurückkommt, dass es keine Notwendigkeit gibt, es sich auch noch an die Wände streichen zu lassen. Trotzdem liegt in den Farben, die die Menschen in Arizona für ihre Wohnräume wählen, eine große Vielfalt und in jedem Haus, in dem wir die Wände in einer dieser Wüstenfarbtöne anstreichen, erzählt mir die Farbe eine Geschichte über die Bewohner. Manchmal kann ich die Menschen vor mir sehen, auch wenn ich sie gar nicht kenne, weil sie verreist sind, wie die im Jefferson Way. Oder ich kann den Duft einer Familie riechen, wie in dem letzten Haus, in dem Pete und* ich gearbeitet haben. Ich habe es das Zimthaus genannt und ich wusste, dass die Familie, die darin lebte, sehr glücklich war. Ich wusste, dass es mehrere Kinder gab, dass die Mutter eine sehr gute Köchin war und dass oft Gäste in dem Zimthaus waren. Ich wünschte, ich hätte auch ein Zimthaus. Pete hat gelacht und gefragt, ob es wohl auch ein Zimtwohnwagen sein könnte, und ich habe ihm gesagt, dass wir den Wohnwagen unbedingt streichen müssten, bevor das Kind geboren würde und dass er in die Ecke, in der wir die Wiege stellen würden, große Mohnblumen malen müsse und dass ich ihm die Farben mischen würde und dass er auf keinen Fall sagen solle, er könne das nicht, denn ich wüsste genau, dass er die allerschönsten Mohnblumen der Welt malen könnte. Pete sagte, ich sei doch selbst wie eine Mohnblume, so weich und zart und voller Liebe und die Liebe ist rot. Ich wünschte, unser Baby hätte in einer Wiege gelegen, und ich wünschte, es hätte die Mohnblumen sehen können, die Pete tatsächlich eines Tages gemalt hatte.

Sonntags haben Pete und ich nie gearbeitet, stattdessen sind wir immer ganz lange im Bett geblieben, und wenn Pete irgendwann aufgestanden ist, seine Hose und ein T-Shirt angezogen hat, um Kaffee, Rührei und Bagels zu kaufen, dann habe ich mich nochmal umgedreht und weitergeschlafen, bis er zurückkam. Ich bin nicht von der Tür aufgewacht, die immer kurz geknarzt hat, wenn man sie zu weit aufmachte, ich bin von dem Kaffeeduft aufgewacht, und Pete hat mir den Becher ans Bett gebracht. Ich habe immer auf dem Bauch geschlafen und wenn Pete mir den Kaffee brachte, lag ich meist noch genauso und musste ganz vorsichtig trinken, um den Kaffee nicht zu verschütten. Aber Kaffee, den man auf dem Bauch liegend trinkt, schmeckt am allerbesten. Als mein Bauch allerdings immer runder wurde, habe ich den Kaffee dann im Sitzen getrunken, das war auch sehr schön, weil Pete immer das ganze Frühstückszeug auf ein Tablett zwischen uns gestellt hat und wir es so richtig gemütlich hatten. Früher durfte ich sonntags nie lange im Bett liegen. Papa hat mich immer um acht Uhr geweckt. Meist war ich sowieso schon wach, und manchmal hörte ich, wie Mama sagte, lass sie doch noch etwas schlafen, aber Papa meinte, lange schlafen wäre unanständig und außerdem mussten wir in die Tulpenlust, obwohl ich gar nicht weiß, warum wir das mussten. Papa sagte nur, schließlich würden wir Pacht bezahlen, also müssten wir den Garten auch ausnutzen. Aber wir bezahlten auch Miete für das Zimmer, in dem mein Bett stand. Ich fand, das hätten wir auch ausnutzen müssen. Marlena konnte sonntags auch nie lange schlafen, obwohl ihre Eltern es ihr erlaubt hätten, aber neben Marlenas Elternhaus war die Kirche und Marlena ist jeden Sonntag vom Glockengeläut aufgewacht. Sie hat sich immer sehr geärgert und fand, man müsse verbieten, dass die Glocken jeden Sonntag so laut läuteten. Marlena würde es in Arizona gefallen. Hier gibt es nicht in jedem Kuhdorf jeden Sonntagmorgen Glockengeläut. Na ja, ich glaube, es gibt auch keine Kuhdörfer in Arizona. Ich finde, es fehlt etwas, wenn da, wo man wohnt, niemals eine Glocke zu hören ist. Es ist so, als hätte man einen Adventskalender, in dem das vierundzwanzigste Türchen fehlt. Ich wusste auch gar nicht, wo die nächste Kirche überhaupt war, in Rattlesdale gab es jedenfalls keine, und Pete ging sowieso niemals zur Kirche, deshalb wusste er nicht, wo es eine gab. Pete sagte, er glaube nicht an Gott. Wenn es Gott geben würde, dann hätte er entweder dafür gesorgt, dass Larry niemals in den Irak hätte müssen oder er hätte dafür gesorgt, dass Larrys Bein nicht verkrüppelt worden wäre. Ich will natürlich nicht sagen, dass das mit Larrys Bein nicht schlimm ist, denn er kann nicht einmal ohne Stock laufen und ich weiß auch, dass sein kaputtes Bein seinen Kopf ein bisschen krank gemacht hat, man merkt das daran, dass Larry, wenn er wütend ist, seinen Stock an die Wand knallt oder wegwirft, als wolle er seinem Bein sagen, sieh zu, wie du ohne den blöden Stock klar kommst. Aber es gibt Soldaten, die sitzen im Rollstuhl oder haben gar keine Beine mehr oder sind tot. Vielleicht hat Gott Larry viel mehr beschützt als Pete sich vorstellen kann.

Dass River sonntags in die Kirche ging, wusste jeder, er hat dann immer seinen Laden zugeschlossen. Einmal habe ich ihn gefragt, ob er mich mit in die Kirche nimmt. Anstatt mir zu antworten, hat er Pete angesehen, als müsse der es mir erlauben. Aber Pete hat nur mit den Schultern gezuckt und gesagt, es sei mein Leben und wenn ich in die Kirche wolle, sei das meine Sache. Das stimmt, es war sehr wohl meine Sache, aber anscheinend sah River das nicht so und fast wollte ich deshalb schon nicht mehr mit ihm fahren, aber Pete sagte, ich kenne River doch, ich solle nicht so beleidigt sein, und wenn ich in die Kirche wolle, dann solle ich jetzt mit River fahren und ich solle für ihn, Pete, beten, denn er selbst würde es ganz bestimmt nicht tun. Es stimmte gar nicht, dass ich River kannte. Ich kannte natürlich seinen Namen und wusste was er arbeitete, aber ich wusste nicht, was River für ein Mensch war und was für Geschichten seine Seele schon erlebt hatte. Na ja, ich bin dann eben doch mit River gefahren und habe Pete vorher in die Arme genommen und ihm versprochen, für ihn zu beten. Manche Dinge müssen Menschen einfach machen, und wenn sie es nicht selbst können, dann müssen es eben andere tun. Wer nicht mehr allein atmen kann, wird auch an eine Maschine geschlossen, aber ich glaube nicht, dass es jemals eine Maschine geben wird, die für Menschen, die es nicht können, betet.

Unter dem Innenspiegel von Rivers Wagen hing ein kleines Holzkreuz, das immer hin- und herschaukelte, wenn wir um eine Kurve fuhren und sonst einfach nur wie in Zeitlupe vor- und zurückschwankte. River und ich waren schon eine ganze Weile unterwegs und haben kein einziges Wort gesprochen, als River schließlich sagte, er würde aber nicht in die Kirche hier fahren, wobei ich gar nicht wusste, was er mit der Kirche hier meinte, denn ich hatte noch nie eine Kirche in der Nähe gesehen. River sagte, er würde in seine Kirche fahren. Ich denke, er meinte seine Gemeinde, aber er sagte seine Kirche, so als würde die Kirche ihm gehören. Dann sagte er, die Fahrt würde noch länger dauern, aber das machte mir nichts aus, meinetwegen hätte er noch stundenlang fahren können, ich saß bequem, die Klimaanlage war an und ich guckte einfach nur aus dem Fenster oder ich sah heimlich zu River rüber, der starr auf die Straße guckte. Rivers Lippen bewegten sich nur, wenn er seine Zigarette von einem Mundwinkel in den anderen schob. Von dem ganzen Rauchen hatte er gelbe Zähne, aber River sprach nicht viel, also sah man seine Zähne sowieso nicht oft. Wenn ich River so von der Seite ansah, konnte ich hinter seine Sonnenbrille schauen und seine Augen sehen, aber Augen, die man von der Seite ansieht, können einem nichts erzählen.

»Wo kommst du nochmal her?«, fragte River auf einmal.

»Aus Deutschland«, antwortete ich.

River erwiderte eine Weile lang nichts und ich sah wieder aus dem Fenster.

»Ihr habt großartige Komponisten.«

Hatten wir das? Ich wischte mir eine Haarsträhne aus der Stirn. Ich kannte mich mit Musik nicht so gut aus. Papa hörte gar keine Musik und Mama zappte sich immer durch alle Radiosender, die unser altes Radio hergab. Wenn ihr ein Lied gefiel, blieb der Sender drin, aber kaum kam eines, was ihr nicht so gut gefiel, schaltete sie von einem Sender zum nächsten, manchmal war sie so lange auf der Suche, dass sie am Ende wieder beim ersten landete, dort aber inzwischen ein neues Lied lief. Ich war wohl eher wie Papa, ich hörte auch keine Musik. Ich hatte kein Radio. Mamas Radio stand in der Küche.

»Ich mag Bach sehr gern«, sagte River. Ich wusste, dass ich schon einige Male Musik von Bach in der Kirche gehört hatte, aber ich konnte mich überhaupt nicht daran erinnern. River erzählte, dass er im letzten Jahr in New York gewesen war, in einer Kirche in der Nähe vom Central Park und zufällig rechtzeitig kam, zu einem Bach-Konzert. Begeistert berichtete er von der großartigen Orgel, dem wundervollen Klang, der berührenden Stimmung, der faszinierenden Musik. Ich sah River an und fragte mich, ob dieser schwärmende, plötzlich munter erzählende Mann der gleiche war, der mich mit seinem rauen Lachen manchmal ziemlich erschreckte.

»Magst du Bach nicht?«

»Doch, doch«, sagte ich schnell, denn ich wollte nicht, dass River dachte, ich würde Bach-Musik nicht für schöne Musik halten. Es war nur so, dass ich nicht wusste, wie sie sich anhörte.

»Was ist dein Lieblingsstück?«

Ich antworte nicht.

»Was ist dein Lieblingsstück, Bessy?«

»Ich weiß gar nicht, wie Bach klingt«, sagte ich kleinlaut und schmollte, mehr aus Wut auf mich selbst als auf River, »aber ich weiß, dass ich schon Bach-Musik gehört habe – in der Kirche.«

Und da war es wieder dieses Lachen. Sam würde wieder sagen, es wäre dreckig, ich fand es nur laut und rau. Sicherlich kam es davon, dass River ziemlich viel rauchte.

»Wo ist denn deine Kirche, River?«

»Noch ›n Stück hin.«

Ich glaubte, die Stoßdämpfer an Rivers Wagen waren kaputt, denn es rumpelte sehr und ich kannte die Strecke überhaupt nicht, die wir fuhren. Dann bogen wir auch noch von der Straße ab und fuhren unter einem großen Torbogen unter durch. »Big Horn Ranch« stand in riesigen Buchstaben auf dem Bogen und River beobachtete mich, wie ich versuchte, die Wörter zu lesen.

»Sie haben hier früher mal Rinder gezüchtet – mit großen Hörnern, verstehst du?«

Ich nickte und guckte aus dem Fenster auf eine Wiese, die auch eine Pferdekoppel hätte sein können, nur dass keine Pferde dort waren.

»Ist hier die Kirche?«

»Was?«

»Ob hier die Kirche ist?«

»Oh nein«, schnaufte River, »wir holen noch wen ab.«

Der Weg zum Ranchhaus hatte viele Schlaglöcher und River wich ihnen so geschickt aus, dass ich sicher war, dass er diesen Weg öfter fuhr.

»Wieso willst du eigentlich in die Kirche, Bessy?«

»Ich will beten.«

»Für wen?«

»Für mich«, sagte ich zu schnell und bereute es sofort, denn das klang doch ziemlich egoistisch. »Und für Pete will ich beten, der kann das nämlich nicht.«

»Beten kann jeder«, sagte River, aber das stimmte nicht, beten muss man lernen, und wenn es niemanden gab, der es einem beibrachte, dann konnte man es nicht, einfach weil man nicht wusste, wie es geht.

»Für wen willst du beten?«, fragte ich noch, aber River hatte schon vor dem Ranchhaus angehalten und war aus dem Auto gesprungen. Ein älterer Mann und ein Mädchen in einem Rollstuhl standen vor der Tür. Ich blieb im Auto sitzen und River begrüßte die beiden, dann hob er das Mädchen aus dem Rollstuhl und setzte es auf die Rückbank. Ich war etwas durcheinander, ich hatte nicht damit gerechnet, dass noch jemand mit uns mitfahren würde, River hätte mir das ruhig eher sagen können.

»Hallo«, sagte ich zu dem Mädchen, das vielleicht elf oder zwölf Jahre alt sein mochte.

»Hi«, sagte das Mädchen, mehr nicht und mir fiel nichts ein, was ich sonst noch sagen könnte.

River klappte den Rollstuhl zusammen und legte ihn in den Kofferraum. Dann bat er mich, auf die Rückbank zu wechseln, damit sich der ältere Mann auf den Beifahrersitz setzen konnte. Von hier aus dauerte es keine Viertelstunde mehr, bis wir in der Kirche waren. Ich habe kein Wort mit dem Mädchen gewechselt, ich habe es nur angelächelt, aber es hat nicht ein einziges Mal zurück gelächelt. River und der Mann unterhielten sich über das Wetter, als wäre das in Arizona ein interessantes Thema. Natürlich habe ich auch heftige Regenschauer erlebt, in der Regenzeit, dann hat man das Gefühl, die Sintflut geht los und plötzlich werden aus plätschernden Bächen in Sekundenschnelle reißerische Ströme, aber da viel häufiger viel doller die Sonne scheint, habe ich alle Regentage aus meinem Gedächtnis verbannt. Ich mag es richtig schön heiß, dann wird meine Haut braun und das gefällt mir, auch wenn ich niemals so braun werden könnte wie Pete.

Als wir an der Kirche ausstiegen, wurde River von fast allen Leuten mit Handschlag begrüßt, er schien hier ein sehr beliebter Mensch zu sein und manchmal hörte ich sein lautes, tiefes Lachen und dann lachten auch immer noch ein paar andere Leute.

Ich wollte unbedingt in die Kirche gehen und ich habe auch tatsächlich für Pete gebetet, aber trotzdem habe ich mich sehr unwohl gefühlt, denn es war, als ob alle Gottesdienstbesucher die besten Freunde waren und ich war ein Gast, der eben einfach mal so da war, den man nicht wegschicken wollte wie die dreizehnte Fee, aber für den eigentlich gar kein Platz in der Kirche war.

Ich war still auf dem Rückweg. Kurz bevor wir wieder auf der Farm waren, drehte sich der ältere Mann zu dem Mädchen um.

»Sally, wolltest du River nicht etwas sagen?«

Das Mädchen guckte verlegen auf seine Schuhe.

»Komm schon, Sally«, ermunterte sie der Mann.

»Die Sterne sind so schön«, flüsterte das Mädchen.

»Ich hab dich nicht verstanden, Sally, entschuldige«, sagte River mit einer so warmherzigen Stimme, die ich noch nie zuvor bei ihm gehört hatte.

»Die Sterne sind so schön«, wiederholte das Mädchen, diesmal etwas lauter.

»Oh, die Sterne auf dem Sattel?«

River brachte das Auto genau dort zum Halten, wo er auch schon gestanden hatte, als wir die beiden abgeholt hatten. Er stellte den Motor ab und drehte sich zu uns um.

»Bist du denn schon mal geritten?«

»Ja«, flüsterte das Mädchen.

»Und wie geht es mit dem Sattel?«

»Gut.«

»Gut?«, rief der ältere Mann. »Es geht großartig. Und Sally muss andauernd über die Sterne streicheln, weil sie sie so schön findet, nicht wahr Sally?«

»Ja.«

Ich wollte sagen, dass ich diesen schönen Sattel bei River gesehen hatte und dass ich bestimmt auch andauernd über die Sterne streicheln würde, wenn das mein Sattel wäre, aber ich traute mich nicht, überhaupt etwas zu sagen. Der alte Mann und River stiegen aus, und nachdem River den Rollstuhl heraus geholt hatte, öffnete er die hintere Tür, hob das Mädchen aus dem Van, setzte es wieder in den Rollstuhl und schob es zu dem alten Mann. Ich setzte mich wieder auf den Beifahrersitz und beobachtete, wie herzlich sich die drei verabschiedeten. Dann kam River zurück und wir fuhren wieder los. Ich nahm nach einer Zeit das Kreuz, das am Spiegel hin in die Hand.

»Ich habe keine Pferde gesehen.«

»Wo wolltest du Pferde sehen?«, fragte River.

»Auf der großen Koppel vor dem Haus.«

Pete lachte und es klang verächtlich, war aber sicher nicht so gemeint.

»Da laufen schon lange keine Pferde mehr rum.«

»Aber der Sattel ...«

»Ach so«, sagte River, als habe er erst jetzt meine Frage verstanden. »Sally geht zum therapeutischen Reiten, das soll sie etwas gesunder machen, was immer das heißen soll. Sie hat zwar kein eigenes Pferd, aber nun immerhin einen eigenen Sattel, ist doch auch was, oder?«

»Ja«, sagte ich und hätte gern gewusst, warum schon lange keine Pferde mehr auf der Koppel liefen.«

»Und«, River sah mich fragend an, »hast du für Pete gebetet?«

»Ja, habe ich.«

Wir polterten über die Landstraße.

»Und du?«, fragte ich. Es war lange still im Auto und ich dachte, River habe meine Frage gar nicht gehört, weil der Motor so laut war und ich vielleicht zu leise gesprochen habe, aber dann konnte ich sehen, dass sich Rivers Lippen öffneten und wieder schlossen und wieder öffneten. Das passiert manchmal, wenn man etwas sagen will, sich dann aber doch entscheidet, noch einmal genau zu überlegen, was man wirklich sagen möchte. Dann drückte River seine Zigarette im Aschenbecher aus und fing schließlich zu erzählen an.

»Ich bete immer um Vergebung, wenn ich in die Kirche komme.«

Ich sah River an und wusste, dass er meinen fragenden Blick spüren konnte, aber er wartete noch ein wenig bevor er weitererzählte.

»Sally lebt schon ihr Leben lang bei ihrem Großvater, einen Vater hat es nie gegeben und ihre Mutter ist gestorben als Sally geboren wurde.«

»Warum sitzt sie im Rollstuhl?«

»Ein betrunkener Autofahrer hat sie angefahren.«

Ich sah River an und sagte nichts, denn in meinen Ohren

hörte ich noch einmal wie River sagte, dass er immer um Vergebung betet.

River griff zum Handschuhfach und zog eine CD heraus und schob sie in den Player, ich hörte einen Moment lang zu.

»Das ist Bach«, sagte River, noch bevor ich fragen konnte, und ich schloss die Augen, um in der Musik zu versinken. Ich stellte mir vor, irgendwo in Deutschland in einer großen kühlen Kirche zu sitzen, zu den Buntglasfenstern zu schauen und im Gesangbuch zu blättern. Gesangbücher riechen immer ein wenig nach Vanille und so kommen bestimmt vielen Menschen Vanillepudding oder Weihnachtskekse in den Sinn. Kein Wunder, dass sie sich in Kirchen so zuhause fühlen. Mir gefiel die Musik, und ich hatte sie bestimmt schon mal gehört. Das also war Bach. Schön. Ich öffnete wieder die Augen und drehte das Holzkreuz in meinen Fingern, um es von allen Seiten ansehen zu können.

»Ich habe sie nicht angefahren, Bessy, bevor du auf falsche Gedanken kommst.«

»Für wen betest du dann?«

»Für den, der es getan hat.«

»Kanntest du ihn?«

»Ich kannte ihn gut.«

Ich wollte nicht neugierig sein, aber ich wollte höflich sein. Sollte ich nun fragen, oder sollte ich abwarten? Ich entschied mich abzuwarten und das war richtig so, denn plötzlich fuhr River fort.

»Mein Vater war ein Verkäufer.«

»Was hat er verkauft?«

»Kredite.«

»Kredite?«

»Ja, Kredite, Kredite für Häuser. Bei einer Bank. Und er

musste immer mehr Kredite verkaufen, und zu jedem Kredit musste er eine Versicherung verkaufen, und manchmal fiel es meinem Vater sehr schwer, Kredite zu verkaufen, wenn er wusste, dass die Menschen sie niemals zurückzahlen konnten, weil sie viel zu wenig verdienten. Und er wusste, dass die Menschen dann plötzlich kein Haus mehr haben würden. Aber das wollten die Herren in der Teppichetage gar nicht hören.«

River redete sich ein wenig in Rage und er lachte höhnisch, als er von den Bossen seines Vaters sprach, und nun musste ich Sam recht geben, dieses Lachen klang dreckig.

»Mein Vater sollte Monat für Monat mehr Hauskredite verkaufen und irgendwann schaffte er es nicht mehr. Im Gegenteil, es wurden weniger und dann ist er einfach gefeuert worden. Er hat achtunddreißig Jahre für seine Bank gearbeitet und ist dann einfach gefeuert worden. Er ist aus der Bank raus, hat meine Mutter angerufen und gesagt, dass er später kommen würde und ist in die nächste Bar gegangen und hat sich volllaufen lassen. Mein Vater hat sonst nie etwas getrunken, er sagte immer, Schnaps sei Teufelswasser und verflucht und nur wer mit dem Teufel einen Pakt eingehen wolle, würde Schnaps trinken.«

Rivers Hände krallten sich so fest um das Lenkrad, dass seine Fingerknöchel so gelblich weiß schimmerten wie seine Zähne, als wäre kaum noch Haut über den Knochen. Ich konnte Gänsehaut auf seinen Armen sehen.

»Vielleicht hat er nur zwei Schnäpse getrunken, vielleicht aber auch fünf oder sechs, das spielt keine Rolle, er war sturzbetrunken, als er in sein Auto stieg und Sally zum Krüppel gefahren hat. Achtunddreißig Jahre, stell dir das mal vor!«

Ich konnte es mir nicht vorstellen, denn ich war ja selbst gerade mal achtzehn Jahre alt.

»Er hat sich im Gefängnis aufgehängt.«

»Oh«, ich erschrak über meine eigene Stimme. Und River lachte sein lautes Lachen und ich erkannte, dass es eigentlich ein Weinen sein sollte, und ich fragte mich, ob River schon jemals geweint hatte.

»Ich bete für ihn, denn er war ein guter Mann und er sollte in den Himmel kommen«, sagte River und schluckte.

»Es ist gut, dass du die Sterne an den Sattel gemacht hast«, sagte ich. Was hätte ich auch sonst sagen sollen.

»Ja«, River sah mich an, lachte nicht, weinte nicht und schluckte nicht, nur seine Fingerknöchel waren immer noch gelblich weiß, als sei kein einziger Blutstropfen mehr darin. River nahm mir das Kreuz aus den Händen und hängte es zurück an den Spiegel.

Wir saßen alle vor dem Laden der alten Frau, der nun der Laden von Maria und Frank war, aber immer noch der Laden der alten Frau genannt wurde. River saß nicht, er lehnte an der Hauswand und hielt eine Cola in seinen Händen, Pete saß auf der Armlehne des breiten Holzsessels, in dem ich saß und streichelte mir dauernd über den Arm, John saß in einem Rattanstuhl, der neben der Ladentür an die Wand gelehnt war, weil die Rückenlehne schon etwas ausgeleiert war. Er hatte Sam auf seinen Schoß gezogen und hielt sie mit beiden Händen umschlungen. Sam sagte kein Wort. John küsste sie hin und wieder in den Nacken, und manchmal zog er sie weit zu sich zurück und legte seinen Kopf auf ihre Schulter. Larry hatte seinen Stock quer über seine Beine gelegt und schnitzte mit einem Taschenmesser neue Muster ins Holz und Frank und Maria saßen auf der Bank, die auf der anderen Seite der Tür stand. Maria hatte ihre Beine hochgezogen und mit ihren

Armen umschlungen, so dass ihr langer, bunter Rock sogar ihre Füße verdeckte. Sie lehnte sich an Frank, der seine Beine auf den kleinen Tisch vor sich gelegt hatte. Ich war furchtbar müde, obwohl es noch nicht sehr spät war und darum trank ich Cola, Maria hatte sie aus ihrem Kühlschrank geholt und extra für mich das Glas vorher randvoll mit Eiswürfeln befüllt. Sie goss mir das Glas immer wieder voll, wenn ich ein bisschen abgetrunken hatte. Alle redeten durcheinander, sie stritten sich, welcher Sport der wichtigere war. Die eine Hälfte war für die Phoenix Coyotes, die Eishockey spielten und die andere Hälfte war für die Baseball spielenden Diamondbacks. Ich sagte nichts dazu, ich hatte von Eishockey keine Ahnung und von Baseball erst recht nicht. Ich wusste, was Abseits beim Fußball war, aber für Fußball interessierte sich hier niemand, was schade war, denn Fußball konnte auch richtig spannend sein. Papa kannte sich sehr gut aus im Fußball, er wusste immer, wann es Einwurf geben musste, wann Ecke, er hat Fouls gesehen, die der Schiedsrichter nicht gesehen hat und er wurde richtig wütend, wenn er fand, seine Mannschaft habe einen Elfmeter verdient und der Schiedsrichter das nicht richtig entschied. Ich weiß gar nicht, welche Mannschaft Papas Mannschaft war, er hat mir nicht viel über Fußball erzählt. Alles, was ich wusste, hat Marlena mir beigebracht und sie wusste es von ihrem Vater. Der spielte nämlich sogar selbst Fußball, natürlich nur in dem kleinen Verein in unserem Dorf, aber dadurch wusste er besonders viel über Fußball. Ich weiß nicht, ob Papa oder Marlenas Vater mehr wussten, auf alle Fälle konnte Marlena mir Abseits erklären, nachdem sie zusammen mit ihrem Vater mal ins Stadion zu einem echten Bundesligaspiel gefahren war. Ich hätte auch gern mal ein echtes Bundesligaspiel gesehen, ich habe sogar

Papa mal gebeten, mit mir zu einem hinzufahren, aber er hat ganz laut und schrecklich gelacht und gesagt, ich sei doch sogar zu dumm zu sehen, welche Mannschaft in welches Tor schießen müsste. Mama hat gehört, dass Papa das gesagt hat, sie hat sich umgedreht und ist in die Küche gegangen. Das fand ich ziemlich gemein von ihr, denn sie wusste genau, dass ich schon etwas Ahnung von Fußball hatte. Später an dem gleichen Tag wollte Mama mir ein Eis kaufen, sie wollte das machen, weil sie ein schlechtes Gewissen hatte, weil sie nichts gesagt hatte, als Papa mich so ausgelacht hat. Ich habe ein ganz böses Gesicht gemacht und gesagt, ich wolle kein Eis, obwohl ich gern eins gehabt hätte.

Ich trank in aller Ruhe meine Cola und während die anderen sich stritten, träumte ich mich in einen Dämmerschlaf und genoss es, dass Pete mich am Arm streichelte. Juans Rufe schreckten mich irgendwann auf und ich musste mich schütteln, um wieder richtig wach zu werden. Ich hatte Bauchschmerzen und rieb mir mit der Hand über den Bauch. Ich hatte wohl zu viel Cola getrunken, nun tanzten die Kohlensäurebläschen Tango in meinem Magen.

»Hey Tata, sieh mal, was ich gefunden habe!« Juan kam auf mich zugelaufen und war ganz außer Atem. Er hielt etwas in seiner geschlossenen Hand und man könnte glauben, er habe einen Schatz gefunden. Er hielt mir die Hand direkt vors Gesicht und grinste, was man von Juan gar nicht kannte, weil er meist recht trübsinnig durch die Gegend lief. »Ich wette, das gehört dir.«

Alle sahen Juan gespannt an. Ich beugte mich vor zu ihm.

»Zeig!«, sagte ich und Juan öffnete seine Hand. Darin lag ein kleiner goldener Pin mit einer schwarz-rot-goldenen Deutschlandflagge.

»Der gehört mir nicht«, sagte ich und lehnte mich wieder zurück. Sofort ließ Juan vor Enttäuschung seine Mundwinkel hängen und tat mir furchtbar leid.

»Du kommst doch aus Deutschland, das ist doch die deutsche Flagge«, sagte er mit einem so schmollenden Unterton, dass ich lachen musste, weil er wie ein beleidigtes kleines Kind klang.

»Stimmt«, sagte ich, »aber deshalb trage ich doch nicht den ganzen Tag so einen Pin mit mir rum, bestimmt hat ein Tourist ihn verloren, einer der irgendwann mal in Deutschland war. Warum sollte ich so einen Pin tragen?«

Jetzt sahen mich irgendwie alle an. Und ich sah auch alle an. Ich sah von einem zum anderen und stellte fest, dass Frank und Sam tatsächlich Pins an ihrer Kleidung hatten, Pins mit der amerikanischen Flagge und Larry hatte ein T-Shirt an, auf dem ein Mann zu sehen war, der die Flagge hoch in die Luft hielt. Mir war schon aufgefallen, dass die amerikanische Flagge hier überall wehte und auf allen möglichen Schildern und an vielen Häusern zu sehen war, aber dass meine Freunde sie sogar an ihrer Kleidung präsentierten, war mir einfach bislang nicht aufgefallen. Ich sah mir Juans Kleidung genau an, konnte aber weder die amerikanische, noch die mexikanische Flagge entdecken. Ich nahm Juan den Pin aus der Hand und steckte ihn an seinem Hemdkragen fest.

»Schön, dass du ihn gefunden hast«, sagte ich. »Er soll dich immer daran erinnern, dass du mein bester Freund bist.«

Ich wollte nur nett zu Juan sein, der nun auch tatsächlich zufrieden seine Mundwinkel wieder nach oben schob, aber kaum hatte ich das gesagt, mischte Pete sich ein.

»So so, Juan ist also dein bester Freund. Was bin ich denn dann?«

»Du«, sagte ich und zog Petes Gesicht zu mir herab, um ihn küssen zu können, »du bist doch viel mehr als mein bester Freund, dich liebe ich.«

»Na gut«, sagte Pete und lachte, »das nehme ich als Entschuldigung an.«

»Und ich?«, kam nun auch noch Larry mit einem Einwand.

Ich musste nicht lange überlegen. Larry war mein Seelenverwandter, das sollte er wissen. Warum fragte er? Ich sagte es ihm und das stellte auch ihn zufrieden. Bevor noch irgendeiner der anderen fragen konnte, was er denn für mich war, reichte Frank noch ein paar Bierflaschen in die Runde und Maria sagte, wir sollen darauf anstoßen, dass ich ihnen allen eine gute Freundin sei. Das war ein sehr schönes Kompliment, denn das war genau das, was ich sein wollte, all diesen Menschen eine gute Freundin. Pete küsste mich noch einmal, wie um zu unterstreichen, dass unsere Freundschaft aber noch weit über die zu den anderen hinausging. Als wir aufhörten uns zu küssen, fingen alle an zu klatschen. Dann sah Sam zu Juan und sagte, dass er schon wieder ziemlich lange Haare habe und jetzt, wo er eine deutsche Flagge am Kragen trug, und die Deutschen so ordentlich und korrekt waren und keine langen Haare trugen, würde sie gern die Schere holen und ihm einen ordentlichen Schnitt verpassen. Juan sagte, anstatt die Schere zu zücken, solle Sam ihm lieber ein Bier besorgen und das machte Sam dann auch sehr gern. Als sie wiederkam, brachte sie sich einen Stuhl mit. John sagte, sie solle sich wieder auf seinen Schoß setzen, aber Sam sagte, sie habe Rückenschmerzen und setzte sich falsch herum auf den Stuhl und legte ihre Arme auf die Rückenlehne vor sich. Die anderen blieben noch bis spät in die Nacht auf der Veranda vor dem Laden sitzen, das wusste ich, weil Pete *und ich zwar schon früh nach Hause gingen, weil ich schlafen wollte, wir aber aufwachten, als wir Larry nach Hause kommen hörten. Er stolperte betrunken die drei Holzstufen zu seinem Wohnwagen hoch und ich konnte ihn fluchen hören, weil sein Bein ihm, wenn er betrunken war, noch weniger gehorchte als ohnehin schon. Ich lag auf dem Rücken und Pete lag neben mir auf seinem Bauch, er legte einen Arm auf mich und sagte, ich solle weiterschlafen. Meine Augen hatten sich an die Dunkelheit gewöhnt und ich sah an die Decke, hörte Larry nebenan rumoren und als der endlich ruhig war, glaubte ich Fledermäuse fliegen zu hören. Dann schlief ich wieder ein.*

Marlena fand, ich müsse meinem Vater sagen, dass ich schwanger bin, ich fand das überhaupt nicht. Sie sagte, er sei doch der Großvater, und wer weiß, manche Menschen ändern sich und vielleicht wird er ein ganz anderer Großvater als Vater sein. Mich interessiert es nicht, was für ein Großvater mein Vater sein würde, meinem Kind sollte er überhaupt kein Verwandter sein. Vielleicht würde ich mal seine Hilfe brauchen, meinte Marlena, aber auf diese Hilfe konnte ich gut verzichten und wenn ich mit meinem Kind ganz allein in der weiten Welt sein würde, allein wäre immer noch besser als mit meinem Vater zusammen. Erst als Marlena sagte, vielleicht würde mein Kind seinen Großvater gern einmal kennenlernen, habe ich angefangen, über meine Meinung nachzudenken. Sollte ich ihm von meinem Baby erzählen? Wie würde er reagieren? Ich hatte ihm Pete nicht vorgestellt, als der im September hier war. Ich hatte Pete nur mit zu Mama in die Klinik genommen, aber Mama interessierte sich nicht für ihn und Papa war sowieso nie in der Klinik. Papa wusste nicht einmal, dass ich mit Pete verheiratet war. Papa wusste sowieso nichts und war es nicht eigentlich gut, dass er nichts wusste?

Wäre heute nicht Sonntag, hätte ich gar keine Zeit, mir all diese Gedanken zu machen. Ich spüle meine Kaffeekanne aus und wasche die Tasse und mein restliches Frühstücksgeschirr ab. Es ist ziemlich traurig, dass ich sonntags so ganz allein frühstücken muss, natürlich ist es jeden Tag traurig, aber sonntags ist es trauriger als an anderen Tagen. Wenn ich mir nicht selbst eine Kanne Kaffee koche, dann duftet es nie nach Kaffee bei mir und ich finde das ist falsch. Es sollte immer jemand da sein, der einem Kaffee kocht. Ich ziehe mir meine Stiefel und die Jacke an, binde mir den Schal zweimal um den Hals, stülpe die Kapuze über die Mütze und ziehe die Wollhandschuhe an, die ein bisschen kratzen, dafür aber sehr warm sind. Ich muss kaum mehr als zwanzig Minuten gehen, bis ich in die Straße komme, in der ich achtzehn Jahre lang gewohnt habe. Ich gehe am Bauernhof von Marlenas Eltern vorbei, der ganze Hof ist wie unter einer Zuckerschicht begraben. Hinten auf dem Hof sehe ich Marlenas Vater, er fegt Schnee von dem Gerüst, das vor einer Mauer steht. Marlena hat mir erzählt, dass ihr Vater seit Wochen an der baufälligen Mauer arbeitet und dass er sich ärgert, weil es so kalt ist und er wegen des Frostes die Steine nicht verfugen kann. Er sieht zu mir herüber, lacht und winkt. Ich winke zurück und gehe schnell weiter. Marlena hat ihm bestimmt erzählt, dass ich schwanger bin, aber ich will mich nicht mit ihm unterhalten. Marlenas Vater ist ein toller Großvater, das weiß ich von Imke, sie hat mir vor ein paar Tagen ganz stolz erzählt, dass ihr Opa sie und Marit auf dem Trecker mitgenommen hat. Marlenas Vater ist der einzige Mensch, den ich kenne, der auf vier Fingern pfeifen kann. Ich wünschte, ich könnte das auch. Er kann sogar richtige Melodien pfeifen, einmal hat er »Hoch auf dem gelben Wagen« gepfiffen als Marlena und ich auf dem Trecker sitzen durften, aber der Trecker war grün und wir mussten ziemlich lachen. Vielleicht hat er das Lied Marit und Imke auch vorgepfiffen, wer weiß. Ich hätte auch gern so einen Vater wie Marlena.

An der Straßenecke bleibe ich wieder stehen, ich weiß gar nicht, auf was ich warte. Ich sauge die eisig kalte Schneeluft ein, die sich an die Innenseite meiner Luftröhre legt und mein Atmen lähmt, knote mir den Schal fester um den Hals, bevor ich endlich weitergehe.

Zehn Familien haben Platz in dem Haus, in dem wir früher alle zusammen wohnten. Der meiste Schnee auf dem Dach ist schon geschmolzen, nur an den Seiten liegt noch eine dicke Schicht, aber auch die wird wohl bald mit einem Ruck vom Dach rutschen. Meine Finger frieren in den Handschuhen. Ich stecke die Hände in die Jackentaschen, aber auch das hilft nichts. Papa kann keinen Kaffee kochen, aber vielleicht kocht er mir einen Tee und ich kann meine Hände um die Tasse legen, dann werden meine Finger wieder warm und wenn erstmal die Finger warm sind, dann hört man auch auf zu frieren. Ich sehe hoch zum Küchenfenster, es brennt Licht, also ist Papa auch wirklich zuhause. Er wird am Küchentisch sitzen und Zeitung lesen, sonst würde das Licht nicht brennen. Papa verschwendet keinen Strom. Marlena hat Recht. Ich werde zu ihm gehen, nicht für mich, aber es stimmt, ein Kind sollte seinen Großvater kennen. Ich stapfe durch den Schnee bis zu dem kleinen, geräumten Weg, der zum Haus führt. Zehn Familien, zehn verschiedene Klingelschilder. Manche haben schwarze Prägeschrift auf weißem Grund, einige Namen sind nur mit der Hand geschrieben und mit Klebefilm befestigt, auf einem Schild steht der Name in roter Schrift und für die Wohnung im ersten Stock rechts fehlt ein Schild. Ob die Wohnung gar nicht bewohnt ist? Ich ziehe meinen rechten Handschuh aus und lege meinen Zeigefinger nacheinander auf ein paar Klingelknöpfe, ohne einen einzigen zu drücken. Dann streiche ich über all die kalten Namensschilder, fühle Gravuren, Erhebungen, Schrauben, mit denen die Schilder befestigt sind, ausgetrocknete Kleberückstände von herabgefallenen Schildern und scharfe Kanten. Als letztes streift mein Zeigefinger kurz über das schönste Schild: Ein kleines Messingplättchen mit geschwungenen Rand, das mit goldenen Schrauben befestigt ist. Mit der Fingerspitze will ich den Namen, meinen Namen, nachzeichnen, aber schon bei der ersten Berührung zucke ich so heftig zurück, dass ich beinah rückwärts in den Schnee falle. Es ist, als habe ich einen elektrischen Schlag bekommen. Ich starre das kleine Plättchen an, es glüht feurig und ich warte auf eine dicke Brandblase auf meiner Fingerkuppe. Es gibt keine Brandblase, aber einen rabenschwarzen Fleck auf dem Finger und plötzlich sehe ich das kleine Mädchen im kurzen Kleid vor der Haustür stehen, einen Teil eines Putzlappens mit einer stinkenden Paste darauf, fest um den Finger gewickelt. Das Mädchen reibt und reibt über dieses Namensschild das längst so sehr glänzt, dass sich das Kind darin spiegeln kann. Es reibt immer weiter und der Finger unter dem Lappen wird immer schwärzer. Das Mädchen friert so sehr, dass ihr ganzer kleiner Körper zittert, als würde der Boden unter ihren Füßen vibrieren. Ich gehe noch einen Schritt zurück und kann das Bild von dem kleinen Mädchen nicht abschütteln. Ich ziehe mir den Handschuh wieder über, weil ich die schwarze Stelle nicht sehen will. Es dauerte damals fast eine Woche, bis mein Finger wieder ganz sauber war. Das Messingschild glänzt heute noch.

Ich drehe mich um und gehe nach Hause.

Einmal bin ich in der Schule mitten im Unterricht einge-schlafen, aber meine Lehrerin hat nicht geschimpft. Ich fühlte mich schon ein paar Tage lang schlapp und Mama hat sich schon Sorgen gemacht aber Papa meinte, ich sei bestimmt mal wieder zu faul zur Schule zu gehen, als wäre ich dauernd zu faul zur Schule zu gehen, was gar nicht stimmte. Mama solle Fieber messen, sagte er, das machte Mama auch, aber ich hatte kein Fieber also musste ich auch zur Schule gehen. Die Lehrerin sagte meinen Eltern schließlich, dass sie mit mir zum Arzt gehen müssten und erst daraufhin ist Mama mit mir zu Doktor Neumann, unserem Hausarzt gegangen. Weil ich auch schon eine ganze Weile Husten hatte, hat Dok-tor Neumann mich geröntgt und mein Blut untersucht, ich hatte eine Lungenentzündung und musste dann ganz schnell ins Krankenhaus gebracht werden. Dort roch es sehr nach Schwimmbad. Manchmal hat man eine Lungenentzündung auch ohne Fieber, das ist wohl sehr selten. Nach zwei Tagen konnte ich aber schon wieder aus dem Krankenhaus nach Hause kommen. Es hätte mir aber nichts ausgemacht noch im Krankenhaus zu bleiben, denn die Schwestern dort wa-ren sehr nett und an der Wand in dem Zimmer in dem ich lag, war ein großes Pferdeposter und ich stellte mir vor, wie ein Cowboy in das Zimmer kommt, auf das Pferd steigt, mich aus dem Bett hebt und mit mir davonreitet. Ich habe später in der Schule von dem Pferdeposter erzählt, natürlich nicht jedem, ich wollte nicht ausgelacht werden. Ich hatte damals auch Thomas davon erzählt, der hatte nichts dazu gesagt, aber als er neben mir stand, als ich das Flugticket nach Phoenix kaufte, da sah er mich an und fragte mich, ob ich mich noch an das Poster in meinem Krankenhauszimmer erinnern konnte, natürlich konnte ich das, dann sagte er, dass er mir wünschte, dass ich den Cowboy finde, der mich auf sein Pferd zieht und mit mir in den Sonnenuntergang reitet. Ich hatte nie gesagt, dass der Cowboy mit mir in einen Sonnenuntergang reitet, aber dass Thomas das überhaupt sagte, und dass er mir wünschte, dass mich ein Cowboy mit auf sein Pferd nimmt, das war das Allerschönste, das mir jemand für meine Reise gewünscht hatte, allerdings hat mir sonst sowieso niemand etwas gewünscht, Mama und Papa schon gar nicht.

Einmal musste Pete mit seinem Chef zusammenarbeiten und ich war ganz allein zuhaus. Ich wollte zu Maria gehen, vielleicht hätte ich ihr im Laden helfen können, aber sie hatte den Laden geschlossen, sie war für zwei Tage mit Frank weggefahren, ich weiß gar nicht mehr wohin. Als ich zurück nach Hause gehen wollte, hupte plötzlich ein Auto neben mir. Ich drehte mich um und erkannte Larry, er hatte das Seitenfenster herunter gelassen und beugte sich zu mir.

»Was ist los, schöne Frau? Keine Arbeit heute?«

Schöne Frau hat er zu mir gesagt, ich musste lachen.

»Pete und der Boss machen irgendwas in Phoenix, ich habe frei und niemand ist da. Ich wollte Maria helfen, aber die ist nicht da.«

»Kannst du nicht ohne Arbeit?«

»Es ist langweilig, ich bin allein.«

Larry sagte, ihm sei auch langweilig und er sei auch allein und ich solle einsteigen, dann sei uns vielleicht immer noch langweilig, aber wir wären nicht allein. Ich stieg ein, obwohl ich riechen konnte, dass Larry schon Bier getrunken hatte und ich es eigentlich nicht mochte, mit Larry Auto zu fahren, wenn er etwas getrunken hatte, aber ich wollte nicht allein sein. Ich habe das Gewehr auf dem Rücksitz gesehen auch wenn Larry eine Decke darüber zog, als ich einstieg. Warum er das wohl gemacht hat? Ich wusste sowieso, dass er immer irgendeine Waffe bei sich hatte. Ich fragte ihn, wohin er wolle und er zuckte mit den Schultern.

»… bisschen rumfahren.«

Ich fuhr gern mit Larry ein bisschen rum, denn immer, wenn ich in seinem Mustang saß, schloss ich meine Augen und stellte mir vor, durch die Prärie zu reiten.

»Willst du was trinken?«, fragte Larry und hielt mir eine Flasche Wasser hin. Ich trank einen Schluck.

»Soll ich Musik anmachen?«

Ich schüttelte den Kopf. Es war gut, wie es war. Als Larry um die nächste Kurve fuhr, klapperte es leise unter meinem Sitz, ein paar leere Bierdosen stießen aneinander.

»Du fährst raus, trinkst Bier und schießt auf Blechdosen«, sagte ich, Larry antwortete nicht, musste er auch nicht. Es war keine Frage.

»Kannst du schießen, Bessy?«

»Nein«, sagte ich. Larry meinte, jeder müsse schießen können. Das fand ich nicht. Warum sollte ich schießen können? Um mich zu verteidigen? Wenn ich niemandem etwas tat, würde mir auch niemand etwas tun, erklärte ich Larry, aber er sagte, das sei nicht so. Ich glaube, tief in meinem Inneren wusste ich, dass Larry recht hatte, aber ich wollte das nicht sagen, denn ich wollte ganz bestimmt nicht schießen können.

Ich war acht oder neun Jahre alt und es war ein Mittwochnachmittag als wir in Hannover auf dem Schützenfest waren. Ich hatte den ganzen Tag lang mit Marlena gespielt und Mama hatte gesagt, wenn Papa kommt, würden wir zum Schützenfest fahren. Ich hatte gefragt, ob Marlena mitkommen dürfte und Mama hat erst ganz schnell ja gesagt. Aber dann hat sie gesagt, wir müssten natürlich Papa fragen. Papa hat dann nein gesagt und ich hatte schon keine Lust mehr zu fahren, denn ich hatte mir schon ausgemalt, wie es sein würde, wenn Marlena und ich zusammen im Karussell sitzen und vor lauter Freude laut kreischen würden, wenn es immer schneller werden würde. Wir wollten auch Achterbahn fahren, am liebsten mit Loopings, so dass wir auf dem Kopf stehen würden. Und wir wollten unbedingt ins Riesenrad, damit wir, wenn niemand guckt, runter spucken konnten. Wir mussten uns hinter dem Haus verstecken, weil wir so laut lachen mussten. Na ja, Marlena kam dann nicht mit und die Riesenradfahrt war sehr langweilig. Ich hab mir die ganze Zeit die bunten Lichter angesehen, das war das Schönste an dem ganzen Nachmittag, obwohl die Lichter am Abend bestimmt hundertmal schöner gewesen wären. Ich habe von meinem Taschengeld für Marlena ein Herz gekauft, darauf stand »für meine Liebste«, denn Marlena war meine liebste Freundin. Papa fand das Herz ganz furchtbar, aber Marlena hat sich gefreut. Ein Glück, dass ich nicht damals schon mein ganzes Taschengeld für meine Farm gespart habe, so konnte ich Marlena wenigstens ein bisschen Schützenfest mit nach Hause bringen. Ich habe Marlena natürlich auch mit dem Vierfarbenstift malen lassen, den Papa an der Schießbude geschossen hat. Mama und ich wollten noch in die Geisterbahn, aber Papa sagte, jetzt geht's noch an die Schießbude und dann ist Feierabend. Ich durfte mir an der Schießbude etwas aussuchen und Papa wollte es dann schießen, ich habe mir einen großen Kuscheltiger ausgesucht, aber dafür hätte Papa ganz oft die Mitte einer Scheibe treffen müssen, aber Papa sagte, er habe ein kaputtes Gewehr bekommen, darum konnte er mir den Tiger nicht schießen. Als Trostpreis gab es den Vierfarbenstift und der war auch sehr schön, trotzdem war es gemein, dass sie kaputte Gewehre in den Schießbuden hatten, Papa hat noch den ganzen Weg bis nach Hause geschimpft.

Larrys Gewehr war nicht kaputt, trotzdem wollte ich ihn gar nicht beim Schießen beobachten. Aber er fragte mich gar nicht erst. Als er ein Stück weit in die Berge gefahren war, stieg er aus, stellte vier seiner Dosen auf einen Stein, zog seine Hosenträger fest und kam zum Auto zurück. Ich weiß gar nicht, warum er sein Gewehr vorher unter der Decke versteckt hatte, jetzt zog er es hervor, klappte es auseinander und steckte eine Patrone in den Lauf. Ich konnte nicht weg gucken, obwohl ich Larry auf keinen Fall beim Schießen beobachten wollte. Er traf die Dose sofort. Es stimmte, sein Gewehr war nicht kaputt. Er kam zum Wagen zurück und schob das Gewehr wieder unter die Decke, erst jetzt sah ich, dass noch eine andere Waffe, ein Revolver unter der Decke lag, Larry nahm sich den Revolver und jetzt konnte ich erst recht nicht weggucken, denn der Revolver sah genauso aus, wie der, den ich mal im Fenster unseres Spielwarenladens gesehen hatte. Der Griff war so rotbraun wie die Perlen an dem Rosenkranz, den unsere Kunstlehrerin hatte. Sie war katholisch. Katholische Menschen nehmen einen Rosenkranz in ihre Hände, wenn sie beten, ich habe unsere Kunstlehrerin zwar nie beten sehen, aber sie hatte ihren Rosenkranz immer bei sich. Vielleicht waren die Perlen aus genau dem Baum geschnitzt, aus dem der Griff von Larrys Revolver war, wie sonst hätte es genau dieselbe Farbe sein können, und wenn ich dieselbe sage, meine ich es auch. Es war nicht eine ähnliche Farbe, sondern exakt genau die des Rosenkranzes. Ich stellte mir immer vor, wie es sein würde, die Perlen des Kranzes durch die Finger gleiten zu lassen, sie fühlten sich bestimmt so glatt wie Murmeln an, aber viel wärmer, denn Holz ist viel wärmer als Glas. Wenn ich den Rosenkranz mal in der Hand gehalten hätte, hätte ich genau hingesehen, ob man die Maserung des Holzes sehen konnte oder ob alle Erinnerungen an Jahresringe mit dunkler Farbe überlackiert worden waren, was sehr schade gewesen wäre, denn Jahresringe von Bäumen können unheimlich viel erzählen. Wer kann in seinem Leben schon mehr erleben als ein Baum? Würden alle Bäume dieser Erde ihre Geschichten erzählen, gäbe es nicht genug Papier auf der Welt, um sie aufzuschreiben. Ob Kakteen auch Jahresringe haben? Das Teil, an dem der Lauf des Revolvers befestigt ist und der kleine Hebel, den man mit dem Zeigefinger ziehen muss, wenn man schießen will, war glänzend gold und der Lauf so schwarz, als hätte ihn jemand mit Schuhcreme poliert. Er sah ganz genauso aus, wie der im Spielwarenladen. Dort waren es allerdings zwei, die in einem roten Cowboygürtel steckten, der vorn auf der Schnalle einen weißen Büffelschädel hatte und in dem jede Menge Schlaufen für Patronen steckten. Auf beiden Halftern für die Waffen war ein großer Stern eingeprägt, ein Sheriffstern. Ein Sheriff ist ein Polizist, Sheriffs mussten Waffen haben, sie waren immer hinter den Räubern und

Ganoven her und manchmal schossen sie einfach in die Luft, um die Bösen zu warnen.

Larry hatte nur einen Revolver und er war kein Sheriff und er schoss nicht in die Luft, sondern in die Dosen und er traf jede einzelne beim ersten Versuch. Ich glaube, Larry hätte auch mit einem kaputten Gewehr getroffen. Aber was kann man schon mit einem Kuscheltiger anfangen? Mit einem Vierfarbenstift kann man eine Menge anfangen.

»Steig aus!«, forderte mich Larry auf, als ich ihn fragte, warum er das machte, auf Dosen zu schießen.

»Willst du auch mal?« Er drehte den Revolver um, hielt ihn am Lauf fest und mir entgegen. Es sah gefährlich aus, so als ziele Larry auf sich selbst. Zum Glück hatte niemand den Finger am Abzug und ich nahm den Revolver nicht in die Hand, obwohl ich genau wie bei den Rosenkranzperlen gern einmal den Knauf berührt hätte. Larry legte die Waffe wieder unter die Decke auf dem Rücksitz seines Autos.

»Warum machst du das?«, fragte ich wieder.

Larry schloss die Autotür und humpelte zu einem großen Stein und setzte sich. Sein rechtes Bein streckte er lang aus, seinen Stock legte er sich quer über die Beine.

Ich stand neben ihm und hatte beide Hände tief in meinen Hosentaschen.

»Vielleicht suche ich etwas …«

Was für eine komische Antwort. Was suchte Larry denn und was konnte man finden durch die Löcher von zerschossenen Büchsen guckend?

»Was suchst du denn?«

»Mein Leben?«, die Antwort klang wie eine Frage. »Suchen wir nicht alle unser Leben, Bessy? Wir wollen doch alle wissen, was richtig und was falsch ist, was gut ist und was böse.«

Ich verstand nicht was Larry mir sagen wollte. Suchte ich auch mein Leben? Ich stieß mit dem Fuß gegen einen Stein und kickte ihn weit weg und dachte daran, wie wir mit Bechern voller Sekt auf der Aussichtsplattform am Flughafen standen.

Die Pflanzen hier draußen waren alle stachelig und spitz, nicht nur die großen Saguaro Kakteen. Es gab viel Gewächs hier, in allen möglichen Grüntönen, aber alle hatten so einen Graustich, so als habe sich über jedes einzelne Blatt eine lange nicht gewaschene Gardine gelegt, durch die man zwar hindurchsehen und das Grüne erkennen konnte, die aber die Farbe so vergraute, so versandete, dass man sie gern einfach zur Seite geschoben hätte, um die wahre Farbe entdecken zu können. Es waren keine richtigen Blätter, es waren alles Stacheln und Dornen, lang wie Finger oder klein und knubbelig.

Larry stieß auch gegen Steine, mit seinem Stock, aber er kickte sie nicht weit weg, so wie ich, er drehte sie um.

»Ich weiß, was gut ist und was böse ist«, sagte ich zu Larry. Das war für mich keine schwierige Frage. Man wusste nicht immer, was richtig und was falsch ist, aber man wusste doch sehr leicht, was gut und böse ist.

Die Sonne brannte auf meine Arme, Larry zog seinen Hut etwas weiter in seine Stirn und guckte zu Boden.

»Hier, komm her, guck mal!« Unter einem der Steine, die Larry umdrehte, kroch ein Käfer hervor, er hatte sich wohl vor der Sonne versteckt und krabbelte nun erschreckt davon.

»Siehst du den?«

Ich nickte.

»Man nennt ihn kissing bug, Kusskäfer.«

»Na klar …«, Larry wollte mich veräppeln, so viel war klar.

»Wirklich!«, sagte Larry ernst. »Dieser Käfer küsst dir auf die Lippen, wenn du schläfst. Er trinkt ein bisschen von deinem Blut und verschwindet wieder. Am nächsten Tag ist deine Lippe ganz dick und dann kann es ein paar Tage dauern oder ein paar Wochen oder noch viel länger und – peng – bist du tot. Und der Käfer krabbelt zum nächsten Opfer.«

Damit konnte Larry mir keine Angst machen. Ich war fest davon überzeugt, dass er flunkerte. Ich hatte noch nie von einem Kusskäfer gehört, und in Deutschland gibt es auch jede Menge Käfer.

»Du glaubst mir nicht«, Larry merkte das sofort, »das macht nichts. Es klingt seltsam, ich weiß. Aber stell dir einfach mal vor, dass es stimmt.«

»Okay«, sagte ich und stellte mir vor, dass es stimmte.

Larry bückte sich schwerfällig und sein Stock fiel zur Seite, er hob einen Stein hoch, der doppelt so groß war wie seine Faust, zielte kurz und ließ den Stein auf den Käfer fallen, der sich gerade in den Schatten eines anderen Steines verkrochen hatte. Ich konnte gar nicht so schnell gucken, wie Larrys Stein den Käfer zerquetschte. Vor Schreck konnte ich gar nichts sagen.

»Die Kusskäfer krabbeln auch auf die Gesichter von alten Menschen, die sich sowieso nicht mehr wehren können, und auf die von kleinen Kindern – von Babys …«, er sah auf meinen Bauch und ich legte meine beiden Hände schützend darauf. Ob es doch eine wahre Geschichte war? Wir gingen zum Auto zurück und als wir darin saßen, sah Larry mich fragend an.

»Dieser Käfer dort draußen kann nun kein Baby mehr töten und keine alte Oma und keine junge Frau. Ist es nun richtig, dass ich ihn getötet habe? Ist es gut? Ist es falsch oder böse?«

Ich musste nicht lange überlegen.

»Töten ist böse, aber es war richtig – wenn es ein Kuss-Käfer war«, sagte ich. Ich hatte mich zwar erschrocken, als Larrys Stein auf den Käfer herabsauste, aber ich fand es nicht schlimm, denn es war doch nur ein Käfer und ich mochte Käfer sowieso nicht.

Ich weiß nicht, wie Larry auf meine Antwort reagierte, denn ich sah aus dem Fenster, in die Ferne zu den Bergen. Sie sahen heute blau aus, graublau natürlich, versteckt hinter der ungewaschenen Gardine.

»Manchmal ist töten gut und richtig. Manchmal ist das so, prophylaktisch sozusagen.«

Ich wusste nicht, was prophylaktisch bedeutete, und ich wollte es auch gar nicht wissen. Es war nur ein Käfer. Larry wendete den Wagen und wir fuhren zurück. Ich schloss die Augen und versuchte mir wieder vorzustellen, auf einem Mustang durch die Prärie zur reiten. Es wollte mir nicht gelingen. Ich ließ meine Augen auch geschlossen, als ich spürte, dass Larry sich während der Fahrt eine Dose Bier nahm, sie öffnete und den Verschluss aus dem Fenster warf. Ich stellte mir vor, das scharfkantige Metall landete auf einem Kusskäfer und tötete ihn durch einen Stoß ins Käferherz.

Als wir wieder zuhause waren, blieben wir noch einen kurzen Moment im Auto sitzen und sahen uns stumm an. Ich musste an die Waffen unter der Decke hinter mir denken. Larry zog seine Mundharmonika aus der Hosentasche und spielte dieses Kenny-Rogers-Lied, das er auf der CD hatte und das er immerzu wiederholte und das die anderen nicht mehr hören konnten. Ich weiß nicht, wie es hieß. Als er aufhörte und ich immer noch neben ihm saß, obwohl wir schon längst zuhause waren, reckte Larry sich und zog den Revolver unter der Decke hervor. Er klickte die Trommel nach außen und drehte sie, so dass ich sehen konnte, dass keine einzige Patrone darin war – als hätte ich Larry gebeten, das zu tun. Dann hielt er mir, genauso wie zuvor draußen, den Revolverknauf entgegen. Ich strich zunächst mit den Fingern über das Holz und nahm schließlich die ganze Waffe in meine Hände. Sie war schwer. Das Holz war glatt und weich, wie ich es gedacht hatte, und man sah kleine Linien, Reste von Jahresringen, wie viele Rosenkranzperlen man wohl aus so einem Knauf schnitzen konnte. Ich gab Larry den Revolver zurück, ohne das Metall berührt zu haben.

Einmal fuhr ich mit Pete zu einem Haus, in dem wir das Kinderzimmer für ein kleines Mädchen streichen sollten, und ich war schlecht gelaunt, weil ich das Zimmer gern ganz in rosa streichen wollte, so wie kleine Mädchen es gern mögen. Aber natürlich mussten wir die Wände gelb streichen, aber kein sonniges, fröhliches Gelb, sondern eines, das an ein verdorrtes Efeublatt erinnert, kurz bevor es sich ausgetrocknet zusammenkrümelt. Die Mutter des Mädchen wollte dann neue rosafarbene Kissen kaufen und einen roten Teppich in den Raum legen, dabei passten all diese Farben überhaupt nicht zusammen und ich konnte mir nicht vorstellen, dass sich das Kind jemals in diesem Raum wohlfühlen würde. Pete fand es nicht nett, dass ich so schlecht gelaunt war, er mochte es lieber, wenn ich lachte und meistens lachte ich ja auch. Wir mussten an einer Kreuzung halten, weil die Ampel rot war, wir waren das erste Auto. Es gingen nur wenige Fußgänger vor uns über die Straße und kurz bevor die Fußgänger wieder rot hatten, fuhr ein älterer Mann mit einem Elektro-rollstuhl auf den Überweg. Pete hupte einmal kurz und der Mann drehte sich zu uns herum. Pete steckte seinen Kopf aus dem Autofenster und winkte dem Mann im Rollstuhl zu.

»Hey, Mister Williams, wie geht's?«

»Ah hey, gut, gut«, rief der zurück und winkte ebenfalls. Pete lächelte noch, als wir längst weiterfuhren.

»Wer war das?«

»Mister Williams, er ist ein Snowbird, ein Schneevogel.«

»Was ist ein Schneevogel?«

»Das sind die Leute, die im Winter aus dem Norden kommen und ein paar Monate hier bleiben. Mister Williams bleibt immer noch ein bisschen länger.«

»Er sitzt im Rollstuhl«, sagte ich.

»Yep«, sagte Pete kurz.

»Warum?«

»Ich habe keine Ahnung. Ich weiß nur, dass Mister Williams der bestgelaunteste Mensch ist, den ich kenne. Ich glaube, er ist niemals schlecht drauf und wenn man ihn so sieht, könnte man meinen, dass er doch hin und wieder Grund dazu hätte, oder?«

Pete sah mich ganz ernst an und ich schmollte. Ich wusste genau, was er meinte. Ich sah aus meinem Seitenfenster. Nur weil dieser Mister Williams in seinem Rollstuhl immer guter Dinge war, sollte ich es gut finden, dass ein Kinderzimmer so schal und langweilig angestrichen wurde? Was hat das eine mit dem anderen zu tun? Es ist in Ordnung, wenn wir Wohnzimmer so anstreichen oder Schlafzimmer oder Küchen, aber Kinderzimmer? Ich möchte mal wissen, wie die Wände in Mister Williams Haus gestrichen sind. Wahrscheinlich hat er einen riesigen Smiley an der Wand *gegenüber von seinem Bett, und wenn er morgens aufwacht, sieht er ihn und muss schon lachen, bevor er sich seine Zähne geputzt hat.*

Ich war gerade bei Maria, als Barbara kam und neue Schmuckstücke brachte. Sie hatte winzig kleine grüne Steinchen an ihren Ohrringen, die so lang waren, dass sie fast bis zu ihren Schultern reichten. Das sah sehr schön aus und passte so wundervoll zu ihren grünen Augen. Barbara lächelte fröhlich und breitete die Ketten, Armbänder, Ringe und Broschen auf dem Tresen aus und Maria begutachtete sie. Ich hätte sofort alle genommen und in die Vitrine sortiert und ein paar ins Schaufenster gelegt. Aber Maria suchte immer nur die schönsten Stücke aus und Barbara nahm dann die Reste wieder mit. Es dauerte eine halbe Stunde bis Maria sich entschieden hatte, und Barbara wickelte gerade die letzten Ketten und Ringe, die Maria nicht haben wollte, in schwarze Samttücher, als Frank zur Tür hereinkam. Barbara und Frank sahen sich einen Moment lang an, und ich konnte die Überraschung in beider Gesichter sehen. Die in Franks war noch größer und die in Barbaras war eher so, als habe sie immer darauf gewartet, Frank eines Tages hier zu treffen.

»Frank?«, sagte sie, und so wie sie es sagte, klang es wie in einem schnulzigen Liebesfilm. Ich stand an einem Regal voller geflochtener Obstkörbe und wartete, dass sich Barbara und Frank in die Arme fallen würden, dass er ihren Kopf in seine Hände nimmt und dass sie küssend miteinander verschmelzen würden, so wie in einem Hollywoodfilm eben. Dann sah ich Maria an und merkte, dass es ihr genauso vorkam, nur dass sie sich kein bisschen bewegte und aussah wie eine Schaufensterpuppe. Das passte nicht zu Maria, denn

ihre weiße Bluse, die so groß war, dass sich immer etwas Luft darunter sammeln konnte und ihr bunter Rock, der ihr bis zu den Knöcheln reichte und ihre nur locker zur Seite gebürsteten Locken ließen sie immer aussehen, als wollte sie jeden Moment einen Flamenco tanzen. Barbaras Gesichtsfarbe veränderte sich, ich konnte zusehen, wie ihr das Blut in die Wangen floss, die immer röter wurden. Frank ging auf Barbara zu, reichte ihr die Hand und begrüßte sie, dann legte er seine linke Hand kurz auf Barbaras Schulter. Ich hörte Kunden neben mir im Regal mit dem Keramikgeschirr herumkramen. Es waren zwei ältere Frauen, sie sahen sich jeden einzelnen der handbemalten Teller an und stapelten dann alle wieder aufeinander, was komische Kratzgeräusche gab, weil die Unterseite dieser Teller nicht glasiert war.

»Ich wusste gar nicht, dass du wieder da bist«, sagte Barbara und ich konnte mit meinem eigenen Herzen spüren, wie sehr Barbara Frank vermisst hatte. Wenn Sam sagte, dass sie Frank vermisst hatte, war das nichts gegen das Gefühl, dass offenbar Barbara über viele Jahre in sich getragen hatte. Wahrscheinlich waren sie und Frank früher mal zusammen gewesen und Barbara hatte jahrelang gehofft, dass es eines Tages wieder so sein würde, wenn Frank nur endlich wiederkäme. Jetzt wurde mir auch klar, warum Barbara immer kam, um die Schmuckstücke der Indianer zu bringen, denn eigentlich kamen die sonst immer selbst. Und Barbara arbeitete in einem Museum und da gab es auch einen kleinen Shop, der Kunsthandwerk verkaufte. Sie machte sich ja sozusagen selbst Konkurrenz. Aber sie hat wohl jedes Mal, wenn sie in den Laden kam – schon als die alte Dame noch lebte – damit gerechnet, Frank hier zu begegnen. Maria, Franks frischgebackene Ehefrau, sagte kein Wort.

»Es ist schön, dich zu sehen, Barbara, wie geht es dir?«
Obwohl Frank Barbara anlächelte, klang seine Stimme, als
käme sie aus einem Kühlhaus und die Eisschicht an den
Wänden würde den Schall schlucken. Ich bekam eine Gänsehaut. Barbara schien das nicht zu merken, sie ließ Franks
Hand gar nicht mehr los und ich konnte sehen, wie ihre
linke Hand zuckte. Hielte sie nicht das Päckchen mit dem
Schmuck in ihrer anderen Hand, würde sie Franks rechte
Hand mit ihren beiden Händen umschließen und dann
würde sie ihn nie und nimmer mehr loslassen. So aber zog
Frank seine Hand langsam aus ihrer, steckte beide Hände
in seine Hosentaschen und ging einen Schritt zurück, als ob
er das tun musste, weil er Barbara im Ganzen betrachten
wollte. Tatsächlich wollte er wohl nur etwas Platz zwischen
Barbara und sich bringen.

»Es geht mir großartig«, antwortete Barbara und das war
ganz furchtbar schlecht gelogen. Es ging ihr miserabel, ihr
Herz ging in Flammen auf, ich konnte spüren, dass sie nichts
anderes wollte, als ihren Kopf gegen Franks Brust zu legen,
um sein Herz klopfen zu hören. »Und wie geht es dir?«

»Uns geht es auch großartig«, sagte Frank und als er »uns«
sagte, lächelte er Maria so herzlich an, dass ich zum ersten
Mal glaubte, er habe sie vielleicht doch aus Liebe geheiratet.

Die beiden älteren Frauen drängten mich von meinem
Platz weg, weil sie sich nun die Körbe ansehen wollten, ich
stellte mich zwischen zwei andere Regale, und es raschelte
hinter mir, als die Frauen jeden einzelnen Obstkorb ansa-
hen und miteinander tuschelten. Ich musste genau hinhö-
ren, denn Frank und Barbara sprachen nicht sehr laut. Ich
wollte unbedingt hören, was sie sagten. Ich konnte sehen,
dass Frank, ohne seinen Kopf zu bewegen, immer mal wieder

zu mir herübersah, aber das machte mir nichts aus, ich blieb stehen und belauschte die beiden.

»Maria musste solange ohne mich auskommen, nun habe ich endlich wieder einen Job in der Nähe ...«

»Ich ... ich musste ...«, stotterte Barbara und weil ich manchmal etwas hören konnte, was andere nicht hörten, konnte ich Barbara weinend sagen hören, »ich bin diejenige, die so lange ohne dich auskommen musste«, aber das sagte sie nicht wirklich, stattdessen murmelte sie, wie sehr sie sich für die beiden freue, und dass sie nun ganz schnell weiter müsse, denn ihre Schicht beginne in einer halben Stunde. Barbara stolperte, als sei sie betrunken. Sie ging rückwärts aus dem Laden und stieß dabei ein Bild um, das ein Maler aus Mendocino gebracht hatte. Mendocino ist in Kalifornien. Die Hauptstadt von Kalifornien ist Sacramento. Manche Leute denken San Francisco wäre die Hauptstadt, das wäre auch sehr schön, weil es doch in San Francisco diese wunderschöne Brücke gibt. Ich wünschte, ich wäre mal über diese Brücke gegangen. Sie heißt Golden Gate Brücke, obwohl sie rot angestrichen ist. Sie wird immerzu angestrichen. Wenn die Maler an der einen Seite fertig sind, müssen sie sofort an der anderen wieder anfangen, sonst fängt die Golden Gate Brücke an zu rosten. Ich könnte auch mal helfen, die Brücke zu streichen. Vielleicht mache ich das eines Tages und wenn ich dann Feierabend habe, werde ich die ganze Brücke entlanglaufen. Auf dem Hinweg werde ich ins Wasser unter mir sehen und auf dem Rückweg werde ich nur nach oben in den Himmel schauen, denn ich wette, beide Ausblicke sind atemberaubend. Aber ich werde natürlich nicht aufhören zu atmen. Wenn mir schwindlig werden sollte, bleibe ich einfach stehen und atme ganz tief ein und aus. Wenn ich nicht dazu komme, die Golden Gate Brücke zu streichen, dann werde ich eines Tages ein Bild malen, auf dem ein goldenes Tor zu sehen ist, und das Bild werde ich dann Golden Gate nennen und nur ich werde wissen, dass ich beim Malen an die große, schöne, rote Brücke gedacht habe. Oder ich überrede Pete, das Bild zu malen, denn er kann viel besser malen als ich, ich achte dann nur darauf, dass er die Farben gut mischt.

Frank ging zu Maria hinter den Tresen, nahm sie ganz fest in den Arm und sagte laut: »Ich liebe dich.«

Sicherlich meinte er es auch, aber er sagte es nicht auf eine romantische Weise. Er sah Maria weder in die Augen, noch küsste er sie auf den Mund, nachdem er es gesagt hatte. Er sagte es nur, damit ich es hörte, als ob ich irgendjemandem erzählen würde, dass Frank Maria nur wegen der Aufenthaltserlaubnis geheiratet hat. Wenn Frank wüsste, dass meine Aufenthaltserlaubnis noch genau zwei Tage galt, hätte er sich wohl weniger Sorgen gemacht und Maria ganz verträumt geküsst und ihr kichernd was Nettes ins Ohr geflüstert. Aber ich war überzeugt, dass er das auch tat, vielleicht abends im Bett, wenn niemand mehr zusah und zuhörte.

Als Barbara rückwärts aus dem Laden ging und das Bild umstieß, merkten wir zunächst gar nicht, dass es dabei einen tüchtigen Kratzer bekam. Wir merkten es erst später, als Maria es wieder hinstellen wollte. Maria war ganz entsetzt und Frank auch, denn das Bild war sehr teuer. Darauf war auch eine Brücke zu sehen, aber eine kleine Holzbrücke, die über einen Bach führte, an beiden Seiten des Ufers waren Erlen und auf dem Bach schwamm ein Entenpaar. Mir gefiel das Bild deswegen so gut, weil es aussah, als sei der Bach in Bewegung, von welcher Seite auch immer man es anschaute, der Bach sah jedes Mal anders aus und immer meinte man

zu sehen, wie das Wasser unter der Brücke durchfloss. Viel-
leicht lag es daran, dass es ein Ölgemälde war und der Ma-
ler sehr großzügig mit der Farbe umgegangen war. So gab
es viele winzige Schattenspiele auf dem Bild und zu jeder
Tageszeit sah es anders aus. Ich wusste, dass ich das Bild
reparieren konnte. Ich brauchte Ölfarben und ein paar gute
Pinsel am besten mit Marderhaaren. Und ich brauchte Zeit.
Der Kratzer war zwar nicht sehr groß und als der Maler die
Stelle an der jetzt der Kratzer war, gemalt hatte, brauchte
er bestimmt nicht viel Zeit, aber wenn man einen Kratzer
reparieren soll und das Bild dann genauso aussehen soll wie
vorher, dann braucht man ganz viel Zeit und leider hatte ich
nicht viel Zeit. In zwei Tagen musste ich schon wieder im
Flugzeug auf dem Weg nach Deutschland sein. Also bot ich
Maria und Frank nicht an, das Bild auszubessern. Jedenfalls
nicht sofort. Später habe ich es doch noch wieder in Ordnung
gebracht, denn ich saß zwei Tage später nicht im Flugzeug
nach Deutschland.

»Ich hatte es irgendwie im Gefühl, dass du es deinem Vater
nicht sagen würdest.«

»Ich kann es nicht, Marlena, ich habe es versucht, ich
hatte den festen Vorsatz, aber ich bin wieder nach Haus
gefahren.«

Marlena nimmt mich in den Arm.

»Wir schaffen das auch ohne ihn«, sie drückt mich fest,
»ganz bestimmt!«

Ich bin froh, dass sie das sagt. Wir haben noch eine
Stunde Zeit, bis wir die Mädchen abholen müssen. Mein
Chef hat mir heute einen freien Tag gegeben, weil ich ihm
so fleißig beim Monatsabschluss geholfen habe, hat er ge-

sagt. Dabei habe ich nur meine Arbeit, meine langweilige Büroarbeit gemacht. Ich schiebe Finns Kinderwagen über den Schotterweg, das Rütteln scheint ihm nichts auszumachen, er schläft tief und fest. Marlena geht neben mir her.

»Steht dir gut, so ein Kinderwagen«, sie lacht. Ich lache auch, denn ich glaube nicht, dass mir der Kinderwagen gut steht, denn mein Bauch wird immer dicker und es sieht bestimmt fast so aus, als würde mein Bauch den Wagen schieben und nicht meine Hände.

»Hast du Pete inzwischen mal erreicht?«

»Nein«, sage ich und merke, wie sich mein Gesicht zu einer Trauermine verzieht. Ich habe es wirklich jeden Abend versucht, und ich habe ihm sogar einen langen Brief geschrieben, aber auch darauf hat er nicht geantwortet.

»Wir schaffen das!«, wiederholt Marlena und streicht mir mit der Hand über den Rücken. Ich weiß, dass Marlena mir helfen wird. Ich werde sogar den Kinderwagen bekommen, denn wenn mein Baby geboren wird, wird Finn in eine Kinderkarre umziehen, Marlena hat sie schon im Keller stehen, sie hat sie gegen ihre Zwillingskarre getauscht. Ich habe auch schon eine Menge Strampler und Jäckchen und solche Sachen. Neulich habe ich eine kleine Mütze gekauft, die liegt grad auf dem Regal im Flur und immer wenn ich daran vorbeigehe, stelle ich mir vor, wie mein Baby aussehen wird, wenn es die Mütze trägt.

Es gibt Momente, da fühle ich mich, als sei ich der einzige Mensch auf der ganzen weiten Welt. Ich fühle mich einsam, verlassen und kraftlos, so als könne ich all das was vor mir steht, gar nicht bewältigen. Es ist wohl ziemlich gemein, sich so zu fühlen, wenn man an der Seite einer lieben, hilfsbereiten Freundin durch die Gegend spaziert, aber ich kann es nicht ändern, das ist eben ein Gefühl und Gefühle kann man nicht einfach abschalten wie ein Radio, wenn ein Lied gespielt wird, das man nicht hören mag.

»Erzähl mir etwas von Arizona«, fordert Marlena mich auf.

»Warum?«, frage ich und meine eigentlich »warum jetzt«, denn wir haben gerade über meinen Vater gesprochen.

»Nur so, erzähl mir etwas von Larry, diesem verrückten alten Mann!«

»Er ist nicht verrückt – oder vielleicht ein bisschen …« Und dann erzähle ich Marlena von Larry, von seinem Mustang, davon, dass er Autos reparieren konnte, und dass ich wusste, dass er draußen in der Wüste Zielübungen machte und was Larry mir von den Kusskäfern erzählt hatte.

»Das stimmt doch nicht, oder?«

»Ich weiß nicht«, antworte ich wahrheitsgemäß. Vielleicht hat Larry sich das ausgedacht, vielleicht gibt es Kusskäfer wirklich. Verbirgt sich nicht manchmal hinter so schönen Dingen, wie Küssen, etwas abgrundtief Hässliches? Sind nicht Fliegenpilze wunderschön? Giftige Quallen kommen als schönste Tiere des Meeres daher, und was war mit diesem rotbäckigen Apfel, den die verkleidete Königin Schneewittchen gereicht hatte? Okay, das ist ein Märchen, aber sagt man nicht, in jedem Märchen steckt auch ein Funke Wahrheit? Ich weiß es nicht, und wenn ich schon nicht weiß, wo der Wahrheitsfunke in Schneewittchen ist, woher soll ich dann wissen, ob es Kusskäfer gibt oder nicht. Ich bin doch keine Biologin.

»Wie heißt dein Larry eigentlich mit Nachnamen?«

»MacLean. Larry heißt MacLean, seine Urgroßeltern sind

wohl mal aus Irland eingewandert, sagt Larry, es kann aber auch Schottland sein, Larry weiß es selbst nicht so genau, das ist komisch, denn man sollte doch wissen, woher seine Familie stammt, oder?«

»Na ja, meine stammt aus Deutschland, da muss ich nicht lange nachdenken«, sagt Marlena während sie Finn, der anfängt zu nörgeln, seinen Schnuller wieder in den Mund schiebt.

»Ich komme auch aus Deutschland.«

Wir gehen schweigend noch ein Stück weiter, bis an den Waldrand. Dann sieht Marlena auf die Uhr, und wir stellen fest, dass wir viel zu weit gelaufen sind, nun müssen wir uns sputen, um rechtzeitig am Kindergarten zu sein. Wir laufen so schnell, dass es Finn wohl doch etwas unheimlich wird, in seinem Kinderwagengeschaukel. Der Schnuller kann ihn nicht mehr beruhigen. Als wir endlich am Kindergarten ankommen, und Marlena den Mädchen Jacken und Schuhe anzieht, nehme ich Finn aus dem Wagen und wiege ihn ein wenig in meinen Armen hin und her, und obwohl ein lautes Tohuwabohu herrscht, fallen ihm bald wieder die Augen zu und er atmet ganz langsam und ruhig und seine Pupillen bewegen sich nicht unter seinen Lidern. Ich lege ihn zurück in den Kinderwagen und decke ihn mit seinem Kissen zu, das ich ganz glatt streiche, damit es auch schön aussieht. Auf dem Weg zu Marlenas Haus muss sie selbst ihren Sohn schieben, denn die Mädchen nehmen mich gleich in Beschlag. Eine hängt sich an meine rechte und die andere an meine linke Hand. Wie gut, dass Marlena und ich schon heute Vormittag Kartoffeln geschält haben, nun geht das Kochen schnell und ich kann mit den Mädchen im Kinderzimmer spielen.

Am späten Nachmittag kommt Markus von der Arbeit und für mich beginnt der unangenehme Teil des Tages, denn mit Markus kann ich nicht Kartoffeln schälen oder ihm die Kinder abnehmen, damit er seine Arbeit schafft, mit Markus muss ich immer irgendwelche Formulare ausfüllen. Er will immer, dass ich all meine Unterlagen mitbringe, er sagt, ich müsse Zuschüsse beantragen, ich dürfe nicht nur an mich denken, ich müsse auch für mein Kind sorgen. Das tue ich ja, ich denke an nichts anderes. Aber Markus sagt, ich sei eine alleinstehende Frau – was gar nicht stimmt, denn ich habe ja Pete, aber das sage ich nicht mehr zu Markus, denn einmal ist er ganz böse geworden und hat geflucht, Pete sei schließlich überhaupt nicht hier, und ich müsse verdammt nochmal lernen, allein zurecht zu kommen. Ich will das überhaupt nicht lernen, aber das sage ich Markus nicht, stattdessen fülle ich brav alle Formulare aus, die er mir unter die Nase hält. Dabei brauche ich überhaupt keine Zuschüsse, denn ich arbeite und ich werde nie, nie, nie wieder zu spät oder gar nicht zur Arbeit gehen und auch wenn ich den Rest meines Lebens die schreckliche Büroarbeit machen muss, für mein Kind werde ich es tun. Aber ich werde die Freundschaft von Marlena und Markus nicht aufs Spiel setzen und wenn Markus meint, ich müsse irgendwelche Anträge stellen, dann werde ich es eben tun.

»Ich kann doch nicht ankreuzen, dass ich ledig bin«, sage ich, als Markus mir einen neuen Fragebogen vorlegt.

»Nicht? Was bist du denn? Verheiratet, geschieden, verwitwet?«

»Ich bin verheiratet«, sage ich und lege den Stift aus der Hand.

»Schon klar«, Markus verdreht seine Augen, »dann kreuz

verheiratet an und gib mir die Heiratsurkunde, dann machen wir eine Kopie.«

»Ich habe keine Heiratsurkunde.«

»Oh, was für ein Pech. Und wie willst du dann beweisen, dass du verheiratet bist?« Markus' Augen sind immer noch verdreht und sein Mund ist inzwischen spitz wie ein Bleistift.

»Ich weiß nicht«, antworte ich kleinlaut.

»Ich auch nicht, Herzchen, also mach das Kreuz!«

4

*Pete hatte mich früh morgens geweckt, ohne mir einen Kaffee
ans Bett zu bringen.*

»Komm mit«, sagte er, »wir frühstücken unterwegs.«

*Ich war ziemlich müde und musste mich unter die Dusche
quälen, das Wasser prasselte laut gegen den Duschvorhang.
Ich wickelte mich in mein Handtuch ein und wollte am liebsten im Stehen weiterschlafen. Ich hatte keine Ahnung, was
Pete vorhatte, aber es musste alles so schnell gehen, das gefiel mir gar nicht. Ich hatte nicht einmal Zeit, meine Haare
zu trocknen. Ich band sie zu einem festen Zopf zusammen.
Mein Handtuch quietschte auf dem Spiegel, als ich ihn ab-
wischte, um mich ansehen zu können. Ich war schön braun
geworden hier in der Sonne Arizonas, und ich hatte eine
Menge Sommersprossen bekommen. Meine Haare waren
ganz hell geworden, das konnte man sogar jetzt erkennen,
obwohl sie nass waren. Ich hob mein Gesicht etwas an, so
wie Sam es immer machte. Sam schaute immer ein wenig
nach oben und hielt ihren Kopf etwas schräg, so lag nie ein
Schatten auf ihrem Gesicht und sie sah immer hübsch und
freundlich aus. Ich weiß, dass ich immer nach unten sah, so
dass ich mir oft selbst Schatten ins Gesicht machte und gar
nicht so hübsch aussah. Jetzt sah ich Sam fast ein bisschen
ähnlich. Plötzlich stand Pete hinter mir, er sah zu, wie ich
mich selbst im Spiegel betrachtete.*

»Du bist so schön«, sagte er und ich sah seinem Spiegelbild in die Augen und sein Spiegelbild sah mich an. Ich stellte mir vor, hinter dem Spiegel gab es noch eine Welt und noch eine Bessy und noch einen Pete und der legte auch gerade seine Arme um die andere Bessy und hielt sie ganz fest. Ich spürte meinen Pete, der seinen Bauch an meinen Rücken presste, und sah diesem anderen Pete in die Augen, dessen Augen so tiefbraun waren, wie dunkles Eichenholz, dass man nach einem langen Winterspaziergang ins Kaminfeuer legt. Aber die Augen hatten nicht nur diese Kaminholzfarbe, sie waren auch ganz weich und nun wollte ich nicht mehr diesen fremden Pete ansehen und drehte mich um, um meinem Pete in die Augen zu sehen, die noch viel weicher waren. Und ich wollte meinen Pete küssen und mit meinen Fingern durch seine dunklen, kaffeeschwarzen Haare fahren. Ich mochte es, wenn meine Finger seine Haare teilten und Spuren hinterließen, Pete mochte das nicht, aber er lachte trotzdem immer. Ich wollte Pete küssen und küssen und küssen, aber er schob mich lachend von sich und sagte, wir hätten keine Zeit für solche Sachen und ich solle mich schnell fertig machen.

Ich fragte ihn, warum er mich so hetzte aber er lachte immer weiter und antwortete, das sage er nicht, das sei eine Überraschung und wenn ich mich nicht beeilte, würde nichts aus der Überraschung werden. Also beeilte ich mich. Ich zog mein blaues T-Shirt und meine Latzhose an und Pete sah an mir herab von oben bis unten und dann wieder von unten nach oben. Ich stand ganz still.

»Das geht nicht«, sagte Pete. Ich wusste nicht, was nicht ging. Pete ging zu seinem Schrank und holte ein nagelneues weißes T-Shirt heraus. »Blau geht nicht«, sagte er und zeigte auf mein Shirt, »zieh das an!«

Ich stellte keine Fragen, sondern wechselte einfach nur die Shirts. Natürlich war mir Petes viel zu groß und es roch noch nach Desinfektionsmittel, weil es ganz neu war und fühlte sich auch noch ziemlich fest an und war deshalb etwas unbequem, aber es machte mir nichts aus. Pete, der mich nun wieder von oben bis unten ansah, war zufrieden. Der Geruch würde vergehen.

Pete sah auf die Uhr und lief unruhig auf dem knarrenden Fußbodenbrettern hin und her, als wartete er auf irgendetwas. Ich war fertig, meinetwegen konnte jetzt irgendetwas passieren, aber nachdem Pete mich zuvor so gedrängt hatte, ging nun nichts mehr. Pete legte seinen rechten Unterarm auf den Küchenschrank und beugte sich zum Fenster vor, dann zog er sich einen Stuhl an den Tisch und las Zeitung. Ich stand einfach nur neben ihm. Er hatte den Sportteil aufgeschlagen, aber er las gar nicht, er tat nur so. Er guckte immer wieder aus dem Fenster und versuchte, unauffällig zur Uhr zu schauen, so als sollte ich es nicht sehen.

Die Tasche, die Pete gepackt hatte, stand neben dem Tisch und ich fragte mich, ob wir eine Reise machen würden, vielleicht ans Meer, vielleicht würden wir in einem Hotel übernachten, vielleicht wollte Pete mit mir nach San Francisco fahren, damit ich über die rotgoldene Brücke laufen konnte. Ich stellte keine Fragen und wartete einfach nur. Dann hörten wir einen Automotor und Reifen, die über den Schotter vor der Tür knirschten. Pete sah erst aus dem Fenster und dann mich an.

»Bist du fertig?«

Ich sagte ja, ohne zu wissen, für was ich fertig sein sollte. Wir gingen nach draußen und ein Indianer stieg aus dem Auto, das auf dem Schotter parkte, seine Schuhe knirschten auf dem Schotter genauso wie zuvor die Autoreifen, die Frau auf dem Beifahrersitz blieb sitzen, nickte nur zu uns herüber, als wolle sie grüßen. Ich winkte ihr zu, aber sie reagierte nicht. Ich hatte den Mann schon mal im Laden der alten Dame gesehen, er hatte rabenschwarze Haare. Ich sage rabenschwarz, weil so ein bläulicher Schimmer in seinem Haar war, wie bei besonders schönen Rabenfedern, sein Gesicht war sehr lang und obwohl seine Mundwinkel nach unten zeigten, wirkte er nicht unfreundlich. Er trug ein breites ockerfarbenes Stirnband und sein Hemd war auf der einen Seite aus der Jeans gerutscht. An der Kette, die er um den Hals trug, hing eine silberne Sonne, das war eine sehr schöne Kette.

»Hi«, sagte der Indianer kurz zu mir und ging dann zu Pete und drückte ihm eine kleine weiße Tüte in die Hand. Pete sah hinein, nickte und drückte dem Indianer ein paar zusammengerollte Dollar in die Hand. Es raschelte, als er die Tüte wieder verschloss. Dann ging er zum Auto und auch seine Schuhe knirschten auf dem Weg.

»Komm endlich, Bessy«, rief er, als habe er schon stundenlang auf mich gewartet.

»Was ist in der Tüte?«

»Nichts«, antwortete Pete.

»Wohin fahren wir?«

»Sag ich nicht.«

»Ist das eine Überraschung?«

»Ich hoffe«, sagte Pete und lächelte wie ein kleiner Junge, dem ein lustiger Streich gelungen war, und in seinen mondsichelförmigen Augen blitzte es vergnügt. Ich hatte keine Lust zum Lächeln, weil ich gar nicht wusste, was Pete vorhatte und manchmal sind Überraschungen auch gar nicht zum

Lachen, außerdem war ich müde, weil Pete mich so früh geweckt hatte, was gar nicht notwendig war. Ich hätte locker noch eine dreiviertel Stunde länger schlafen können.

Pete fuhr bei A&W auf den Parkplatz und ließ mich im Auto sitzen. Mit lautem Klapp schlug er die Fahrertür zu. Jedes Mal, wenn er das tat, fürchtete ich, es fiele ein Stück Metall von der Tür ab, was natürlich nie passierte. Aber es schepperte eben so. Es duftete nach gebratenem Speck, als Pete mit Kaffee und Bacon Muffins zurück kam, aber ich mochte gar nichts essen, mir war übel und ein bisschen schwindelig von der Hitze und von der Überraschung, von der ich nicht wusste, ob sie mir gefallen würde.

Ich trank nur einen Schluck Kaffee, als Pete weiterfuhr und kuschelte ich mich in das kühle Leder des Autositzes. Ich bat Pete, die Klimaanlage etwas höher zu stellen und schloss die Augen. Ich war inzwischen schon so oft hier umhergefahren, dass ich nicht mehr Angst hatte, den Anblick eines außergewöhnlichen Felsens zu verpassen oder einen besonders interessant gewachsenen Kaktus zu übersehen, der mir vorher noch nicht aufgefallen war. Heute morgen habe ich durch meine halbgeschlossenen Augen gesehen, dass der Himmel blau, die Wüste langweilig und die Straße lang und kurvenlos war. Ich wusste, dass wir nach Norden fuhren, mehr wollte ich gar nicht wissen. Ich schlief ein.

Aus irgendeinem Grund musste ich an Papa denken, bevor ich einschlief und ich hatte Angst, von ihm zu träumen, deshalb zwang ich mich, an etwas anderes zu denken, so dass mein Kopf in dem Moment, wenn ich einschlief, einen ganz anderen Gedanken haben würde. Aber ich muss wohl bei meinen Gedanken, andere Gedanken haben zu wollen, eingeschlafen sein. Ich glaube, ich habe gar nichts geträumt.

Als ich wieder aufwachte, griff ich nach meinem Kaffeebecher, aber er war leer.

»Entschuldige«, sagte Pete, der meinen Kaffee ausgetrunken und meinen Bagel aufgegessen hatte, »ich hole uns gleich neuen Kaffee.« Er reichte mir eine Wasserflasche. Ich rieb mir die Augen, bevor ich einen Schluck trank. Ich muss stundenlang geschlafen haben. Wir fuhren nicht mehr nach Norden, sondern waren weiter westlich unterwegs. Ich merkte das daran, dass ich einen kleinen Schatten unseres Autos sehen konnte, wenn ich aus dem Fenster sah.

Aus dem Radio klang Jazzmusik, ich konnte ein Saxophon hören, obwohl ich nicht soviel von Musik verstand.

»Wohin fahren wir?«, fragte ich und lächelte vergnügt in mich hinein, denn nun war ich mir sicher, dass Pete mich nach San Francisco bringen wollte und ich freute mich auf die Golden Gate Brücke. Pete antwortete nicht.

»Ich weiß sowieso, wohin wir fahren«, sagte ich provozierend.

»Wirklich?«, fragte Pete. »Und? Freust du dich?«

»Sehr!« sagte ich und beugte mich zu ihm rüber und gab ihm einen Kuss auf die Wange. Er legte seine rechte Hand auf mein Bein und so fuhren wir eine ganze Zeit lang weiter. Nachdem wir uns mit frischem Kaffee versorgt hatten und ich einen Schluck getrunken hatte, fiel ich wieder in tiefen Schlaf. Vielleicht hätte ich mir Sorgen machen sollen, weil ich so furchtbar müde war, aber man konnte doch mal müde sein, oder?

Papa war nie müde, er stand jeden Morgen um halb sechs Uhr auf und joggte eine Stunde lang durch den Wald. Wenn er zurückkam, musste das Frühstück fertig sein und Mama musste ihm ein frisches Handtuch auf den Badewannenrand *gelegt haben. Papa sagte, man könne sich nur mit eiserner Disziplin durch ein erfolgreiches Leben kämpfen. Manchmal klang es richtig militärisch, wenn er das sagte, dabei war Papa in seinem ganzen Leben kein Soldat gewesen. Er war schon immer Buchhalter, aber immerhin hat er sich zum Chef im Buchhalterbüro seiner Firma hochgekämpft. Ich sollte Papa dafür bewundern, dass er so fleißig und zielstrebig war, aber ich tat es nicht. Ich fragte mich mitunter, was wohl aus Mama geworden wäre, wenn sie auch einen Beruf gehabt hätte. Ich glaube, sie wäre mindestens eine so gute Buchhalterin wie Papa, denn wenn wir einkaufen gingen, wusste sie die Preise aller Lebensmittel auswendig und an der Kasse wusste sie schon, was wir bezahlen mussten, bevor die Kassiererin alles eingetippt hatte. Einmal war Waschpulver im Angebot und die Kasse hat den falschen Preis registriert, das hat Mama sofort gemerkt, und die Kassiererin musste ihre Chefin rufen und die musste ihren Schlüssel in die Kasse stecken und den falschen Preis stornieren. Das hat ganz schön lange gedauert und die Leute hinter uns haben schon geschimpft, aber Mama hat nur gelächelt, weil sie sich gefreut hat, dass sie so gut aufgepasst hat. Ich war sehr stolz auf Mama, aber mir wäre das nicht aufgefallen. Aber natürlich musste es Mama auffallen, dann Papa kontrollierte abends immer die Kassenbons und er wusste genau, was im Angebot war und er hätte ganz schön mit Mama geschimpft, wenn sie für das Waschpulver drei Euro zu viel bezahlt hätte.*

»Du kannst doch niemals auf eigenen Beinen stehen, Elisabeth«, hörte ich meinen Vater sagen. »Wer nicht rechnen kann, kann auch keinen Haushalt führen, ich werde dich wohl ewig versorgen müssen.«

Das sagte Papa öfter und es klang immer so, als redete er

von einem Haustier, dem man jeden Tag einen Napf vorsetzen musste. Er konnte nicht wissen, dass ich jeden einzelnen Cent, den ich bekam, auf mein Sparbuch brachte. Er konnte nicht wissen, dass ich mein ganzes Geld sparte, weil ich eine Farm kaufen wollte, in Afrika oder in Amerika oder sonstwo, einfach eine Farm eben, für Mama. Ich hatte sogar noch Geld übrig auf meinem Sparbuch, nachdem ich das Flugticket gekauft hatte, und Papa hatte nicht die leiseste Ahnung davon.

»Womit habe ich nur so eine dumme Tochter verdient«, fragte Papa manchmal. Er sprach dann immer recht leise, aber passte gut auf, dass ich es auch ja hörte, er wollte, dass es mir was ausmachte, aber das machte es nicht.

»Womit habe ich nur so eine dumme Tochter verdient, hey? Hey! Hey!«

Papa sagte nicht »hey« und auch nicht so laut. Ich wachte auf.

»Hey, hey Bessy, willst du deinen Hamburger mit Zwiebeln?«

»Ja«, sagte ich. Wir standen schon wieder in einem Drive In und mein Kaffeebecher war schon wieder leer. Wo waren wir? Die Stimme, die aus der Bestellsäule kam, klang blechern, als gehörte sie einem Roboter, und ich verstand mal wieder kein einziges Wort. Ich hatte gar keinen Hunger auf Hamburger. Ich hatte überhaupt keinen Hunger. Pete fuhr weiter, bezahlte, nahm die Papptüte und die Kaffeebecher entgegen und parkte auf einem freien Platz vor dem Drive In. Er stellte den Motor aus und auch die Musik verstummte.

»Wie geht es dir?«, fragte Pete.

»Ich bin müde.«

»Warum bist du so müde, Honey?«

Ich zuckte mit den Schultern und trank etwas Kaffee.

»Wo sind wir?«, fragte ich.

»In Nevada, kurz hinter der Grenze.«

»Carson City«, erwiderte ich schlaftrunken.

»Carson City? Oh mein Gott, willst du dahin? Das ist noch meilenweit weg.«

»Carson City ist die Hauptstadt von Nevada. Ich kenne fast alle Hauptstädte der Welt.«

»Du bist verrückt.« Pete stellte seinen Kaffeebecher in den Halter und nahm mich einfach in den Arm. »Du bist nicht nur das verrückteste und liebenswerteste Mädchen, das ich kenne, du bist auch das schlauste. Du kennst alle Hauptstädte der Welt.«

»Fast alle ...«, protestierte ich, aber Pete drückte seine Lippen auf meinen Mund, so dass ich nicht weitersprechen konnte. Er schmeckte nach Hamburgersoße. Ich wollte gar nicht weitersprechen, ich wollte weiterküssen. Aber Pete hörte viel zu schnell wieder auf, er biss noch mal in seinen Hamburger, knüllte das Papier zurecht, um ihn besser halten zu können und gab mir die Papptüte, die bis eben auf seinem Schoß gestanden hatte. Ich faltete sie ordentlich zusammen und stellte sie zwischen uns. Pete startete den Motor und auch die Musik ging wieder an, so als habe ein Dirigent seinen Taktstock erhoben und den Einsatz befohlen.

»Ich muss einen schönen Platz finden, einen ganz schönen, einen besonderen ...«

»Wozu?«

Pete fuhr vom Parkplatz und sah mich wieder mit diesem schelmenhaften Grinsen an, das ich so gern an ihm hatte. Ich beugte mich zu ihm und küsste seine Wange. »Du weißt schon«, sagte er und stubste mich in die Seite. Aber *ich wusste gar nichts. Ich war nicht das schlaue Mädchen, ich war die dumme Tochter, die Papa nicht verdient hatte. Pete blickte nach rechts und nach links und es war überall gleich. Wüste, Wüste und nochmal Wüste. Wir fuhren so lange geradeaus, bis eine kleine Ortschaft in Sicht kam und Pete fuhr in den Ort hinein. Ich hätte mir den Namen des Ortes merken sollen. Ich hätte ihn mir unbedingt merken müssen, aber leider habe ich ihn vergessen. Ich kenne fast alle Hauptstädte dieser Welt, aber den Namen dieses kleinen Städtchens in Nevada, wo dieser Laden war, vor dessen Tür dieser große Rattansessel stand, der so wunderschön war, aber der leider nicht in unser Auto passte, sonst hätte Pete ihn gekauft, ausgerechnet den Namen dieses Ortes habe ich vergessen. Schade.*

Pete hielt genau vor dem Laden an.

»Steig aus!« sagte er, als er selbst schon aus dem Auto gesprungen war und in den Laden stürmte. Ich stand neben dem Auto, reckte und streckte mich, schlug die Autotür zu und guckte, ob ein Stück Metall abgefallen war. Ich wartete, dass Pete wieder heraus kam. Ich fühlte mich etwas besser, ich hatte genug geschlafen, es war nicht zu heiß, aber schön warm hier draußen, und ich hatte noch den guten Geschmack vom Kaffee auf der Zunge. Pete kam lachend aus dem Laden gelaufen und ich hörte, wie der Verkäufer ihm lauthals irgendetwas hinterher rief, aber ich konnte es nicht verstehen, denn die Fliegengittertür fiel genau in dem Moment mit einem Knall zu. Pete ging zum Wagen und holte die kleine weiße Papiertüte, die er von dem Indianer bekommen hatte, aus dem Handschuhfach. Dann legte er mir einen Arm um die Hüfte und zog mich mit sich. Er lief direkt auf diesen riesigen Rattanstuhl zu, der eine große halbrunde

Lehne hatte, aus der kleine Stangen wie Sonnenstrahlen abstanden. Er war wunderschön. Pete ließ mich los, packte den Stuhl, der knackte und knarrte, als wollte er nicht bewegt werden, und hob ihn über sich. Pete platzierte ihn so, dass die Sitzfläche auf seinem Kopf lag und die Rückenlehne sich an seinen Rücken schmiegte. Die längsten Sonnenstrahlen berührten hin und wieder den Boden und das klang wie umknickende Stoppeln auf einem abgeernteten Getreidefeld.

»Was hast du vor?«, wollte ich wissen, aber Pete antwortete nicht, so dass ich gezwungen war, ihm zu folgen. Pete ging die Straße entlang, bis er endlich hinter der Häuserreihe ins freie Gelände abbiegen konnte. Nun schien uns beiden die Sonne ins Gesicht, und wir mussten aufpassen, wo wir hingingen, denn hier lagen überall Steine, trockenes Holz und verdorrte Überreste von Pflanzen herum. Pete ging so weit, dass mir schon die Füße weh taten, bis er endlich einen Platz fand, den er – für was auch immer – angemessen fand.

Er stellte den Stuhl ab, rückte ihn noch zwei-, dreimal hin und her und strahlte mich an, als wolle er mit den Sonnenstrahlen der Sessellehne und denen, die vom Himmel schienen, in einen Wettbewerb treten.

»Setz dich hin!«, forderte er mich auf, und seine Stimme klang, als hätten alle gebündelten Sonnenstrahlen des Universums sein ganzes Herz erfüllt. Der Sessel knarzte, als ich mich setzte und er knarzte, bei jeder Bewegung, die ich machte, also bemühte ich mich, ganz still zu sitzen. Ich fragte mich, was mit Pete los war und heute frage ich mich, wie ich so dumm sein konnte, ihn nicht zu durchschauen. Ich rutschte auf die Kante des Sessels vor und Pete strich mein Haar zurecht, richtete den rechten, vom Autogurt zerknitterten Ärmel meines T-Shirts und zog meinen Hosenträger glatt, so als wäre ich ein Model und er würde mich fotografieren wollen, dabei hatte Pete gar keine Kamera dabei. Er ging einen Schritt zurück und sah mich an, und noch immer lächelte er so unendlich glücklich, dass es endlich auch mich ansteckte, und als ich auch lächeln musste, fühlte ich auch die gebündelten Sonnenstrahlen in meinem Herzen. Pete zog die Papiertüte aus seiner Hosentasche und kniete sich vor mich hin. Vielleicht war ich ein dummes Mädchen, aber jetzt wusste ich genau, was Pete wollte, und ich spürte die Gänsehaut, die sich erst über meinem Rücken, dann über den Schultern bis hin zu meiner Kopfhaut ausbreitete, und schließlich über meine Beine und meine Arme zu kriechen begann, bis sie in meinen Finger- und Zehenspitzen angekommen war.

»Bessy, Honey, mein Engel auf Erden«, begann Pete und ich sah nur auf seine Lippen, die vor kurzem noch nach Hamburgersoße schmeckten, »du bist der wundervollste Mensch, der mir in meinem ganzen Leben begegnet ist, ich will niemals wieder ohne dich sein, ich will jede Stunde, jeden Tag, jeden Monat, jedes Jahr mit dir teilen. Ich bin so glücklich, dass du bei mir bist und ich bin so unendlich froh, dass du diejenige bist, die mein Baby unter ihrem Herzen trägt. Bessy, Sweetie, my love, willst du mich heiraten?«

»Was?« sagte ich.

Pete zog einen silbernen Ring aus der weißen Papiertüte und wiederholte seine Frage.

»Willst du mich heiraten, Sweetie?«

»Was?«, sagte ich wieder und sah ein Knäuel aus abgestorbenen Dornenzweigen, das von einer leichten Windboe angepustet hinter Pete entlang geweht wurde – wie im Western.

»Sweetie, my love, willst du meine Frau werden?«

»Was?«, sagte ich noch einmal, es war, als wären alle anderen Wörter aus meinem Kopf gefallen und ich wusste nicht, was ich hätte sonst sagen sollen.

Petes Stimme änderte sich kein wenig, noch immer war sie voller Sonnenstrahlen.

»Sweetie, du solltest auf diese Frage mit ›ja‹ antworten. Wenn du nicht willst, was ich mir überhaupt nicht vorstellen kann, könntest du auch ›nein‹ sagen, aber du kannst nicht, verflixt nochmal, andauernd ›was‹ sagen.«

Man könnte meinen, Pete wäre sauer, aber er machte sich nur ein wenig lustig über mich und das konnte er ruhig machen. Er steckte mir diesen wundervollen silbernen Ring an den Finger, darauf waren zwei Herzen und ein drittes winzig kleines zu sehen, und Federn an den Seiten und er fragte mich noch einmal, ob ich ihn heiraten wollte und diesmal sagte ich laut und klar ›ja‹. Ja, ich wollte Pete heiraten, sehr sehr gern sogar.

Pete streckte seine Arme in die Luft und jubelte so laut er konnte, dann zog er mich von diesem wundervollen Stuhl und dieses Mal knisterte das Rattan nur leise, Pete nahm mich in seine Arme, hob mich hoch und wirbelte mich umher. Ich wurde kein bisschen schwindelig und genoss das Gefühl, das wie Fliegen war. Mein Körper mit dem kleinen runden Kullerbauch flog durch die Luft, und meine Seele flog nicht nur, sie drehte Loopings in dem wolkenlosen Himmel. Als Pete mich wieder absetzte, küssten wir uns und dann schnappte sich Pete wieder den Stuhl, stülpte ihn auf seinen Kopf und wir marschierten zurück. Pete pfiff fröhlich und hätte ich nicht so lachen müssen, hätte ich auch versucht, zu pfeifen. Als Pete den Stuhl wieder vor dem Laden abstellte, lehnte der Besitzer im Türrahmen und seine Frau stand hin-

ter ihm. Die beiden waren etwa so alt wie John, der Mann war auch genauso dick wie John, hatte keinen Bart aber eine Glatze, die Frau trug eine hellgrün gemusterte Bluse über ihrer Jeans und war barfuß, ihre Fußnägel hatte sie grün lackiert, passend zur Bluse, das sah witzig aus. Beide sahen zu uns herüber.

»Na? Hat alles geklappt?«, fragte der Mann.

»Ja«, antwortete Pete, »alles wunderbar, großartig.«

»Na, dann herzlichen Glückwunsch, euch beiden.«

»Danke«, sagten wir wie aus einem Mund und Pete legte seinen Arm um mich.

»Wie geht's jetzt weiter?«, fragte der Mann.

»Jetzt fahren wir nach Vegas rein und heiraten«, sagte Pete und ich sah ihn mit großen Augen an.

»Jetzt?«

»Ja, jetzt!«, sagte Pete, und ich musste ein paar Mal tief ein- und ausatmen, weil ich doch grad erst verlobt war und nun sollte ich ein paar Meilen weiter und ein paar Stunden später verheiratet sein? Ging das nicht etwas zu schnell? Als ich wieder im Auto saß, umschloss ich mit meinen Fingern den Türgriff und stellte mir vor, das wäre mein Glück, ich wollte mein Glück anfassen können. Wir wollten gerade losfahren, als die Frau aus dem Laden aufgeregt an meine Scheibe klopfte.

Ich ließ die Scheibe herab und sah die Tüte an, die die Frau in den Händen hielt. Die Frau sah mich ganz verschwörerisch an.

»Die ist nur für dich, Kleine«, sie sprach zu mir, als würde sie gerade ein Geheimnis mit mir teilen, weil wir seit Ewigkeiten allerbeste Freundinnen waren. Sie reichte mir die braune Packpapiertüte. »Lass ihn nicht reingucken«, kicherte sie

und deshalb lugte ich nur ganz vorsichtig in die Tüte. Ich konnte meinen Augen kaum glauben und sah diese fremde Frau an. Ich wollte ihr die Tüte zurückgeben, ich konnte sie unmöglich behalten, aber sie legte ihre Hände auf meine und drückte sie. Sie wollte die Tüte nicht wiederhaben, sie wollte mir ein Geschenk machen.

»Danke«, murmelte ich leise.

»Viel Glück, Kleines. Viel Glück euch beiden!« Dann fuhr Pete los, und die Frau winkte noch lange hinter uns her. Und ich hielt ein Taschentuch aus dem Auto und winkte genauso lange zurück.

»Nette Leute«, sagte Pete.

»Ja«, sagte ich, »sehr nette Leute.«

»Was ist in der Tüte?«, Pete griff danach, aber ich zog sie fort, verschloss sie wieder ganz fest und stellte sie auf die Rückbank.

»Nichts für dich«, sagte ich und das war die Wahrheit.

Ich musste die ganze Zeit meinen hübschen Ring betrachten. Ich hatte schon viele Schmuckstücke im Laden der alten Dame gesehen, aber so einen wundervollen Ring hat es wohl auf der ganzen Welt noch nicht gegeben und er passte auf meinen Finger, als sei er eine Maßanfertigung. Ich musste immer die drei kleinen Herzen abtasten, wie schön sie sich anfühlten und wie hübsch die Federn waren. Für mich sahen sie aus, als könnten sie sprechen, als wollten sie sagen, kommt ihr drei Herzen, kommt mit uns, fliegt mit uns bis in den Himmel. Später hat Pete mir erzählt, dass er den Indianer nur gebeten hatte, einen Ring mit drei Herzen zu machen, zwei größere und ein kleineres, Pete hatte nichts von Federn gesagt. Wie gut, dass der Indianer auch die Federn auf den Ring gemacht hatte. Manchmal haben Indianer Fähigkeiten, die andere Menschen nicht haben, manche Indianer können sogar in die Zukunft sehen.

Viele Menschen können sich an jede Einzelheit ihrer Hochzeit erinnern. Ich kann das nicht. Ich weiß noch, wie die Kapelle aussah, und dass ich fand, die Holzfenster müssten dringend mal wieder angestrichen werden und dass ich Pete fragte, ob er meinte, wir könnten vielleicht die Fenster streichen anstatt Gebühren zu zahlen, aber Pete fand, das sei keine gute Idee. Und ich weiß, dass wir viel mehr Zeit in dem Büro neben der Kapelle verbracht haben als in der Kapelle, obwohl Pete schon alle Formulare zuhause ausgefüllt hatte. Wann er das wohl gemacht hatte? An dem Abend, als er sagte, er wolle mal meinen Reisepass haben, um das Foto ansehen zu können? Und ich weiß noch, wie sehr uns eine Frau mit hochgesteckten roten Haaren, langen Fingernägeln und falschen Wimpern bedrängt hat, sie wollte, dass wir uns einen Anzug und ein Kleid für die Trauung ausleihen, aber das wollten wir nicht. Ehrlich gesagt, hätte ich schon sehr gern in einem langen, weißen Kleid geheiratet, aber in meinem eigenen, einem das ich den ganzen Tag tragen würde und das anschließend in meinem Schrank hängen würde, und das ich später mal meinen Kindern zeigen könnte, und dass meine Tochter mal anprobieren dürfte, wenn sie groß genug wäre, und das ich ihr für ihre eigene Hochzeit geben würde, natürlich nur wenn sie es wirklich haben wollte. Ich würde niemals das Kleid von Mama haben wollen, obwohl es ein sehr schönes Kleid war, ich kannte es nur von Fotos. Mama hat ihr Kleid nicht mehr. Es war ein schneeweißes Kleid mit Stickereien am Saum, einer Samtschleife am Rücken und kleinen Perlen am Ausschnitt. Mama hatte einen langen Schleier, das sah besonders schön aus, weil Mama ganz lange lockige Haare hatte, als sie Papa heiratete. Ich glaube, Papa hat das Kleid irgendwann verkauft. Er sagte immer, man müsse keine Sachen aufbewahren, die ihren Zweck schon erfüllt haben. Ich finde, manche Sachen kann man ruhig aufbewahren, denn vielleicht erfüllen sie nochmal einen anderen Zweck. Aber vielleicht wusste Papa auch genau, dass ich niemals Mamas Brautkleid hätte tragen wollen, ich wollte nämlich niemals heiraten. Natürlich wollte ich nur deshalb niemals heiraten, weil ich niemals so einen Mann wie Papa haben wollte. Nun heiratete ich doch, aber Pete und das war der wunderbarste Mensch, den ich jemals kennen gelernt hatte. Pete und ich standen schon in der Kapelle, als ich sagte, ich müsse noch einmal zur Toilette. Das war gelogen, aber nur halb, ich musste schon zur Toilette, allerdings nicht weil ich musste, sondern weil ich einen Spiegel brauchte. Ich ging mit der braunen Papiertüte in den Waschraum und traf dort eine andere Braut. Sie hatte ein sehr schönes, vielleicht nur geliehenes Kleid an. Die Braut war sehr dünn und das Kleid war aus Seide, Seide so weiß wie Schnee in der Mittagssonne, wie ein Wasserfall fiel es an ihr herunter und es schimmerte perlmuttartig. Diese andere Braut schminkte sich gerade die Lippen in dem dunkelsten tomatigen Rot, das ich jemals auf Lippen gesehen habe. Natürlich wollte ich sie nicht küssen und auch nicht ihren Lippenstift ausprobieren, aber ich hätte gern gewusst, wie dieses Rot schmeckte. Ich merkte, wie sie mich im Spiegel beobachtete. Ich öffnete die Papiertüte, die mir die Frau aus dem Laden gegeben hatte. Sie hatte mir ins Ohr geflüstert »das war meiner«, als sie mir die Tüte gab. Das war so nett von dieser Frau, die ich nicht einmal kannte. Ganz vorsichtig zog ich nun einen ebenfalls schneeweißen, langen Schleier hervor und strich ihn vorsichtig glatt.

»Wo ist dein Kleid?«, fragte die andere Braut mein Spiegelbild.

»Ich habe kein Kleid«, antwortete mein Spiegelbild, »aber einen Schleier.«

Die Braut schminkte weiter ihre Lippen und ich versuchte den Schleier mit dem Kamm festzustecken, an dem er befestigt war. Es sah komisch aus. Ich bekam es nicht hin und ich wollte schon weinen, weil ich mich doch für Pete hübsch machen wollte und weil es doch von der Frau so nett war, dass sie mir ihren Schleier gegeben hatte.

Die andere Braut legte ihren Lippenstift zur Seite und drehte sich zu mir um. Sie nahm mir wortlos den Schleier aus der Hand, kramte einen Kamm und ein paar Haarnadeln aus ihrer Handtasche und kämmte mir die Haare, langsam und vorsichtig. Das war sehr schön und ich schloss die Augen und öffnete sie erst wieder, als sie mir die Haare mit den Nadeln hochsteckte und den Schleier befestigte. Dann nahm sie ihre Schminktasche und stellte sie auf den Kopf, so dass alles herausfiel, was sie darin aufbewahrte. Mit sicherer Hand griff sie nach Make up und Pinsel und puderte mir das Gesicht. Sie tuschte mir die Wimpern und nahm einen Lippenstift, aber nicht den tomatig roten, hielt ihn neben mein Gesicht, warf ihn wieder zurück und nahm den nächsten, warf auch den wieder zurück. Erst mit dem dritten schminkte sie mir die Lippen. Dann steckte sie mir ein Papierhandtuch zwischen die Lippen und ich musste einen Kussmund darauf machen. Dann stubste sie noch einige Male mit dem Pinsel über mein Gesicht und trat einen Schritt zurück, um mich ansehen zu können, so wie ich es machte, wenn ich eine Wand angemalt hatte und sehen wollte, ob ich es gut gemacht hatte.

»Perfekt«, sagte sie, warf all ihre Schminkutensilien wieder in ihre Tasche, tat, als würde sie mich umarmen, ohne mich allerdings zu berühren, damit nur ja nichts mit der Schminke durcheinander geriet. Sie spuckte mir dreimal über die Schulter und wünschte mir Glück. Vielleicht war sie eine Schauspielerin. Ich weiß nicht einmal, wie sie hieß. Ich sah noch einmal kurz in den Spiegel, bevor ich ging. Ich sah schön aus, ich sah wirklich sehr schön aus, eine strahlende Braut mit einem wundervollen Schleier, der mein Gesicht umspielte. Ein paar Haarsträhnchen lugten unter dem Schleier hervor, als hätten sie Angst, etwas verpassen zu können. Mir gefiel die Farbe des Lippenstiftes und mir gefielen meine Augen, die durch die Wimperntusche viel größer aussahen. Wir haben später den Fotografen gebeten, ein Foto zu machen, auf dem wir nur bis zur Schulter zu sehen waren und das ist das allerschönste Hochzeitsfoto geworden. Das war auch das einzige, das wir gekauft haben, denn all die anderen Fotos, auf denen sich meine Latzhose frech in den Vordergrund drängte, waren längst nicht so schön und außerdem hatten wir überhaupt nicht so viel Geld, um mehr Bilder zu kaufen.

»Danke«, sagte ich zu der anderen Braut, »und alles Gute.«

Die lächelte kurz und wirbelte schon mit ihrem nächsten Schminkpinsel in grünem Lidschatten.

Pete glaubte seinen Augen nicht zu trauen, als er mich sah und ich konnte sehen, dass er große Mühe hatte, seine Tränen zurückzuhalten. Als der Standesbeamte bald darauf sagte, nun seien wir verheiratet und Pete dürfe die Braut, nämlich mich, jetzt küssen, musste er aber tatsächlich weinen. Ich hätte auch gern geweint, aber dann wäre meine ganze Wimperntusche verlaufen, also hab ich meine Zähne zusammengebissen und nicht eine Träne aus meinen Augen gelassen.

Auf dem Rückweg behielt ich den Schleier die ganze Zeit auf. Ich glaube, ich war noch nie in meinem Leben so hübsch gewesen und das wollte ich auskosten, so lange ich es konnte. Nun war ich also Petes Frau. Immer wieder musste ich ihn anfassen. Mal legte ich meine Hand auf sein Bein, mal strich ich über seinen Arm und mal streichelte ich seine Wange oder fuhr mit meinen Fingern durch seine Haare.

»Du bist mein Mann«, sagte ich dann.

»Und du bist meine Frau«, sagte Pete. Ich war die Frau von jemandem. Ich gehörte zu jemanden. Pete und ich waren eine Familie. Er und ich. Ich und er. Wir und unser Herzchen unter meinem Herzen. Wir. Wir waren ein Wir. Wir ist ein schönes Wort, das allerschönste Wort der Welt, das Gegenteil von allein, von einsam, von Angst, von traurig, von Zweifel, von Sorgen. Wir, wir, wir.

Mit Mama und Papa war ich früher auch schon ein Teil von einem Wir, aber das war ein ganz anderes Wir, und auch wenn es so genauso geschrieben wird wie das schönste Wort der Welt, dann ist Wir nicht gleich Wir und das Wir von Pete und mir ist ein ganz, ganz, ganz anderes Wir.

»Du bist mein Mann«, sagte ich wieder, schnallte mich ab und legte meinen Kopf in Petes Schoß und sah in sein Gesicht. Ich traute mich das nur, weil die Straße lang und gerade war und nur wenige Autos unterwegs waren.

»Wir sind wir«, sagte ich.

»Und wir müssen jetzt eine Pause machen«, lachte Pete, nachdem wir hundert Kilometer oder Meilen oder was auch immer gefahren waren.

Ich setzte mich wieder auf und ließ das Beifahrerfenster herunter. Ich beugte mich mit dem ganzen Oberkörper aus dem Fenster und rief so laut ich konnte. »Wir haben geheiratet! Er ist mein Mann! Wir sind wir!«

»Komm wieder rein, du Verrückte, das ist gefährlich«, Pete zog an den Hosenträgern in meinem Rücken.

»Hast du grad Verrückte zu mir gesagt?«

»Du bist die verrückteste Frau der Welt«, neckte Pete mich.

»Und du bist der verrückteste Mann, du bist nämlich mein Mann.«

Wir haben es an diesem Abend dann doch nicht mehr bis Phoenix geschafft und stattdessen in einem Motel unsere Hochzeitsnacht verbracht. An der Wand gegenüber vom Bett in unserem Motelzimmer hing ein Bild von der Golden Gate Brücke und Pete sagte, es täte ihm leid, dass er mich nicht nach San Francisco gebracht hatte, wie ich es geglaubt hatte. Als wäre es schöner gewesen, dorthin zu fahren anstatt zu heiraten. Manchmal hatte Pete wirklich seltsame Gedanken.

Pete stand dicht vor dem Bild, als ich mich gerade ins Bett legen wollte, ich solle mal herkommen, sagte er. Ich stellte mich neben ihn und gemeinsam betrachteten wir das Bild.

»Gib mir deine Hand«, sagte Pete und ich gab sie ihm.

»Die andere«, sagte er und ich reichte ihm meine linke Hand. Er nahm meinen Ringfinger mit dem wunderschönen Ring. Er hielt ihn in seiner Hand und fuhr ganz vorsichtig mit meinem Ringfinger über das Bild, er setzte vorn an der Brücke an und ganz langsam ging es die Brücke entlang bis zum anderen Ufer, dann machte Pete mit meinem Finger eine kurze Pause und anschließend ging es zurück. Dann nahm er den Finger vom Bild und küsste ihn. Es war mir peinlich, dass mein Fingernagel so abgeknabbert war und ich nahm mir vor, nicht mehr andauernd auf den Nägeln zu kauen.

»Wie hat es dir gefallen auf der Brücke?«

»Es war toll und die Aussicht war grandios. Auf dem Hinweg habe ich in das Wasser gesehen und auf dem Rückweg in den Himmel.«

Ich sollte es nicht zugeben, aber ich erinnere mich sehr gut an das Bild, ansonsten weiß ich gar nicht mehr, wie das Motelzimmer aussah und ich kann mich ehrlich gesagt, auch gar nicht an unsere Hochzeitsnacht erinnern, außer an den letzten Gedanken, bevor ich einschlief. Ich war glücklich. Ich hatte alles richtig gemacht.

Ich bin erst wieder aufgewacht, als Pete am nächsten Morgen mit dampfenden und duftenden Kaffee vor meinem Bett stand. Mein erster Gedanke galt meiner Kaffeetanten-Mama und ob ich meine Eltern vielleicht anrufen sollte, um ihnen zu sagen, dass ihre Tochter verheiratet war, und dass sie jetzt einen Schwiegersohn hatten, aber ich verschob es auf später. Wenn ich sagen sollte, was sich verändert hat, nachdem wir verheiratet waren, könnte ich nicht viel finden, außer allerdings, dass Pete öfter mal ganz kurz meine Hände in seine Hände nahm, er sagte nichts, er brummelte immer nur so was wie »eh« und ließ es wie eine Frage klingen, es sollte wohl heißen, war es nicht eine großartige Idee, zu heiraten und wenn ich lachte, war er immer mit der Antwort zufrieden, ließ meine Hände wieder los und wir arbeiteten weiter.

Alle gratulierten uns und machten ein paar Scherze und sagten, wenn wir nun verheiratet seien, müssten wir auch Kinder bekommen, natürlich wusste jeder, dass ich längst ein Baby erwartete. Ich rief meine Eltern an und sagte, dass es mir gut ginge und dass ich später nach Hause käme. Ich sagte nicht, dass meine Eltern nun einen Schwiegersohn hatten und ich sagte nicht, dass ich Petes Baby unter meinem Herzen trug, ich weiß nicht, warum ich es nicht sagte. Ich glaube, ich hatte Angst, sie könnten mir die Freude verderben. Mama hätte wahrscheinlich in den Telefonhörer gestöhnt und gefragt, wie das nur passieren konnte, so wie sie damals gefragt hat, wie das passieren konnte, als ich das Wasser aus der großen Porzellanvase in das Beet neben unserer Gartenlaube kippen sollte und über einen großen Stein gefallen bin und die Vase zerbrach, die wohl ziemlich teuer war und ein Geschenk von Oma, der Mama meines Vaters. Ich weiß nicht, wieso wir diese teure Vase nicht in unserer Stube stehen hatten sondern in der Laube. Aber ich weiß, warum ich gefallen bin, weil Papa ein paar Steine vom Rasen gesammelt hatte und genau neben die Eingangstür gelegt hatte. Ich konnte sie nicht sehen, weil ich die große Vase vor dem Gesicht hatte, was eigentlich nichts machte, weil ich jeden Quadratzentimeter unseres Gartens auswendig kannte, weil ich so unendlich viel Zeit dort verbracht hatte, und eigentlich an dieser Stelle nichts hätte liegen dürfen. Wie kann man auch Steine, die einem im Wege liegen, die man nicht auf dem Rasen haben wollte, mitten in einen anderen Weg, nämlich den genau neben dem Eingang zur Laube, legen? Mama konnte jedenfalls nicht verstehen, wie ich stürzen konnte. Vielleicht tat sie auch nur, als ob sie nichts verstehen konnte, denn schließlich hat sie mir diese Vase, die beinah größer war als ich selbst, in die Hand gedrückt.

Ja, ich war sicher, Mama würde fragen, wie das denn passieren konnte mit dem Baby, sie sollte es wissen, schließlich hat sie mich bekommen. Ich kann mir überhaupt nicht vorstellen, einmal ein Herzchen unter Mamas Herzen gewesen zu sein und ich glaube auch nicht, dass Papa sich so gefreut hat wie Pete, als er davon erfahren hatte, dass er ein Vater werden würde.

Ich tat, als sei die Telefonverbindung schlecht, ich wartete, bis ich sicher war, dass Mama verstanden hatte, dass es mir gut ging und dass ich noch nicht nach Hause käme und ich wartete, dass sie mir versicherte, Papa zu grüßen, obwohl mir das überhaupt nicht wichtig war. Ich sagte das nur, weil ich fand, es sagen zu müssen. Dann tat ich, als könne ich nichts mehr verstehen und legte ich einfach auf, obwohl ich Mama so gut verstehen konnte, als hätte sie direkt neben mir gestanden. Ich glaubte nicht, dass Papa mich vermisste, Mama schon eher. Wir konnten nun keinen Kaffee mehr zusammen trinken. Ich hoffte, dass sie ab und zu mal einen Kaffee mit irgendeinem Gartennachbarn trinken würde.

Papa wusste nicht, dass Mama und ich auch morgens manchmal in den Garten gefahren waren. Ich erinnere mich noch gut an den Tag, an dem wir uns zum ersten Mal allein auf den Weg in die Tulpenlust gemacht haben. Es war in den Herbstferien und Mama sagte, es sei ein großes Geheimnis, dass wir beide allein fahren und ich durfte niemanden davon erzählen. Ich erzählte es nicht einmal Marlena. Es war ein windiger aber warmer Herbsttag und die Luft duftete nach frischer Erde und reifen Äpfeln. Wir fuhren mit der S-Bahn, wir ruckelten vorbei an Rübenackern und abgeernteten Weizenfeldern und großen Wohnhäusern auf deren Balkonen Sommerblumen verblühten, ich sah ein paar Kinder über eines der Felder laufen. Sie versuchten vergeblich, einen Drachen steigen zu lassen. Ich wäre gern dahin gelaufen und hätte den Kindern geholfen, denn sie steckten den Drachen einfach zwischen den Stoppeln auf dem Feld fest und zogen an der Schnur. Immer wenn der Drachen sich etwas erhob, fiel er sofort wieder zu Boden und die Schnur verhedderte sich in den Stoppeln. Ich wusste, wie man es machen musste. Einer musste den Drachen schon hoch in die Luft halten und zwar so, dass der Wind – und es wehte ein phantastischer Wind zum Drachen steigen lassen, nicht zu heftig und nicht zu wenig – den Drachen packen und heben konnte und der, der den Drachen hochhielt, musste im richtigen Moment loslassen. Ich wusste genau, wann der richtige Moment war und dann würde ich schreien »lauf, lauf« zu dem Jungen, der die Drachenschnur hielt, und dann würde der Drachen so hoch in den Himmel fliegen, wie es diese Kinder dort auf dem Feld noch niemals gesehen hatten. Ich bat Mama, dass wir aussteigen und dass ich mit den Kindern spielen dürfte und dass ich auch einen Drachen haben wollte. Aber Mama sagte, wir müssten in den Garten, sie müsste etwas erledigen. Ich habe sie nicht gefragt, was sie erledigen wollte, aber sie sagte, ich dürfe den ganzen Vormittag auf den Spielplatz, wenn ich wollte und natürlich wollte ich. Dort waren auch viele Kinder, es hatte zwar niemand einen Drachen, aber wir spielten trotzdem alle zusammen. Auf dem Spielplatz war ein Klettergerüst, das in roten und grünen Farben ange-strichen war, wahrscheinlich war die rote Farbe mal irgend-wann nachgestrichen worden, die grüne aber nicht, denn nur die rote Farbe blätterte ab, oder ob es wohl einfach eine schlechtere Qualität war, es gibt bei Farben nämlich ganz unterschiedliche Qualitäten. Nicht alle Farben, die genau gleich aussehen, sind auch genau gleich gut. Auf dem Spiel-platz war ein Junge der war so mutig, dass er sich traute, sich ganz oben auf das Klettergerüst zu stellen. Jedes Mal, wenn ich den Jungen dort gesehen habe, habe ich genau hingeschaut, wie er das gemacht hat. Er hat seinen rechten Fuß auf einen roten Holm und den linken Fuß auf einen grünen Holm gestellt, dann hat er sich erst hingehockt und einen Moment gewartet und dann hat er sich hingestellt und die Arme ausgebreitet und gerufen »ich bin der König der Welt«. Jedes Mal, wenn keine anderen Kinder auf dem Spielplatz waren, bin ich oben auf das Gerüst geklettert und habe genau wie der Junge meine Füße auf die beiden Holme gestellt und habe mich hingehockt, ganz oft habe ich es geschafft, meine Hände loszulassen und meine Knie durchzudrücken, ohne dass ich es geschafft hätte, mich aufzurichten. Aber einmal habe ich es dann doch geschafft. Ich stand ganz oben auf dem Klettergerüst und konnte über alle Gärten sehen, ich breitete die Arme aus und schrie so laut ich konnte »ich bin die Königin der Welt«. Aber es hat niemand gehört und als ich am nächsten Tag den anderen Kindern davon berichtete, hat mir niemand geglaubt und als ich es einfach noch einmal machen wollte, traute ich mich plötzlich wieder nicht, mich aufzurichten und der Junge, der sich immer traute und den alle bewunderten, lachte mich aus. An dem Tag aber, als ich mich traute, bin ich ganz schnell von dem Gerüst geklettert und in unseren Garten gelaufen, um Mama von meinem Abenteuer zu erzählen. Eigentlich wollte ich Mama nicht stören, weil sie bestimmt irgendetwas Wichtiges zu erledigen hatte, aber ich konnte mein Glück nicht für mich behalten und so rannte ich in den Garten und riss die Tür zu unserer Laube auf. Es roch eigenartig in unserer Laube, so wie es sonst nie roch. Das war kein schlechter Geruch, aber irgendwie komisch. Mama saß am Tisch und hatte einen Becher Kaffee vor sich, ihre Hände zitterten etwas, ihre Haare waren etwas zerzaust. Sicherlich war es anstrengend, was Mama erledigen musste, aber sicherlich hatte sie es auch geschafft, denn sie guckte ganz glücklich, so als sei auch sie gerade oben auf dem Klettergerüst gewesen.

»Bist du auch eine Königin der Welt?«, habe ich gefragt und ich weiß noch genau, dass sie ganz rot wurde, als sie antwortete: »Ja, Sissi, das bin ich, eine Königin der Welt.«

Sie fragte mich, ob ich auch einen Kaffee wollte, obwohl ich erst zwölf Jahre alt war. Sie hat mir in eine große Tasse ganz viel Milch gegossen und einen kleinen Schuss Kaffee dazu getan und von dem Tag an waren wir die beiden Kaffeetanten, und Papa hat es nie erfahren, dass wir zusammen Kaffee tranken, genauso wie er nie erfahren hat, dass wir beide ganz oft allein im Garten waren und dass Mama mir dann immer erlaubte, stundenlang auf dem Spielplatz zu spielen. Einmal durfte ich sogar mit den anderen Kindern auf der Wiese neben der Kolonie spielen, das war der Tag, an dem unser Gartennachbar mir einen Drachen geschenkt hatte und Mama mich fragte, ob es mir etwas ausmachen würde, wenn ich Papa nicht sagen würde, von wem ich den Drachen geschenkt bekommen hatte, ich könnte sagen, es sei Marlenas Drachen und ich hätte ihn mir nur ausgeliehen. Es machte mir aber etwas aus, denn ich konnte nicht lügen. Ich wollte den Drachen nicht mehr, weil ich nicht wollte, dass Papa mich fragen könnte, von wem ich ihn bekommen hatte. Ich schenkte dem großen Jungen vom Spielplatz den Drachen unter der Voraussetzung, dass wir ihn immer zusammen steigen lassen würden. Der Junge war einverstanden, natürlich auch deshalb, weil er es nur mit mir schaffte, ihn fliegen zu lassen. Der Drachen hatte die Farben von einem Regenbogen, über den man mit einem nassen Schwamm gewischt hat und einen roten und einen gelben langen Schwanz. Wenn wir den Drachen steigen ließen, dann schien es, als könne er Melodien hören und wollte danach tanzen, und gleichzeitig schrieben die Schwänze geheimnisvolle Nachrichten zwischen die Wolken. Ich versuchte immer zu lesen, was der Drachen schrieb und manchmal versuchte ich, ihn so zu lenken, dass ich selbst etwas schreiben konnte und der große Junge musste es lesen. Er schaffte es aber nie, nicht einmal, wenn ich nur einzelne Wörter schrieb wie Luft oder Himmel oder Spaß. Wenn wir den Drachen wieder herunterholten, streichelte ich ihn immer vorsichtig, weil er sich so schön seidig anfühlte und ich immer das Gefühl hatte, einen Regenbogen zu berühren, und ich rollte immer ganz vorsichtig die Schwänze auf, damit sie sich beim nächsten Mal wieder genauso schön abrollten. Ich wickelte auch die Schnur ganz sorgfältig auf, damit sich nichts verhedderte. Wenn alles wieder schön verpackt war, steckte ich meine Nase in den Drachenstoff und roch daran. Ich fragte den großen Jungen, wonach der Drachen roch und der Junge sagte, der Drachen würde nach Drachen riechen, aber ich fand, er roch nach Kaffee und nach diesem Geruch, der an dem einen Morgen in der Laube war, als Mama sagte, dass sie auch eine Königin der Welt sei.

Inzwischen passe ich mit meinem dicken Bauch kaum noch hinter den Schreibtisch, aber ich bin trotzdem jeden Morgen pünktlich im Büro und ich habe hier schon eine ganze Menge gelernt und Herr Jensen sagt auch immer, dass er ganz zufrieden mit mir ist. Wenn seine Frau ins Büro kommt, ist sie besonders nett zu mir, letztes Mal hat sie mir eine große Plastiktüte gegeben. »Habe ich vom Dachboden geholt, frisch gewaschen und gebügelt«, hat sie gesagt. In der Tüte waren lauter Babysachen, Strampler, Jäckchen, Lätzchen und zwei winzig kleine Schühchen. Ich erzähle es niemanden, aber meine Angst wird immer größer. Manchmal drücke ich die rechte Hand auf die linke oder umklammere sie fest, damit ich das Gefühl bekomme, jemand hält mich ganz fest und beschützt mich und danach lege ich die linke Hand auf die rechte. Marlena hat mir schon geholfen meine Wohnung etwas umzubauen, damit Platz für das Baby ist und ich habe eine Wand gestrichen, im allerschönsten Sonnengelb, das man sich vorstellen kann. Ich wollte Mohnblumen darauf malen, aber dann habe ich es mir zum Glück anders überlegt, ich will keine Mohnblumen in meiner Wohnung. Wäre Pete hier, hätte er Sonnenblumen auf die sonnengelbe Wand malen können. Aber Pete ist nicht hier. Ich habe mich ganz oft getraut, seine Nummer zu wählen, aber er hat nie geantwortet und es gibt keinen Anrufbeantworter. Bestimmt hat er mich längst vergessen. Finns Babybett steht vor der schönen Wand, er hat jetzt ein größeres Bett bekommen, nur damit ich sein Bett für mein Baby bekommen kann. Das ist wirklich sehr nett, denn eigentlich ist Finn selbst noch ein Baby, obwohl er jetzt schon laufen kann, wenn man ihm zwei Finger gibt, an denen er sich festhalten kann. Ich lege mich auf die Knie und stecke den Pinsel in den Eimer mit grüner Farbe, ich male ein paar große, grüne Grashalme an die Wand. Ein alter Porzellanteller ist meine Palette und ich habe neben dem Topf mit der grünen Farbe einen mit dunkelblauer stehen und in einem dritten ist der Rest der gelben Wandfarbe. Jeder Grashalm bekommt einen anderen Grünton, so wie auch in Wirklichkeit kein Grashalm aussieht wie der andere. Es gibt keine Zwillingsgrashalme, ein Grashalm selbst besteht nicht einmal aus einem einzigen Grünton, sondern es sind Streifen vieler verschiedener Töne und genauso wird die Wiese an der Wand werden. Grüntöne, die schmecken wie Pfefferminz oder Wackelpudding oder die Blättchen vom Hirtentäschelchen, die wir als Kinder immer abpflückten und zerkauten und ich male ein paar Halme in dem grellen Grün wie das der zuckrigen Kaugummikugeln aus diesen kleinen roten Automaten, in die man viele Münzen stecken und viele Male an dem Hebel drehen muss, bis man endlich eine grüne Kugel bekommt. Es wird die schönste Traumwiese der Welt und wenn Pete will, kann er später noch Margeriten auf der Wiese wachsen lassen. Ich lege den Pinsel zur Seite und lehne mich an die gegenüberliegende Wand. Wenn das Gras auf der Wiese weiterwächst, brauche ich jemanden, der es mäht. Ich werde ein bisschen traurig, weil ich an Juan denken muss.

Juan wollte wissen, was die Leute alles wissen wollten in dem Büro, in dem Pete und ich vor der Hochzeit gewesen waren. Ich strengte mich wirklich an, mich zu erinnern, aber ich sah immer nur Petes Augen vor mir und dieses sonnenstrahlengebündelte Glück, das sich darin spiegelte. Ich berichtete Juan alles, was mir einfiel, aber er schüttelte nur den Kopf.

»Ach Tata«, sagte er traurig, »das ist wohl nichts für mich.« Juan meinte, er habe schließlich niemanden, den er so liebe wie Pete mich lieben würde, und er hätte schon gar keine Amerikanerin. Er holte einen Kanister voller Benzin, goss alles in seinen großen Rasenmäher und mähte weiter, ohne noch ein Wort mit mir zu wechseln. Ich weiß nicht, ob er eifersüchtig war, dass ich Pete hatte und nun nicht mehr illegal in Amerika war oder ob er einfach nur sehr unglücklich war.

Juan mähte Rasen. Und ich wünschte mir, die Wiese, die ich für mein Baby an die Wand male, wäre echt und Juan würde jeden Donnerstag kommen und das Gras mähen, damit es nicht zu lang würde. Dann könnte mein Kind immer im Gras herumkrabbeln und wir könnten eine Picknickdecke darauflegen und es uns gut gehen lassen. Aber Juan war weit weg, noch viel weiter als Pete, auch wenn ich für mein Leben gern wissen würde, wo Pete überhaupt war.

Die Eigentümerin des Zimthauses war sehr zufrieden mit unserer Arbeit und Pete und ich waren sehr stolz, als unser Chef uns davon berichtete. Wir hatten nur die Schlafzimmerwände gestrichen, aber vielleicht war das für sie so etwas wie ein Test, und nun war sie sehr zufrieden und wollte, dass wir auch die Eingangshalle und das Wohnzimmer streichen würden und – ich konnte es kaum glauben – sie überließ uns ganz allein, wie wir das machten. Ich wusste genau, wie das Haus aussehen würde, wenn wir fertig waren. Ich wusste es schon, bevor wir einen einzigen Tropfen Farbe anmischten. Obwohl ich der Frau aus dem Zimthaus bis dahin niemals begegnet war, spürte ich ganz genau, was ihr gefallen würde. Natürlich hätte ich gern die Wände in bunten Farben angemalt, aber ich wusste, dass das nicht zu dieser Familie passen würde. Pete lachte mich aus, als ich einen gelben Farbton immer mehr abdunkelte.

»Das ist nur wieder eine neue Wüstenfarbe, Bessy. Einmal kannst du machen, was du willst und du willst die Wüste an die Wand malen?«

»Lass mich nur machen!«, sagte ich und Pete schüttelte

den Kopf und küsste mich auf die Stirn. Das mochte ich mindestens genauso gern, wie wenn er mich auf die Lippen küsste, denn wenn er mich auf die Stirn küsste, dann hieß das immer so viel wie, ich vertraue dir, du machst das schon richtig. Er legte dazu seine beiden Hände an meine Wangen, hob meinen Kopf und küsste mich so auf die Stirn, dass er mit seinen Lippen meine Stirn kaum berührte.

Pete ging zum Auto und holte die Leiter und die Farbrollen, die Pinsel, die Teleskopstangen und die Eimer herein. Er deckte den Fußboden der Halle mit festen Planen ab und breitete Folie über die Möbel. Er nahm die Bilder von den Wänden und sogar das Schutzgitter von der Klimaanlage ab, dass nur ja kein einziger Farbtropfen landete, wo er nicht landen sollte. Pete sagte, ein weiterer Grund, dass wir wieder ins Zimthaus gerufen worden wären, war, dass wir alles so sauber hinterlassen hatten. Der Grund spielte keine Rolle, es war viel wichtiger, dass Pete das Haus jetzt auch das Zimthaus nannte. Ich goss einen kleinen Schuss goldgelb in meinen Farbeimer und schaltete den Quirl an, um die Farbe gleichmäßig zu verteilen. Sie gefiel mir noch immer nicht, ich wollte die Halle gelb streichen, aber es sollte ein besonderes Gelb werden, eines, das ein sonniges Lächeln auf die Gesichter der Menschen zaubert, wenn sie das Haus betreten, ein warmes Gelb, ein mattes, goldenes Gelb, aber eines, das nichts aufsaugt von der Lebendigkeit der Menschen, so wie grelles Zitronengelb das macht. Als Pete alles fertig vorbereitet hatte, stellte er mir eine Flasche Wasser hin, sagte kein Wort und ging zum Auto. Er wusste, dass ich noch nicht zufrieden war und noch eine Weile brauchen würde. Er fuhr los und holte uns Kaffee. Gerade, als er zurück war und mit den Bechern in die Eingangshalle kam, holte ich den Quirl aus der Farbe und blickte zufrieden in das helle Strohgelb, das ich gemixt hatte. Es war genau der Ton, den ich haben wollte, ich wusste, die Zimthausfrau würde ihn lieben, wenn wir fertig waren, würde sie das Haus betreten, in der Halle stehen bleiben und staunen. Sie würde sich fragen, wie jemand so eine Farbe mischen konnte. Ich hoffe, es klingt nicht arrogant, aber ich weiß, dass niemand anders diese wundervolle Farbe hätte mischen können.

»Können wir loslegen?«, fragte Pete.

»Ja«, sagte ich und war plötzlich sehr müde, als habe mich das Mischen der Farbe mehr angestrengt als Pete das ganze Hin- und Herräumen unserer Utensilien. Ich trank etwas Kaffee, als Pete schon emsig mit dem Streichen der Ecken und Kanten begann. Strohgelb, ich hatte all die wundervollen Eigenschaften eines frühen Herbsttages eingefangen und war stolz darauf. Ich konnte das abgeerntete Stoppelfeld riechen und das harmonierte so schön mit dem Zimtgeruch und mit den Farben, die ich für das Wohnzimmer noch mischen würde. Das gelang mir viel schneller, obwohl es zwei Farben waren, eine für den Sockel und eine, die bis zu der hohen Decke reichte. Pete machte keine abfällige Bemerkung darüber, dass es wieder Wüstenfarben waren, denn ich glaube, ihm gefiel meine Kombination dieser warmen Brauntöne, in denen man sogar das Strohgelb der Halle entdecken konnte. Ich sagte Pete, ich würde eine Schablone machen und wir würden zwischen den Sockel und der oberen Farbe eine Bordüre malen, Pete sagte, das könnten wir nicht tun, eine Bordüre sei nicht bestellt und das wäre sehr aufwändig und wir hätten nicht so viel Zeit und Zeit ist Geld und wir hätten auch noch anderes zu tun, als das Zimthaus zu streichen. Er sagte schon wieder Zimthaus und brachte mich zum Lächeln. Ich sagte, ich würde die Schablone abends zuhause machen und ich würde auch die Farbe ganz schnell mischen können, denn tatsächlich wäre es nur die Mischung der beiden Brauntöne, natürlich etwas mehr von dem helleren Braun, das ein bisschen aussah, wie die Mähne des Holsteiner Fohlens, das in einer Dienstagnacht im Pferdestall von Marlenas Eltern geboren wurde. Das war eine ganz schwere Geburt und Marlena war die ganze Nacht wach, ich weiß gar nicht, was sie helfen konnte, aber sie war so müde, dass sie am Mittwoch nicht zur Schule kommen konnte, aber das Fohlen war auch wirklich sehr schön, Marlena durfte sich einen Namen ausdenken und sie nannte das Fohlen Sandy, weil sie fand, es hatte die Farbe von Sand, was natürlich nicht so ganz stimmte, denn so hell wie Sandys Fell ist Sand allerhöchstens an den Stränden der Bahamas. Die Hauptstadt der Bahamas ist Nassau, ich glaube aber nicht, das Marlena schon jemals einen Strand auf den Bahamas gesehen hat. Aber das war egal, Sandy war das hübscheste Fohlen, das je auf Marlenas Bauernhof geboren wurde. Also mischte ich etwas mehr Sandy-Braun in meine Farbe und gab ein klein bisschen von dem Grün hinzu, das aussah, wie die Stängel einer Wicke, dieses Grün, das so ganz anders als das Grün anderer Sommerblumen ist und nur weil Wicken so wundervoll duften, hat man das Gefühl, dieses Grün würde wie Wicken duften, was es natürlich nicht macht. Pete hatte noch nicht einmal die Halle fertig gestrichen, als ich schon die Schablonen ausgeschnitten hatte. Ich durfte es bei River machen, denn er hatte scharfe Skalpelle, ich weiß nicht, wofür man Skalpelle braucht, wenn man mit Leder arbeitet, aber ich brauchte ein Skalpell um meine Schablone ganz sorgfältig ausschneiden zu können. Ich schnitt

Kastanienblättermuster aus und River sah mir ab und zu über die Schulter, ohne ein Wort zu sagen. An diesem Tag hatte er seinen Drei-Tage-Bart mal wieder abrasiert. Er hatte viel zu tun und die Klimaanlage in seiner Werkstatt war ausgefallen, und River standen dicke Schweißperlen auf der Stirn. Mir machte die Hitze bei ihm nichts aus. Ich schnitt immer weiter, ich war so froh, dass ich das Skalpell benutzen durfte. Als Pete abends die Schablonen sah, meinte er, wir könnten unmöglich diese Blätter an die Wände malen, und was seien das überhaupt für komische Bäume und er glaube nicht, dass das der Zimthausfrau gefallen könnte. Sie würde ja jedem Besucher erklären müssen, was sie für seltsame Gebilde an ihrer Wand habe. Genau das würde der Frau gefallen, wusste ich. Allerdings sagte Pete nicht »Zimthausfrau« sondern ihren richtigen Namen, aber den habe ich vergessen. Warum kann ich mir eigentlich manche Namen einfach nicht merken?

»Lass mich nur machen!«, sagte ich noch einmal zu Pete und dieses Mal küsste er mich nicht auf die Stirn, aber ich nahm es ihm nicht übel, schließlich kannte er die Zimthausfrau nicht so gut, wie ich sie kannte. Ich sagte Pete einfach nur, wenn es der Frau wirklich nicht gefallen würde, könnten wir es ganz schnell überstreichen, weil es doch so ein heller Ton sei und schon mit einem Anstrich konnten wir alles unter dem Sockelbraun verschwinden lassen. Ich sagte das nur, um Pete zu beruhigen. Ich wusste, dass wir niemals im Leben die Bordüre überstreichen mussten.

Als Juan sagte, er wolle auf dem Camelback Mountain wandern, wollte ich unbedingt mit. Pete fand das erst keine gute Idee, aber ich habe ihm versprochen, ganz vorsichtig zu sein und Juan hat gesagt, er würde auf mich aufpassen. Ich war ganz aufgeregt. Ich stellte mir vor, oben auf dem Berg zu stehen und über das ganze Land gucken zu können. Ich erinnerte mich daran, wie der Berg vom Flugzeug aus aussah, wie ein Kamel, dass es sich in der Wüste bequem gemacht hatte, man sah deutlich den auf dem Boden liegenden, langgezogenen Kopf und der Höcker ragte in den Himmel. Wäre es ein echtes Kamel, hätte ich mir den Kopf ganz genau angesehen, besonders die Nasenlöcher, denn Kamele können ihre Nasenlöcher schließen. In Tunesien leben ganz viele Kamele, die Hauptstadt von Tunesien ist Tunis. Das kann man sich besonders leicht merken, aber auch in Mauretanien leben viele Kamele, die Hauptstadt von Mauretanien heißt Nouakchott, das wissen wirklich nicht viele Leute, aber ich weiß es. Unsere Biologielehrerin hat das mit den Nasenlöchern erzählt, sie sagt, dass müsse so sein, damit die Kamele keinen Wüstensand in die Nase bekommen und dann nicht mehr atmen können, ich weiß aber nicht, ob das stimmt, denn es leben doch auch Menschen in der Wüste und Menschen können ihre Nasenlöcher nicht verschließen. Ich jedenfalls kann es nicht. Nilpferde können ihre Ohren verschließen, das hat nicht unsere Biologielehrerin erzählt, sondern der Mann im Zoo, der auch gesagt hat, dass Nilpferde sofort in ihr Wasser kacken, wenn es sauber ist, damit es schmutzig wird, damit Feinde sie nicht mehr entdecken können. Ich möchte wissen, wer ein Feind von einem Nilpferd sein möchte. Ich will jedenfalls keinem Nilpferd in freier Wildbahn begegnen. Ob ich wohl schneller als ein Nilpferd laufen könnte? Im Moment, als Juan und ich am Parkplatz am Camelback angekommen waren, merkte ich, dass ich wohl nicht sehr schnell laufen konnte. Ich glaube, das Baby hat auf der Autofahrt in mei-

nem Bauch lauter Purzelbäume geschlagen. Ich habe Juan gesagt, dass ich noch einen Moment im Auto sitzen müsste und Juan hat ein paar Wasserflaschen in einen Rucksack gepackt. Er hatte gesagt, wenn ich wirklich ganz oben auf den Berg will, sollten wir etwas mehr Wasser mitnehmen. Es war nett, dass Juan das ganze Wasser tragen wollte, er hatte einen alten Rucksack, aber der war wirklich sehr groß und es passten viele kleine Wasserflaschen rein. Ich habe Juan von den Nasenlöchern erzählt und er hat gelacht und gesagt, wir würden nachgucken, heute wäre kein windiger Tag und es weht kein Sand umher, also könnten die Nasenlöcher offen sein, und dann würden wir hineinklettern und eine Pause machen. Ich wollte auf gar keinen Fall in Nasenlöcher klettern auch wenn der Berg nur aussah wie ein Kamel und kein echtes war, aber ich fand den Gedanken komisch, in einem Nasenloch Picknick zu machen. Ich habe Juan gefragt, was er meinte, wie weit man von der Höckerspitze aus sehen könne und er hat gesagt, man könne bis Mexiko gucken und immer wenn er oben stände, würde er seinen Eltern zuwinken und seiner kleinen Schwester, die genauso solche Augen habe wie ich und die genauso viele Fragen stellen würde. Ich fand nicht, dass ich viele Fragen stellte.

»Weißt du, Juan«, sagte ich, »wenn ich oben stehe, werde ich meine Arme ausbreiten und rufen, ich bin die Königin der Welt.«

»Weißt du, Tata«, antwortete Juan, »wenn ich oben bin, breite ich auch meine Arme aus, dann stelle ich mir vor, ich könne fliegen, bis nach Hause, dann muss ich meinen Eltern nicht mehr zuwinken, sondern kann sie in den Arm nehmen und Angelina, meiner Schwester drücke ich einen Kuss auf die Wange und dann fliege ich einfach wieder zurück.«

Juan sagt, in der Luft gäbe es weniger Grenzkontrollen, denn es gäbe nicht so viele Flugzeuge und Hubschrauber und Piloten, wie es Grenzbeamte und Fahrzeuge am Boden gäbe. Und er wünschte, er könnte tatsächlich fliegen und als ich ihn fragte, wie alt seine Schwester sei, musste er einen Moment lang überlegen, dann sagte er zwölf Jahre, aber es klang so, als sei er sich gar nicht sicher und das kam daher, weil Juan lange nicht Zuhause war und wohl vergessen hatte, wie oft seine kleine Schwester schon Geburtstag hatte, seitdem er in Arizona wohnte.

Juan ging ums Auto herum und öffnete die Beifahrertür, in dem Moment machte das Baby in meinem Bauch noch einen Purzelbaum oder vielleicht war es ein Salto, ein doppelter, jedenfalls musste ich mich ganz plötzlich übergeben, zum Glück hatte Juan die Autotür gerade aufgemacht, so dass ich nicht ins Auto spuckte, aber leider auf Juans Schuhe, was mir sehr peinlich war, obwohl Juan sagte, dass mache nichts und er sich einfach Dreck und Sand auf die Schuhe wischte und sie damit putzte. Ich blieb ganz still sitzen, aber mir wurde immer noch übler, obwohl ich mir kaum hatte vorstellen können, dass Übelkeit immer noch mehr werden konnte, mir wurde sogar schwindlig und ich fühlte mich elendig und schlapp. Es war wirklich sehr schade, zumal wir ganz schön lange gefahren waren, aber ich musste Juan bitten, mich wieder nach Hause zu bringen. Es wurde nichts aus unserer Wanderung. Ich weiß immer noch nicht, ob die Nasenlöcher des Kamels offen sind und Juan konnte leider weder nach Mexiko winken, noch dorthin fliegen, das tat mir sehr leid für ihn, aber ungeborene Babys machen einfach, was sie wollen. Ich glaube, das Baby hatte einfach keine Lust zum Wandern, sondern wollte lieber den ganzen Tag im Bett liegen. Das machten das Baby und ich dann auch, mit einem Eimer vor dem Bett. Das war vielleicht ein langweiliger Tag, furchtbar im Vergleich dazu, was wir eigentlich vorhatten. Ich war ein bisschen traurig, aber manche Sachen kann man nicht ändern, da muss man nicht anfangen zu jammern und manchmal bestimmen andere, was wir machen und diese anderen können auch kleine, freche, ungeborene Babys sein. Ich nahm mir vor, dem Baby später, wenn es sprechen und verstehen konnte, zu sagen, dass es nicht nett war, dass es Juan und mich nicht auf den Camelback hat klettern lassen. Man kann sich viele Dinge vornehmen, manche kann man aber niemals in die Tat umsetzen. Auf den Camelback kann ich in meinem Leben immer noch klettern, diesem Baby werde ich niemals etwas erzählen können.

Unsere Biologielehrerin hieß Frau Zelle, sie kam aus Hamburg und ihr Vater war Kapitän, das erzählte sie uns andauernd, weil ihr Vater so viel in der Welt herum gekommen war und viele Länder gesehen hatte und ihr viele Geschichten erzählte, darum glaubte Frau Zelle, sie kenne sich aus in der Welt, sie hätte Erdkundelehrerin werden sollen, dann hätten auch nicht immer alle über ihren Namen gelacht. Aber ausgerechnet Frau Zelle sollte uns etwas über Zellen beibringen. Wir haben uns immer kaputt gelacht, ehrlich. Ich interessiere mich sowieso nicht für Zellen, wer kann sich schon vorstellen, dass jeder Mensch, jedes Tier, jeder Kamelhöcker aus Zellen besteht und diese Zellen dann auch noch aus verschiedenen Dingen, warum soll ich das wissen wollen? Frau Zelle wollte, dass wir das wissen, damit wir gute Biologiezensuren bekommen. Also lernte ich alle Dinge, aus denen eine Zelle besteht, ich habe mir einfach vorgestellt, eine

Zelle besteht aus verschiedenen Ländern und ich müsse die Hauptstädte lernen. So kannte ich damals Mitochondrien und Vakuolen, heute weiß ich nichts mehr davon. Ich finde, es ist unwichtig, aus was Menschen bestehen, so lange sie einen Kopf und Arme und Beine haben, so lange sie singen und tanzen können, Purzelbäume machen können und leben. Ich habe eine drei in der Biologiearbeit geschrieben, vielleicht hätte es eine zwei werden können, denn ich habe am Abend vorher mit Mama geübt, aber Papa war meiner Meinung, dass niemand wissen müsse, aus was für Teilen eine Zelle besteht und dass es wichtiger wäre, dass er mit einem frisch gebügelten Hemd zu Arbeit gehen konnte und so hörte Mama auf, mit mir zu lernen und baute das Bügelbrett in der Küche auf. Ich bin dann zu Marlena gegangen, die hatte gerade mit ihrer Oma Himbeeren gepflückt und half nun ihrer Mutter, die große Gefriertruhe abzutauen, denn die Himbeeren sollten eingefroren werden. Marlenas Mutter kratzte das ganze Eis aus der Truhe und Marlena brachte es nach draußen und kippte es in den Schatten neben der Haustür. Ich durfte auch helfen. Wir kratzten um die Wette, um zu vermeiden, dass Marlenas Mutter das Eis mit heißem Wasser löste, denn wir wollten möglichst viel Eis behalten, Marlenas Mutter lachte, weil wir so schnell arbeiteten. Sie konnte nicht wissen, dass wir eine Eisschlacht machen wollten. Als alles abgetaut war, ließen wir Marlenas Mutter allein, sie musste die Truhe nur noch sauber wischen und wieder einräumen. Das wollte sie sowieso lieber selbst machen, deshalb rannten wir hinaus und bewarfen uns mit den Eisresten, die schon etwas geschmolzen und dabei vom Dreck vor der Haustür ziemlich schmutzig waren, aber wir bewarfen uns damit, es war ein warmer Sommerabend und es war, als würden wir mit den kläglichen Eisstücken eine Schneeballschlacht machen. Ich fragte Marlena, ob sie Cytoplasma buchstabieren könne, und sie sagte, sie könne Eisscholle buchstabieren und warf mir ein Stückchen Eis an den Oberarm. Im Winter darauf haben wir auch eine Eisschlacht gemacht, es wollte einfach kein Schnee fallen und wir hätten so gern eine Schneeballschlacht gemacht, aber es hatte ein paar Tage lang gefroren und so schlugen wir das Eis kaputt, dass sich in der Regentonne gebildet hatte und dann bewarfen wir uns mit den Eisstücken, ich musste plötzlich wieder an Cytoplasma denken und fragte Marlena wieder, ob sie es buchstabieren könne, aber natürlich wusste Marlena überhaupt nicht, wovon ich sprach, denn sie hatte diese Zellengeschichte genauso vergessen wie ich eigentlich auch, wäre mir nicht gerade das Cytoplasma in den Sinn gekommen. Sie wollte mir grad ein besonders großes Eisstück entgegenschleudern und hielt mitten im Wurf inne.

»Cytoplasma? Was soll das denn sein?«

»Das ist in der Zelle«, schrie ich und als ich »Zelle« schrie, warf ich ihr das Eisstück, das ich in der Hand hatte genau ins Gesicht. Marlena schrie auf, ließ ihr Eis fallen und hielt sich mit beiden Händen die Wange fest, zwischen ihren Fingern floss Blut und wir beide rannten ins Haus. Ich muss sagen, dass Blut immer ein bisschen wie Metall schmeckt, auch wenn sich das anhört, als habe ich in meinem Leben schon mal Metall gegessen, das habe ich natürlich nicht, aber Blut schmeckt so, und als ich das Blut Marlenas Gesicht herunterlaufen sah, hatte ich diesen komischen Geschmack im Mund, als könne ich Marlenas Blut schmecken und es schmeckte ganz furchtbar, sogar wie verrostendes Metall. Der Geschmack lag auf meiner ganzen Zunge, vorn und hinten, rechts und links. Marlena weinte laut und ihre Mutter schimpfte fürchterlich mit uns, sie klebte Marlena ein riesiges Pflaster auf die Wange und schickte mich nach Hause. Ich hatte große Angst, Marlena könnte verbluten und ich ging in mein Zimmer und holte mein Biologiebuch aus der Tasche. Welches dieser Teile in einer Zelle war eigentlich dafür verantwortlich, dass ein Mensch nicht verbluten konnte? Als Mama reinkam, um zu fragen, was mit mir los sei, sagte ich nur, ich müsse Biologie lernen, ich glaube, Mama wunderte sich sehr, dass wir schon wieder die Zelle durchnahmen, aber sie sagte nichts, und ich hatte großes Glück, denn Marlenas Mutter hat meinen Eltern nicht erzählt, dass ich Marlena so schwer verletzt hatte und zum Glück ist Marlena auch nicht verblutet, sie ist am nächsten Tag sogar wieder in der Schule gewesen. Kann man glauben, dass man so viel Glück hat? Sie hat nicht einmal eine winzige Narbe zurückbehalten, und ich bin tausend Tode gestorben, wie viele Tode kann man eigentlich sterben, bis man wirklich tot ist? Eigentlich bin ich gar nicht gestorben, aber ich hatte riesengroße Angst, Marlena könnte sterben. Heute weiß ich, dass man nicht sterben kann, wenn man an der Wange blutet, aber ich weiß noch genau, wie die Angst sich angefühlt hat und wenn ich daran denke, schmecke ich noch immer diesen rostigen Metallgeschmack, der noch ekliger ist, als wenn man eigenes Blut ableckt, weil man sich vielleicht beim Kartoffelschälen geschnitten hat. Wenn jemand sagt, ein besonderes Rot wäre blutrot, dann höre ich nicht hin und suche immer ein anderes Wort, damit die Farbe nicht schlecht schmeckt. Man kann rot viel besser schmecken lassen, paprikarot, gummibärchenrot, erdbeerrot, tomatenrot, rotweinrot und sogar Wörter wie abendrot, schuhrot, ballrot, rosenrot schmecken *besser. Ja wirklich, abendrot schmeckt, man muss es sich nur ganz fest vorstellen und egal wie, es schmeckt immer sehr, sehr gut. Darum ist ein Abendrot, das viele verschiedene Rottöne haben kann, immer ein sehr schönes Rot und sogar Menschen, die rot sonst nicht so gern haben, lieben es.*

Sam wusste wohl, dass Pete nicht zuhause war. Ich saß auf der Treppe vor unserem Zuhause und arbeitete an dem Gemälde, das kaputt gegangen war, als Barbara dagegen stieß. Ich machte das draußen vor unserem Trailer, weil es hier ganz genau so hell war, wie ich es brauchte. Ich musste Sonnenlicht haben, um die Farben mischen zu können. Ich hatte eine Pflanze am Flussufer bereits wieder zum Leben erweckt und war froh, dass das Wasser nicht beschädigt war, denn es war unglaublich, wie der Maler den Fluss gemalt hatte, ich glaube jeder, wirklich jeder Pinselstrich hatte eine andere Farbe. Ich wischte meinen Pinsel gerade in einem Stück Stoff ab, das war vor Kurzem noch Teil eines Hemdes gewesen, eines blau-rot-karierten Hemdes, an dem ein Knopf gefehlt hatte. Ich musste die ganze Zeit lachen, weil es meine Schuld war, dass der Knopf abgefallen war, das war schon sehr lange her und ich hatte einfach keine Zeit, ihn wieder anzunähen. Pete und ich hatten uns gekabbelt, erst wollte er mich küssen und ich ihn nicht, und dann wollte ich ihn küssen und er mich nicht, aber ich zog ihn schließlich so fest am Hemd, dass er sich ergeben musste, wir uns aber vor lauter Lachen gar nicht mehr küssen konnten. Stattdessen krochen wir dann gemeinsam über den Fußboden, um den Knopf zu suchen, der abgesprungen war, als ich Pete am Hemd zog. Wir fanden ihn unterm Tisch und haben ihn aufgehoben und sind auf dem Fußboden liegengeblieben. Ich musste sogar noch lachen, als ich an Papa denken musste, der wahrscheinlich einen Anfall bekommen hätte, wenn er mich lachend unterm Tisch gesehen hätte und Mama wäre wahrscheinlich schnell aus dem Zimmer gelaufen und hätte getan, als ob sie mich gar nicht gesehen hätte. Ich habe den Knopf nie angenäht und nun war das Hemd nur noch ein Putzlappen. Ich mischte gerade ein Gelborange für die Blüte einer Sumpfdotterblume, als Sam mit zwei Bechern Kaffee und Donuts kam. Sie setzte sich zu mir auf die Treppe und sah mir zu. Später fragte sie, ob sie mir von ihrer Schwester erzählen dürfte, natürlich durfte sie das, was für eine Frage. Sam erzählte und erzählte und ich wollte sie nicht unterbrechen, aber es war seltsam, denn sie sprach immer nur von ihrer Schwester, ohne deren Namen zu nennen. Sie sagte »meine Schwester« so wie sie »mein Kleid« oder »mein Auto« oder »die Straße hinterm Haus« sagen würde. Aber eine Schwester ist doch etwas anderes, denke ich zumindest, ich habe ja keine Schwester, aber Marlena hat Schwestern, die sie bei ihren Namen nennt, wenn sie von ihnen erzählt und sogar den Namen von Juans Schwester kenne ich, sie heißt Angelina. Sam sagte, ihre Schwester sei zwei Jahre jünger als sie, das wusste ich, denn das hatte Sam mir schon einmal erzählt, aber das hatte sie wohl vergessen, aber dass Sam ihre Schwester viele Jahre nicht gesehen hat, das wusste ich noch nicht. Als ich einen Teil der Sumpfdotterblume fertig gemalt hatte und ein neues Gelb hätte anmischen müssen, stellte ich den Pinsel in ein Glas mit einer öligen Flüssigkeit, die Pete mir angemixt hatte. Wir tranken den Kaffee, der nur noch lauwarm war und aßen die Donuts, und irgendwann konnte ich es nicht mehr aushalten und unterbrach Sam.

»Wie heißt deine Schwester?«

»Katherine«, sagte sie und sah mich vorwurfsvoll an, so als wisse jeder Mensch auf dieser Welt, dass Sams Schwester Katherine hieß. Wenn ich geglaubt hatte, dass Sam nun auch mal den Namen ihrer Schwester benutzte, hatte ich mich geirrt. Ich wusste nun, dass Katherine Katherine hieß, aber Sam sagte nach wie vor nur »meine Schwester«.

»Kannst du dir vorstellen, dass ich meine Schwester hasse?«

»Nein«, sagte ich, nahm den Pinsel aus dem Glas und rieb die Marderborsten in dem Stoff von Petes altem Hemd trocken. Das fühlte sich gut an und ich musste an Pete denken und das war schön. Ich legte den sauberen Pinsel zur Seite und nahm meine Palette, nur um irgendetwas in der Hand zu haben. Ich sah das Gemälde an und stellte mir vor, dass Sam und ihre Katherine an diesem Fluss spazierengingen. Die Welt könnte so schön sein, Sam ist hübsch und ihre Schwester bestimmt auch.

»Hast du eine Schwester?«

»Nein.«

»Sei froh!«

Ich war nicht froh, ich hätte gern eine Schwester gehabt. Etwas Zucker vom Donut war auf Sams Hose gefallen und sie steckte ihren Zeigefinger in den Mund und pickte mit dem spuckenassen Finger jedes einzelne Zuckerkrümelchen auf. Sie ließ sich ganz viel Zeit dabei.

»Ich war mit Donald zusammen, seit wir beide vierzehn waren, mit ihm war ich auch auf dem Abschlussball der Schule.«

Bei uns gab es keinen Abschlussball, bei uns gab es ein Treffen auf der Aussichtsplattform am Flughafen und dort tranken wir Sekt und stießen auf unser neues Leben an. Ich fragte mich, ob die anderen ihr neues Leben schon gefunden hatten. Melissa hatte einen Ausbildungsplatz als Friseurin und Thomas würde zur Polizei gehen, er war ein guter Sportler, er konnte verdammt schnell laufen und das muss man bei der Polizei können, dann man muss zum Beispiel schneller als Diebe laufen können, um sie zu erwischen. Ich bin sicher, Thomas wird ein guter Polizist werden. Ich habe keine Ahnung, was aus dem kleinen Paul geworden ist. Zum Polizisten taugte er jedenfalls nicht.

»Nach dem Abschlussball haben Donald und ich uns verlobt.«

»Oh«, sagte ich, denn ich war wirklich überrascht, irgendwie hatte ich mir vorgestellt, Sam wäre schon ihr ganzes Leben lang mit John zusammen.

»Aber zwei Jahre später ist Donald mit meiner Schwester zum Abschlussball gegangen und dann hat er sich mit ihr verlobt und im Gegensatz zu mir hat er sie geheiratet.«

Sam hielt sich den Kaffeebecher an die Lippen und trank ihn in einem Zug leer.

»Liebst du John?«

»Was?«, Sam sah mich entgeistert an, so als habe ich sie gefragt, ob sie an Geister glaube oder sich schon mal mit dem Mann im Mond unterhalten hätte.

»Ob du John liebst, wollte ich wissen.« Ich meine, das war doch nun keine so abwegige Frage, oder? Sam erzählte mir, dass ihre Schwester ihr den Tanzpartner vom Abschlussball ausgespannt hat und ich weiß gar nicht, wie alt Sam ist, aber sie ist bestimmt schon achtundzwanzig Jahre alt, also ist das Ganze schon zehn Jahre her und Sam ist mit John verheiratet, nicht verlobt, sondern verheiratet, so wie ich mit Pete verheiratet bin und selbst wenn ich vorher mit irgendjemand anderem verlobt gewesen wäre, Pete war jetzt der *allerallerwichtigste Mensch in meinem Leben und ich liebte Pete mehr als mein Leben. Und das sagte ich Sam.*

Sie sagte nichts. Ich war noch niemals zuvor verlobt und ich habe keine Schwester.

»Donald ist Börsenmakler und meine Schwester ist Hausfrau und kümmert sich um die Kinder.«

»Die Kinder?«

»Don und sie haben zwei Söhne.«

Ich legte meine Farbpalette zur Seite und brachte das Bild rein, ich wollte nicht, dass es zu lange der Sonne ausgesetzt war, ich arbeitete gern bei dem hellen Sonnenlicht, gleichzeitig wollte ich aber nicht, dass die Sonne auch nur winzige Farbpartikel aus dem Bild brannte. Und ich wollte Sam besser zuhören, als ich es konnte, wenn ich die ganze Zeit auf meine Arbeit schauen musste, und das Bild war noch eine Menge Arbeit, ich hoffte fertig zu werden, bevor der Mann aus Mendocino zurück in den Laden kam, um zu gucken, ob sein Bild verkauft sei. Frank und Maria hofften das auch. Frank war schon mal da, um zu gucken, ob ich meinen Job auch ordentlich machte, aber er war sehr zufrieden. Ich fragte ihn, was er meinte, an welchen Stellen ich schon gearbeitet hatte, und er zeigte auf Stellen, die gar nicht beschädigt waren, und ich lachte ihn aus, aber er sagte, das wäre nur ein Zeichen, dass ich einen guten Job machen würde und er wäre froh.

»Wie heißen deine Neffen?«

»Meine Neffen?« Sam sah mich an, als wüsste sie nicht, wovon ich sprach.

»Die Söhne deiner Schwester.«

»S.D. und Ray.«, brummelte Sam, nachdem sie eine Weile überlegen musste, oder so tat, als ob sie überlegen musste.

»Was heißt S.D.?«, wollte ich wissen.

»Shane Donald.«

Das fand ich sehr schade, denn ich hatte gehofft, das «S« stände für Sam, aber vielleicht hasste Sams Schwester Sam auch. Ich sagte Sam, dass mir immer noch nicht gesagt hatte, ob sie John liebte und Sam sagte, das spiele überhaupt keine Rolle.

»John ist Dachdecker und Don ist Börsenmakler.«

Das sagte ich einfach nur so, weil ich mir die Arbeit eines Börsenmaklers zwar überhaupt nicht vorstellen konnte, aber schon wusste, dass ein Börsenmakler bestimmt mehr Geld verdient als ein Dachdecker.

»Na und?«, fragte Sam.

»Hm …«, nuschelte ich, »ich mag John sehr gern.« Das war gelogen, aber es sollte nett sein und Sam wusste bestimmt, dass es eine Art Notlüge war. »Aber mit deinem Don hättest du jetzt bestimmt so ein riesiges, schönes, tolles Haus, eines, in denen Pete und ich die Wände streichen dürfen.«

Sam sah mich böse an und sagte, erstens wäre es nicht ihr Don und zweitens wollte sie überhaupt kein riesiges, tolles Haus. Und überhaupt, ihr Haus wäre genau richtig.«

Ich sagte eine Weile nichts. Ich wollte so ein Haus, ich wollte ein Zimthaus, und ich dachte, jeder wollte ein schönes, tolles Haus. Ich trank einen Schluck Kaffee und biss in den Donut. Meiner war mit Schokoladenglasur. Das mochte ich am liebsten, ob ich das Sam mal verraten hatte, oder ob es Zufall war, dass sie mir einen Schokoladendonut mitgebracht hatte. Ich sagte nichts mehr zu Don und Katherine und S.D. und Ray, stattdessen fragte ich Sam, wo sie John kennengelernt hatte. Er hatte nach einem Sturm das Dach von der Bank repariert, in der Sam arbeitete und schon an *jenem Abend sind die beiden zusammen essen gegangen. Ich würde das als Liebe auf den ersten Blick bezeichnen, aber das sagte ich nicht. Ich ließ Sam noch eine Weile erzählen und dann begann ich, all die Dinge aufzuzählen, die ich an Pete liebte. Ich trank ganz langsam meinen Kaffee, legte meine Hand auf meinen Bauch, und freute mich, dass das Baby heute keine Purzelbäume schlug, was sehr ungewöhnlich war, und erzählte Sam von meiner Kaffeetanten-Mama und davon, dass Pete mir jeden Morgen eine Tasse Kaffee ans Bett brachte, die ich aber leider nicht mehr auf dem Bauch liegend trinken konnte. Und ich erzählte ihr von dem ersten Tag bei Pete, nachdem ich bei Larry ausgezogen war und ich erzählte ihr von Petes Grübchen, das nur in einer Wange war und das ich sehr gern hatte und ich zeigte ihr die drei kleinen Herzen auf meinem Ehering und ich sagte Sam, dass Pete der einzige Mensch auf der ganzen Welt war, der unter meine Seelenhaut gucken könne.*

»Wie sieht es denn aus unter deiner Seelenhaut?«, wollte Sam wissen.

»Das weiß nur Pete«, antwortete ich, »aber eins kann ich dir verraten, wenn Pete malen müsste, wie es dort aussieht, dann würde er nur rote Herzensfarbtöne nehmen oder höchstens noch ein Rosa dazu, wie die Farbe deiner ersten Jeans. Alle düsteren Farben würde Pete zwar sehen, aber einfach übermalen, so sehr liebt er mich – und ich ihn auch.«

Sam schüttelte den Kopf und knüllte die Papiertüte zusammen, in der die Donuts gewesen waren und dann warf sie sie auf den Boden.

»Glaubst du John weiß, wie es unter deiner Seelenhaut aussieht?«, fragte ich und Sam ließ sich Zeit mit der Antwort.

»Ich denke schon«, sagte sie schließlich. Ich wartete lange,

bevor ich die nächste Frage stellte und Sam sah mich gespannt an, so als erwartete sie eine ganz besondere Frage.

»Glaubst du, dieser Don wusste jemals, wie es unter deiner Seelenhaut aussah?«

»Nein«, sagte Sam ohne zu überlegen.

»Glaubst du Don kennt Katherines Seele?«

Sam zuckte mit den Schultern.

»Und«, fuhr ich fort, »hat Katherine jemals unter deine Seelenhaut geschaut?«

»Vielleicht …«, druckste Sam herum. »Das ist mir zu viel Seelengerede, Bessy. Ich wollte nur Kaffee mit dir trinken.«

Ich sagte nichts dazu. Wir saßen stumm auf der Treppe und blickten in die Ferne. Ich versuchte, an nichts zu denken, ich weiß nicht, was Sam dachte, sie sagte nichts. Inzwischen wanderte der Schatten von Larrys Trailer so weit, dass wir nicht mehr in der Sonne saßen, das war gut, denn meine Stirn war schon ganz verschwitzt und meine Haare klebten daran. Plötzlich klingelte Sams Handy und sie sah auf das Display. Ich konnte nicht sehen, was dort stand, aber ich wusste, dass es John war, obwohl Sam das Gespräch noch gar nicht entgegengenommen hatte. Schließlich meldete sie sich und ich merkte an ihren Antworten, dass John fragte, wo sie sei und wann sie heimkommen würde. Dann legte Sam wieder auf.

»John ist immer da«, sagte Sam und fragte, »reicht das?«

Ich antworte nicht, denn die Frage war gut, aber Sam musste sich die Antwort selbst geben, denn dem einen reicht das, dem anderen nicht.

»Würdest du John gegen Don eintauschen?«, fragte ich, um ihr die Antwort leichter zu machen.

»John gegen Don? Die Frage stellt sich nicht.«

»Doch, ich stelle die Frage«, sagte ich mit ganz fester Stimme und konnte die Falten sehen, die auf Sams Stirn waren. »Hättest du auch gern zwei Jungs oder hättest du lieber eine Tochter?« Ich versuchte ganz schnell zu sprechen, damit Sam auch ohne zu überlegen schnell antwortete und es funktionierte.

»Das ist mir egal, aber auf keinen Fall würde mein Kind irgendwelche Buchstaben als Namen bekommen, wenn ich eine Tochter bekäme, würde ich sie Bessy nennen.«

Ich musste Sam unbedingt noch sagen, dass sie ihrer Tochter auf gar keinen Fall den Namen Bessy geben dürfte oder Elisabeth, denn das ist ein ganz schrecklicher Name, aber das sagte ich jetzt nicht, denn ich wollte, dass es erstmal ganz tief in Sams Inneren ankam, was sie gerade gesagt hatte, dass sie gerne Kinder haben wollte. Ich wusste, dass John schon ganz lange Kinder haben wollte, und ich glaube, außer mir wussten das noch ganz viele Leute. Man sah es John an, wenn ihm Kinder über den Weg liefen und man sah es ihm an, wenn er mit Sam zusammen war und ihr mal über das Haar strich oder übers Bein, oder ihren Arm streichelte, jede dieser Bewegungen sagte, »ich möchte, dass du die Mutter meiner Kinder bist«, ich konnte es hören, aber Sam hat es mit Absicht überhört. Nun hat sie zwar selbst von Kindern gesprochen, aber sie hat es noch nicht gehört und darum musste ich noch eine Weile ganz still sein.

Irgendwann stand Sam auf, hob die leere Papiertüte auf, die sie auf den Boden geworfen hatte, strich sie glatt und pustete sie wie einen Luftballon auf.

»Weißt du was, Bessy …«, sie ging ein paar Schritte vor und knüllte die Tüte zu, damit keine Luft entweichen konnte und dann ließ sie sie mit lautem Knall zerplatzen. Sam warf die

Tüte hinter sich und ging ohne ihren Satz zu beenden, ohne sich von mir zu verabschieden. Nein, eigentlich ging sie nicht, sie tanzte, keinen Walzer oder Foxtrott, aber ihre Schritte tänzelten hin und her, so als habe sie eine Melodie im Kopf.

Es ist Sonntag und das ist gut, denn ich bin so müde und ich kann mich einfach am Nachmittag ins Bett legen. Ich wünschte, ich würde einschlafen, aber ich starre nur an die Decke und warte, dass mir die Augen zufallen, aber nichts passiert. Ich muss an Schnee denken, dabei ist der Schnee auf den Straßen längst geschmolzen und zum Glück hat es schon seit zwei Wochen nicht mehr geschneit. Ich muss an unsere Gartenlaube denken, es sah schön aus, wenn eine dicke Schneeschicht auf ihrem Dach lag. Gab es viel Schnee, wölbte er sich überhalb der Dachrinne, so dass es aussah, als rollte sich eine warme Decke am Ende des Daches zusammen. Im Winter fuhren wir fast nie in den Garten, aber ich glaube, Mama fuhr manchmal dorthin, wenn ich in der Schule war. Vielleicht putzte sie ein wenig oder räumte auf, obwohl es nie viel aufzuräumen gibt, wenn niemand da ist, der Unordnung macht. Weil kaum jemand im Winter im Garten war, konnte sich der Schnee wie ein dickfloriger Teppich auf Papas kurzgeschorenen Rasen legen. Wenn die Sonne darauf schien, sah man kleine Kristalle im Licht glitzern.

Mir ist so kalt. Ich krieche unter meine Bettdecke und will überhaupt nicht mehr an Schnee denken. Ich spüre sogar unter meiner Decke, wie die Mittagssonne in mein Zimmer scheint, so richtig doll, wie es die Sonne kann, wenn sie dem Winter den Garaus machen will und auch noch die letzten Schneeflöckchen in den kalten, dunklen

Ecken wegschmelzen will. Es kommt mir so vor, als will die Sonne auch den Schnee schmelzen, der sich in mir auszubreiten versucht. Ich friere so sehr. Ich schlafe ein. Halb schlafe ich nur ein, ich weiß, dass ich träume, aber ich kann auch nicht aufwachen. Ich habe Bauchschmerzen oder ich träume, dass ich Bauchschmerzen habe oder ich erinnere mich an Bauchschmerzen, so wie ich mich an die Schweißtropfen auf meiner Stirn erinnere. Ich schiebe die Bettdecke mit den Füßen weg. Mir ist so heiß oder ich träume, dass mir heiß ist oder ich erinnere mich an das Fieber, das in mir wütete. Ich träume von der Wiege in der Zimmerecke und von der sonnengelben Wand dahinter. Mohnblumen? Wann habe ich Mohnblumen an die Wand gemalt? Wieso träume ich von Mohnblumen? Sie leuchten in einem herrlichen Rot, einem Mohnblumenrot eben und jetzt wiegen sie sich im Wind hin und her. Warum ist es windig in meinem Zimmer? Plötzlich legt sich Schnee auf die Mohnblumen, eine dicke Schneeschicht, und ich wundere mich, wie diese zarten Klatschmohnblüten die schweren Schneeflocken aushalten können. Ich schwitze. Im nächsten Moment ist mir wieder so kalt, dass ich die Decke wieder über mich ziehe. Schnee ist sehr schwer, so schwer, dass unser Gartennachbar ihn sogar von den starken Ästen des Apfelbaumes schüttelte und Marlenas Oma fegte ihn von der Hecke, aber diesen Klatschmohnblüten scheinen die Schneeflocken nichts auszumachen.

Ich höre ein leises Brummen. Ich schaue zur Seite. Bin ich jetzt wach? Ich sehe diesen Mann auf seinem Elektrorollstuhl herankommen. Ich rufe Pete und frage ihn, wer das sei und Pete antwortet, das sei doch Mister Williams und ich würde ihn doch kennen, er sei doch der Snowbird.

Wo kommt Pete plötzlich her? Pete ist da? Ich lache. Ist das nicht lustig, ein Schneevogel will sich den schneebedeckten Mohn angucken? Ein Blütenblatt von der größten Mohnblume fällt herab in den Schnee und ich weiß nicht, was passiert, aber es sieht aus, als verwandele sich das Blatt in Blut und zerfließt im Schnee oder es schmilzt dahin, weil der Schnee kochend heiß ist und das Mohnblütenblatt kalt wie eine Eisscholle. Mister Williams bleibt mit seinem Rollstuhl neben dem Mohn stehen und obwohl er gar nicht mehr fährt, höre ich noch immer das Motorengeräusch. Ich schaue Pete an, kann aber Mister Williams nicht sehen.

»Wo ist Mister Williams?«, frage ich Pete.

»Wer ist Mister Williams?«

»Der Snowbird, wo ist er?«

»Ich, ich weiß nicht …«, Pete stottert. Ich sage Pete, dass Mister Williams gerade hier war und dass ich doch noch seinen Rollstuhl hören kann und dass Mister Williams den Schnee angucken wollte. Ich sehe hinüber zu den Mohnblumen und nun liegt kein Schnee mehr auf den Blütenblättern.

Mir ist so heiß.

Und ich weiß, dass ich Erinnerungen träume, aber ich kann nicht aufwachen, so sehr ich es auch versuche.

»Ich habe die Klimaanlage etwas höher gedreht«, sagt Pete in meinem Erinnerungstraum und ich schreie ihn an, obwohl ich ihn nicht anschreien will, aber er soll sofort die Klimaanlage wieder runterdrehen, mir ist furchtbar kalt.

Ich habe eine Heizung in meinem Schlafzimmer, aber keine Klimaanlage. Was ist los? Wo bin ich?

Ich spüre schon wieder nasse Perlen auf meiner Stirn, vielleicht sind es Schneeflocken. Ich habe Bauchschmerzen.

Bin ich in Wirklichkeit vielleicht ein kleiner Kusskäfer auf den gerade der scharfe Verschluss einer Bierdose herabgesaust ist?

Ich fahre mit einem Schlitten einen Berg hinab und ich fühle meine Füße nicht mehr, vermutlich sind sie erfroren, mein Kopf verbrennt von der Sonne, die durch mein Fenster scheint und überall blühten Mohnblumen.

»Gib nicht auf, Sweetie!«, höre ich Pete aus der Ferne rufen und ich muss lachen, wie konnte ich aufgeben, es geht ganz von allein bergab, rasend schnell, ich kann die Wüste riechen, die Kakteen, die Wärme, die Sprenkleranlagen und den groben Sand, während ich durch ein schneebedecktes Mohnblumenfeld fahre. Ich hinterlasse einen Windzug und einige Blütenblätter fallen in den Schnee und zerschmelzen. Ich will meine Arme heben, um Pete zu winken, aber ich kann ihn nicht sehen und ich habe keine Kraft, meine Arme zu heben und ich höre Mister Williams Rollstuhlmotor. Er musste direkt hinter mir sein, vielleicht saust er auch den Berg herunter. Ich weiß nicht, ob ein Rollstuhl mit Blaulicht und Sirene fahren darf, aber obwohl ich meine Augen geschlossen habe, kommt das flackernde Licht durch meine Lider und die Sirene klingt laut in meinen Ohren. Ich träume. Alles passiert im Traum, aber es ist gleichzeitig Traum und Wirklichkeit. Die Grenzen verwischen, so wie orange die Grenze zwischen rot und gelb verwischt und grün die zwischen blau und gelb. Es ruckelt etwas und die rasante Fahrt geht weiter und weiter und weiter und immerzu ist da dieser eiskalte Schnee und die beißende Sonne. Und ich musste an Marlenas blutende Wange denken und ob ich jemals herausbekommen hatte, welches Teil einer Zelle dafür sorgt, dass man nicht verbluten kann. Immer mehr Mohnblütenblätter fallen in den Schnee und ich kann Mister Williams Rollstuhlmotor nicht mehr hören. Ich kann gar nichts mehr hören. Mir ist so kalt und so heiß.

Und es riecht nach Schwimmbad.

Ich weiß nicht, ob es der Schwimmbadgeruch ist, der überhaupt nicht wirklich da ist, oder das tatsächlich laute Klopfen meines aufgeregten Herzens. Aber endlich schaffe ich es aus diesem furchtbaren Traum aufzuwachen. Ich reiße meine Augen auf, stoße das Bettdeck von mir, lege meine Hand auf mein Herz, um es zu beruhigen, dann setze ich mich auf, und die Sonne scheint in mein Gesicht. Ich sehe an die sonnengelbe, mohnblumenfreie Wand vor der die Wiege steht.

Ich habe geträumt, und ich weiß woher der Traum kam, ich habe das alles schon einmal erlebt. Damals war es aber nicht nur ein Traum, es war auch traurige Wahrheit. Damals war ich auch schwanger und es waren tatsächlich Mohnblumen an der Wand unseres Wohnwagens.

Ich ziehe meine Beine soweit an, wie es geht und umklammere sie mit meinen Armen. Mir ist weder heiß noch kalt und ich bin auch überhaupt nicht mehr müde, aber mein Herz klopft immer noch ganz aufgeregt, als sei ich tatsächlich grad einen Schneehügel herabgesaust. Es ist nicht zu glauben, dass so viele dicke Tränen aus meinen Augen kommen, es ist wie ein Strom, der einfach nicht versiegen will. Ich wische mir das Gesicht mit meinem Arm trocken, aber schon im nächsten Moment kommen neue nasse Tränenspuren hinzu. Ich gehe in die Küche und setze Teewasser auf. Ich will nicht allein sein. Ich schreie meine Küchenwand an, ich rufe Pete, ich rufe meine Mama, aber niemand antwortet. Ich bin allein, ich bin der einsamste

Mensch auf der ganzen Welt und ein einsamer Mensch kann kein guter Mensch sein, ich kann keine gute Mutter sein, darum bin ich es auch nicht längst. Ich erinnere mich wieder an den Schwimmbadgeruch, warum verschwindet er nicht aus meiner Nase? Es war ein Traum, hier riecht nichts nach Schwimmbad, Chlor oder Seife. Ich schluchze so laut, dass ich erschreckt zusammenfahre. Das Baby in meinem Bauch strampelt. Ich schreie das Baby an, es soll aufhören zu strampeln, ich will es nicht spüren. Das Teewasser blubbert, als ich es über den Kamillenteebeutel gieße. Ich warte nicht lange ab, ich beginne zu trinken ohne den Beutel aus dem Wasser zu nehmen, ich verbrenne mir die Zunge, aber es macht mir nichts aus.

Kurz darauf steige ich in Jeans und Pulli, ziehe mir meine Jacke und meine Schuhe an und kippe den kleinen Korb, der auf dem Flurregal liegt auf dem Fußboden aus, weil ich meinen Autoschlüssel suche.

Ich renne die Treppen herunter und sollte ich stürzen, wäre es mir nur recht. Das Auto springt auch sofort an. Hätte es eine Seele, würde es zu mir sprechen und sagen, so aufgeregt wie du bist, solltest du nicht fahren, aber das Auto spricht nicht, es ist ein Ding, ein Gegenstand, es ist tot, und nur wenn ich den Zündschlüssel im Schloss drehe, kann ich es für einen Moment zum Leben erwecken und ich allein bestimme für wie lange.

Ich gucke überhaupt nicht, was auf den Schildern steht, ich fahre so schnell oder so langsam, wie ich Lust habe. Ich bin allein auf der Welt, ich bin der allereinsamste Mensch. Ich fahre, wie ich will. Ich kurbele das Seitenfenster herunter und kalte Frischluft strömt in das Fahrzeuginnere und jetzt endlich werde ich diesen ekelhaften, erinnerungsbelasteten Geruch los, der sich, seit ich aufgewacht bin, nicht vertreiben lassen wollte.

Alle Parkplätze sind frei. Warum? Gehen Menschen sonntags nicht auf Friedhöfe? Ich knalle die Autotür zu und schließe die Tür. Dann renne ich zum Grab meiner Mutter. Es ist das erste Mal, seit der Beerdigung, dass ich hier bin. Aus dem blumigen Berg aus Kränzen und Gestecken ist ein brauner Erdklumpen geworden, nass vom geschmolzenen Schnee, nur ein vergammelter Strauß Rosen liegt noch darauf. Es ist still hier. Wo seid ihr streitenden Krähen?

»Warum hast du mich so allein gelassen, Mama?«, schreie ich den Erdklumpen an. »Wie soll ich das schaffen, kannst du mir das sagen, häh?« Ich weiß, dass meine Stimme ganz böse klingt, so habe ich noch nie mit Mama gesprochen. Ich habe sie auch noch nie angeschrien. Wir waren Freunde, Kaffeetanten, Verbündete. Mama hat nie etwas Böses über Papa gesagt und doch wusste ich genau, was sie fühlte. Ich konnte in Mamas Seele sehen, nur war ich zu klein, um ihr zu helfen. Und vor Monaten, als ich längst nicht mehr klein war, war ich doch zu schwach. Ich habe es nicht geschafft, ich wusste, wie es ihr ging, aber ich konnte ihr nicht helfen. Ich war immer für sie da, jede freie Sekunde habe ich bei ihr verbracht, nur um zu verhindern, dass sie genau das tut, was sie am Ende doch getan hat. Wir haben so viel Kaffee miteinander getrunken, dass wir eine eigene Plantage hätten besitzen müssen, aber es hat nichts genützt. Sie hat mich einfach allein gelassen. Wie soll ich mein Leben schaffen? Sie hat es mir nicht gesagt und erst recht nicht gezeigt. Sie hat mir nur einen Weg gezeigt.

»Ist das die einzige Möglichkeit, Mama?«, ich schreie noch immer. »Willst du, dass ich es dir nachmache? Ich kann auch von einem hohen Haus springen, ich habe keine Angst, Mama!«

Mit voller Wucht trete ich gegen den kleinen Erdhügel und es kommt mir vor, als würde ich meine Mama treten. Es tut mir leid. Ich falle auf die Knie und lege meine Hände auf die Erde, die das Grab meiner Mama bedecken, wie eine dicke, dunkle Decke.

»Es war nicht richtig, Mama, und das weißt du auch«, nun flüstere ich. »Ich bin immer bei dir gewesen, Mama, ich habe dich nicht verlassen, aber du, du hast mich verlassen und noch viel schlimmer: Du hast mir Pete weggenommen. Das verstehst du nicht?«, ich lache bitter auf und hoffe, dass sie es hört da oben in ihrem Himmel, wo sie es sich bestimmt bequem gemacht hat. »Ich hätte auch mit Pete gehen können. Er wollte mich bei sich haben, er hat mich geliebt, Mama, hörst du? Hör mir einmal zu! Pete hat mich geliebt und ich habe ihn gehen lassen, nur um bei dir zu bleiben.«

Dem Erdhügel macht es nichts aus, dass meine Tränen auf ihn fallen.

»Du hattest nicht das Recht zu gehen, Mama, du durftest das nicht!« Meine Stimme ist wieder ganz laut, aber Mama antwortet nicht. Aber ich höre eine andere Stimme, direkt hinter mir.

»Es ist keine Frage von Recht, Elisabeth.«

Ich richte mich auf und merke erst jetzt, wie nass meine Knie durch die Hose geworden sind. Ich drehe mich um und gucke, zu wem die Stimme gehört.

»Sie? Was machen Sie hier?«

»Ich hatte in Hannover zu tun, da wollte ich deiner Mutter frische Blumen bringen«, antwortet Herr Winterfeld.

»Und warum ist es keine Frage von Recht?«, will ich wissen.

Herr Winterfeld tritt vor zum Grab, nimmt den verwelkten Strauß von dem Hügel und legt die Blumen, die er in der Hand hält, darauf.

»Deine Mutter war krank«, sagt er und wischt sich mit dem Handrücken über die Augen. »Ich wollte auch nicht, dass sie mich allein lässt«, fügt er hinzu.

»Sie hat mich allein gelassen, nicht Sie!«

»Mich hat sie auch allein gelassen, nicht erst, als sie von dem Haus gesprungen ist.«

»Wie soll das gehen?«, frage ich. Wir sehen uns nicht an. Wir stehen nebeneinander und blicken auf dieses trostlose Grab. Warum habe ich keine Blumen mitgebracht? Warum überlasse ich es diesem Mann, das Grab meiner Mama wenigstens ein wenig hübsch zu machen? Ich brauche mir die Frage gar nicht stellen, ich bin heute nicht gekommen, um irgendetwas schön zu machen, ich wollte meiner Mutter meine Meinung sagen, wie unendlich gemein es von ihr war, mich hier so mutterseelenallein zu lassen. Was für ein schönes Wort, mutterseelenallein. Ich lache laut auf und es ist mir gleichgültig, dass es irgendwie irre klingen könnte. Herr Winterfeld sieht mich immer noch nicht an, er redet einfach drauf los.

»Ich wollte, dass deine Mutter mit mir kommt. Ich wollte sie rausholen aus ihrer unglücklichen Ehe mit deinem Vater.«

»Und? Warum haben Sie es nicht getan?«

»Sie wollte es nicht. Ich habe sie wieder und wieder gefragt. Sie glaubte immer, sie müsse bleiben, dieses Leben sei ihr Schicksal. Ich habe deine Mutter geliebt …«

»Nein!«

»Doch. Ich wollte sie glücklich machen. Für immer. Aber alles, was wir hatten, waren glückliche Momente. Sie wollte nicht mit mir gehen.«

Ich sehe geradeaus. Er wollte meine Mama mitnehmen?

»Deine Mutter hat immer gesagt, sie könne dich nicht allein lassen …«

Ich lache auf, genau das hat sie getan, mich allein gelassen.

»…als du noch ein Kind warst, meine ich.«

Jetzt drehe ich mich doch zu ihm um. Wie lange standen denn Herr Winterfeld und meine Mama sich schon nahe? Wie alt mag ich denn gewesen sein, als Herr Winterfeld sie zum ersten Mal gefragt hat?

»Als du nach Amerika gegangen bist, habe ich ihr klarzumachen versucht, dass du jetzt deine eigenen Wege gehst und dass sie endlich zu mir kommen sollte, aber sie kam nicht …« Er starrt auf meinen Bauch. »Bekommst du … bist du schwanger?«

»Ja«

»Oh Gott!«

»Wollen Sie mir sagen, ich hätte Schuld, dass Mama nicht glücklich wurde?« Was erzählt dieser Mensch hier?

»Nein, nein …«, antwortet Herr Winterfeld hastig. »Ich hab doch schon gesagt, es geht nicht im Recht und es geht auch nicht um Schuld. Nachdem deine Mutter nicht mehr deinetwegen bleiben musste, meinte sie, sie könne deinen Vater nicht verlassen. Bis dass der Tod uns scheidet, hat sie immer zu mir gesagt.«

»Na ja, das hat ja nun geklappt«, sage ich böse und wackele von einem Bein aufs andere, weil mir kalt ist.

»Lass deine Mutter in Frieden ruhen, Elisabeth. Hätte sie eine Wahl gehabt, hätte sie dich niemals allein gelassen, glaube mir!«

»Eine Wahl?«, frage ich und merke, wie mir kleine Spucketröpfchen aus dem Mund schießen, ich will das alles gar nicht hören, ich kehre Herrn Winterfeld den Rücken zu und gehe mit schnellen Schritten zu meinem Auto. Er folgt mir.

»Sie hatte keine Wahl!«, ruft er hinter mir her.

Ich setze mich in mein Auto und stecke den Schlüssel ins Zündschloss, als die Beifahrertür aufgeht.

»Darf ich?« Herr Winterfeld wartet meine Antwort gar nicht ab und nimmt auf dem Beifahrersitz Platz. Ich drehe den Schlüssel nicht um, lehne mich gegen den Sitz und sehe unseren alten Gartennachbarn erwartungsvoll an. Wie grau seine Haut ist.

»Sie hatte keine Wahl«, wiederholt er. »Sie war krank. Sie wollte immer nur, dass du glücklich bist. Sie hat mir gesagt, du und sie, ihr seid die Königinnen der Welt, was immer das heißen sollte …«

Zum ersten Mal an diesem Tag lächele ich.

»Das hat sie gesagt?«

»Ja. Kannst du was damit anfangen? Was sollte das heißen?«

»Dass wir beide Königinnen der Welt sind«, antworte ich ein bisschen frech.

Wir bleiben noch eine Weile in meinem Auto sitzen und erzählen uns so lange von Mama, bis es anfängt, dunkel zu werden.

»Pass auf, Elisabeth«, sagt Herr Winterfeld, »ich hoffe, du kannst mir glauben, dass es mir unendlich leid tut, dass deine Mutter nicht mehr bei dir ist – gerade jetzt …« so wie vorhin am Grab starrt er wieder auf meinen Bauch, »… und ich kann überhaupt nichts tun, um dir den Verlust zu ersetzen, aber wann immer du Hilfe brauchst, werde ich für dich da sein, das verspreche ich. Ruf mich an!« Dann zückt er eine Visitenkarte, unterstreicht die Handynummer, die darauf ist und steigt aus. Ich lege die Visitenkarte ins Handschuhfach.

5

Ich weiß noch genau, dass es ein Freitag war, weil wir uns schon aufs Wochenende freuten und Pete sagte, nur noch ein halber Tag und dann ist Wochenende. Samstags arbeiteten wir nämlich immer nur einen halben Tag. Wir strichen ein kleines Büro. Es standen zwei Schreibtische in dem Raum und an drei Wänden stand ein Regal, Pete hatte die Drehstühle so dicht es ging an die Schreibtische geschoben und eine große Abdeckplane über alles gebreitet. Dann hatten wir die Regale von den Wänden gerückt und auch abgedeckt. Das war ziemlich schwierig, denn niemand hatte die Regale leer geräumt und wir hatten Angst, dass ein Regalboden durchbrechen könnte. Ich strich die Wand neben der Tür und Pete strich die gegenüberliegende und pfiff die ganze Zeit vergnügt vor sich hin. Pete hatte fast immer gute Laune, aber natürlich pfiff er nicht immer. An dem Tag wurde ich immer vergnügter, als ich Pete so fröhlich pfeifen hörte, während meine Farbrolle schmatzende Geräusche an der Wand machte, weil ich etwas zu viel Farbe genommen hatte. Pete hatte seine Wand schon fast fertig, als ich noch nicht einmal die halbe gestrichen hatte. Ich war mit meinen Gedanken ganz woanders – ich wusste nicht, wie ich es Pete sagen sollte. Als er bemerkte, wie langsam ich heute war, fragte er, ob alles in Ordnung sei. Ich druckste ein bisschen herum.

»Pete, es gibt da so einen Test«, sagte ich.

»Was für einen Test?«

»Einen Test für Frauen.«

»Einen Test für Frauen?« Er sah mich mit großen Augen an und ließ die Farbrolle im Eimer versinken. »Was für einen Test, Bessy?«

»Du weißt schon«, es war mir peinlich und ich wurde sauer, weil er mich offensichtlich nicht verstehen wollte, »ich will so einen Test machen.«

Pete guckte mich noch immer völlig verständnislos an.

»Können wir so einen Test kaufen, Pete, bitte!«

»Wo denn?« Ich konnte nicht glauben, wie dumm er war. Er zuckte die Schultern und legte seine Stirn in Falten.

»In der Apotheke.«

»In der Apo …? Bessy? Bessy, was für ein Test? Geht, geht es dir gut? Du meinst doch nicht … oder.. bist du etwa … Sweetie? Sweetie, bist du schwanger? Bessy, sag was!«

Dann zuckte ich die Schultern und lachte gleichzeitig. Das bedeutete, ich weiß es nicht, aber wenn es so wäre, würde ich mich sehr freuen. Pete schlang seine Arme um mich, hob mich hoch und drehte mich im Kreis. Dabei vergaß er, dass ich die frisch in die Farbe getunkte Rolle in der Hand hielt und so spritzte jede Menge Farbe zu allen Seiten. Es war unglaublich, wie sehr sich Pete freute und ich betete, dass der Test positiv ausfallen würde, denn sonst wäre Pete wahrscheinlich ziemlich enttäuscht gewesen. Ich war erst etwas ängstlich, weil ich nicht wusste, wie Pete reagieren würde, wenn ich ihm sagte, dass ich vielleicht ein Baby bekommen würde, nun war ich ängstlich, falls ich mich geirrt hatte, aber die Sorgen waren unbegründet. Abends machten wir sofort den Test. Es stimmte, wir machten ihn, nicht nur ich. Pete setzte sich mit einem Hocker vor mich, als ich auf der Toilette saß, er passte genau auf, dass ich alles richtig machte. Wir blieben dann stumm sitzen und warteten auf das Ergebnis. Pete hatte mir den Test aus den Händen genommen und hielt die Hand davor, so dass ich gar nicht gucken konnte und deshalb wusste er noch vor mir ganz sicher, dass ich schwanger war, komisch, oder?

Petes Eltern waren vor ein paar Jahren bei einem Autounfall gestorben und Pete hatte genau wie ich keine Geschwister und er war seine einzige Familie, eine Ein-Mann-Familie sozusagen und nun sollte sich ein kleines Wesen dazu gesellen und wir würden eine richtige Familie werden. Pete freute sich so sehr auf das Baby. Beinah noch mehr als über das Baby freute ich mich darüber, dass Pete so glücklich war.

Sam und John fuhren an einem Wochenende nach Flagstaff um Freunde zu besuchen, sie nahmen uns bis Sedona mit, ließen uns an einem Motel aussteigen und holten uns dort am nächsten Mittag wieder ab. Für Pete und mich war es, als würden wir Urlaub machen. Das war für mich besonders seltsam, weil ja eigentlich meine ganze Zeit hier Urlaub sein sollte, was es natürlich längst schon nicht mehr war, zumal ich nun Petes Frau war und vielleicht nie wieder nach Deutschland zurückkehren würde. Wir liefen schon den ganzen Tag in Schlappen herum, aber nun zogen wir uns feste Schuhe an, um ein bisschen durch die Gegend stromern zu können. Ich liebte diese roten Felsen, die roten Steine, den feinkörnigen roten Sand sehr, Pete malte mit einem Stein ein Herz auf meine Jeans und ich malte ihm einen Kussmund auf seine. Als wir eine ganze Strecke gelaufen waren, setzten wir uns einfach irgendwo hin und tranken etwas Wasser aus der Flasche, die Pete mitgenommen hatte. Ich nahm eine

Handvoll Sand und ließ ihn durch meine Finger laufen, er fühlte sich warm an und ich stellte mir vor, jedes einzelne Sandkorn würde eine Spur in meiner Hand hinterlassen, dann würde meine Hand aussehen wie ein Schnittmuster. Marlenas andere Oma, nicht die mit den Hühnern und den Bohnen, die gelegt werden mussten, sondern die Mutter ihrer Mutter, war eine Schneiderin. Aber als ich sie kennenlernte, hat sie kaum noch genäht, weil sie so schlechte Augen hatte. Trotzdem habe ich einmal die Mappe gesehen, in der sie all ihre Schnittmuster aufbewahrte und zuerst hatte ich gedacht, das seien alles Landkarten, lauter verschiedenfarbige Linien, kreuz und quer. Ich hatte keine Ahnung, was man damit anfangen konnte, aber Marlenas Oma konnte da wohl etwas mit anfangen, früher jedenfalls. Für Cornelia und Brigitte hat die Oma noch ganz viele Kleider genäht, als Marlena so alt war, dass sie in den Kindergarten gehen konnte, waren die Augen der Oma schon so schlecht, dass sie den Faden nicht mehr in die Nadel der Nähmaschine fädeln konnte, das musste dann immer irgendjemand für sie tun und es dauerte nicht mehr lange, da konnte sie überhaupt nicht mehr nähen. Es muss ganz schön traurig sein, wenn man etwas, das man sehr gut kann, nur deshalb nicht mehr machen kann, weil man nicht mehr richtig gucken kann.

Ich schaute in meine Hände. Sie waren rotstaubig, aber die kleinen Sandkörner hatten keine Linien hinterlassen sondern eine pulvrige Schicht, deren Farbe ich bestaunte, weil ich nicht glaubte, sie mischen zu können. Pete meinte, ich könne sie sehr wohl mischen, denn ich könne jede Farbe der Welt mischen, da irrte er sich aber gewaltig, trotzdem war es schön, dass er das glaubte. Ich legte mich auf einen großen Felsen und ließ mir die Sonne einen Moment lang ins Gesicht scheinen, dann zog ich das weiche Baumwolltuch, das ich um den Hals trug, ab und legte es mir zum Schutz über das Gesicht. Ich wäre wohl sogar eingeschlafen, aber ich spürte, wie Pete mir das T-Shirt hochzog und die Sonne auf meinen runden Bauch schien. Dann nahm Pete einen kleinen Stein und malte damit ein Gesicht auf meinen Bauch. Das konnte ich nicht sehen, aber ich konnte spüren, wie er zwei Augen und einen lachenden Mund malte. Ich musste auch lachen, weil es nämlich ziemlich kitzelte.

»Wie soll unser Baby denn heißen?«, fragte Pete.

»Ich weiß nicht, wir wissen ja nicht einmal, ob es ein Junge oder ein Mädchen wird.«

»Es wird ein Junge«, sagte Pete und ich fragte ihn, woher er das wisse und er sagte, er wisse das eben. Also fingen wir an, uns gegenseitig Jungennamen aufzuzählen, aber uns gefiel kein einziger.

»Es muss schon ein ganz besonderer Name sein, denn es ist ein ganz besonderes Kind«, fand Pete.

Ich hatte Mama mal gefragt, warum ich Elisabeth heiße, ich wollte eine ganz schöne Geschichte hören, die mich mit meinem Namen versöhnt, aber Mama sagte, da gebe es keine Geschichte und schon die Tante von Papa hätte Elisabeth geheißen und weil sie erst meine Patentante werden sollte, es dann aber doch nie geworden ist, bin ich auf den hässlichen Namen Elisabeth getauft worden. Mama sagte dann noch, dass sie mich eigentlich Liliane nennen wollte, das hätte ich wirklich einen schönen Namen gefunden, dann hätten mich alle Lilly nennen können, aber so nannten mich alle höchstens Bessy und das klang eher nach einer sabbernden, bellenden Hündin, wogegen Liliane nach Kiesteichsommern und duftenden Blüten klang. Wie gemein, dass Mama sich

*nicht durchgesetzt hat. Mein Baby würde einen ganz wun-
dervollen Namen bekommen, einen, den nicht nur Pete und
ich großartig fanden sondern einen, den auch unser Baby
lieben würde. Nur wollte uns einfach noch keiner einfallen.*

»Bist du zuhause? Ich habe eine Überraschung für dich«,
flötet Marlena ins Telefon.

»Wo soll ich schon sein?«

»Wir sind gleich bei dir«, ich höre noch Marlenas lautes
Lachen, als sie wohl schon meinte, das Gespräch sei unterbrochen. Was sie wohl für eine Überraschung hat, und
wer ist »wir«, sie wird doch wohl nicht …? Seit etwa zwei
Wochen habe ich nicht mehr versucht Pete anzurufen,
es hat sowieso keinen Sinn. Bestimmt hat Marlena es geschafft, Pete zu erreichen, sie wird ihn mitbringen, jetzt,
gleich, er ist die Überraschung. Ich muss mir was anderes
anziehen. Meine Kleiderschranktür knarrt, als ich sie auf-
schwinge und einen Pullover nach dem anderen heraus-
reiße, ich ziehe die weite, graue Jogginghose aus, mit der
ich immer in der Wohnung herumlaufe, zum Glück ist
die Umstandshose, die ich gewaschen habe, trocken. Ich
bügele sie schnell und steige hinein, die Hosenbeine legen
sich warm an meine Oberschenkel. Ich suche mir meinen
schönsten Pullover aus, einen kakaobraunen mit kleinen
Silberstreifen an den Ärmeln, dann stopfe ich alle anderen
Sachen wieder in den Schrank und ich klappe die Tür zu,
mit dem gleichen Knarren wie zuvor. Auf dem Weg ins
Bad kämme ich mein Haar mit allen zehn Fingern, bevor
ich es dann vorm Spiegel tüchtig mit der Bürste bearbeite.
Ich verteile eine getönte Tagescreme in meinem Gesicht
und male mir die Lippen an. Genauso ein Durcheinander

wie ich in meinem Kleiderschrank gemacht habe, mache ich im Badezimmerschrank, als ich vergeblich mein Lieblingsparfüm suche. Ich finde das Parfüm nicht, stattdessen rieche ich jetzt streng nach Haarspray, weil ich mir so viel auf den Kopf gesprüht habe. Gerade knote ich mir ein Tuch um den Hals, als es klingelt. Ich kann nur hoffen, dass ich gut aussehe. Ich hätte mir längst einen Spiegel für den Flur kaufen sollen. Voller Vorfreude reiße ich die Tür auf und umarme Marlena, als hätte ich sie monatelang nicht gesehen, dabei erdrücke ich fast Finn, den sie auf dem Arm hält.

»Alles okay?«, Marlena klingt ganz durcheinander, dann geht sie einen Schritt zurück und sieht mich von oben bis unten an.

»Wie siehst du denn aus?«

»Nicht gut?«, ich rücke mein Tuch zurecht und schiebe mir eine Haarsträhne hinters Ohr.

»Doch, doch, du siehst großartig aus. Kannst du mir das mal abnehmen?« Sie drückt mir eine überdimensionale Einkaufstüte in die Hand. »Sei vorsichtig!« Sie setzt Finn auf den Flurfußboden und schließt die Tür hinter sich.

»Halt!« rufe ich und mache die Tür wieder auf und sehe ins Treppenhaus.

»Erwartest du noch jemanden?«

»Ich, ich …« stottere ich.

»Was ist los, Elly?«

»Du – du hast doch gesagt, wir …«

»Was wir?«

»Das will ich doch fragen, wer ist wir?«

»Wer ist wir?«, Marlenas Stirn besteht nur noch aus Falten, »Was redest du Elly? Ich verstehe kein Wort.«

»Du hast doch gesagt, wir kommen gleich, wir! Wen meintest du mir wir?«

Marlena streichelt mich am Arm und plötzlich ist keine einzige Falte mehr auf ihrer Stirn zu sehen, ihre Mundwinkel zucken und ihre Augen glänzen. »Finn und ich, Elly, das sind wir«, sagt sie ganz leise.

»Oh«, kann ich nur sagen und schließe die Tür. Es fällt mir schwer, nicht enttäuscht auszusehen, denn es ist schön, dass Marlena Finn mitgebracht hat, ich dachte eben nur, sie würde Pete mitbringen. Finn ist süß, aber er ist doch keine Überraschung.

»Du hast doch von einer Überraschung gesprochen«, sage ich und schlucke den Kloß hinunter, der in meinem Hals sitzt.

»Ich habe Kuchen mitgebracht«, sie nimmt mir die große Tüte aus der Hand und hebt vorsichtig die Tortenplatte heraus.

»Oh«, sage ich wieder und schaue auf den weiß glänzenden Puderzuckerguss und die Walnüsse, die wie goldene Juwelen jedes einzelne Tortenstück krönen. Das ist wirklich eine nette Überraschung.

»Schöne Grüße von meiner Mutter, sie weiß doch, wie gern du ihre Nusstorte isst.«

Marlenas Mutter kann phantastische Torten backen, aber ihre Nusstorte ist ganz außergewöhnlich. Der Biskuit ist fast so locker wie Zuckerwatte vom Schützenfest, und in der Sahne sind klein gehackte Nussstückchen und der Puderzuckerguss zerschmilzt auf der Zunge. Auf jedem einzelnen Tortenstück ist eine dicke Walnuss zur Zierde, sie ist das Beste. Ich esse sie immer erst ganz zum Schluss.

»Deine Mutter ist die beste Bäckerin der Welt«, stelle ich fest.

»Ich weiß«, Marlena nickt, »sie hat es von meiner Oma gelernt, und ich bin froh, dass sie es mir auch beigebracht hat, aber ihre Nusstorte werde ich niemals im Leben so gut hinbekommen.«

»Stimmt, deine Oma konnte auch tolle Torten backen«, erinnere ich mich.

Marlena nimmt ein Messer aus der Schublade, um die Torte anzuschneiden.

»Deine Oma konnte auch gut kochen, viel besser als meine Mama.« Ich fülle Kaffeepulver in die Maschine und hole Kuchenteller aus dem Schrank. Ich lasse mir Zeit dabei, starre so lange in den Schrank, bis die Tränen, die aus meinen Augen kriechen wollten, sich zurückziehen.

»Meine Oma war eben eine geborene Köchin, da mach dir mal keine Gedanken.« Marlena balanciert uns beiden ein Tortenstück auf den Teller.

»Achtung, pass auf, dass dein Stück nicht umfällt, sonst kriegst du eine böse Schwiegermutter.« Marlenas helles Lachen klingt wie das eines Kindes, als ihr Tortenstück zur Seite fällt, »bei mir ist es kein Thema mehr, ich habe schon eine Schwiegermutter.«

Ich gebe meinem Tortenstück einen Schubs, damit es auch umfällt. Meine Schwiegermutter ist doch schon gestorben. Marlena sieht meinen umgefallen Kuchen an und zuckt mit den Schultern. Wir warten noch auf den Kaffee, bevor wir uns über die Torte hermachen.

»Weißt du, was deine Oma am allerbesten kochen konnte?«

»Nö, was denn?«, nuschelt Marlena mit dem Mund voller Nusssahne.

»Pflaumenmus.«

Ein Grund, warum ich den Herbst so gern hatte, war der Duft von Pflaumenmus, Marlenas Oma kochte das Mus auf einem Backblech und es sah immer aus, als habe sie einen Kuchen im Ofen, aber es roch nach Ingwer und Anis, daher wussten wir, dass sie Pflaumenmus kochte. Ich liebe Anis, denn Anisfrüchte sehen aus wie Sterne.

»Beim Pflaumenmuskochen hat sich meine Oma mal den Arm verbrannt, als sie das Blech aus dem Ofen holen wollte und dabei ist etwas von dem Pflaumenmus auf den Backofenboden getropft. Den Fleck kann man heute noch sehen, denn Oma hat den Ofen hinterher so sehr geschrubbt, dass sich die ganze Beschichtung gelöst hat und statt eines Pflaumenmusfleckes nun ein Silberfleck zu sehen ist.«

Irgendwie habe ich jetzt den Geschmack von Pflaumen im Mund, obwohl wir Nusstorte essen. Früher hat mir Marlenas Oma in jedem Herbst ein Glas voller Mus geschenkt und wenn ich es ganz vorsichtig nach Hause getragen habe, dann habe ich es auf dem Weg ins Licht gehalten, denn dann konnte man das Pflaumenblau am besten sehen, es wurde dunkler vom Kochen und manchmal schimmerte es rot-violett und ich wusste immer ganz genau, wie es schmecken würde, obwohl es jedes Jahr ein klein wenig anders schmeckte. Das lag natürlich auch an den Pflaumen.

»Deine Oma hat immer gesagt, dass die Pflaumen nur dann richtig süß waren, wenn sie ordentlich Sonne tanken konnten.«

»Das stimmt auch, ohne Sonne gibt es keinen Zucker in den Früchten. Hättest du lieber Pflaumenkuchen gehabt?« Marlena greift zur Kaffeemaschine, nimmt die Kanne und gießt uns beiden noch Kaffee nach.

»Nein nein«, sage ich schnell, denn die Nusstorte von Marlenas Mama wird für alle Zeit meine Lieblingstorte bleiben. Trotzdem gehen mir die Pflaumen und die Sonne nicht aus dem Sinn.

»Im Herbst ist die Sonne in Niedersachsen immer etwas weißgelb, im Hochsommer ist sie mehr gelbgelb, so wie ich mir die Sonne in Spanien vorstelle. Warst du eigentlich schon mal in Spanien?«

Marlena schüttelt den Kopf.

»Ich mochte es immer sehr gern, wenn die Sonne im Herbst nachmittags durch die Äste von eurem Pflaumenbaum fiel, denn dann landeten die Sonnenstrahlen genau in dem Beet, in dem deine Oma jedes Jahr Astern aussäte und wenn die ersten Herbstwinde ein paar Blätter vom Baum pusteten, dann war der Weg für die Sonne frei bis zu den Astern und wenn dann einige Strahlen auf die Astern fielen, dann leuchten manche Blüten in der gleichen Farbe wie das violette Altartuch in der Kirche, das immer in der Adventszeit aufgelegt wird und das Rosa sah aus wie die Farbe eines Babystramplers für ein Mädchen und die gelben Punkte in der Blütenmitte mancher Astern leuchteten so golden wie die Münzen, die Sterntaler mit dem Nachthemd aufgefangen hat. Von allen Märchen mag ich Sterntaler am liebsten. Als Papa mal wieder auf einer Geschäftsreise war, haben Mama und ich heimlich in der Gartenlaube übernachtet und ich bin nachts aufgewacht und habe Mama gar nicht gesehen, bestimmt war sie ganz tief unter ihrer Bettdecke versteckt, aber ich habe nicht nachgesehen, weil ich sie nicht wecken wollte. Ich bin ganz leise nach draußen gegangen und habe mir die Sterne angeguckt, die haben ganz doll geglitzert und ich habe meine Arme ausgestreckt, weil ich so gern einen Stern haben wollte, als könnte man Sterne vom Himmel wie Pflaumen vom Baum pflücken. Als das nicht geklappt hat, habe ich mein Nachthemd wie eine Schürze aufgehalten und gewartet, dass ein Stern hineinfällt, aber es ist kein Stern hineingefallen. Ich bin dann leise wieder ins Bett geschlichen. Seitdem weiß ich, dass Sterne nur an den Himmel gehören. Aber trotzdem ist Sterntaler immer noch mein Lieblingsmärchen.«

Marlena sieht mich mit offenem Mund an.

»Was war das denn für ein Monolog?«

»Ein was?«

»Wie kommst du auf so was, Astern und Altartücher, Sterne wie Pflaumen pflücken …?«

Ich zucke mit den Schultern. Es kam mir halt so in den Sinn und ich habe mich schon oft gefragt, wo Mama in jener Nacht war.

»Ich war auf dem Friedhof neulich.«

»Oh«, sagt Marlena und nun sieht ihr Gesichtsausdruck wieder ganz mitleidig aus.

»Herr Winterfeld war auch da.«

»Echt? Ich denke, der ist längst wieder in München.«

»Er hatte wohl in Hannover zu tun.«

»Und da fährt er zum Friedhof? Komischer Mann, wenn du mich fragst …«

Ich frage dich nicht, denke ich und ziehe mit meiner Kuchengabel Streifen in die Sahne.

Im ersten Moment wusste ich gar nicht, wo ich war, als ich die Augen öffnete. Ich sah erst die weiße Decke über mir, ich konnte keine totgeschlagenen Mücken sehen. Dann sah ich die gelben Vorhänge um mich herum und dann erst sah ich

Pete. Es sah aus, als guckte er durch meine Augen hindurch. Dann beugte er sich über mich, umarmte mich viel zu fest und verbarg seinen Kopf neben meinem in meinem Kopfkissen. Ich spürte, wie er zitterte und dann fühlte ich seine Tränen an meiner Wange, mehr und mehr, danach flossen sie an meinem Hals hinab. Ich mochte das nicht. Das war kalt und nass. Ich wünschte, Pete würde weggehen, er sollte nicht weinen. Doch er weinte immer schlimmer und schluchzte ganz laut. Der Vorhang teilte sich, wie von Zauberhand, wie in einem Theater, aber diese schwarzbraune Zauberhand gehörte einer Krankenschwester mit ganz dunkler Haut und mit Augen so zartbitterbraun wie die Knöpfe an meinem Kamelhaarmantel und apfelsinenorange geschminkten Lippen. Sie sah zu mir.

»Doktor Remtullah!«, rief sie laut, »Doktor Remtullah!« Ist es nicht eigenartig? Manche Namen kann ich mir einfach nicht merken, aber ausgerechnet so einen schwierigen Namen wie den von Doktor Remtullah habe ich mir gemerkt. Als der Doktor hinter der Krankenschwester, die übrigens Rita hieß, auftauchte, lag Pete immer lauter weinend halb auf mir. Rita zog ihn hoch und drückte ihn mit ihren schwarzen, starken Armen auf den Stuhl neben meinem Bett und ließ ihre Hände auf seinen Schultern liegen. Pete hatte ein schwarzes T-Shirt an, und man konnte Ritas Hände darauf kaum sehen. Ich wischte mir mit einem Zipfel des Betttuches Petes Tränen von meinem Hals. Pete hörte auf zu weinen. Meine Haare müssten gekämmt werden.

»Es ist schön, dass Sie wieder bei uns sind, Elisabeth«, sagte Doktor Remtullah, so als wäre ich schon mal da gewesen, was ich ja gar nicht war. Aber offensichtlich war ich weg gewesen. Wie Pete mir später erzählte, wollte ich einfach nicht aufwachen. Die Haut von Doktor Remtullah war auch braun, natürlich nicht so braun wie Ritas und auch nicht so braun wie Petes, es war ein ganz anderes Braun als Petes Sonnenbräune, die nach Cappuccino schmeckte und die man riechen konnte, weil sie nach Wüstensand und Sonnenstrahlen roch. Ich weiß jedenfalls, wie Sonnenstrahlen riechen. Doktor Remtullahs Hautfarbe war mehr so ein gelbes Braun und seine Fingernägel sahen aus, als habe jemand mit einem Kajalstift eine saubere Linie darum gezogen, das sah sehr schön aus. Der Doktor hatte sehr viele dunkle, kurze Härchen auf seinen Armen.

»Wie geht es Ihnen?« Er nahm mein Handgelenk und sah auf seine Uhr, dann sah er hinüber zu Rita und Pete und als er wieder zu mir sah, sagte ich, es ginge mir gut.

Rita ließ Petes Schultern los und setzte sich auf die andere Seite meines Bettes. Sie strich mir mit der flachen Hand über die Stirn, die Innenseite ihrer Hand war viel rosiger als die Außenseite.

Doktor Remtullah und Schwester Rita sahen sich an, Pete sah nirgendwo hin, auch nicht zu mir, er war so dünn. Er hatte kein Basecap auf und seine Locken klebten an seinem Kopf. Er wirkte so winzigklein. Ob der Stuhl, auf dem er saß, verkürzte Beine hatte?

»Elisabeth, wir konnten das Baby leider nicht retten«, sagte der Doktor mit ganz leiser Stimme, aber ich habe ihn trotzdem verstanden, ganz deutlich habe ich gehört, was er gesagt hat.

Jetzt wusste ich, warum Pete so furchtbar weinte, jemand hatte seinen Traum zerstört. Pete fing wieder an zu weinen und ich zog meine Decke bis zu meinen Lippen hoch, sie zitterten, aber niemand sollte das sehen.

Ich legte mir die salzig nasse Stelle, mit der ich Petes Tränen von meinem Hals gewischt hatte, auf die Lippen, aber die hörten trotzdem nicht auf zu zittern.

»Was war mit dem Baby?«, fragte ich durch die Decke nuschelnd und wunderte mich, dass Rita meine Frage verstanden hatte. Ich hielt die Decke mit beiden Händen ganz fest, meine Hände sollten nicht meinen Bauch berühren.

»Mit Babys ist es wie mit Blumen, Bessy, manche kann man begießen und pflegen, auf sie achtgeben und sie umsorgen und trotzdem verwelken sie. Einfach so, ohne dass wir wissen warum, wie Rosen, wie Lilien …«

»… wie Mohn?« fragte ich durch die Decke.

»Wie Mohn«, antwortete Rita, »manchmal bekommt man Leben, manchmal verliert man Leben.«

Pete spang plötzlich auf und sah Rita mit seinen roten, nassen Augen an. »Das war auch mein Leben«, schrie er, »das war auch mein Leben!«

Ich hielt die Decke jetzt nur noch mit einer Hand an meine zitternden Lippen, meine Augen zitterten auch, aber weinten nicht. Meine andere Hand fuhr über meinen Hals, der nicht mehr nass von Petes Tränen war. Ich strich mir über die Brust, ich versuchte möglichst wenig Bewegung zu machen, denn die Decke war sehr dünn und niemand sollte sehen, was ich darunter machte. Vorsichtig zog ich das Nachthemd hoch, das mir irgendjemand irgendwann angezogen haben musste. Dann legte ich meine Hand auf meinen nackten Bauch. Und ich musste an das Gesicht denken, das Pete mit einem roten Stein daraufgemalt hatte. Mein Bauch fühlte sich an wie mein Bauch, aber ich konnte auch spüren, dass er leer war. Ich zog meine Hand wieder hoch, holte sie unter der Decke hervor und betrachtete sie, weil ich wissen wollte, ob sie anders aussah als vorher.

Pete schrie immer noch, das sei auch sein Leben gewesen und Rita rief nach jemandem und kurz darauf ging der Vorhang wieder auf und zwei Männer nahmen Pete mit, er hat sich kurz zu mir umgesehen. Ich wollte nicht, dass er ging, und ich wollte nicht, dass er weinte, ich wollte nicht, dass mein Bauch leer war. Ich sah auf meine Hand.

»Wo ist mein Ring?«, plötzlich musste auch ich schreien, so laut, dass Rita erschreckt zusammenzuckte. »Wo ist mein Ring?«, schrie ich nochmal und zog meine andere Hand hervor. Nun war es mir ganz egal, dass jeder meine zitternden Lippen sehen konnte. Mein Ring war weg.

»Gebt ihr ihren Ring!«, hörte ich Petes Stimme, aber ich wusste nicht, woher sie kam. Kam sie von rechts, kam sie von links?

»Pete!«, schrie ich, »Pete, Pete!«

Rita drückte mich aufs Bett, so wie sie zuvor Pete auf seinen Stuhl gedrückt hatte. Pete sollte kommen. Doktor Remtullah spritzte etwas Flüssigkeit in die Luft und die kleinen Tröpfchen glitzerten im Licht, kurz darauf merkte ich, dass ich wieder einschlief und wollte doch wachbleiben. Ich wollte Pete trösten, er konnte ruhig meinen Hals nassweinen, ich wollte ihn in meinen Arm nehmen, ich wollte über seine Haare streicheln, meine Finger sollten Spuren in seinen nassgeschwitzten Locken hinterlassen, Pete sollte nicht weinen. Wieder konnte ich Tränen spüren, auf beiden Wangen, langsam liefen sie über mein Gesicht bis in beide Ohren und meine Lippen zitterten immer noch.

Larry hat mich aus dem Krankenhaus geholt, das war sehr nett von ihm. Ich habe ihn gefragt, ob ich etwas bezahlen müsste und er hat nur gegrummelt, ich bräuchte nichts zu bezahlen. Aber ich wusste, dass man nicht umsonst im Krankenhaus behandelt wird, aber Larry sagte nur, ich hätte nicht genug Geld in meinem Sparstrumpf, um alles bezahlen zu können, aber ich solle mir keine Sorgen machen, es sei alles erledigt. Ich fragte ihn, ob er die Rechnung bezahlt habe und er lachte kurz und heftig auf.

»Wovon hätte ich das bezahlen sollen, sei mal ehrlich … und nun frag nicht so viel.«

Ich wünschte, er hätte sein Auto vorher gewaschen, alles war ganz staubig. Ich versuchte, es mir auf dem Beifahrersitz bequem zu machen, so wie ich es schon so viele Male zuvor gemacht hatte, aber es wollte mir nicht gelingen. Ich hatte auch überhaupt nicht das Gefühl, über die Prärie zu reiten. Ich sah die ganze Fahrt lang meinen Ring an, ich starrte auf das kleine Herzchen. In meinen Gedanken wurden Flügel aus den Federn an der Seite und das kleine Herzchen konnte fliegen, weit in die Wolken, in den Himmel, in die Sterne, dorthin, wo aus kleinen Herzchen kleine Engel werden. Woher wusste der Indianer, dass mein Baby Flügel brauchen würde? Larry hat mich mit zu sich genommen, obwohl ich Petes Frau war, aber niemand wusste, wo Pete war. Ich legte mich in Larrys Bett und drehte mich auf die Seite, so dass ich mein Gesicht halb im Kissen verstecken konnte. Das roch ganz anders, als ich es kannte, es roch nach Lavendel und Seife. Larry brachte mir einen Tee ans Bett, ich wollte Kaffee. Und ich wollte, dass Pete ihn brachte. Und ich wollte auch mit meiner Mama Kaffee trinken. Ich überlegte, was sie wohl sagen würde, wenn sie erfahren würde, dass sie nun nicht Oma werden würde, aber dann fiel mir ein, dass sie gar nichts von dem Baby wusste, das unter meinem Herzen gelegen hatte.

»Larry«, sagte ich, »glaubst du, Pete wird wiederkommen?«

»Ich trinke nicht mehr, Bessy«, sagte Larry, als sei das eine Antwort auf meine Frage.

»Das ist schön«, sagte ich, aber ich glaubte ihm kein Wort. Ich hätte es tun sollen, denn es war die Wahrheit, aber Larry hatte doch schon so oft gesagt, diese oder jene Flasche wäre seine letzte, und immer wieder gab es eine nächste letzte Flasche.

»Kennst du die Geschichte vom Schmetterling, Bessy?«

Ich hatte keine Lust auf Geschichten und antwortete nicht. Wo war Pete?

»Man sagt«, fing Larry zu erzählen an, obwohl ich gar nicht zuhören wollte, »dass der Schlag eines Schmetterlings-flügels die Welt verändern kann.«

Ich zuckte mit den Schultern. Natürlich konnte ein Schmet-terling die Welt verändern. Jeder, der einen sah, musste lä-cheln, weil Schmetterlinge so prachtvolle Tiere sind und dass ein Lächeln die Welt verändert, weiß jedes Kind. Larry er-zählte und erzählte und ich hörte überhaupt nicht hin. Pete sollte hier sein, warum war ich bei Larry? Ich sollte in mein Bett, in unser Bett gehen nach nebenan. Larry zog seine Mundharmonika aus seiner Hosentasche und spielte dieses Lied von Kenny Rogers, das er immerzu im Auto hörte und ich wünschte, einer von den anderen wäre da und würde sa-gen »Spiel was anderes, Larry!« aber das war gar nicht nötig, mitten im Spiel hielt Larry plötzlich inne, er atmete schwer und steckte die Mundharmonika zurück in seine Hosentasche.

»Fuck off, Ruby«, sagte er mit dumpfer Stimme.

»Wo ist Pete?«, fragte ich.

»Das wüsste ich auch gern«, brummelte Larry und es klang ein bisschen wütend.

»Ich gehe rüber«, ich schlug das Bettlaken zurück und setzte mich auf, aber Larry drückte mich an den Schultern wieder zurück ins Bett, beinah so wie Rita es getan hatte.

»Lass mich los!«, schrie ich ihn an und schubste ihn zurück.

Larry hob sofort beide Arme in die Luft, als müsse er sich ergeben, weil ich ihn mit einer seiner eigenen Waffen bedroht hätte. Dabei war doch ich diejenige, die sich bedroht gefühlt hatte – von meinem Seelenverwandten. Larry stand auf und humpelte ein paar Schritte zurück. »Bleib hier, Bessy«, sagte er und seine Stimme klang kein bisschen dumpf, »bitte, Pete wird schon kommen.«

Es tat mir leid, dass ich grob zu Larry war, er war so anders. Er setzte sich auf einen Stuhl ein Stück weit weg vom Bett und sah mich an.

»Wie geht es dir, Bessy?«

»Gut.«

»Wie geht es dir wirklich?«

»Gut«, wiederholte ich, »ich wünschte nur, ich hätte endlich eine Farm, wusstest du, dass das Mädchen, für das River diesen Sattel mit den silbernen Sternen gemacht hat, gar kein eigenes Pferd hat?«

»Nein«, sagte Larry, das wusste er nicht. Das wunderte mich nicht. Larry humpelte schon so lange durch diesen Ort und er kannte River schon so viel länger als ich, aber ich wette, er wusste nicht, dass River bei jeder Gelegenheit für seinen Vater betete. Ich hatte vergessen, River zu sagen, dass er gerne weiterbeten könnte, wenn er das wollte, aber sein Vater war längst im Himmel, das wusste ich. Ich kann nicht sagen, warum ich es wusste, aber es kam mir so vor, als sei ich Rivers Vater schon einmal begegnet.

»Was willst du mit einer Farm?«, wollte Larry wissen.

»Ich will keine Farm.«

»Du hast doch grad gesagt, du willst eine Farm«, sagte Larry ganz durcheinander.

»Ich will keine Farm, ich will Pete«, sagte ich.

»Ich habe aufgehört zu trinken«, sagte Larry und dann sagten wir beide nichts mehr.

Später fuhr Larry los und holte Hamburger für uns zum Abendessen, ich schlief in dieser Nacht in Larrys Bett und Larry schlief auf seiner Couch, auch in der nächsten Nacht und auch in der übernächsten Nacht. Pete war nicht da und darum ging ich nicht hinüber in unseren Trailer. Larry kochte mir Tee und holte uns etwas zu essen. Ich blieb nicht mehr in seinem Bett liegen, aber ich ging auch nicht nach draußen. Ich stellte mich an die Spüle, um mir kaltes Wasser über die Arme laufen zu lassen, ich machte den Fernseher an und wieder aus, ich machte das Radio an und wieder aus und ich sah stundenlang aus dem Fenster. Einmal beobachtete ich einen Kolibri. Larry hatte einen kleinen Wasserbehälter in einen Strauch vor dem Fenster gehängt und der Kolibri stillte seinen Durst. Er schlug dabei so schnell mit den Flügeln, dass man die Flügel überhaupt nicht mehr sehen konnte, keine einzige Feder war zu erkennen, obwohl ein Flügel doch aus ganz vielen Federn besteht. Kolibris gibt es in ganz vielen verschiedenen Farben. Es war um die Mittagszeit und Larry hatte für uns Hot Dogs geholt und wir setzten uns an den Tisch und aßen, ohne ein Wort zu sagen. Es wurde immer dunkler. Dicke, graue Regenwolken wehten zu uns herüber und gerade, als wir unsere Hot Dogs aufgegessen haben, prasselten die ersten Regentropfen an die Scheibe.

»Ich habe dich nie im Regen tanzen sehen, Bessy«, sagte Larry und lächelte mich an.

»Im Regen tanzen ist schön, ich liebe es.«

»Das weiß ich«, sagte Larry und ich wunderte mich, woher er das wusste, vielleicht hatte ich es ihm erzählt, vielleicht funktionierte aber unsere Seelenverwandtschaft bei ihm immer noch.

»Und du fängst gern die Regentropfen mit den Händen auf«, fuhr Larry fort.

»Das stimmt«, sagte ich und spürte, dass ich zum ersten Mal seit langer Zeit lächeln musste.

Larry nahm meine Hand und zog mich zur Tür. Ich zögerte einen Moment, Larry drängte mich nicht, aber er zog mich ganz sanft aus dem Wohnwagen. Ich war barfuß, ich trat auf die Holztreppe, die glitschig war vom Regen und ich blieb auf der oberen Stufe stehen, damit meine Füße fühlen konnten, wie sich das nasse Holz anfühlte. Dann ging ich hinunter, Larry stand auf dem Schotterweg und stützte sich auf seinen Stock, er war schon ganz nass geregnet.

»Komm!«, rief er laut.

Ich ging langsam auf ihn zu, stellte mich neben ihn und breitete die Arme aus. Wie gut der Regen roch, ich legte meinen Kopf in den Nacken und streckte mein Gesicht zu den Wolken. Ich wollte die Regentropfen nicht nur mit meinen Händen auffangen, sie sollten über mein Gesicht laufen, sollten es nass machen, klitschnass, glasklare, durchsichtige, farblose Regentropfen. Niemand würde merken, dass sich zwischen all die Tropfen auch ganz viele mischten, die so schmeckten, wie die Nordsee, wenn der Wind so heftig von Norden wehte, dass einem das Wasser ins Gesicht spritzt, wenn man am Strand spazierengeht. Bei Sturm an der Nordsee würde man weg wehen, wenn man die Arme ausbreitete. Hier konnte ich die Arme so weit ausbreiten, wie ich wollte.

Ich konnte so viel Wasser in meinen Händen sammeln, wie ich tragen konnte, würde es mir nicht zwischen den Fingern sofort wieder hindurch rinnen, aber ich würde nicht fallen, auf keinen Fall würde ich fallen und käme ich ins Stolpern, weil ich mich zu schnell drehte, dann würde der humpelnde Larry mich in seinen starken Armen auffangen.

Es war gut. Alles war gut.

Am nächsten Tag kam Sam zu Besuch, sie brachte mir einen riesigen Strauß Blumen mit, schöne, frische Blumen. Sam fragte nicht, wie es mir ging, das war sehr nett von ihr. Sam sagte, sie solle mich von John grüßen, als sie das sagte, sah sie Larry an.

»John fragt, ob alles in Ordnung ist …«

»Ja«, sagte Larry und ging nach draußen. Ich wunderte mich, dass Sam das von Larry und nicht von mir wissen wollte und außerdem war überhaupt nicht alles in Ordnung. Wir setzten uns aufs Sofa und Sam sagte, sie habe mir noch etwas mitgebracht, und dann zog sie hellroten Nagellack und eine Feile aus ihrer Tasche.

»Soll ich dir die Nägel lackieren?«

»Wenn du willst«, sagte ich.

»Nur wenn du es willst«, sagte Sam.

»Ich will es«, sagte ich, aber in Wirklichkeit war es mir überhaupt nicht mehr wichtig. Immer wollte ich lackierte Fingernägel und immer hatte Sam gesagt, dass sei nur etwas für erwachsene Frauen ohne abgeknabberte Fingernägel und nichts für mich. Nun saß sie mir gegenüber, feilte meine Nägel in Form und ich wunderte mich, dass das so einfach ging. Ich hatte es gar nicht bemerkt, aber ich hatte schon lange nicht mehr an meinen Fingernägeln herum gekaut. Sam lackierte mir die Nägel so gleichmäßig, wie Pete eine Wand streicht. Nun hatte ich zum ersten Mal in meinem Leben lackierte Fingernägel. Wir saßen noch eine Zeitlang am Küchentisch, tranken Tee und sprachen kein Wort. Dann ging Sam wieder, sie ließ die Wohnwagentür offen, aber das machte nichts, es war nicht so heiß wie sonst und Larry würde wohl gleich zurückkommen. Ich machte mir nicht die Mühe aufzustehen. Ich saß am Küchentisch und hielt meine Teetasse mit beiden Händen fest, der Tee war längst kalt.

Ich habe ihn schon an seinem Schattenbild erkannt, noch bevor er die Treppenstufen hochkam, und dann wusste ich genau, dass es nicht Larry war, denn wenn Larry die Treppe hochkam, hörte es sich an, als habe er drei Beine, weil auch sein Stock wie ein Tritt auf den Holzstufen klang. Mein Herz fing heftig an zu klopfen, aber ich blieb sitzen.

Pete blieb in der Tür stehen.

»Darf ich reinkommen?«

Ich nickte.

Er setzte sich zu mir an den Tisch und wir sagten beide kein Wort, aber er nahm mir die Tasse aus den Händen und legte seine Hände um meine, so dass meine ganz in seinen verschwanden.

»Du hast lackierte Fingernägel«, Pete strich mit seinem Daumen über meine Nägel.

»Ja«, sagte ich, obwohl das gar keine Frage war.

»Ich war so traurig«, sagte er nach einer Weile und hörte auf, meine Nägel zu streicheln und seine Stimme war ganz heiser.

»Ich weiß«, sagte ich, »ich war auch so traurig.«

»Es tut mir so furchtbar leid, dass ich dich allein gelassen habe.«

»Du hast mich nicht allein gelassen, Larry war da.«

»Ich hätte dieses Baby so gern gehabt, Bessy«, sagte Pete und schluckte und ich konnte sein Grübchen sehen, das man eigentlich nur sehen konnte, wenn Pete lachte.

»Ich hätte das Baby auch gern gehabt, Pete.«

Pete strich mir mit einer Hand über die Haare. »Ach, Bessy ...«

»Wo warst du?«, fragte ich.

»In Phoenix.«

Ich wollte wissen, was er dort gemacht hat und er fragte, ob ich es wirklich wissen wollte und ich sagte ja, das wollte ich und da zog Pete sein Hemd aus und zeigte mir seinen rechten Oberarm. Er hatte ihn sich tätowieren lassen, zwei Herzen, die ineinander verschlungen waren und darüber ein kleiner, blinkender Stern inmitten von Sommerwolken. Es war eine ganz wundervolle Tätowierung und ich küsste den kleinen Stern auf Petes cappuccinofarbener Haut, sie schmeckte gut.

»Weißt du, Sweetie, unser Herzchen ist jetzt im Himmel.«

»Ich weiß«, sagte ich.

»Ich habe mir vorgestellt, dass es fliegen kann.«

»Natürlich kann es das«, sagte ich und schaute auf meinen Ring.

»Und wenn es oben ist, wird aus dem Herz ein Stern, findest du nicht auch?«

Ich nickte und küsste den Stern noch einmal. Dann nahm ich Petes Hände in meine und ließ ihn nicht mehr los.

Das Gel auf meinem Bauch ist kalt und fühlt sich glitschig an und ich muss meinen Kopf verrenken, um auf den Bildschirm sehen zu können, ich kann tatsächlich mein Baby darauf erkennen.

»Ich kann Ihnen einen Ausdruck machen, wenn Sie möchten. Das wäre dann das erste Foto Ihres Babys. Möchten Sie das?«

»Nein …?«, antworte ich und weiß, dass es wie eine Frage klingt, obwohl es keine Frage ist. Ich spüre, wie sich meine Stirn ohne mein Zutun in Falten legt, »Auf keinen Fall. Das Baby ist doch nicht einmal geboren.«

»Aber vielleicht könnten wir sehen, ob es ein Junge oder ein Mädchen wird«, sagt die Ärztin, als sei das wichtig. Es spielt überhaupt keine Rolle. Noch ist es ein Baby und dann ist es mein Kind und dann werde ich Fotos machen und die werden hübsch, ob ein Junge oder ein Mädchen darauf zu sehen ist. Was soll daran wichtig sein? Einem Jungen werde ich blaue Hosen kaufen und einem Mädchen rote – oder umgekehrt? Auf keinen Fall werde ich meiner Tochter ein Kleid kaufen, nicht ein einziges, kein rotes und kein blaues.

»Dann eben nicht.« Die Ärztin klingt etwas beleidigt, aber das macht mir nichts, soll sie ihren tollen Ultraschall-Fotoapparat doch anderen Müttern präsentieren, bestimmt kommen heute noch ein paar Schwangere, die gern ein Bild von ihrem Baby haben möchten. Ich will jedenfalls keins. Die Ärztin dreht sich zu ihrem Schreibtisch und schreibt etwas auf. Wahrscheinlich schreibt sie jetzt auf, dass ich kein Foto haben möchte, als sei ihr das in all ihren Jahren noch nicht passiert und sie müsse es nun in ihren Kalender mit roten Kreuzen markieren. Dann dreht sie sich zurück zu mir und starrt wieder auf den Bildschirm des Ultraschallgerätes. Sie lacht.

»Sehen Sie nur«, sagt sie und klingt, als habe sie ihre gute Laune wieder gefunden, »das Baby hat einen Schluckauf.«

Meine Haut fühlt sich kühl an. Ich will wissen, ob das

Baby gesund ist und ob es leben wird. Die Ärztin hebt das Ding hoch, mit dem sie die ganze Zeit über meinen Bauch gefahren ist, so wie eine Kassiererin im Supermarkt über die Strichcodes auf den Verpackungen.

»Es sieht alles sehr gut aus, machen Sie sich keine Sorgen. Das Kleine fühlt sich wohl, es ist alles in Ordnung.«

»Warum hat es einen Schluckauf?«, frage ich.

»Es hat sich am Fruchtwasser verschluckt«, erklärt sie mir und legt dieses komische Teil wieder auf meinen Bauch.

»Ist es schlimm, wenn ein Baby einen Schluckauf hat?«

»Nein.«

»Kann das Baby vom Schluckauf sterben?«

Die Ärztin schaltet das Ultraschallgerät ab und wischt meinen Bauch mit Papierhandtüchern trocken.

»Hatten Sie schon einmal einen Schluckauf?«

»Oh ja«, sage ich und nicke, obwohl ich mich kaum erinnern kann. Es muss schon Ewigkeiten her sein.

»Sind Sie ihn wieder losgeworden?«

»Natürlich.« Was für eine dumme Frage. Liege ich etwa hier und habe immer noch einen?

»Sehen Sie. Und genauso ist es bei Babys im Bauch. Manchmal verschlucken Sie sich am Fruchtwasser, dann bekommen sie einen Schluckauf, und nach einer Weile ist alles vorbei, dann stecken sie sich den Daumen in den Mund und schlafen und träumen.«

»Können Babys schon träumen, bevor sie geboren werden?« Die Ärztin ist eine sehr kluge Frau, sie weiß sehr viel über ungeborene Babys, das ist aber kein Wunder, denn sie betreut ganz viele Frauen, die ein Baby bekommen. Sie hat bestimmt schon tausend Ultraschalluntersuchungen gemacht und sicherlich hundert Fotos ausgedruckt. Ich ziehe meinen Pullover wieder über den Bauch und höre der Ärztin zu, die mir erzählt, was Babys im Bauch alles erleben und dass sie Musik hören können und dass sie den Herzschlag der Mutter spüren und deshalb so gern auf dem Bauch der Mutter liegen, wenn sie geboren werden.

Ich werde mein Baby dann ganz oft auf meinen Bauch legen.

»… sie erkennen sogar die Stimme ihres Vaters, wenn er mit ihnen spricht.«

Ich richte mich auf, ich muss gehen. Ich komme mir vor wie eine alte Oma, die sich nicht mehr bewegen kann. Die Ärztin hat noch andere Patienten, die wollen auch noch Bilder von ihren Babys sehen. Die Ärztin ist überrascht, dass ich so schnell gehen möchte, das merke ich, aber ich habe Angst sie könnte mich fragen, ob der Vater meines Babys oft mit ihm spricht und ich will nicht erzählen, dass ich nicht einmal weiß, wo der Vater meines Babys ist und ich habe Angst, dass ich anfangen müsste zu weinen und ich mag hier nicht weinen. Die Frau ist eine Ärztin und nicht meine Freundin, es geht sie nichts an. Sie soll nur gucken, ob es meinem Baby gut geht und sie hat gesagt, es sei alles in Ordnung, also gehe ich jetzt lieber.

Draußen auf der Straße spreche ich mit dem Baby, ich entschuldige mich, dass es nicht die Stimme seines Vaters hören kann, dabei ist es gar nicht meine Schuld. Pete ist wie vom Erdboden verschluckt.

Ob es gefährlich ist, jetzt zu verreisen, zu fliegen? Ich sollte Pete suchen, in Arizona. Ich muss an Schwester Rita denken, die so starke Arme hatte und die sehr nett war, und an die anderen Schwestern, die auch so nett waren, genau wie die Ärzte, ich mochte Doktor Remtullah sehr gern. Aber ich will sie alle niemals in meinem ganzen Leben wiedersehen. Niemals.

»Was machen wir beide denn jetzt?«, frage ich mein Baby, aber es antwortet nicht. Vielleicht schläft und träumt es gerade. Ich bummele ganz langsam die Straße entlang, um mein Baby nicht zu wecken, ich habe Zeit, Herr Jensen wollte, dass ich heute Nachmittag noch ins Büro komme, aber seine Frau hat gesagt, er solle mal halblang machen und er bräuchte mich heute überhaupt gar nicht mehr und es wäre vollkommen ausreichend, wenn ich morgen Vormittag wieder da sei. Manchmal kann ich kaum glauben, wie nett die Frau vom Chef ist und wie komisch es ist, dass ich sie eigentlich erst kennengelernt habe, seit ich schwanger bin.

Ich bleibe vor einem Blumenladen stehen und schließe die Augen, es duftet nach Tulpen. Vor der Eingangstür steht ein großer schwarzer Eimer mit lauter Tulpenbunden in Zellophanpapier, ohne zu überlegen, ziehe ich ein Bund rosafarbene Tulpen heraus. Es macht glücklich, wenn man sich selbst Blumen schenkt und ich schenke die Tulpen uns beiden, meinem Baby und mir. Die rosafarbenen werden sehr gut in meine Küche passen, weil ich vor ein paar Tagen Bilder aufgehängt habe, auf denen rosa Strauchrosen zu sehen sind. Ich glaube, diese Tulpen haben fast die gleiche Farbe. Es ist schön, wenn die Zeit der Tulpen kommt, das bedeutet immer, dass der Winter bald vorbei sein wird, dass zwischen dem Weiß, das sich breit gemacht hat, wie ein gut aufgegangener Hefeteig, endlich wieder andere Farben dringen. Der ganze Tulpeneimer ist voller Farben. Alle sind wunderschön. Ich drücke das rosa Tulpenbund an mich und entdecke plötzlich eine Farbe, die noch viel schöner ist. Sie wird nicht halb so gut in meine Küche passen, aber trotzdem stecke ich die rosa Tulpen zurück und ziehe das andere Bund heraus. Orangefarbene Blütenblätter, durchzogen von hellgelben und blassroten Streifen. Die Tulpenblätter sehen aus wie Sonnenuntergänge – in Phoenix. Ich kaufe die Blumen, fahre sofort nach Hause, stelle neun der Tulpen aus dem Bund in eine Vase und zerrupfe die zehnte Blume. Vorsichtig pflücke ich ein Blütenblatt nach dem anderen ab, lege alle auf Küchenpapier und streiche sie glatt. Dann bedecke ich sie mit einem anderen Blatt Papier und presse sie zwischen zwei Seiten meines dicksten Kochbuches. Ich werde die Farben einfangen. In Farben ist Magie und Sonnenfarben aus Arizona sind so mächtig, weil sie das Herz berühren können. Ich presse beide Hände auf das Kochbuch und komme mir vor, als stünde ich barfuß, verwurzelt wie ein Baum mitten auf der Straße vor unserem Wohnwagen und sehe direkt in den Sonnenuntergang. Es ist großartig, dass Tulpen, die bestimmt aus Holland kommen, mir die Sonne Arizonas bringen.

Es riecht nach Waschpulver und Weichspüler, und die Luft hier im Keller fühlt sich feucht an. Marlena greift in den kleinen grünen Eimer, der neben ihr steht, um zwei Wäscheklammern herauszunehmen. Es raschelt. Es ist immer gleich. In einer Hand hält Marlena einen frisch gewaschenen Pullover oder ein T-Shirt oder ein Hemd, und die andere Hand langt in den Eimer und greift drei, vier Klammern, die anderen rascheln kurz, dann lässt Marlena die Klammern fallen, die sie zu viel in ihren Fingern gehalten hat und ihre Hand taucht mit zwei Wäscheklammern auf. Jedes Mal überlege ich, welche Farben die Klammern dieses Mal haben.

»Wofür brauchst du so viel Geld?«, fragt Marlena, ohne mich anzusehen. Sie nimmt zwei kleine Pullover aus dem Wäschekorb, hält einen mit den Zähnen fest und ihre Hand verschwindet wieder kurz im grünen Eimer.

»Du kriegst es wieder, ganz bestimmt«, versuche ich sie zu beruhigen.

»Wofür du es brauchst, will ich wissen!«

Ich nehme eins von Finns langärmeligen, blauen Hemdchen aus dem Wäschekorb und ziehe es glatt.

»Elly?!«

»Es wird nicht mehr lange dauern, und das Hemdchen passt Finn nicht mehr.« Ich streiche über die kleinen Ärmel.

»Wofür du das Geld brauchst, will ich wissen!« Marlena unterbricht ihre Arbeit und reißt mir das Hemdchen aus den Händen, nun ist es wieder so kraus und faltig wie vorher.

Ich räuspere mich, damit meine Stimme einen ganz festen Klang bekommt.

»Ich muss mir ein Flugticket kaufen.«

»Ein Flugticket …?«

»Wusstest du, dass Babys schon im Mutterbauch Stimmen hören können?«

»Ja, das wusste ich«, Marlena rollt ihre Augen Richtung Kellerdecke und hängt weiter ihre Wäsche auf.

»Findest du nicht, mein Baby sollte Petes Stimme hören?«, frage ich leise.

Marlena wippt mit ihrem linken Fuß ganz schnell auf und ab, sie antwortet nicht. Sie hängt weiter die Wäsche auf und ich ziehe eine Strumpfhose der Mädchen aus dem geschleuderten Wäscheknäuel im Korb. Ich halte sie am Bund und ziehe sie in die Länge, erst eine Seite dann die andere.

Schließlich antwortet Marlena doch.

»Willst du dir jetzt wieder, wie damals, einfach ein Ticket kaufen und hoffen, dass wieder irgendein Larry zufällig am Flughafen steht und dich chauffiert?«

»Ich muss Pete suchen.«

»Wie willst du ihn finden, verdammt nochmal?« Marlena wird richtig wütend. »Manchmal bist du dermaßen naiv, dass es mir Magenschmerzen macht. Meinst du, dein Pete hockt in seinem Wohnwagen und geht aus lauter Lustlosigkeit nicht ans Telefon und zufällig ist die Miene seines einzigen Kugelschreibers eingetrocknet, so dass er nicht auf deine Briefe antworten kann? Meinst du, wenn du anklopfst, macht er auf und sagt, oh, schön, dass du da bist?«

Ich zucke mit den Schultern, ich weiß es nicht, aber ich muss doch irgendetwas tun.

»Wie viel Geld brauchst du denn überhaupt?«

Ich zucke wieder mit den Schultern. Ich war noch gar nicht im Reisebüro, ich weiß überhaupt nicht, was ein Flug kostet. Diesmal weiß ich genau, wo ich hin will, ich kann nicht irgendein Sonderangebot nehmen. Ich weiß schon, dass das teuer sein kann. Und außerdem weiß ich immer noch nicht, ob es nicht gefährlich ist zu fliegen, wenn man schwanger ist. Ehrlich gesagt, weiß ich gar nicht, ob ich wirklich fliegen will. Das einzige, was ich sicher weiß, ist, dass ich Pete will.

»Ich spreche mit Markus«, sagt Marlena und klingt etwas versöhnlicher. »Lass mir etwas Zeit!«

Marlena hat inzwischen schon fast den ganzen Wäscheständer voll gehängt und ich halte immer noch die Strumpfhose in den Händen. Sie riecht so gut. Ich glaube, Marlena nimmt einen neuen Weichspüler, der ganze Keller duftet inzwischen nach Lavendel, mitten im Winter. Ich würde gern einmal in einem Lavendelfeld spazieren gehen.

Den ganzen Tag lang habe ich schlechte Laune, weil Markus mich heute morgen angerufen hat. Er und Marlena hätten hin- und hergerechnet, sagte er, aber sie könnten mir kein Geld für ein Flugticket geben. Ich glaube, sie wollen es mir nicht geben und ich verstehe das nicht, denn ich würde es ihnen ganz sicher zurückzahlen. Ich bin den ganzen Morgen so ärgerlich, dass ich schon ein paar Mal wütend mit den Füßen aufgestampft bin.

Aber ganz plötzlich ändert sich meine Laune.

Es riecht nach Apfelkompott. Ich blicke von meinem Schreibtisch auf. Es ist nicht der fruchtig säuerliche Duft, der mich aufmerksam werden lässt, sondern der Geruch von Zimt. Ich schließe meine Augen und atme tief durch die Nase ein, ich werde ganz leicht, fast wird mir ein bisschen schwindelig, so als schwebe ich. Vor meinen Augen taucht dieses wundervolle Haus auf, das Pete und ich einmal gestrichen haben und dieses wohlige Zimthausgefühl breitet sich in mir aus wie die Flut, die an einem warmen Sommerferientag zurück an den Strand geschwappt kommt. Ich mag meine Augen gar nicht mehr öffnen.

»Elisabeth, hallo Elisabeth, ist alles in Ordnung? Ich habe Apfelmus mitgebracht.«

»Ich weiß«, sage ich, öffne meine Augen und sehe Frau Jensen an.

»Woher weißt du das, ich habe die Schale noch nicht einmal aus dem Korb genommen?«

»Ich habe den Zimt gerochen.«

»Oh«, sagt sie ganz zerknirscht, »magst du keinen Zimt?«

»Oh doch«, ich lächele sie glücklich an, »ich liebe Zimt. Zimt kommt aus Sri Lanka, meistens, die Hauptstadt von Sri Lanka ist Colombo. Ich liebe den Duft von Zimt, ich mag den Geschmack und ich finde die Farbe wunderbar. Ich habe mal ein ganzes Haus in dieser Farbe gestrichen, ich habe die Farbe so lange gemischt, bis es endlich ganz genau Zimtfarbe war, Farbe die schmeckt und duftet, so dass das ganze Haus später das behaglichste Haus der Welt war.«

»Behaglich …«, wiederholt Frau Jensen, so als sei das ein ganz ungewöhnliches Wort, und tut, als könne sie gar nicht aufhören, ihren Kopf zu schütteln.

»Ich habe es das Zimthaus genannt. Wenn ich eines Tages ein eigenes Haus habe, dann wird es auch ein Zimthaus werden, natürlich werden nicht alle Zimmer in Zimtfarben gestrichen, vielleicht werden sogar alle Regenbogenfarben in dem Haus sein, aber trotzdem wird es ein Zimthaus werden, denn ich werde so lange alle Farben dieser Erde mischen und alle Wände so streichen, dass dieses behagliche Zimthausgefühl in mein Haus einziehen kann.«

»Behaglich …«, sagt die Frau vom Chef schon wieder, »Zimthausgefühl … alle Farben der Welt … du bist schon so ein Faktotum, Elisabeth.«

Lachend nimmt sie die Schalen mit dem Apfelkompott aus ihrem Korb, eine stellt sie auf den Schreibtisch des Chefs, der gerade unterwegs ist und die zweite stellt sie auf meinen und reicht mir einen Löffel. Langsam und vorsichtig fülle ich etwas Kompott auf den Löffel und stecke ihn in den Mund. Ich warte beinah darauf, dass das Apfelmus in meinem Mund schmilzt und nur noch das Zimtaroma auf der Zunge liegen bleibt, ich merke kaum, dass meine Augen schon wieder geschlossen sind.

»Also, Elisabeth, wirklich, es ist nur Apfelkompott!«

Ich reiße meine Augen wieder auf und schlucke schnell runter.

»Vielen Dank«, bringe ich hervor und esse das Schälchen ruckzuck leer.

»Das war so lecker, vielen Dank.«

Frau Jensen schüttelt den Kopf und setzt sich an den Schreibtisch ihres Mannes.

»Wo ist er hin?«

»Zur Baustelle in der Wilhelmstraße.«

»Wann kommt er wieder?«

Ich sehe zur Uhr.

»In einer halben Stunde«, meine Antwort wird vom Klingeln des Telefons unterbrochen. Sie hebt den Hörer ab, meldet sich und sagt dann kein einziges Wort mehr, aber ihr Gesicht verzieht sich andauernd. Mal lächelt sie, dann ist sie wieder ernst, dann zucken ihre Mundwinkel und ihre Lider flattern aufgeregt.

»Natürlich«, ist das erste Wort, das sie nach einigen Minuten sagt, »das geht in Ordnung … gern geschehen, nein, sehr gern geschehen«, das »sehr« betont sie eigenartig. Dann ist das Gespräch beendet. Ich bin neugierig, mit wem sie telefoniert hat, aber ich traue mich nicht zu fragen. Sie steht auf, kommt um meinen Schreibtisch herum, nimmt das leere Schälchen und stellt es zurück in den Korb.

»Danke«, sage ich noch einmal.

»Schön, dass es dir geschmeckt hat. Was machst du grad?«

Ich zeige auf die verschiedenen Papierstapel mit bunten Zetteln darauf.

»Ich sortiere alles nach Datum und hefte es in die Ordner ab, die dort auf dem Regal stehen.«

Sie guckt die Stapel an und die Ordner und nickt und schaut auf die Uhr. Sie benimmt sich seltsam.

»Geh nach Hause!«

»Was?« Erschreckt springe ich vom Stuhl auf. »Ich habe schon über die Hälfte geschafft. Ich bin fertig, wenn der Chef kommt, ganz bestimmt, obwohl er gesagt hat, ich solle mir Zeit lassen, ich bin ganz schnell, ehrlich. Sie können mich nicht nach Hause schicken, ich brauche den Job, das wissen Sie doch.«

»Oh Gott!« Die Frau kommt mit hastigen Schritten zu mir.

»Oh mein Gott, Elisabeth, das tut mir leid«, sie legt mir ihren Arm um die Schultern und drückt mich an sich, »das ist keine Kündigung, ich wollte dich nicht erschrecken, ich wollte dir nur frei geben. Diese paar Unterlagen hefte ich ab, mach dir keine Sorgen.«

Mein Herz will gar nicht aufhören schnell zu schlagen und ich spüre, dass ich gleich weinen muss, weil ich mich so sehr erschreckt habe.

»Ich mach das. Das ist meine Arbeit«, sage ich. Die Frau ist nur die Frau des Chefs, nicht die Chefin, ich muss machen, was er mir sagt und er hat gesagt, ich soll die Papiere abheften, also hefte ich die Papiere ab.

»Es tut mir wirklich leid, das war so ungeschickt von mir. Ich bin gleich wieder da.« Sie geht auf den Flur, den Gang entlang bis vor die Außentür und ich kann sie leise telefonieren hören. Dann kommt sie zurück und reicht mir ihr Handy.

»Hier, mein Mann möchte mit dir sprechen.«

Mein Herz hatte sich gerade wieder etwas beruhigt und fängt nun wieder wild an zu klopfen.

»Hallo Elisabeth.«

»Hallo«, antworte ich schüchtern.

»Welche Stapel hast du schon abgeheftet?«

»Die ersten drei und den vierten habe ich grad angefangen. Aber ich schaffe alle, bis Sie zurück sind, das verspreche ich Ihnen!«

»Das weiß ich. Es geht mir um etwas anderes, ich hab da was durcheinander gebracht, ich muss die Papiere nochmal prüfen. Kannst du den vierten Stapel lassen wie er ist und die anderen bitte gar nicht anfassen. Ich will nicht, dass irgendwas durcheinander gerät – ich bin mit den Materiallisten für die Baustellen durcheinander geraten, verstehst du?«

»Ja«, lüge ich.

»Gut. Es wird doch länger dauern hier, ich komme erst später ins Büro. Es wäre mir ganz recht, wenn du heute eher Feierabend machst, vielleicht könntest du dafür irgendwann in den nächsten Wochen mal eine Stunde länger bleiben. Wäre das in Ordnung für dich?«

»Was heißt das?«

»Geh nach Hause, mach dir einen schönen Tag!«

»Wirklich?«

»Wirklich!«

»Okay.«

Ich gebe Frau Jensen das Handy zurück.

»Er kommt später«, teile ich ihr mit.

»Ja, ich weiß, er hat es mir auch gesagt.«

»Jetzt wird das Apfelmus warm.« Ich bin ganz verwirrt, in meinem Kopf ist ein großes Durcheinander.

»Möchtest du das Kompott essen?«

»Nein!« Was denkt diese Frau von mir, dass ich meinem eigenen Chef das Essen wegnehmen will?

»Dann stelle ich es in den Kühlschrank.«

Das ist gut, ich nicke.

»Ich gehe jetzt nach Hause, aber Sie dürfen die Unterlagen nicht abheften, der Chef muss sie nochmal prüfen.«

»Oh. In Ordnung, dann lasse ich es alles so.«

Ich stehe auf und hole meine Jacke. Es ist schön, so überraschend frei zu bekommen, obwohl es nicht zum ersten Mal passiert ist. Der Chef hat mich schon manchmal früher nach Hause geschickt, dafür musste ich an anderen Tagen auch mal länger bleiben. Aber heute fühlt es sich seltsam an, ich weiß nicht, warum.

»Danke nochmal für das Apfelmus«, sage ich, als ich schon in der Tür stehe.

»Ach Elisabeth, du Liebe, nun hast du dich zum vierten Mal bedankt. Es war nur ein Schälchen Apfelkompott.« Sie lächelt und wiegt ihren Kopf ein wenig hin und her.

»Aber mit Zimt«, ich lächele zurück.

Als ich im Auto sitze, hat sich mein Herz endgültig beruhigt und mit Musik aus dem Autoradio und der Vorfreude auf einen freien Nachmittag fahre ich nach Haus. Ich halte kurz beim Bäcker und kaufe mir eine Zimtschnecke. Das wird eine Überdosis Zimt heute, kommt mir in den Sinn, als ich Zuhause Kaffeepulver in den Filter gebe. Ich sollte meine Küche streichen, in Zimtfarbe. Ich sollte mir meine eigene Zimtwohnung machen, bis ich ein eigenes Haus habe. Wenn das Baby da ist, werden wir beide viel Kuchen backen und Weihnachtsplätzchen und ich werde ihm jede Menge Grießbrei kochen und so viel Zimtzucker darüber streuen, dass man kaum noch etwas von dem Brei sieht. Wir werden spielen und ich werde ihm Geschichten erzählen, ich werde eine gute Mutter werden.

»Bist du zuhause?«, fragt Marlena und ich lache laut ins Telefon. Wo könnte ich sonst sein?

»Mein Chef hat mir frei gegeben«, erkläre ich.

»Ich weiß. Ich habe eine Überraschung für dich, wir kommen vorbei.«

»Ich habe mir schon eine Zimtschnecke gekauft«, bedauere ich, aber Marlena hat längst aufgelegt. Ich koche noch mehr Kaffee, damit es auch für meine Freundin reicht und sehe meine Zimtschnecke an. Ich würde gern hinein beißen, aber ich werde sie mit Marlena teilen, schließlich bringt sie auch wieder eine Überraschungstorte mit und teilt sie mit mir. Eigentlich ist eine Überraschung gar keine Überraschung mehr, wenn der andere schon weiß, was es ist, aber ich liebe Marlenas Torten. Ich liebe auch Zimtschnecken, mir läuft das Wasser im Mund zusammen. Ich hole mir ein Messer und schneide ein kleines Stück von der Schnecke ab und stecke sie mir in den Mund, sie schmeckt köstlich, ich schneide noch ein winzigkleines zweites Stück ab, das schmeckt genauso gut.

Ich warte und warte und endlich klingelt es.

»Elly?«, ruft Marlena schon von unten.

»Was ist? Soll ich runterkommen und dir tragen helfen?«

»Nein, es geht schon«, Elly lacht laut und es ist mir ein bisschen peinlich, weil Marlena so laut ist, dass alle Leute im Haus sie hören können. Als sie endlich vor meiner Wohnungstür steht, sehe ich sie überrascht an. Sie drückt mir Finn in die Arme. Ich nehme ihn gern, aber wo ist die Torte?

»Hast du nicht etwas vergessen?«

Marlena, die sich grad übers Treppengeländer beugt, um in die Tiefe zu sehen, dreht sich zu mir um.

»Was?«

»Die Überraschung!«

»Oh«, Marlena lacht schon wieder so furchtbar laut, »die Überraschung kommt grad die Treppe rauf.«

»Eine Torte, die Treppen steigen kann?« Ich stubse ihr meinen Ellbogen in die Seite.

»Torte?« Marlena sieht mich an, als wüsste sie überhaupt nicht, wovon ich rede.

Wir sagen beide nichts und ich höre noch jemanden auf der Treppe. Ich zerre an Marlenas Arm.

»Komm rein!« flüstere ich energisch. Ich will nicht, dass uns die Leute hier im Treppenhaus lachen hören und rumstehen sehen.

»Nein, warte«, Marlena schüttelt meinen Arm ab, hält einen Moment inne und ändert ihre Meinung, »doch, geh rein!« Nun ist sie diejenige, die an meinem Arm zerrt.

»Am besten du setzt dich«, sagt sie und dirigiert mich in meine eigene Küche, »soll ich dir Finn wieder abnehmen?«

»Nein«, wehre ich ab. »Mach die Tür zu und nimm dir einen Kaffee und erklär mir, wo die Torte ist.«

Obwohl ich ihn behalten will, nimmt sie mir Finn doch wieder ab.

»Was hast du nur immer mit Torte?«

Ich schüttele den Kopf, aus dieser Frau soll einer schlau werden. Gerade wundere ich mich noch, dass Marlena die Wohnungstür nicht schließt, da klopft es auch schon. Ich habe eine Klingel an der Tür, eigentlich klopft niemand an. Es hört sich an, als schlüge jemand mit einem Stock gegen die Tür. Ich sehe Marlena an, aber anstatt genauso erschreckt auszusehen, wie ich mich fühle, strahlt sie übers ganze Gesicht.

»Da ist jemand«, flüstere ich.

»Ich weiß«, lacht sie, »das ist die Überraschung.«

»Die Torte?«

»Elly, du Blödie, vergiss endlich die dämliche Torte. Es gibt keine Torte.«

»Aber, du hast doch von einer Überraschung …« Weiter komme ich nicht. Ich weiß nicht, was ich zuerst sehe, die langen grauen Haare, das faltige, alte Gesicht oder den Krückstock, der gegen meine Küchentür poltert. Mein Herz bleibt stehen.

»Larry?«

Meine Hand legt sich auf meinen Mund, als hätte ich etwas Verbotenes gesagt. Wie gut, dass ich Finn nicht in meinen Armen halte, ich hätte ihn bestimmt vor Schreck fallen gelassen.

»Larry!«, sage ich wieder, mir fällt nichts anderes ein. Der alte Mann bleibt in der Küchentür stehen und sieht mich mit zusammengekniffenen Augen grinsend an.

»Kriegt so ein alter Mann wie ich keine Umarmung?«

»Larry«, sage ich ein letztes Mal und stehe wie in Zeitlupe auf. Ich bewege mich ganz langsam, als könne ich das Bild zerstören, was gerade vor meinen Augen entsteht und es muss ein Traumbild sein. Bestimmt schlafe ich, ich will nicht aufwachen, auf keinen Fall will ich aufwachen, Larry soll in meiner Küche stehen, jetzt und hier. Ich habe ihn gar nicht kommen hören, ich sehe auf seinen Stock. Kurz vor Larry bleibe ich stehen, ich traue mich nicht ihn anzufassen, bestimmt verschwindet sein Bild dann vor meinen Augen.

»Dada …«, plappert Finn und ich drehe mich zu ihm um, nun ist Larry bestimmt verschwunden. Misstrauisch drehe ich mich zurück. Larry ist nicht verschwunden. Ich strecke meine rechte Hand aus und lege sie auf seinen Arm, dann gehe ich noch näher an ihn heran und lege beide Arme um ihn. Es stört mich überhaupt nicht, dass nicht nur die Küchentür sperrangelweit offen steht, sondern auch die Wohnungstür. Jeder der vorbeigeht, muss denken, bei mir ist heute Tag der offenen Tür. Sollen es doch alle denken.

»Bessy, Kiddo.«

Larry drückt mich ganz fest an sich. Wir holen beide tief Luft, so als müssten wir uns gegenseitig einatmen, um glauben zu können, dass wir uns hier in meiner Küche tatsächlich in den Armen halten. Ich lasse Larry nur los, um mir mit den Ärmeln meines Pullovers über die Augen zu wischen, dabei sehe ich, dass Larry auch weint.

»Du bist die Überraschung«, stelle ich fest und meine Stimme erstickt fast in meinem Schluchzen, »ich habe dich gar nicht gehört, ich habe deinen Stock nicht gehört, dabei weiß ich genau, wie es sich anhört, wenn du Treppen steigst.«

Larry setzt sich auf den Stuhl, den Marlena ihm hingeschoben hat und ich muss mich auch setzen, denn meine Beine sind plötzlich ganz weich und wackelig. Larry legt mir eine Hand auf den Mund und sich selbst einen Zeigefinger auf die Lippen.

»Psst!«

Ich bin ganz still und lausche. Ich höre Tritte auf der Treppe, immer drei tapp, tapp, tipp – tapp, tapp, tipp …, genauso wie Larry sich anhört, wenn er eine Treppe heraufkommt, rechter Fuß, linker Fuß, Stock – rechter Fuß, linker Fuß, Stock. Ich sehe seinen Stock an, er lehnt im Küchentürrahmen. Wessen Schritte sind das? Es ist ein bisschen unheimlich, Larry sitzt hier, sein Stock ist da und doch kann ich seine Schritte hören, Schritte, die sich genauso anhören, wie jene, die ich hundert Mal auf den Stufen seines Trailers gehört habe, Schritte, die jetzt immer lauter werden, immer näher kommen. Ich rücke dichter an Marlena. Sie legt mir einen Arm um die Schultern und jetzt sehe ich, dass auch sie weint.

Dann zucke ich zusammen, weil wieder das gleiche Geräusch ertönt, wie Momente zuvor, als Larry mit seinem Stock an meine Wohnungstür geklopft hat.

»Come in«, ruft Larry, als säßen wir in seinem Wohnwagen. Er dreht sich nicht einmal zur Tür um.

»Jemand zuhause?«, höre ich eine Stimme, die mir so unendlich vertraut ist, als hätte ich sie nicht vor Monaten, sondern vor Minuten zum letzten Mal gehört. Ich bin zuhause, will ich sagen, aber es kommt kein Wort über meine Lippen. Ich will aufstehen, aber ich bin am Stuhl festgeklebt. Ich will meine Arme ausstrecken, aber sie gehorchen mir nicht mehr.

»Da da …«, brabbelt Finn und Marlena steckt ihren Finger in seinen Mund und er saugt sich daran fest und ist still. Alles ist still. Kann man die Tränen eigentlich hören, die meine Wangen hinablaufen? Die Schritte kommen in die Küche. Ich kann mich nicht bewegen, mein Mund ist ganz trocken, ich höre die Schritte, zwei Schritte und einen dumpfen Stockschlag, zwei Schritte einen dumpfen Stockschlag. Und dann sehe ich ihn in meiner Küchentür stehen. Mein Herz bleibt stehen, ich kriege keine Luft mehr. Warum falle ich nicht in Ohnmacht, bin ich tot? Was passiert mit mir? Er bleibt stehen und sieht mich an. Ich sitze vollkommen starr und sehe ihn an. Eine Wärme durchströmt meinen ganzen Körper, die Luft schmeckt nach Zimt und ich habe das Gefühl, Engel stünden neben mir. Wie viele Tränen hat ein Mensch eigentlich? Warum weint man, wenn einen das Glück endlich findet?

Pete lehnt seine Krücke gegen Larrys Stock und humpelt auf mich zu, zieht mich hoch und nimmt mich in die Arme, viel fester, als Larry es zuvor getan hat. Er muss mich ganz festhalten, meine Beine tragen mich nicht mehr, mir ist schwindelig.

»Hey«, sagt Pete nur und mir wird noch schwindliger, sprich weiter, wünsche ich mir stumm, sag mehr, ich will deine Stimme hören, wir wollen deine Stimme hören. Ich lege mein Gesicht an Petes Hals und während meine Tränen seinen Hals entlanglaufen, erinnere ich mich an jenen traurigen Tag im Krankenhaus in Phoenix, als seine Tränen meinen Hals entlang liefen.

»Ich hab dich so gesucht, wo warst du?«, flüstere ich. Aber dann kommen meine Sinne und meine Kräfte zurück. Wo war er gewesen, all die Monate? Tausend Mal habe ich ihn in den letzten Wochen angerufen, hundert Briefe habe ich geschrieben, nicht ein einziges Mal hat er geantwortet, sein eigenes Baby kannte seine Stimme nicht. Ich drücke mich weg von ihm.

»Wo warst du?« schreie ich ihn an und trommele mit meinen Fäusten gegen seine Brust. »Ich habe dich so so sehr gebraucht, du warst einfach nicht da! Ich habe dich gesucht, ich habe dich andauernd angerufen, nie warst du zuhause. Ich habe morgens angerufen, mittags und abends. Ich hab dir was weiß ich wie viele Briefe geschrieben, nicht einen einzigen hast du beantwortet …« Meine Fäuste trommeln immer heftiger auf Pete ein. Ich merke nicht, dass ich deutsch spreche und dass er offensichtlich kein einziges Wort versteht.

»Unser Baby kennt deine Stimme nicht, weißt du, dass Babys im Mutterleib hören können? Weißt du das, häh, weißt du das?« Ich sacke in mich zusammen und Pete hat Mühe, mich zu halten. Marlena springt auf, sie legt Finn Larry in die Arme, drückt mich auf meinen Stuhl und streicht mir über die Haare. Pete bleibt ganz still stehen.

»Er lag im Krankenhaus«, sagt Marlena und ihre Stimme klingt sanft und mild, wie die einer Krankenschwester, die einem uneinsichtigen Patienten erklärt, dass er unbedingt seine Medizin nehmen muss.

»Warum?«, frage ich, aber es interessiert mich nicht. Ich habe ihn nicht erreicht, ich habe tausend Mal versucht, ihn anzurufen.

Aber jetzt ist er hier, ich springe wieder auf, um ihn zu umarmen, ich werde ihn niemals wieder gehen lassen, nicht einen einzigen Schritt wird Pete jemals wieder ohne mich machen. Ich falle auf den Stuhl zurück.

»Da da …«, sagt Finn und Marlena lächelt, während auch ihr weiterhin Tränen aus den Augen kullern.

Larry sitzt still und stumm.

Und wieder sind Schritte auf der Treppe zu hören, ganz viele, ich kann nichts mehr unterscheiden, nichts mehr erkennen. Dann stehen Markus und die Mädchen in der Tür.

»Mama?«, sagt Imke und guckt von all den Menschen in meiner kleinen Küche nur ihre Mutter an.

»Mama?«, sagt nun auch Marit.

Marlena guckt Markus Hilfe suchend an.

»Tu was!« sagt sie und ich frage mich, was sie damit meint. Was soll er tun?

»Elly?«, sagt er, es klingt wie eine Frage und es soll wohl eine Begrüßung sein. »Wie geht es dir?«

»Gut«, sage ich und lache so seltsam auf, dass es in meinen eigenen Ohren ganz irre klingt. Es geht mir nicht gut, warum sage ich es dann. Weil man auf »wie geht es dir?« immer mit »gut« antwortet? Es geht mir furchtbar schlecht, aber ich brauche es nicht aussprechen, Markus sieht es.

»Passt auf, Mädels«, sagt er, »wer jetzt ganz schnell seine Schuhe wieder anzieht, darf mit zu Mc Donald's.«

Imke und Marit sind so schnell aus der Küche verschwunden, wie sie hereingekommen sind. Marlena nickt Larry zu, als hätten die beiden eine Geheimsprache, dann nimmt sie Finn auf den Arm. Larry steht auf, greift seinen Stock und alle verschwinden aus der Küche.

Nur Pete und ich sitzen nun noch an meinem Küchentisch.

Ich höre die anderen auf dem Flur und danach die tappelnden Schritte der Mädchen im Treppenhaus.

Marlena steckt ihren Kopf durch meine Küchentür.

»Hör zu, Elly, wir sind jetzt alle erstmal weg. Ist alles okay?«

Ich nicke.

»Kommst du klar?«

Ich nicke wieder.

»Bist du sicher?«

Ich nicke, obwohl ich mir überhaupt nicht sicher bin.

»Pete? Alles klar?« Marlena verschwindet erst, als auch Pete nickt. Sie schließt die Küchentür und danach höre ich die Wohnungstür und dann ist es wieder ganz still, so still wie im Winter, wenn der Schnee auf den Feldern nicht nur sämtliche Farben, sondern auch alle Töne verschluckt.

Wir sitzen eine ganze Weile stumm am Tisch. Marlena hat die Küchentür hinter sich zugezogen und so sehe ich Petes Foto an der Tür an. Ich mag Pete selbst gar nicht ansehen. Und er mich wohl auch nicht, weil er aus dem Fenster blickt. Plötzlich dringt der Duft vom Zimt in meine Nase.

»Möchtest du eine Tasse Kaffee?«, frage ich ganz ruhig.

»Sehr gern«, antwortet Pete und steht selbst auf, holt die Kanne von der Maschine und gießt Kaffee in meine Tasse und in die Tasse, die ich eigentlich für Marlena auf den Tisch gestellt hatte. Das Messer, mit dem ich schon zweimal an der Zimtschnecke herumgeschnitten hatte, liegt neben meinem Teller.

»Das ist eine Zimtschnecke«, sage ich auf deutsch und Pete nickt, als hätte er mich verstanden. Ich hebe das Gebäck hoch und halte es Pete unter die Nase.

»Cinnamon«, sagt er.

»Kannst du dich noch an das Zimthaus erinnern?«, frage ich und spreche jetzt englisch.

»Ich musste das Haus der Schwester von der Zimthausfrau ganz genauso streichen«, sagt er mit ernster Miene.

»Hast du es gut gemacht?«

»Nein«, sagt er mit ernster Miene.

»Warum nicht?«

»Du hast mir gefehlt.«

»Du hast mir auch gefehlt, du hast mir so so so sehr gefehlt«, sage ich mit ganz leiser Stimme.

»Komm«, sagt Pete und zieht mich auf seinen Schoß.

»Du hast mir gefehlt«, wiederholt er und zum zweiten Mal an diesem Nachmittag liegen wir uns in den Armen. Nur lassen wir uns diesmal überhaupt nicht mehr los und wenn ich bei Larry schon dachte, ich müsse ihn atmen, so sauge ich Pete vollkommen auf. Wenn er in mir verschwindet, dann kann ich ihn nie nie wieder verlieren. Ich schließe meine Augen. Pete riecht nach Zuhause. Er schmeckt nach Sonne und Wärme, ich sehe Kakteen vor mir und Kolibris. Meine Hände fahren durch seine Locken, so wie sie es schon Millionen Mal gemacht haben, er ist mir so vertraut, er ist ein Teil von mir, er ist mein Mann, er ist der Vater meines Babys.

Es ist schön, dass er da ist.

Es ist gut, dass er da ist.

»Wo warst du denn?«, frage ich, als wir uns endlich langsam voneinander lösen.

»Ich war im Krankenhaus«, erzählt Pete.

Er hat sich bei einem Sturz vom Dach einen schlimmen Beinbruch zugezogen und lag lange im Krankenhaus und weil er danach nicht laufen konnte, war er die meiste Zeit bei Larry, der hat sich um ihn gekümmert. Petes Telefonvertrag war ausgelaufen und er hatte ihn nicht verlängert, darum konnte ich ihn nie erreichen. Keine Ahnung, warum ihn meine Briefe nicht erreicht haben, aber ich musste zugeben, höchstens drei geschrieben zu haben, denn ich wollte mit ihm sprechen und keine Briefe schreiben.

Pete hat auch versucht, mich zu erreichen, aber er hatte nur die Nummer meiner Eltern, meines Vaters, weil das die Nummer war, die noch an dem Pinboard an seiner Wand hing, weil ich immer drauf schauen musste, wenn ich meine Eltern angerufen hatte. Als Pete die Nummer wählte, hat mein Vater immer sofort wieder den Hörer aufgeknallt. Der einzige Brief, den Pete an mich geschickt hat, hat mich auch nie erreicht.

So kann es gehen.

»Mein Gott, Pete«, sage ich und streichele über seine Wange. Sie fühlt sich so sanft an, so weich. »Wir haben so viel Zeit verloren.«

»Wir haben einiges verloren, Sweetie, aber Zeit, Zeit haben wir bis in alle Ewigkeit. Bis dass der Tod euch scheidet. Erinnerst du dich?«

Und ob ich mich erinnere.

»Ich bin wieder schwanger.«

»Ich weiß.«

»Woher?«

»Abgesehen davon, dass man es sieht …«, er lächelt. »du hast eine ganz wunderbare Freundin.«

»Oh«, sage ich nur und frage, wie sie ihn gefunden hat.

»Sie hat Larry ausfindig gemacht, und dann hat sie mich gefunden. Ich habe dich so vermisst, Sweetie. Jede Nacht vorm Einschlafen habe ich an dich gedacht.«

Meine Finger fahren über die Zimtschnecke und ich lecke mir die Finger ab.

»Wusstest du, dass Babys im Mutterleib schon hören können?«

»Nein.«

»Möchtest du Hallo zu deinem Baby sagen?«

»Sehr gern«, sagt Pete und das kleine Grübchen in seiner linken Wange taucht auf. Ich sehe ihm in seine Mondsichelaugen und ich möchte darin ertrinken. Was für ein wunderbares Gefühl es ist, dass er da ist.

Pete ist nun schon eine ganze Woche bei mir und jeden Morgen wacht er neben mir auf. Zum Glück bin ich immer vor ihm wach, so dass ich jeden Tag aufs Neue beobachten kann, wie er seine Augen öffnet, er zwinkert immer und kneift die Lider zusammen, bevor er die Augen ganz aufmacht und dann lacht er mich an, nimmt mich in den Arm und küsst mich erst auf den Mund und dann auf meinen Bauch. Jeden Morgen. Es ist wunderbar.

»Dein Bauch ist dicker als ein Medizinball«, hat er heute morgen gesagt. Das stimmt auch, aber die Frauenärztin hat gesagt, das Baby sei genau richtig groß und alles sei gut. Sie meint, es würde höchstens noch eine Woche dauern bis unser Baby geboren würde, ich kann es kaum erwarten.

Pete und ich gehen Hand in Hand durch den Wald spazieren. Er sagt, es ist okay für ihn, obwohl er immer noch seine Krücke zum Laufen braucht. Es ist noch nicht so saftig grün hier, wie es im Sommer ist, aber Pete kann eine Ahnung von dem Blätterdach bekommen, wenn er die kleinen Blattknospen und ersten winzigen Blätter an den Bäumen sieht. Es ist Frühling und die Sonne scheint und der Himmel ist so hellblau wie eine ausgewaschene Jeans, die so bequem ist, dass man sie überhaupt nicht mehr ausziehen möchte. Ich habe meine Schwangerschaftshose an und sogar die spannt schon sehr über meinem Bauch.

»Das ist ein Wald«, sage ich zu Pete.

»So so«, antwortet er und lacht mich aus, »ich hab mich schon gefragt, was das hier sein kann.«

»Ich meine nur – weil du doch nur Kakteenwälder kennst.«

Er nickt und dreht sich etwas weg von mir, aber ich sehe, dass er grinst. Pete guckt umher, als suche er etwas, dann zieht er mich in eine Richtung, als würde er sich hier auskennen.

»Komm mit!« Er zieht mich vom Weg weg und wir stolpern durch das Unterholz.

»Pass auf!«, sagt er, als ich beinah über eine Baumwurzel falle. Er zieht mich immer weiter in den Wald und ich frage mich, ob wir uns hier in diesem, in meinem Wald, in dem ich schon so oft spazieren gegangen bin, verlaufen können. Und ich habe Angst, Pete könnte stürzen und sich womöglich noch das andere Bein brechen.

»Wo willst du denn hin?«

»Wir sind gleich da.«

Was für eine tolle Antwort, denke ich gerade, da bleibt Pete auch schon stehen. Ich sehe mich um, und kann von hier zum Glück noch unseren Weg sehen. Ich komme mir vor wie Rotkäppchen, bestimmt kommt gleich der böse Wolf aus dem Dickicht.

»Komm, wir verstecken uns hinter dem Baum«, sagt Pete.

»Vor wem sollen wir uns verstecken? Hier ist niemand«, ich sehe Pete fragend an.

»Nur für den Fall, dass jemand kommt«, sagt Pete und zieht mich hinter eine besonders dicke Buche, dann zieht er ein Messer aus seiner Hosentasche und legt mir seinen Zeigefinger auf den Mund.

»Psst«, flüstert er, »das ist bestimmt verboten.«

Dann steckt er die Messerspitze in die Baumrinde und ritzt ein großes Herz in den Stamm. Ich muss ihn dabei unterbrechen, weil ich ihn küssen will.

»Lass mich«, wehrt er mich ab, »wir müssen ganz schnell machen, bevor hier irgend so ein Park Ranger kommt.«

Hier gibt es keine Park Ranger, es könnte höchstens ein Förster kommen und ich glaube nicht, dass es verboten ist, Herzen in Bäume zu schnitzen, aber ich bin mir nicht sicher, also bin ich doch ganz still und beobachte, wie Pete das Herz schnitzt. Es ist ganz gleichmäßig. Eine Amsel raschelt nicht weit von uns auf dem Boden, vielleicht sucht sie Regenwürmer. Sie macht mehr Krach als Petes Messer, das an der Baumrinde herumkratzt. Es ist ein bisschen windig, es gefällt mir, wie die Waldluft mein Gesicht streichelt. Das Herz ist schon fertig. Ich bewundere Pete, weil es so ebenmäßig geworden ist. Nun schnitzt er ein «P« in die Mitte des Herzens und ich gucke gespannt, was für einen Buchstaben er dazu schnitzt. Es wird ein «S«.

»Warum ein «S«?«, frage ich ihn.

»Sollte ich ein «E« wie Elisabeth machen?«

»Nein«, sage ich »natürlich nicht. »Aber ein S«?«

»«S« wie Sweetie«, sagt er und küsst mich und mir fällt ein, dass Sissi auch mit einem »S« anfängt.

Ich mache meine Augen beim Küssen nicht zu, weil ich das Herz dabei ansehen will. Ich glaube, ich bin der allerglücklichste Mensch der Welt. Pete schnitzt unter unsere Buchstaben noch ein kleines Herz für unser Herzchen, wie er sagt und dann laufen wir zurück auf den Waldweg. Pete hält meine Hand und schlendert sie vor und zurück, legt den Kopf in den Nacken und pfeift, so als hätte er grad etwas ganz Schlimmes und Verbotenes getan und muss nun ganz unauffällig tun. Aber erstens ist außer uns kein Mensch weit und breit zu sehen und zweitens benimmt er sich nicht unauffällig sondern super auffällig. Ich muss so doll lachen, dass ich kaum noch Luft bekomme.

»Komm, du Dicke«, sagt Pete frech zu mir und sieht auf seine Armbanduhr. »Wir müssen uns beeilen!«

Das stimmt. In einer halben Stunde sind wir mit Marlena, Markus und Larry verabredet.

Larry wohnt bei Marlena und ihrer Familie und das zeigt einmal mehr, was für eine gute Freundin sie ist. Ich habe mich bei Marlena entschuldigt, weil ich weiß, dass Larry ganz laut schnarcht, besonders wenn er Alkohol getrunken hat und Larry trinkt ziemlich viel Alkohol, aber Marlena hat gesagt, Larry schnarcht überhaupt nicht und sie muss es wissen, denn er schläft auf der Gästeliege in dem kleinen Zimmer neben dem Schlafzimmer von Marlena und Markus, und ich glaube auch nicht, dass Marlena lügt, aber komisch ist es trotzdem.

»Wer passt auf die Kinder auf?«, frage ich Marlena als wir uns in dem griechischen Restaurant treffen, das «Palast» heißt, was ich sehr schön finde, weil es auch ein bisschen wie ein Palast aussieht mit den vielen weißen Säulen und dem Marmorfußboden.

»Meine Mutter«, antwortet Marlena und ich werde ganz traurig, weil meine Mama niemals Babysitten wird. Ich weiß nicht, ob sie eine gute Babysitterin gewesen wäre. Ich stelle mir vor, wie ich uns einen Kaffee gekocht hätte, wenn wir nach Hause gekommen wären, dann hätten Mama und ich am Küchentisch gesessen wie zwei alte Kaffeetanten und Mama hätte mir erzählt, ob unser Baby schön geschlafen hat und wir hätten uns gefreut und dann … ich weiß nicht, vielleicht hätte Mama bei uns geschlafen, oder Pete hätte sie nach Haus gebracht, wo auch immer ihr Zuhause gewesen wäre, bei Papa? Ich hoffe nicht. Im Krankenhaus? Hätte sie dann überhaupt unsere Babysitterin sein können?

»Elly? Alles in Ordnung?« Marlena sitzt mir gegenüber und streckt ihre Hand nach mir aus, aber der Tisch ist zu groß, sie erreicht meine Hand nicht, die sich an der Tischkante festkrallt.

»Warum weinst du?«, fragt Pete.

Weine ich?

Larry legt seine Hand auf meine Hand.

»Hör mir gut zu, Bessy! Wenn ihr einen Babysitter braucht, werde ich immer für euch da sein, verstanden?«

Ich nicke.

»Babysitter?«, fragt Pete. Aber ich sage nichts und Larry sagt auch nichts mehr. Larry kann Gedanken lesen.

»Was wollt ihr essen«, fragt Markus schließlich mit lauter Stimme, als müssten sich seine Worte durch ein krakelendes Stimmengewirr quälen, was gar nicht nötig ist, denn es ist gerade sehr sehr still an unserem Tisch.

»Sauerkraut«, sagt Larry auf deutsch, es hört sich fremd aber lustig an.

»…und Schwienefleisch«, ruft Pete und hört sich noch lustiger an, weil er Schwien und nicht Schwein sagt. Marlena und Markus kichern und ich erkläre Pete und Larry, dass das hier ein griechisches Restaurant ist, und dass man hier bestimmt kein Sauerkraut oder Schweinebraten bekommt.

»Kalimera«, Larry grinst die Kellnerin an.

»Guten Tag«, erwidert sie und gluckst dabei. »Sprechen Sie bloß nicht griechisch mit mir, ich verstehe kein Wort, ich komme aus Litauen.«

»Litauen!«, wiederholt Markus, guckt mich mit hochgezogenen Augenbrauen an, als erwarte er eine Antwort auf eine nicht gestellte Frage. Ich sage nichts.

»Litauen, Elly, dein Einsatz!«

»Los, Elly«, ergänzt Marlena, »wie heißt die Hauptstadt von Litauen?«

Oh, ich erschrecke. Ich denke nach. Sie will mir nicht einfallen. Wieso weiß ich nicht, wie die Hauptstadt von

Litauen heißt? Riga? Vilnius? Vilnius, oder? Ich bin mir nicht sicher.

Ist es wichtig, frage ich mich gerade, als Larry mit Messer und Gabel auf den Tisch schlägt und »Sauerkraut, Sauerkraut« ruft.

Die Kellnerin, die aus Litauen kommt und in Deutschland in einem griechischen Restaurant arbeitet und Amerikaner bedient, bringt die Getränke. Marlena bekommt ein Glas Rotwein, Markus und Pete trinken Bier und ich bekomme ein Glas Orangensaft. Vor Larry stellt die Kellnerin ein Glas Wasser und ich starre auf das Glas.

»Was ist?«, fragt Larry unwirsch.

»Nichts«, sage ich und gucke immer noch auf das Wasserglas. Warum trinkt er kein Bier? Larry trinkt immer Bier.

»Hör zu Bessy, ich trinke schon lange nicht mehr, keinen einzigen Tropfen.«

»Du warst Larrys Schmetterlingsflügel«, sagt Pete und nippt an seinem Bier, »was immer das zu bedeuten hat.«

»Ach, halt doch die Klappe, du Möchtegern-Cowboy und Hobby-Dachdecker.«

»Ich weiß, was das zu bedeuten hat. Der Schlag eines Schmetterlingflügels kann die Welt verändern. Du hast mir die Geschichte erzählt, Larry.«

»Na und?«, grummelt er. »Ich nehme Giros mit jeder Menge Knoblauchsoße.«

Die anderen haben sich auch längst etwas ausgesucht, nur ich kann mich nicht entscheiden. Schließlich nimmt Marlena mir die Karte weg und bestellt irgendetwas für mich.

»Sonst verhungern wir alle noch, bis du dich entschieden hast.«

Und schon ist die Kellnerin mit der Speisekarte verschwunden, aber es macht mir nichts aus, ich habe sowieso keinen Hunger.

Vilnius, oder?

Wir sitzen so dicht an der Küche, dass ich das Brutzeln von Fleisch in der Pfanne hören kann. Markus fragt Pete und Larry über Arizona aus, so als müsse er sich vergewissern, dass alles, was ich jemals erzählt habe auch tatsächlich wahr ist.

»Stimmt es, dass es Spechte gibt, die in Kakteen brüten«, fragt er gerade, als unser Essen kommt und ich mit dem Geruch von Knoblauchsoße sogar etwas Hunger kriege. Larry hält einen Vortrag über Gilaspechte und er kann das sogar mit vollem Mund. Pete ergänzt das ein oder andere, aber niemals mit vollem Mund. Ich muss an Juan denken.

»Wie geht es ihm?«, unterbreche ich die beiden Erzähler.

»Wem?«, fragen sie wie aus einem Mund.

»Juan«

»Oh«, sagen sie auch wieder wie aus einem Mund und plötzlich sind wieder alle still.

»Äh, mal ganz ehrlich«, dringt Markus' Stimme wieder durch die Stille, »wie groß können solche Kakteen tatsächlich werden?«

»Ziemlich groß«, antwortet Larry.

»Wie geht es Juan?«, frage ich und sehe Pete in die Augen.

»Wir haben eine Weile nichts von ihm gehört, wir machen uns Sorgen.«

»Bestimmt geht es ihm gut«, sagt Larry schnell und ich kann gerade noch sehen, wie er Pete böse anfunkelt.

»Was soll das, Larry?«, fragt Pete und es klingt auch böse. »Wir glauben, dass Juan tot ist, wir haben seit Monaten nichts von ihm gehört. Er ist zu seiner Familie nach Mexiko gefahren und wollte zwei Wochen später zurück sein. Entweder haben sie ihn an der Grenze einfach nur geschnappt, oder sie haben ihn erschossen. So ist das und ich werde den Teufel tun, Bessy anzulügen.«

»Ich will auch gar nicht angelogen werden«, stimme ich Pete zu, als ich in Larrys verkniffenes Gesicht gucke. Ich weiß, dass er mir keine schlimmen Nachrichten überbringen will. Er will einfach nur, dass es mir gut geht und ich bin ihm sehr dankbar dafür, aber ich möchte auch nicht angelogen werden, denn wer angelogen wird, dem geht es nicht gut, auch wenn der das manchmal denkt.

Diesmal bin ich diejenige, die ihre Hand auf Larrys legt.

»Ich will, dass es dir gut geht, Kiddo.«

»Ich weiß«, sage ich so leise, dass es nur Larry hören kann. »Mach dir keine Sorgen, nicht um mich und nicht um Juan. Vielleicht ist er jetzt selbst ein Gilaspecht. Dann kann er fliegen wohin er will, und das ist das was er immer wollte.«

»Klar«, sagt Larry und stochert in seinem Essen herum, »vielleicht ist er auch eine Klapperschlange oder ein Kojote.«

»Nein«, ich schüttele den Kopf. »Entweder er ist zuhause bei Angelina, seiner Schwester, bei seiner Familie oder er ist ein Specht und beides ist gut.«

»Bist du eine Schamanin oder so was?«

»Nein.«

»Na, dann ist ja gut.« Larry zieht seine Hand unter meiner hervor und isst weiter, als wäre nichts geschehen.

»Wie sehen die Sonnenuntergänge in Arizona aus?«, fragt Marlena und ich weiß genau, dass sie es nur fragt, um wieder für bessere Stimmung zu sorgen, denn ich habe ihr bestimmt so viel über Sonnenuntergänge erzählt, dass es ihr schon längst für das ganze Leben reichen müsste.

»Da bin ich raus«, sagt Larry und hält Messer und Gabel in die Luft, »da frag mal die Malermeister.«

»Och ja«, sage ich fröhlich, »frag mich!«

Marlena verdreht ihre Augen und wir müssen alle lachen.

»Ich ziehe die Frage zurück!«

Mein Baby strampelt und ich nehme Petes Hand und lege sie auf meinen Bauch.

»Hey, was für ein freches Baby, es tritt seinen Vater«, Pete beugt sich über mich und küsst meinen Bauch. Das gefällt mir. »Was ist los?«, flüstert er durch meinen Bauch, »schmeckt dir das Essen nicht? Oder was gibt es zu meckern?«

Ich muss kichern und mein Bauch wackelt.

»Halt still!«, sagt Pete. »Ich kann nicht verstehen, was es sagt.«

Die anderen haben ihre Teller schon fast leer und ich kämpfe immer noch mit meinem Salat, als Larry Pete fragt, ob er mir schon von Sam berichtet habe.

»Sam ist auch schwanger«, teilt Pete mir mit.

»Nein wirklich? Das ist unglaublich, wie schön ist das denn?«

»Das ist wirklich unglaublich«, lacht Pete, »Sam hat sich gar nicht getraut, es mir zu sagen, aber irgendwann war es nicht mehr zu übersehen, auch wenn ich sagen würde, dass sie nicht halb so fett ist wie du.«

»Hey«, wehre ich ab und stubse ihn in die Rippen. Sam bekommt ein Baby, das ist großartig, hoffentlich wird es ein Junge, nicht dass es ein Mädchen wird und sie es tatsächlich noch Elisabeth nennt.

»Sam? Das war doch deine Freundin, die diesen grimmigen Ehemann hatte, der nicht gerade nett zu dir war, oder?«

»Genau«, bestätige ich, Marlena kennt sich inzwischen wirklich gut aus.

»Grimmig? Und nicht nett? Das würde ich jetzt nicht so sagen«, widerspricht Larry und lehnt sich mit verschränkten Armen zurück.

»Larry!«, ranzt Pete und schlägt mit der flachen Hand auf den Tisch, als solle es eine Warnung sein, so als ob Larry kein weiteres Wort mehr sagen soll.

»Was willst du Pete, du bist doch so ein Wahrheitsfreund, sollte Bessy dann nicht auch die Wahrheit über John erfahren?«

Pete zuckt mit den Schultern und ich sage, doch ich wolle auf alle Fälle die Wahrheit über John erfahren. Mich kann nichts mehr erschüttern. Vielleicht hat dieser Griesgram Ärger mit Sam. Vielleicht sind sie längst nicht mehr zusammen, weil John inzwischen auch zu Sam so unfreundlich war, wie er die ganze Zeit zu mir war. John ist ein Grobian und welche Wahrheit auch immer dazu kommt, mich würde nichts überraschen, ich traue John alles zu.

»John hat deine Krankenhausrechnung bezahlt«, sagt Larry und legt wieder seine Hand auf meine.

»Was für eine Krankenhausrechnung«, fragt Marlena aber niemand antwortet.

Pete legt einen Arm um meine Schultern, er und Larry tun als müssten sie mich vor dieser Wahrheit beschützen, und das müssen sie auch, denn ich sacke etwas in mich zusammen, als wären Larrys Worte wie ein Hammerschlag auf meinen Kopf gesaust. Grad hatte ich noch geglaubt, mich könnte nichts überraschen und ich traute John alles zu, aber mir wäre nicht im Traum eingefallen, ihm etwas Gutes zuzutrauen, etwas Gutes mir gegenüber.

»John hat dein Leben gerettet, Kiddo, ich finde, du solltest das wissen.«

Ich fange an zu zittern, wie die Erde, wenn sie bebt. Ich glaube, das schlimmste Erdbeben, das es jemals gegeben hat, war in Chile. Die Hauptstadt von Chile ist Santiago de Chile. Ich bin noch niemals in Chile gewesen, ich will auch gar nicht nach Chile, obwohl es von Arizona aus gesehen gar nicht so weit weg ist, jedenfalls im Vergleich zu Deutschland. Erdbeben sind eine ganz schlimme Katastrophe, meistens jedenfalls, obwohl es auch ganz kleine Erdbeben gibt, sogar in Deutschland, aber die merkt man meistens gar nicht. Manche Leute erzählen aber, bei ihnen haben sogar die Tassen im Schrank geklappert. Seit die Arbeiter bei mir vor dem Haus, in dem ich wohne, die Straße reparieren, klappern bei mir im Schrank auch manchmal die Tassen. Das kommt aber, weil diese Rüttelmaschinen die ganze Straße durchrütteln und die Straße ist genau an dem Grundstück, auf dem das Haus steht, in dem ich wohne und manchmal wackelt das Haus dann eben etwas. Einmal dachte ich tatsächlich, es wäre ein Erdbeben, aber mein russischer Nachbar hat mich ausgelacht. Er hat mal ein echtes Erdbeben erlebt, damals als er noch in Russland gelebt hat, die Hauptstadt von Russland ist Moskau.

»Elly! Elly sieh mich an!« Ich höre Marlenas Stimme wie ein Donnergrummeln in meinen Ohren und ich versuche, sie anzusehen, aber sie sieht verschwommen aus, so als betrachte ich ihr Gesicht in der Oberfläche eines Sees an einem windigen Tag.

»Elly, reiß dich zusammen!«, fährt sie mich an.

Ich höre sie nicht. Aber ich spüre Pete, der mich immer mehr an sich drückt.

»Manchmal verkennt man Menschen«, flüstert er mir ins Ohr und im Gegensatz zu Marlenas Stimme verstehe ich seine, die ganz klar und deutlich klingt, obwohl er doch flüstert. »John ist ein Grobian und wird es immer sein, aber er hat ein gutes Herz, tief in seinem Innern ist er ein guter Mensch. Es ist schade, dass du das nie gemerkt hast.«

»Er hat mir das Leben gerettet.« Sage ich das laut oder denke ich das nur? »Das kann ich doch niemals gut machen.« Ich weiß gar nicht, ob ich das ernsthaft bedauere oder ob ich mich bemitleide, weil ich in Johns Schuld stehe.

»Ich dachte, ich wusste nicht ... Larry?« Hilfesuchend sehe ich zu meinem besten Freund.

»Tut mir Leid, Kiddo, so viel Geld habe ich noch nie im Leben gehabt.«

»Woher hat John es?«

»Er hat es eben.«

»Was soll ich nur tun ... was kann ich tun?«

»Warum willst du etwas tun, Bessy?«

»Ich kann doch nicht ...«, fange ich an, doch Pete unterbricht mich.

»Vergiss es, Bessy, oder nein, vergiss es nicht, aber glaub nicht, dass du es ausgleichen musst, das kannst du nicht. Und John wird seine Gründe gehabt haben. Versuch einfach nur, ihn mit anderen Augen zu sehen.«

Marlena und Markus sagen gar nichts. Sie hören uns gespannt zu. Marlena wusste bis eben nicht einmal, dass ich in Arizona im Krankenhaus war. Ich habe ihr nie erzählt, dass ich ein Baby verloren habe.

Ich weine.

Ich weine wegen des ersten Babys, das nun irgendwo ein Stern am Himmel ist, ich weine weil John für mich ein griesgrämiger Grobian ist ... oder war? Wie kann man seine Ansicht von einem Menschen von einer auf die andere Minute ändern und wann hat John seine Meinung über mich geändert? Er konnte mich doch nie leiden, oder?

»Warum?«, frage ich ohne irgendjemanden anzusehen. Schließlich reißt Larry mich aus Petes Umarmung und zwingt mich ihn anzusehen.

»Bessy, hör mir zu, ich bin ganz sicher, du warst nicht nur mein Schmetterlingsflügel, du warst auch Sams Schmetterlingsflügel und damit hast du auch Johns Leben verändert, wie auch immer, ich habe keine Ahnung. Aber ich weiß, dass es diesen einen Tag gab, als Sam zu John gegangen ist und ihn gefragt hat, wie ihre Seelenhaut aussieht und ohne zu überlegen hat er geantwortet, sie hat alle Farben des Regenbogens und in der Mitte goldene Streifen. Sam hat gelacht und John in den Arm genommen. Du weißt selbst, dass sie das sonst nie gemacht hat. Und ich kann mir nicht helfen, aber es hatte irgendwas mit dir zu tun, Kiddo. Sam ist später zu mir gekommen und hat gesagt, weißt du was Larry, Bessy – die ist Magie. Ich hab sie gefragt, was sie damit gemeint hat, aber sie hat nicht geantwortet. Ich bin einfach nur sicher, dass du Sams und damit auch Johns Schmetterlingsflügel warst, dass du ihr Leben zum Besseren verändert hast und das ist mit keinem Geld der Welt zu bezahlen.« Larry klopft mit seinem leeren Wasserglas auf die Tischplatte.

»Und jetzt will ich Dessert, gibt's hier nichts?«

Er sieht Marlena an, als wäre sie hier für alle Bestellungen zuständig, ich sehe auch zu Marlena, sie weint.

Was ist hier nur los?

»Du bist uns jederzeit wieder willkommen«, Marlena nimmt Larry in den Arm und ich bin ganz stolz, dass mein Seelenverwandter nun auch ihr Freund ist. Pete und ich fahren Larry zum Flughafen und ich weiß, dass es nicht mehr lange dauern wird und wir werden diese Strecke wieder fahren und dann selbst in das Flugzeug nach Phoenix steigen. Pete holt einen Gepäckwagen, stellt Larrys Reisetasche darauf und legt seine Krücke darüber. Bestimmt sind wir drei ein lustiges Bild, ich mit meinem dicken Bauch und die beiden humpelnden Männer an meiner Seite, die wir alle einen großen Gepäckwagen mit einer kleinen Reisetasche schieben. Es riecht nach altem Leder von den vielen Koffern, die schon so viele Male um die Welt geflogen sind und es liegen so viele Parfümgerüche in der Luft, dass man keinen einzigen guten Duft mehr ausmachen kann.

Nachdem Larrys Tasche gewogen und mit einem Klebestreifen versehen wurde und nun auf dem Rollband in der Tiefe verschwindet, haben wir noch Zeit genug, einen Kaffee zusammen zu trinken. Wir sitzen an einem kleinen runden Tisch und sagen nicht viel. Larrys Hand liegt die ganze Zeit auf meiner rechten Hand, so dass ich mit meiner linken die Kaffeetasse halten muss, denn ich will auf keinen Fall meine Hand unter seiner wegziehen.

»So«, sagt Larry, wie um überhaupt etwas zu sagen, »dann war ich also auf meine alten Tage sogar nochmal in Deutschland.«

Er schlurft seinen Kaffee und ein Tropfen fällt auf seinen blassgelben Poloshirtkragen.

»Es ist schönes Wetter zum Fliegen«, sage ich.

»Hast du einen Fensterplatz?«, fragt Pete.

»Nein«, sagt Larry, »ich sitze am Gang, da kann ich mein Bein besser ausstrecken.«

Ich trinke meine Tasse leer. Ich bin viel trauriger darüber, dass Larry heute fliegt, als dass ich mich darüber freue, dass wir uns schon bald wieder sehen.

»Larry?«

»Ja?«

»Holst du uns vom Flughafen ab, wenn wir kommen?«

»Klar, Kiddo.«

»Mit deinem Mustang?«

»Wenn er seinen Geist bis dahin nicht aufgibt.«

Larry lacht laut, nimmt seine Hand von meiner und legt seine Arme fest um mich. »Ich hole euch ab, Kiddo, verlass dich drauf, und ich werde den allerneusten Babysitz im Auto haben, das verspreche ich dir und wer weiß, vielleicht …«, er sieht zu Pete hinüber, »…vielleicht ist das Dach dann ja auch schon dicht. Ihr werdet ja noch bestimmt vier Wochen brauchen, oder?«

Larry streift mit seiner Hand über meinen Bauch.

»Welches Dach?«, frage ich und denke, dass Larry recht hat. Vier Wochen bleibt das Baby noch in meinem Bauch, das hat die Frauenärztin vorgestern ausgerechnet.

»Das von dem dieser Hobby-Dachdecker heruntergepurzelt ist.«

Pete sieht ganz verlegen zur Seite und reibt sein Bein.

»Na ja«, er windet sich, als könne er das, was er sagen muss, gar nicht über die Lippen bringen, »es ist ja nur wegen des Babys … und wenn es regnet … den Rest kriegen wir allein hin.«

Larry lacht schon wieder laut auf, so laut, dass die Leute vom Nachbartisch neugierig zu uns schauen.

»Sieh ihn dir an, Bessy, da wartet er bis zum allerletzten Moment, nur um mich zu bitten, sein Dach zu decken.«

»Sein Dach?«

»Hey, ich bitte dich nicht, mein Dach zu decken«, stellt Pete klar, aber das bringt Larry nur erneut zum Lachen.

»Das wäre ja auch noch schöner, wenn ich mit meinem Krückstock auf deinem morschen Dach herumhumpele, ha, mit so einer Aktion käme ich bestimmt ins Fernsehen – ich werd' es mir durch den Kopf gehen lassen.«

»Könnt ihr mir bitte mal sagen, wovon ihr sprecht?«

Larry sieht auf seine Uhr.

»Ups, ich sollte mich mal langsam auf den Weg machen, sonst fliegen die noch ohne mich.«

Wir haben Larry schon ein letztes Mal umarmt, uns verabschiedet und ihm einen guten Flug gewünscht, und er steht schon hinter dem Absperrband, als er sich noch einmal umdreht und seine Hände wie einen Trichter an seine Lippen legt, damit ihn alle Leute hören können.

»Und dann erzähl ihr endlich, dass du dieses alte Haus gekauft hast, damit sie sich Gedanken machen kann, in welcher Farbe sie die Wände streichen will.«

Larry grölt laut und tief und jedem, der sagen würde, es klinge dreckig, würde ich Recht geben.

»Und sei ganz beruhigt, Papa-Pete«, brüllt Larry weiter, »ich bringe John, den alten Griesgram schon dazu, euer Dach wasserfest zu machen. Bring du die beiden einfach nur heil rüber, verstanden?«

»Verstanden, Sir! Danke!«, schreit Pete ebenso laut zurück und grinst mit offenem, breitem Mund. Ich wette, es ist ewig her, dass irgendjemand »Sir« zu Larry gesagt hat.

Wir wollen zur Aussichtsterrasse, um Larry hinterher zu

winken. Hand in Hand gehen wir zur Rolltreppe. Dabei erzählt Pete, dass er ein altes Farmhaus gekauft hat mit einer Wiese hinterm Haus und dass River meinte, die Wiese sei groß genug für ein Pferd, aber das Haus sei eben nur ein Haus und es gäbe keinen Stall, und dass er sich nicht sicher sei, ob man von einer Farm sprechen könne, wenn man in Wirklichkeit nur ein kleines, altes Farmhaus habe.

Als wir oben auf der Aussichtsterrasse ankommen, schaue ich in den Papierkorb neben dem Eingang, als ob ich dort noch eine von den leeren Sektflaschen liegen müsste, die wir damals dort entsorgt hatten.

Ich sage Pete, dass man in jedem Fall von einer Farm sprechen kann, da bin ich mir ganz sicher.

River hatte zu Pete gesagt, dass er einen Sattel machen würde, wenn wir jemals ein Pferd haben würden. Pete sagt, er habe gelacht, weil er nicht glaube, dass wir ein Pferd haben würden und dass ja auch niemand von uns reiten könne. Aber ich finde, wir sollten gar nichts dazu sagen, denn man kann ja nie wissen.

»Das Dach ist ziemlich kaputt, weißt du, aber ich hatte schon über die Hälfte fertig, als ich runtergerutscht bin und mir das Bein gebrochen habe. Ich habe einfach nicht aufgepasst.«

Ich sage zu Pete, dass ich gar nicht wusste, dass er auch Dächer decken konnte und woher er denn das Geld für das teure Material habe und wieder musste ich mich über John wundern, der Pete nicht nur das Material gegeben hat, sondern auch immer vorbeigeschaut hat, um zu gucken, ob Pete auch alles richtig machte.

Wir sahen hinab auf die vielen Flugzeuge und versuchten, Larrys Flieger ausfindig zu machen.

»Wir winken einfach jedem Flugzeug, das in den nächsten zehn Minuten abhebt«, entschied ich.

»Weißt du, ich musste das Haus einfach kaufen. Ich wusste nämlich immer, dass du irgendwann zurückkommen würdest«, Pete sieht in die Ferne, anstatt mich anzusehen, während er mit mir spricht. »Und du wolltest doch immer ein Zimthaus haben …«

Ich drücke seine Hand ganz fest, weil ich nicht weiß, was ich sagen soll. Wahrscheinlich gibt es überhaupt nichts, was man darauf erwidern kann.

Es ist ein Donnerstag, und obwohl es bestimmt der kälteste Juni-Donnerstag seit einer Million Jahre ist, ist es auch der allerschönste Donnerstag, den es jemals auf der Welt gegeben hat. Pete und ich weinen ganz furchtbar. Wir können beide überhaupt nicht mehr aufhören. Aber wir weinen aus Freude, denn unsere kleine hübsche Tochter ist geboren. Wir müssen sie immerzu ansehen, sie hat so eine winzigkleine Nase, ihre Augen haben die gleiche Form wie Petes Augen und ihren süßen kleinen Mund möchte man immerzu küssen. Ich habe noch nie im Leben so winzig kleine Finger gesehen. Ich warte jetzt schon ganz ungeduldig auf ihr erstes Lächeln, denn ich bin mir sicher, dass sie Petes Grübchen geerbt hat. Ich beuge mich ganz weit über sie und streichele mit meiner Nasenspitze ihre Wange, sie riecht ganz wunderbar. Alles ging gut, und sie ist gesund und sie ist so wunderwunderschön.

»Wie soll sie denn heißen?«, fragt die Krankenschwester, und Pete und ich sehen uns an, wir haben gestern zum ersten Mal über einen Namen nachgedacht und waren uns sofort einig, das Baby nach Larry zu benennen, unabhängig davon, ob es ein Mädchen oder ein Junge wird.

»Sie heißt Larissa«, sage ich.

»Das ist ein schöner Name, er passt sehr gut zu ihr«, findet die Schwester, streicht mit dem Zeigefinger über Larissas kleine Faust und geht aus dem Zimmer.

Ich kann immer noch gar nicht glauben, wie schnell Larissa geboren wurde. Gestern Abend fingen die Wehen an, und Pete und ich sind ins Krankenhaus gefahren. Pete ist zum ersten Mal mit meinem Auto gefahren, was für ihn gar nicht so einfach war, weil er noch nie im Leben ein Auto mit einer Gangschaltung gefahren hat. Ich habe ihm immer Bescheid gesagt, wenn es Zeit zum Schalten wurde und dann hat ganz schön gehuckelt, wenn er von einem Gang in den nächsten gewechselt hat, aber ich bin stolz auf ihn, er hat den Wagen nicht ein einziges Mal abgewürgt und schließlich sind wir ja auch heil hier angekommen. Die Hebamme und die Krankenschwestern waren sehr nett zu mir und nur ein einziges Mal hat ein Arzt nach mir geschaut. Wenn die Schmerzen sehr doll waren, habe ich mir gewünscht, Schwester Rita wäre hier, denn sie war so stark und ich stellte mir vor, dass die Schmerzen einfach verschwinden würden, wenn Schwester Rita meine Hand halten würde. Aber Pete hielt meine Hand, das war natürlich viel schöner, aber Schmerzen hatte ich trotzdem. Die Hebamme hieß Hilda und hatte eine ganz tiefe Stimme. Sie war viel älter als Rita und hatte ganz helle Hände, und auf den Händen waren viele hellbraune Flecken, wie alte Menschen sie haben. Bestimmt wird Hilda bald in den Ruhestand gehen. Hilda hat mir immer genau gesagt, wie ich atmen muss und ich habe es auch ganz genauso gemacht, vielleicht ist Larissa deshalb auch so schnell geboren. Ein paar Mal habe ich aber gedacht, ich hätte überhaupt keine

Kraft mehr und ich habe gerufen, dass ich nicht mehr kann und dann hat Hilda mit ihrer beruhigend tiefen Stimme immer nur gebrummelt, »du kannst noch, glaub mir, du kannst noch« und manchmal klang sie dabei wie Larry, und einmal dachte ich eigentlich müsste sie »Kiddo« sagen, ich fand das so lustig, dass ich plötzlich mitten in einer Wehe, die sehr weh getan hat, lachen musste. Ich glaube, in dem Moment haben alle gedacht, jetzt wird sie verrückt. Aber danach blieb nicht mehr viel Zeit zum Nachdenken, denn Hilde rief, dass das Köpfchen schon zu sehen ist.

Und nun liegt dieses wunderbare Baby in meinem Arm, schläft tief und fest und ich kann die winzigen Pupillen sehen, die sich hinter den Lidern bewegen. Was so kleine Babys wohl träumen?

Larissa ist nun schon fast zwei Wochen alt, ihre Jäckchen und Hemdchen und Hosen und Strampler sind so winzig, sogar noch kleiner als die von Finn. Sie braucht keinen Koffer und das ist gut so, denn Pete und ich haben schon so viel eingepackt, dass wir bereits vier große Taschen voll haben. Ich freue mich auf den Flug, ich habe schon ein paar Mal die Augen zugemacht und mir vorgestellt, wie wir über den Camelback Mountain fliegen. Ich will unbedingt einen Fensterplatz haben und sollte Larissa schlafen, werde ich sie wecken und ihr den Berg zeigen, der wie ein riesiges Kamel aussieht. Und ich werde ihr sagen, dass dort unten ihr neues Zuhause sein wird und werde sie fragen, ob es ihr gefällt und wahrscheinlich wird sie in den leuchtend blauen Himmel gucken und sich wundern, warum ich sie geweckt habe. Ob sich so kleine Babys schon wundern können? Ich glaube, wundern kann man sich immer. Wunder gehören nämlich in diese Welt und ich muss ja nur Larissa anschauen, dann weiß ich auch ganz genau, wie Wunder aussehen können.

Ich muss unbedingt nochmal hier spazieren gehen, mit Pete zusammen den Kinderwagen durch die Felder schieben. Marlena sagt, es sei viel zu kalt, es ist ja fast Winter mitten im Juni und das sei ein verrücktes Jahr, man könne eben nicht wie sonst im Juni spazieren gehen und außerdem wären wir doch nun gerade bei ihnen zu Besuch, da müssten wir doch nicht auch noch verschwinden. Wir hätten doch sowieso nur noch sehr wenig Zeit miteinander. Imke und Marit toben kreischend durch das Wohnzimmer und Finn schreit lauthals, weil er Hunger hat und ich will einfach nur raus. Es muss ja nicht für lange sein, und wir können noch den ganzen Abend mit Marlena und Markus verbringen. Ich ziehe Larissa eine dicke Jacke und rosa Wollsöckchen an, setze ihr eine Mütze auf und lege über das Kinderwagenkissen noch eine himmelblaue Decke.

»Was willst du nur an so einem grauen, trüben Tag draußen?«, fragt Marlena.

»Ich will die Weizenfelder mit meinem Kopf fotografieren«, sage ich, »ich will mir den Duft von wilder Kamille einprägen, die Baumreihe am Waldrand nochmal genau ansehen, den unebenen Feldweg unter meinen Füßen spüren, ich will mit meinen Händen über den Stamm der dicken Eiche neben der alten, grünen Bank fahren, ich will ein paar Ähren abreißen und sie zwischen meinen Händen verreiben, so dass der Geruch in meine Haut dringt. Verstehst du das nicht? Ich muss doch etwas mitnehmen.«

Marlena schüttelt den Kopf und öffnet die Tür.

»Fröhliches Sammeln, hoffentlich ist genug Platz auf deiner Festplatte.«

Es ist wirklich sehr kalt und wahrscheinlich können wir tatsächlich nicht so lange spazieren, wie ich es gern möchte. Pete legt einen Arm um mich und das wärmt mich noch viel mehr als die dicke Winterjacke, in die ich gemummelt bin. Wir gehen dicht am Rand eines Feldes, es kitzelt, als ich mit den Händen über Weizenhalme streiche, und es klickert, als ich mit Schwung ein paar Steine zur Seite kicke, damit ich mit meiner Schuhspitze ein Herz in den Schotterweg ritzen kann. Pete lächelt. Wir gehen ein Stück weiter, obwohl die Wolken über uns immer grauer werden. Pete sagt, Juni-Wetter in Arizona gefällt ihm eindeutig besser und er glaubt mir nicht, als ich ihm sage, dass dies kein normaler Juni ist, und dass eigentlich jetzt die Sonne scheinen, uns lauter Radfahrer begegnen und tausend andere Eltern ihre Babys spazieren fahren sollten. Aber wir sind ganz allein auf weiter Flur, es ist still, nur das Knirschen der Kinderwagenreifen auf dem steinigen Weg ist zu hören.

Pete will schneller gehen, aber ich halte ihn zurück.

»Abschied muss man langsam nehmen«, sage ich und bleibe stehen.

»Das ist kein Abschied, jedenfalls kein Abschied für immer, Honey, dies ist auch Larissas Land und sie hat ein Recht darauf, es zu kennen. Wir werden wiederkommen.«

Er nimmt mich in den Arm, drückt mich und hält mich eine Weile ganz fest. Dann gehen wir weiter, ich bestimme das Tempo, und Pete drängt mich nicht, schneller zu gehen.

Ein Storch stakt auf einer Wiese und pickt mit seinem langen, roten Schnabel im Gras. Er hält einen Moment inne und wendet seinen Kopf zu uns, wahrscheinlich wundert er sich, dass wir hier draußen herumspazieren anstatt im Warmen am Kaffeetisch zu sitzen. Nein, wir sind ihm egal, er schreitet weiter und seine Schnabelspitze verschwindet wieder im hohen Wiesengras.

Jetzt riecht es wirklich nach Kamille. Der nächste Ackerrain ist voller Wildwuchs und das Gras ist lang und Klatschmohn blüht.

Plötzlich fliegen kleine weiße Dinger durch die Luft und Pete und ich gucken in den Himmel. Was ist das? Larissas Kinderwagendecke bekommt kleine Punkte und die Luft schmeckt ganz eigenartig und riecht seltsam. Es ist ein falscher Geruch in einer Jahreszeit, die nach Erdbeeren und Rhabarber schmecken sollte. Wir bleiben stehen und direkt neben uns leuchtet eine ganze Reihe wilder, blutroter Klatschmohnblüten. Pete streckt seine Handfläche aus und fängt ein paar von diesen weißen Flöckchen auf.

»Es ist tatsächlich Schnee.« Er zerreibt ein paar aufgefangene Flocken mit den Fingern.

Ich drücke Larissas Kissen ein wenig herunter, um sie besser sehen zu können. Sie schläft. Sie hat rosarote Wangen und es scheint ihr gleichgültig zu sein, ob es schneit oder nicht. Sie atmet ganz gleichmäßig, ihre Pupillen bewegen sich nicht, ihr Mund sieht aus, als ob er lächelt.

Es schneit.

Im Juni.

Winzige Schneeflöckchen legen sich auf die Blütenblätter vom Klatschmohn, und ich warte darauf, dass sich die Blätter der Last beugen und herabfallen, weil sie so zart und empfindlich sind, aber sie sind wohl auch samtig warm in diesem kalten Juni – die Flocken verschwinden.

»Sieh nur«, sagt Pete, »der Schnee schmilzt auf dem Mohn.«

Ich ziehe das Kissen wieder zurecht, lege die Decke darüber, streiche sie glatt und stecke sie an den Seiten fest. Ich schaue zu Pete, der die Mohnblumen betrachtet.

»Ja«, sage ich, »der Schnee schmilzt auf dem Mohn und das ist gut so. Es ist Juni. Es ist die Zeit für Mohn, nicht für Schnee.«

Meine Hand kriecht in Petes Hand.

»Lass uns umkehren«, bitte ich. Pete drückt meine Hand ganz fest, wir wenden den Kinderwagen und machen größere Schritte. Pete lässt meine Hand nicht mehr los, sie wird ganz warm und ein wohliges Kribbeln breitet sich über meinen Arm, meinen ganzen Körper bis in mein Herz aus. Ich kann es klopfen hören, ein gutmütiges, zufriedenes Klopfen, wie das einer alten Pendeluhr.

Die Luft, die gerade noch nach Schnee geschmeckt hat, scheint plötzlich von einem ganz anderen, wunderbaren Duft erfüllt zu sein. Ich schließe einen Augenblick lang die Augen, tatsächlich, es riecht nach Zimt.

Ende

Danke

Ich danke von Herzen meinen Kindern, meinen Eltern und Geschwistern. Es gibt keine bessere Inspirationsquelle als die Familie. Ich liebe euch alle.

Ganz herzlich danke ich auch Will, meinem ganz persönlichen Snowbird, der mich nach Arizona gelockt hat, mich motiviert und immer noch glaubt, aus mir könne eine großartige Autorin werden.

Danke Petra, für deine Zuversicht und dein Mitleiden und auch dafür, dass du hin und wieder auf Thomas verzichtet hast.

Dankeschön Thomas, ohne dich und deine Geduld mit mir Wankelmütigen hätte ich es nicht geschafft.

Vielen Dank auch meinen allerersten Probeleserinnen Jutta, Petra, Claudia, Heike und Marianne.

Danke Petra B. für deine Coverkritik beim Blumengießen.

Vielen Dank Susanne, ich habe deine Kritik- und Motivationsmails immer schon mit Ungeduld erwartet.

Danke Janine, dass du deine Erfahrungen mit mir geteilt hast.

Einen ganz besonderen Dank allen Lesern meines Buches. Und im Vorfeld auch schon ein Dankeschön an jene, denen der Roman gefallen hat und die ihn an der ein oder anderen Stelle lobend erwähnen möchten.

Coming soon: Wer es gar nicht abwarten kann, meinen nächsten Roman zu lesen, der wird sich nicht lange gedulden müssen. In »Wer Kastanien pflückt« steht wieder eine Frau im Mittelpunkt, die sich in ihrem Leben neu orientieren muss. Kati ist Mitte vierzig und mit einem liebenswerten Mann verheiratet, steht aber plötzlich ihrer Jugendliebe gegenüber.